LUANA LEWIS

Lügenmädchen

GOLDMANN
Lesen erleben

Buch

Stella lebt völlig zurückgezogen in einem großen eleganten Haus in der Nähe von London. Sie leidet seit einem schrecklichen Ereignis vor drei Jahren an Agoraphobie und hat das Gebäude seitdem so gut wie nicht mehr verlassen. Eines Abends im Winter – Stella wartet auf ihren Mann – klingelt es an der Tür. Draußen steht ein etwa 16-jähriges Mädchen, das sie bittet, es hineinzulassen. Nach langem Zögern öffnet Stella ihr schließlich die Tür. Blue macht einen verfrorenen und äußerst hilfsbedürftigen Eindruck. Doch Stella bereut ihren Entschluss schnell, denn das Mädchen beginnt, Geschichten zu erzählen, die sie verstören … Im Laufe des Abends verstrickt sich Blue in immer mehr Aussagen, die wie Lügen klingen. Doch was steckt dahinter? Um das herauszufinden, muss Stella sich dem Trauma ihrer Vergangenheit und den möglicherweise in ihrer Ehe verborgenen Geheimnissen stellen.

Autorin

Luana Lewis ist klinische Psychologin und Autorin zweier Sachbücher. Sie verfasst regelmäßig Artikel für Zeitungen, Magazine und Zeitschriften und hat einen Abschluss in Kreativem Schreiben. »Lügenmädchen« ist ihr erster Roman.

Luana Lewis

Lügenmädchen

Psychothriller

Aus dem Englischen
von Elke Link

GOLDMANN

Die Originalausgabe erschien 2014
unter dem Titel »Don't Stand So Close«
bei Bantam Press, Transworld Publishers, London.

1. Auflage
Taschenbuchausgabe November 2016

Published by Arrangement with Sharon Luana Lewis
Dieses Werk wurde vermittelt durch die
Literarische Agentur Schlück GmbH, 30827 Garbsen
Umschlaggestaltung: UNO Werbeagentur, München
Umschlagmotiv: © FinePic®, München
Redaktion: Annekatrin Heuer
AG · Herstellung: Str.
Druck und Bindung: GGP Media GmbH, Pößneck
Printed in Germany
ISBN: 978-3-442-47976-4
www.goldmann-verlag.de

Für Genna Leigh

Hilltop, Freitag, 7. Januar 2011, 15 Uhr

Anfangs ignorierte sie die Klingel.

Es schrillte, der Krach gellte durch die Diele bis ins Wohnzimmer und schoss grell in ihrem Schädel hin und her.

Sie stand am Fenster und blickte hinaus auf ihren Garten, auf eine Welt, die weiß leuchtete. Der Boden war schneebedeckt, ebenso die wirren Äste der Bäume und die Chiltern Hills dahinter. Es sieht aus wie Narnia, dachte sie, als könne jeden Moment Aslan aus dem Wald kommen.

Die Stille war unnatürlich. Nervtötend.

Heute Morgen um neun hatte es angefangen zu schneien. Die Zeitungen verbreiteten Warnungen: *Heftige Schneefälle.* Flüge wurden gestrichen. Ihr Mann war wie gewöhnlich zur Arbeit gefahren.

Es klingelte wieder. Länger, lauter, beharrlicher.

Sie fühlte sich ausgesetzt vor der Fensterwand, die sich quer über die Rückseite des Hauses erstreckte. Ihr Zuhause war ein weißer Betonbau, ein modernistischer Triumph aus scharfen Kanten und hohen Fenstern. Eigentlich sollte es niemandem gelingen, durch das Tor auf die Zufahrt zu gelangen, ohne dass in ohrenbetäubender Lautstärke der Alarm losging. Aber irgendjemand hatte es geschafft. Der Schnee war das Problem: Wahrscheinlich lag er so hoch, dass er das Infrarotauge des Sensors verdeckte.

Sie zog am Ausschnitt ihres Pullovers. Er war zu eng und kratzte sie am Hals. Ihr Mund war trocken, sie hatte feuchte Hände. Es war drei Uhr, bald würde es dunkel werden. Ihr Mann würde nicht nach Hause kommen. Der Schnee war zu einer zentimeterdicken Eisschicht gefroren, und die steile Auffahrt war nicht zu bewältigen.

Sie überprüfte, ob die Terrassentüren abgeschlossen waren. Eine Böe wehte um die Kante des schwarzen Stahltürrahmens, als wolle sich die Kälte mit Gewalt Einlass verschaffen. Das Haus stand unter Denkmalschutz, man durfte nichts daran verändern, Türen und Fenster konnten nicht ausgetauscht werden. Sie überprüfte die Schlösser noch einmal und zog dann die schweren Vorhänge zu.

Wieder klingelte es. Und wieder.

Sie lief im Wohnzimmer auf und ab. Eine halbleere Weinflasche stand offen auf dem Sofatisch. Sie atmete. Drei Sekunden ein, drei Sekunden aus. Sie hielt sich fest die Ohren zu.

Ein normaler Mensch würde einfach an der Tür nachsehen, wer dort war.

Stella betrat die geräumige quadratische Eingangshalle. Ein Kronleuchter mit unzähligen runden Glasscheiben schraubte sich spiralförmig von der Decke durch das Treppenhaus herunter. Als sie einen Schalter umlegte, reflektierten die hellgrauen Wände das Licht, es funkelte überall, viel zu grell. Sie war verwirrt, als hätte sie ein Spiegelkabinett betreten und die Orientierung verloren. Sie würde nicht in Panik geraten. In Hilltop hatte noch nie jemand versucht, ihr etwas anzutun. Menschen, die einem etwas antun wollten, kündigten sich nicht an oder warteten darauf, eingelassen zu werden. Aber sie konnte sich nicht denken, weshalb jemand mitten in einem Schneesturm bei ihr klingeln sollte.

Sie warf einen Blick auf den Monitor an der Wand neben der Haustür. Draußen war eine junge Frau. Sie stand auf der Schwelle, die Arme um die Brust geschlungen, und trat von einem Fuß auf den anderen. Über ihre langen, hellen Haare hatte sie eine Beanie gezogen, tief ins Gesicht. Eine kurze Lederjacke, verziert mit Nieten und Reißverschlüssen, reichte ihr kaum bis über die Taille.

Stella nahm den Hörer zur Hand. »Ja?«

»Mir ist eiskalt. Kann ich reinkommen?« Schneeflocken wirbelten um sie herum, während sie in die Sprechanlage brüllte. Sie zitterte vor Kälte und sah nicht sonderlich nach einer Bedrohung aus. »Dürfte ich mal telefonieren?«

Sie blickte hoch in die Kamera. Der Bildschirm zeigte ein hübsches Gesicht mit Katzenaugen und hohen Wangenknochen.

»Tut mir leid«, sagte Stella. »Nein. Versuchen Sie es bei den Nachbarn.« Sie legte den Hörer wieder auf.

Dann wartete sie, bis der Bildschirm schwarz wurde und die Person dort draußen verschwunden war, kehrte ins Wohnzimmer zurück und nahm ihren Platz am Fenster ein. Aber ihr war unbehaglich zumute. Der Bann war gebrochen. Der Schnee, der alles bedeckte – den Rasen, die Bäume und die Hügel dahinter –, hatte nichts Magisches mehr. Sie war nicht gern allein. Tagsüber war es schwierig, nachts fast unmöglich.

Die Luft zerstob, als die Klingel wieder schrillte.

Auf die Polizei würde es kaum Eindruck machen, wenn sie anrief, um sich zu beschweren, dass eine junge Frau bei ihr geklingelt hatte. Und ihren Mann wollte sie nicht stören. Aber sie würde ihn so gern anrufen und fragen, was sie machen sollte. Ihr BlackBerry lag direkt neben ihr. Sie nahm ihn in die Hand. Fuhr mit den Fingern über die Tasten. Legte ihn wieder hin. Sie würde Max nicht anrufen, sie würde die Situation selbst bewältigen. Es ging ihr langsam besser. Nein, das stimmte natürlich nicht. Sie war allein und hilflos und nutzlos. Sie wollte Max. Wenn es nach ihr ginge, hätte sie ihn den ganzen Tag bei sich zu Hause.

Max verdiente eine bessere Ehefrau. Er hatte sie gerettet, und dann war alles den Bach runtergegangen, was absehbar gewesen war.

Sie kehrte zur Haustür zurück, die in ihr aufsteigende Wut machte ihrer Nervosität Konkurrenz. Der Überwachungsmonitor zeigte wieder die junge Frau mit der fast bis zu den Augenbrauen heruntergezogenen Mütze und der absurd kurzen Lederjacke, die nicht wärmte.

»*Was ist denn?*«, fragte Stella.

Das Mädchen blickte hoch zur Kamera. »Ich hab mal hier gewohnt«, plapperte sie los. »Ich bin aus London hergekommen, um mein altes Haus zu sehen. Ich wusste nicht, dass es so stark schneien würde. Alles ist gefroren, und der Rückweg den Hügel hinunter ist wirklich steil. Kann ich bitte, bitte reinkommen?«

Stella merkte, dass das Mädchen draußen sehr jung war. Sie konnte nicht älter als fünfzehn sein. Vierzehn vielleicht. Ein Kind.

»Ich rufe dir ein Taxi zum Bahnhof«, sagte Stella.

»Das geht nicht. Die haben dichtgemacht, weil es so schneit. *Bitte.* Die U-Bahn fährt auch nicht, ich sitze hier fest. Über die Straße kann ich nicht runter, da breche ich mir den Hals.« Vor Entrüstung und Verzweiflung sprach das Mädchen immer lauter. »Kann ich nicht einfach reinkommen?«

Das Mädchen zitterte vor Kälte. Ihre Lippen waren eine lila Scharte, erschreckend dunkel vor der Blässe ihres Gesichts. Sie sah aus, als würde sie gleich zu weinen anfangen. Sie tat Stella leid. Aber nicht leid genug, um es zu riskieren, die Tür aufzumachen.

»Nein«, sagte Stella. »Versuch es bei einem der anderen Häuser. Du hast eine ganze Straße, aus der du eins auswählen kannst.«

»Bitte«, sagte das Mädchen. »Mir ist so kalt. Warum können Sie mich nicht einfach reinlassen?« Schmollend schaute sie in die Kamera und stampfte mit ihren weißen Turnschuhen auf den schwarzen Marmorfliesen auf.

Stella knallte den Hörer wieder in die weiße Plastikhalterung und sah zu, wie sich das Mädchen vergeblich bemühte, warm zu bleiben. Sie ging auf und ab, hinterließ ein planloses Muster in dem Schnee vor Stellas Haustür. Sie schlang die Arme um sich und hüpfte auf und ab. Irgendwann hörte sie dann auf zu kämpfen. Sie sank zu Boden, den Kopf auf den Knien.

Die Kälte musste unerträglich sein, wie eine Folter.

Die Minuten verstrichen, während Stella vor dem Kamin auf ihrem grauen Leinensofa saß. Sie drückte die nackten Füße in den weichen chinesischen Zierteppich. Sie stand auf. Sie ging um den marineblauen Rand des Teppichs, setzte einen Fuß vor den anderen, als wäre sie eine Seiltänzerin. Bei dem gelb-orangefarbenen Papagei, der in die rechte Ecke gestickt war, blieb sie stehen. Sie verstand nicht, warum das Mädchen darauf bestand, bei ihr vor der Tür zu warten.

Ihre Gedanken kamen schnell und bruchstückhaft. Eines Tages würde es anders sein. Sie würde von ihren Ketten befreit sein. Aber sie verlor Zeit. Es fiel ihr immer schwerer, sich daran zu erinnern, wie sie vorher gewesen war.

Im Haus war es still.

Fast vierzig Minuten waren vergangen, seit es zum ersten Mal geklingelt hatte. Das Mädchen am Eingang musste beschlossen haben, es mit dem starken Gefälle der Victoria Avenue aufzunehmen. Sie hatte recht: Beim Abstieg könnte sie ausrutschen und hinfallen. Aber trotzdem – Stella versuchte, ihre Schuldgefühle zu dämpfen –, was war das Schlimmste, was ihr passieren konnte? Sie bekam vielleicht einen nassen Po. Und wenn das Mädchen es einmal geschafft hatte und unten angekommen war – nasser Po hin oder her –, konnte es die High Street entlanggehen und wäre innerhalb weniger Minuten in dem gemütlichen Gasthaus. The Royal Oak: guter Wein, ein offener Kamin und freiliegendes Gebälk. Der Fernseher über dem Kamin war am unteren Rand angeschmolzen, aber niemand schien zu bemerken, dass Feuergefahr bestand. Stella spürte die weichen Lammfellüberwürfe auf der Haut. Sie schmeckte die Bloody Mary – sie wurde aus einem Glaskrug auf dem Tresen eingeschenkt, Zitronenscheiben lagen auf dem Holzbrett daneben bereit. Max hatte alles beschrieben. Sonntagabends ging er oft allein dorthin. Stella war nie mitgegangen, aber vielleicht sollte sie es tun, wenn er am nächsten Tag zu ihr nach Hause kam, zum ersten Mal. Er musste sich sehr wünschen, dass sie einmal aus dem Haus ging, auch wenn er es gut verbarg.

Die Stille war drückend geworden, sie lastete auf ihr, und die Dunkelheit rückte näher.

Max würde sie nicht in eine Welt zurückzwingen, die ihr Angst machte. Aber sie versteckte sich schon sehr lange. Immer häufiger fürchtete sie, es wäre zu spät. Wie auch immer sie es betrachtete, sie war eine Einsiedlerin.

Mit etwas Glück belästigte das Mädchen nun die Nachbarn, Familien mit Kindern unterschiedlichen Alters, die Stella nie kennengelernt hatte.

Vielleicht war sie aber auch noch draußen und harrte aus.

Die Stille und das Warten wurden unerträglich.

Hilltop war ihr Zuhause, darin war sie in Sicherheit. Sie wusste, wohin der Weg führte, der mit Paranoia und Selbstmitleid gepflastert war – sehr wahrscheinlich in eine Gummizelle. Sie war ganz bestimmt in Sicherheit. Nichts hatte sich geändert; niemand konnte hereinkommen. Es war nur ein Mädchen.

Hilltop war ihr eigenes privates Königreich, ihr Palast und ihr Gefängnis.

Stella ging wieder zum Eingangsbereich. Sie kippte die Lamellen der Jalousie ein wenig und blickte hinaus in die silbergraue Landschaft. Schwere Schneeflocken wirbelten durch die Luft, als wären eine Million Daunenkissen am Himmel aufgeschlitzt worden. Mit jeder Sekunde, die verging, wurde das Licht schwächer.

Das Mädchen saß mit dem Rücken an der Haustür aus poliertem Edelstahl, die Knie an die Brust gezogen, den Kopf gesenkt. Sie war ein Kind: hilflos und frierend.

Stella verspürte Aufregung, etwas, wovor sie sich normalerweise hütete. Ein wenig von ihrem alten Ich rührte sich in ihrer Brust. Sie musste ein Wagnis eingehen, musste das Invalidenleben, das sie sich geschaffen hatte, zerschlagen, bevor es endgültig zu spät war. Sie musste wissen, dass sie noch nützlich sein konnte, für irgendjemanden. Sie mochte nicht mehr drinnen sein, bewegungsunfähig darauf warten, dass etwas passierte, mochte nicht mehr warten, bis es ihr besser ging, während andere Menschen einfach ihr Leben weiterführten und ihr Mann wegblieb. Sie tippte den Code ein und schaltete die Bewegungsmelder aus. Die linke Hand ließ sie auf dem Türgriff liegen. Dort draußen war ein Mensch, der allein war und Qualen litt. Mit der rechten Hand langte sie nach dem Riegel. Sie öffnete die Tür.

Der düstere Himmel war violett durchsetzt. Eisige Luft fegte herein, dicke Schneeflocken wirbelten durch die offene Tür und schmolzen auf dem beheizten Boden.

Das Mädchen war weiß überzuckert. Überall saßen Eiskristalle, in den Haaren und auf den Schultern, sie hafteten an ihren Leggings und Schuhen.

Sie blinzelte zu Stella hoch. »Das ist scheißkalt hier draußen«, sagte sie.

Ihre blauen Augen waren trotzig und voller Misstrauen. Sie blieb, wo sie war, nicht sicher, ob sie hereingebeten werden würde. Sie machte keine plötzlichen Bewegungen und versuchte nicht, sich eigenmächtig Einlass zu verschaffen. Sie wartete auf eine Aufforderung.

Stella trat einen Schritt zurück und nickte. Mit steifgefrorenen Fingern nahm das Mädchen die Tasche und rappelte sich auf. Sie trat über die Schwelle.

Stella schloss die Haustür hinter ihr, sperrte ab und wandte sich um, um ihren ungebetenen Gast genauer zu betrachten. Das Mädchen war wie ein verängstigtes Reh. Feuchte Haarsträhnen klebten ihr im Gesicht. Die Jacke war offen und zeigte ein bauchfreies T-Shirt und ein wenig blasse Gänsehaut. Knochige Knie zeichneten sich unter engen schwarzen Leggings ab. Sie hielt sich am Riemen ihres Rucksacks fest und wippte in ihren schmutzigen weißen Laufschuhen auf und ab. Das Mädchen zog sich die Mütze aus, die Finger waren immer noch bläulich. Sie schüttelte ihre langen nassen Haare aus, und dabei fiel ihr Blick auf den gewaltigen Kronleuchter. Mit großen Augen blickte sie hinauf.

Stella war mit ihren eins zweiundsechzig nicht gerade groß, doch das Mädchen war noch einen Kopf kleiner. Ganz abgesehen von den zusätzlichen zwei, drei Zentimetern der Turnschuhsohlen. Stella kam sich dumm vor, weil sie Angst gehabt hatte.

»Meine Zehen brennen«, sagte das Mädchen. »Und ich spüre die Finger nicht mehr.« Sie funkelte Stella böse an, als wäre sie verantwortlich für ihre Schmerzen. Sie ballte die Hand zur Faust, löste die Finger wieder und betrachtete ihre Hände, als gehörten sie jemand anderem. Ihre Augen glitzerten, und Stella fürchtete, sie würde gleich zu weinen anfangen.

»Zieh dir doch die Schuhe aus.« Stella fiel ein, dass sie Erfrierungen haben könnte.

Das Mädchen bückte sich und versuchte mit steifgefrorenen Fingern, die Schnürsenkel aufzubinden. Es dauerte ewig, bis es ihr gelang, die Doppelknoten zu lösen. Während Stella wartete und zusah, zog sich das Mädchen die Turnschuhe aus und stellte sie nebeneinander auf die Fußmatte. Sie trug keine Socken, die Zehennägel waren schwarz lackiert.

»Die solltest du auch ausziehen.« Stella zeigte auf ihre Jacke. Aus der Nähe war zu sehen, dass sie nur aus dünnem Polyester bestand.

Das Mädchen schüttelte verneinend den Kopf.

»Komm rein, der Kamin ist an – da ist es wärmer«, sagte Stella.

Sie ging Richtung Wohnzimmer und zeigte auf die Tür, als wolle sie ein verängstigtes Tier ermutigen, ihr zu folgen. Sie fühlte sich energiegeladen, vielleicht war sie aber auch nervös, das war schwer zu unterscheiden. Das Mädchen folgte ihr, barfuß und wieder den Riemen des Rucksacks umklammernd. Sie sah nicht so aus, als würde sie sich in ihrem früheren Zuhause wohl fühlen. Mit ihren feuchten Haaren und der durchnässten Kleidung stand sie reglos neben dem Sofa.

Stella hatte ein schlechtes Gewissen, weil sie das Mädchen so lange draußen gelassen hatte. Sie nahm die Karodecke von der Sofalehne und schüttelte sie aus. Sie wagte sich einen Schritt vor und hielt ihr die Decke hin. Als das Mädchen nicht zurückwich, legte Stella ihr die Decke um die Schultern und hüllte sie fest darin ein. Das Mädchen hielt sie mit steifen Fingern fest. Da sah Stella es wieder, das Misstrauen in ihren Augen, und wich unwillkürlich zurück.

»Setz dich vor den Kamin«, sagte sie.

Das Mädchen nahm Platz, hockte sich auf die Sofakante, mit dem Rücken zu Stella, und starrte in die kleinen Flammen. Sie zitterte immer noch. Stella blieb hinter ihr stehen, unsicher, was sie als Nächstes tun sollte.

»Ich sollte deine Eltern anrufen und ihnen sagen, dass du hier bist«, meinte sie.

»Meine Zehen tun echt weh.«

Stella überlegte, ob sie vielleicht einen Arzt für dieses seltsame, leichtsinnige Mädchen suchen musste, das bei arktischen Bedingungen kaum bekleidet herumlief. Sie ging herum und setzte sich ans andere Ende des Sofas. Ihr fiel auf, wie hübsch das Mädchen war. Außergewöhnlich hübsch. Ihre tiefliegenden Augen hatten die Farbe des Himmels an einem klaren Sonnentag.

Ihre Haare wurden langsam trocken und bildeten weiche goldene Wellen, die ihre Wangen umspielten. Ihre Haut war samtweich. Die Oberlippe war ein klein wenig zu schmal, aber die Unterlippe war voller, ein wenig aufgeworfen. Sie war so jung.

»Warum glotzen Sie mich so an?«, fragte das Mädchen.

»Ich heiße Stella. Und du?«

»Blue.«

Blue, Blau, das war die Farbe ihrer Augen. Blue hörte sich nicht an wie ein richtiger Name.

»Ist Blue dein Spitzname?«

»Es ist mein richtiger Name.«

»Und wie heißt du mit Nachnamen?«

Blue rieb sich die trockenen Lippen, noch blau vor Kälte, und zögerte, ihr Blick huschte von links nach rechts durch den Raum. »Cunningham«, sagte sie.

Stella hätte nicht sagen können, ob sie log.

»Wir müssen zusehen, dass du nach Hause kommst«, sagte Stella. »Wir müssen jemandem sagen, dass du hier bist.«

»Ich gehe nicht heim.« Das Mädchen sagte das mit einer gewissen Entschlossenheit, die Stella besorgte.

»Warum nicht?«, fragte Stella.

»Ich habe mit meiner Mutter gestritten. Sie lässt mich nicht mehr rein.«

»Blue, auch wenn du mit deiner Mutter gestritten hast, macht sie sich Sorgen um dich.«

Keine Antwort.

»Nun ja – ich muss trotzdem jemanden anrufen, um Bescheid zu geben, dass du in Sicherheit bist. Gibt es außer deiner Mutter noch jemanden, den ich anrufen könnte?«

Blue schüttelte den Kopf, sie sah Stella nicht an, sondern schaute ins Feuer. Sie zitterte nicht mehr ganz so sehr, aber hin und wieder bebten ihre Schultern.

»Wir müssen dich irgendwie nach Hause bringen«, sagte Stella. Ihre Worte klangen leer, gebetsmühlenartig, lahm.

»Ich habe gar nicht hier gewohnt«, sagte das Mädchen. »Das hab ich mir ausgedacht.« Sie sah Stella an. Ihre Augenfarbe schien sich zu verändern, das Blau wurde dunkler und intensiver, die Augen nahmen die Farbe von kaltem, hartem Tansanit an.

Stella neigte den Kopf von einer Seite zur anderen, versuchte, die Muskeln zu lockern, die sich in Genick und Schultern angespannt hatten. »Warum bist du dann hergekommen?«

Wenn sie in Panik geriet, wenn sie zu schnell atmete, wenn sie zuließ, dass ihr Herzschlag außer Kontrolle geriet, dann war sie verloren. Sie hätte nach oben gehen sollen, als es geklingelt hatte, die Tür ihres Schlafzimmers schließen, eine Schlaftablette nehmen, den verdammten Lärm ignorieren sollen. Ihr wurde eng in der Brust, sie bekam nicht genügend Luft.

»Ich bin hier, weil ich zu Dr. Fisher muss«, sagte das Mädchen.

»Meinem Mann?«

»Ja.« Blues Mund bildete eine störrische Linie, und sie fing an, sich an den Unterarmen zu kratzen.

Die vierte Sitzung

Zu Beginn der Sitzung saß er ganz still und ernst da und wartete darauf, dass sie zuerst sprach. Er hatte die Lider hinter seiner Lesebrille halb gesenkt, sodass sie nicht sehen konnte, was er empfand. Er trug stets Anzug und Krawatte. Soweit sie es beurteilen konnte, hatte er zwei Anzüge: einen marineblauen und einen braunen. Seine Schuhe waren schwarz und glänzend und sahen teuer aus, mit eckigen Kappen. Sein Bauch wölbte sich leicht unter dem Hemd. Das machte ihr gar nichts aus. Ihr gefiel es auch, dass er nicht zu groß war und einen Bart trug. Sie wusste nicht wieso, aber das gefiel ihr alles.

Er beobachtete sie immer noch.

»Ich hasse diese Sessel«, sagte sie.

Er sagte immer noch nichts.

»Warum stellen Sie Ihren Sessel so weit weg von meinem?« Sie klang ein bisschen weinerlich. »Eigentlich hasse ich die Sessel gar nicht. Ich könnte mich in meinem zusammenrollen und den ganzen Tag hierbleiben und nicht nach Hause gehen. Ich würde einfach hier bei Ihnen bleiben.«

Sie beugte sich vor, steckte sich eine Haarsträhne in den Mund. Die Männer schauten sie alle an, immer. Auch er schaute sie an, genauso, da war sie sich sicher, aber er versuchte, es zu verbergen. Er setzte sich auf seinem Stuhl zurecht, schlug die Beine andersherum übereinander. Er lehnte sich zurück und stützte das Kinn in die Hand. Sie blickte hoch zur Uhr. Fünf Minuten waren vergangen. Das hieß, es blieben noch fünfundvierzig. Mit den Fingern der rechten Hand knetete sie ihre Unterlippe. Er sah sie immer noch an. Sie fragte sich, ob er wohl alle seine Patienten so anstarrte. Ihr gefielen seine Lippen – sie waren relativ schmal, aber sexy. Solange sie denken konnte, war sie immer bei irgendeinem Therapeuten gewesen. Er war ihr bis jetzt der liebste.

Sie trug die Bluse ihrer Schuluniform, die beiden obersten Knöpfe waren geöffnet. Sie spielte mit dem nächsten Knopf, schob ihn durch das Knopfloch. Sie beugte sich ein wenig nach vorn und beobachtete seine Reaktion. Er räusperte sich.

»Ich denke viel an Sie«, sagte sie.

»Ich bin dein Arzt«, sagte er. »Unsere Beziehung hat Grenzen, die sehr wichtig sind. Verstehst du das?«

»Ich denke daran, wie Sie mich küssen. Ich denke viel daran. Ich weiß nicht warum, aber ich denke einfach daran.«

Er hatte die Hände fest im Schoß verschränkt, als hätte er Angst davor, was passieren könnte, wenn er losließe. »Das ist keine Verführung«, sagte er. »Das ist eine Therapiesitzung. Du solltest dir da keine falschen Vorstellungen machen.«

Aber sie hatte schon eine Menge eigener Vorstellungen.

»Es könnte aber eine Verführung sein«, sagte sie.

»Es gibt auch noch andere Arten von Beziehungen«, sagte er. »Ich meine andere als sexuelle.«

Sie schob sich die Hand in die Bluse und streichelte die samtene Haut zwischen den Brüsten. Dann fuhr sie mit einem Finger unter das Körbchen ihres BHs und suchte die Brustspitze.

»Du musst aufhören, das zu tun, sonst müssen wir die Sitzung beenden.«

Sie nahm die Finger aus der Bluse. Sie setzte sich auf beide Hände. »Gut. Worüber soll ich reden?«

»Das kannst nur du selbst wissen.«

»Jetzt hören Sie aber auf.«

»Bist du böse? Sollen wir uns das genauer ansehen?«

Sie schüttelte den Kopf. »Ich bin nicht böse auf Sie.«

Sie zupfte an einem losen Faden an der Armlehne des Sessels herum. Ihr gefiel es, wenn er ihr seine ganze Aufmerksamkeit widmete, aber fünfzig Minuten, das war viel zu kurz, viel zu wenig Zeit. Sie seufzte. Mit der linken Hand massierte er sich die Stirn. War er Links- oder Rechtshänder? Sie betrachtete seine Hand, mit der er sich immer noch über die Stirn strich, stellte sich vor, wie seine Finger sie streichelten. Sie verlagerte das Gewicht, stellte die Beine nebeneinander und drückte sich fest gegen die Sitzfläche. Sie wollte, dass er sich in sie verliebte, sie mit nach Hause nahm, für sie sorgte, für immer. Sie sah gut aus. Besser als die meisten anderen Frauen. Warum sollte er sie nicht begehren? Viele Männer seines Alters wollten auf diese Art mit ihr zusammen sein, dafür hatte sie Beweise. Und jetzt begehrte sie ihn. Sie rutschte vom Sessel auf den Boden, lächelte ihn dabei leicht an. Sie setzte sich neben den Sessel, zog die Knie an die Brust. Sie sagte nichts.

»Ich kann keine Gedanken lesen«, sagte er. »Du musst mir sagen, wobei ich dir helfen soll.«

Sie hob die Arme über den Kopf und streckte sich.

»Wie fühlst du dich jetzt gerade?«, fragte er.

»Feucht. Und wie fühlen Sie sich?«

»Wenn das so weitergeht, muss ich die Sitzung für heute beenden.«

Er war nervös. Das sah sie in seinen Augen und hörte es in seiner Stimme, er klang ganz verkrampft und verspannt. Sie hielt ihre Knie umschlungen und wiegte sich, blickte dabei zu ihm auf. Sein Hemd war bis zum Hals zugeknöpft. Er trug eine rosa Krawatte. Er trug außerdem einen Ehering. Sie fragte sich, wie es wohl war, wenn sie zusammen schliefen. Sie hasste seine Frau. Es war nicht gerecht, wahrscheinlich war sie eine Frau, die schon immer alles gehabt hatte: Eltern, die einander liebten, eine schöne Kindheit in einem schönen Haus mit Katzen und verdammten Hunden. Ein richtig großes, sauberes Haus, in dem nicht geschrien und gebrüllt und auf gar keinen Fall getrunken wurde. Mit einem Kinderzimmer, das ihre Eltern für sie mit rosa Mädchenkram ausgestattet hatten, mit einem Bett mit rosa Zudecke und passendem Kissen mit Rüschen sowie einer rosa Tapete mit Elfen darauf. Sie sah alles vor sich. Puppen und Spielzeug zum Knautschen. Als zukünftige Ehefrau sollte sie ganz behütet aufwachsen und sich mögen, und dann würde sie auf die Universität gehen und einen Mann wie ihn kennenlernen.

Das war nicht gerecht.

Andererseits war sie schön, und sie war jung. Und manche Männer mochten junge Mädchen. Hübsch auszusehen, damit kam man schon weit. Sie wollte ihn. Und nicht nur einmal die Woche für fünfzig Minuten.

»Sie haben mich gefragt, wie ich mich fühle«, sagte sie. »Und jetzt wollen Sie mich bestrafen, weil ich Ihnen die Wahrheit gesagt habe.« Sie war wirklich sauer.

Er wurde weicher, das sah sie. »Glaubst du denn, dass dir Sex hilft? Um die Beziehungen zu bekommen, die du möchtest?«

»Vielleicht. Ich weiß es nicht.«

»Wer hat dir beigebracht, dass das einzig Wichtige an dir, das einzig Wertvolle deine Sexualität ist?«

»Niemand hat mir irgendwas beigebracht.«

»Und empfindest du irgendetwas darüber?«

»Ich will nicht über meine Gefühle reden.«

»Also baust du eine Mauer zwischen uns. Eine Mauer der Sexualität. Und wir werden dein wirkliches Ich hinter dieser Barriere nie kennenlernen.«

»Das ist keine Mauer. Ich will Ihnen nahe sein. Ich will keine Mauer.«

Auf Händen und Knien kroch sie zu ihm hin, bis sie seine Füße erreicht hatte. Er rührte sich nicht. Er hatte die Beine übereinandergeschlagen und die Hände im Schoß gefaltet.

»Du kennst unsere Vereinbarung«, sagte er. »Kein Theater. Keine Berührungen.«

»Bitte«, sagte sie. »Ich will nur den Kopf an Ihr Knie lehnen. Mich hat niemals jemand berührt oder umarmt, nie.« Okay, das waren alles Lügen.

Sie beugte sich vor, berührte sein Knie mit der Stirn. Der Stoff seiner Hose fühlte sich ein wenig rau auf der Haut an. Sie spürte die harte Kante seines Knies, als sie sich an ihn drückte. Sie schloss die Augen.

Grove Road Clinic, April 2009

Stella holte die Akte mit der Aufschrift *Simpson* hervor und ging ihre Notizen ein weiteres Mal durch. Die Familie war vor mehr als einem Jahrzehnt zuerst dem Sozialamt aufgefallen, dann dem Gericht; jetzt hatte sie den Fall in Gestalt eines verworrenen Durcheinanders von Beschuldigungen und Gegenbeschuldigungen zweier verfeindeter Elternteile auf den Tisch bekommen. Es waren bereits mehrere Fachleute damit beschäftigt, und es herrschte immer eine pessimistische Stimmung, wenn man versuchte, in einem Fall Fortschritte zu machen, wo der Hass zwischen den Eltern alle Fakten verschleierte und wo das Kind ein Pfand zwischen zwei Lagern war. Vor Gericht war bereits langwierig und erbittert verhandelt worden, und der Staat zahlte einen hohen Peis für ihren häuslichen Krieg.

Die Wahrheit kannte niemand. Nicht das Sozialamt, nicht die Anwälte, nicht der Vormund des Kindes und ganz gewiss nicht der Richter – und aus ebendiesem Grund hatte er ein psychologisches und psychiatrisches Gutachten beider Elternteile angefordert.

Stella hatte zur Vorbereitung auf ihren ersten Termin mit Lawrence Simpson zwei Aktenordner mit Hintergrunddokumenten zusammengefasst. Seine Tochter war drei Monate zuvor in eine Pflegefamilie gekommen, nachdem sie den Rettungsdienst angerufen hatte, weil sie ihre Mutter nach einem Alkoholexzess bewusstlos im Badezimmer gefunden hatte.

In seiner letzten Aussage hatte Simpson behauptet, seine Exfrau sei nicht in der Lage, ein Kind zu erziehen, und er beantragte das alleinige Sorgerecht. Die Mutter hatte schon länger Alkoholprobleme und eingestanden, rückfällig geworden zu sein, aber sie wollte sich in Behandlung begeben.

Der letzte Vorfall war nicht der einzige, aufgrund dessen die Tochter zu einer Pflegestelle kam: Es hatte zuvor drei Vorkommnisse gegeben, allesamt, als sie zwischen sechs Monaten und drei Jahren alt war. Stets hatte es etwas mit dem Alkoholkonsum der Mutter zu tun gehabt. Simpson hatte schon vorher das Sorgerecht beantragt, als seine Tochter noch ein Kleinkind war, aber trotz der Probleme der Mutter wurde das Verhältnis zwischen Mutter und Kind immer als warm und liebevoll beschrieben, und Simpson hatte keinen Erfolg gehabt. In den letzten Jahren schien sich alles beruhigt zu haben, und die Akte war vom Sozialamt geschlossen worden, bis der neueste Rückfall der Mutter den Prozess wieder in Gang gesetzt hatte.

Simpson behauptete, seine Exfrau habe schon lange, bevor sie ihn kennengelernt hatte, ein Alkoholproblem gehabt. Doch nach Aussage der Exfrau hatte sie aufgrund seines kontinuierlichen Missbrauchs, sowohl physisch als auch psychisch, angefangen zu trinken. Die Exfrau war nicht sonderlich glaubwürdig. Sie war seit mehreren Jahren arbeitslos, nachdem ihr gekündigt worden war, weil sie codeinhaltige Schmerzmittel aus der Apotheke gestohlen hatte, wo sie erst vor kurzem angestellt worden war. Sie war mehrmals in Entzugseinrichtungen des National Health Service gewesen.

Es gab nur dürftige Einzelheiten über die Beziehung zwischen Simpson und seiner Frau im Lauf der Jahre. Offenbar hatten sie sich mehrfach getrennt und waren wieder zusammengekommen, lebten aber seit mindestens sechs Jahren getrennt. Mutter und Kind hatten in einer Sozialwohnung von der Beihilfe gelebt, in einer zweifelhaften Gegend, wo es nur schlechte Schulen gab. Simpson hingegen war es nach dem Ende seiner Ehe immer besser gegangen. Er war Allgemeinarzt mit einer gutgehenden Praxis in einer wohlhabenden Gegend, hatte eine neue feste Beziehung und eine Doppelhaushälfte mit drei Schlafzimmern.

Stellas Chef Max Fisher würde mit der Mutter sprechen und eine Meinung dazu abgeben, ob sie an einer psychischen Störung litt und wie ihre Alkoholabhängigkeit einzuschätzen war. Er hatte Stella gebeten, ein Persönlichkeitsprofil des Vaters zu erstellen. Sie freute sich über diese Aufgabe und nahm sie als Beweis, dass er ihren Fähigkeiten bis zu einem gewissen Grad vertraute. Max war seit über zehn Jahren Facharzt, während Stella ihre Qualifikation erst seit etwas mehr als zwei Jahren erworben hatte; wenn sie an seiner Seite an einem so komplexen Fall arbeitete, konnte sie nicht nur dabei lernen, es war auch eine faszinierende Aufgabe.

Max dachte, sie könnten als Team vielleicht als Erste einen Erfolg erzielen.

Stella legte drei leere Fragebögen auf ihrem Schreibtisch zurecht und Bleistift und Radiergummi daneben. Langsam atmete sie ein. Sie freute sich immer darauf, einen neuen Klienten kennenzulernen, war aber gleichzeitig nervös. Es gehörte zu ihrem Beruf zu beurteilen, ob jemand geeignet war, die eigenen Kinder zu erziehen oder nicht, und jedes Mal kam sie sich dabei einen Moment lang wie eine Betrügerin vor: Sie war jung und unqualifiziert und versteckte sich hinter ihrem Titel und den schicken Sprechzimmern.

Die Grove Road Clinic war in einem herrschaftlichen edwardianischen Gebäude aus rotem Backstein untergebracht. Anne, die Praxismanagerin, hatte schicke und professionelle Sprechzimmer eingerichtet, die alle mit antiken Schreibtischen und schlanken Laptops ausgestattet waren. An den cremefarbenen Wänden hingen Ölbilder, die hauptsächlich Blumen und Boote zeigten. Jalousien und Doppelverglasung im ganzen Gebäude, die den Lärm der vielbefahrenen Straße draußen abschirmten, schufen eine ruhige Atmosphäre. Es war ein schöner Arbeitsplatz.

Eine mit Teppich belegte Wendeltreppe führte Stella von ihrem Sprechzimmer im ersten Stock in den Warteraum im Erdgeschoss mit dem Empfangsbereich, der leicht nach Jasmin duftete.

»Ihr nächster Termin wartet«, sagte Anne. Sie hielt sich gern in der Nähe der Rezeption auf und behielt das Kommen und Gehen von Patienten und Mitarbeitern im Auge. Sie war Beherrschung und Perfektion in Person, mit stets gepflegter Frisur und lackierten Nägeln. Wie gewöhnlich trug sie eine tief ausgeschnittene Bluse, mit der sie die Aufmerksamkeit auf ihre Brüste lenkte, die Stellas Meinung nach verdächtig fest und aufrecht waren. Anne handhabte ihre Stifte, das Telefon und das iPad viel zu präzise, was Stella automatisch beklommen machte.

Mit der Fernbedienung der Klimaanlage zeigte Anne auf das Wartezimmer. »Dr. Simpson ist seit zwanzig Minuten da«, meinte sie.

Es gelang ihr zu suggerieren, dass Stella zu spät zu ihrem Termin kam, während jedoch in Wahrheit der Besucher zu früh war und Stella pünktlich.

Er wartete auf dem roten Ledersofa auf sie, die Arme fest verschränkt, die Beine übereinandergeschlagen, sein schlanker Körper war von Kopf bis Fuß angespannt. Neben ihm lag ein Stapel Zeitschriften: die neuesten Ausgaben von *Hello*, *Vogue* und *Men's Health*, von Anne kunstvoll spiralförmig hindrapiert. Der leichte Lesestoff war unberührt.

»Dr. Simpson?«, fragte Stella.

Er nickte. Er lächelte nicht und fühlte sich sichtlich unbehaglich. Die meisten ihrer gerichtsmedizinischen Klienten reagierten so, wenn sie Stella das erste Mal trafen, und sie nahm es nicht persönlich. Schließlich wurden sie von den Familienrichtern im

Prinzip dazu gezwungen, zu ihr zu gehen. Auf diesen Eltern lastete ein enormer Druck, sich im besten Lichte zu zeigen, daher fürchteten sie sich vor ihr.

Simpsons kantiges Gesicht war glattrasiert. Seine hellen Haare waren akkurat geschnitten und zur Seite gekämmt. Er trug einen marineblauen Anzug mit einem makellosen weißen Hemd und einer gelben Krawatte. Seine schwarzen Halbschuhe glänzten. Sie würde das in ihrem Bericht festhalten; sein Äußeres war »sehr gepflegt«, gelinde gesagt.

»Ich bin Dr. Davies«, stellte sie sich vor. Bei der Erwähnung ihres Doktortitels glaubte sie zu sehen, wie er zusammenzuckte.

Er stand auf und streckte ihr langsam die Hand entgegen. Sein Blick wanderte von oben nach unten, über ihre schwarze Kostümjacke, ihren Rock und ihre hohen Absätze. Sein Händedruck war fest und warm. Stella lächelte. »Wir gehen in den ersten Stock«, sagte sie.

Als er ihr die Treppe hinauf folgte, fragte sie sich unwillkürlich, worauf er wohl den Blick gerichtet hatte. Sie hielt ihm die Tür zu ihrem Sprechzimmer auf, und er ließ sich Zeit damit, über die Schwelle zu treten.

Sie hatte zwei Stühle übereck an den Schreibtisch gestellt. »Setzen Sie sich«, sagte sie.

Sobald er saß, nahm er wieder die Position vom Wartezimmer ein, mit verschränkten Armen und übereinandergeschlagenen Beinen.

»Bevor wir anfangen, müssten Sie mir bitte eine Einverständniserklärung unterschreiben«, sagte Stella. »Bitte lesen Sie sie aufmerksam durch. Damit erteilen Sie mir die Erlaubnis, den Inhalt meines Berichts an das Gericht weiterzugeben.«

Sie reichte ihm ein Klemmbrett mit dem Standardformular. Er sah das Papier stirnrunzelnd an, dann unterschrieb er. Als er es ihr zurückgab, schaute er ziemlich säuerlich.

»Ist es in Ordnung, wenn ich unser Gespräch mit dem Diktafon aufzeichne? Dann muss ich mir keine Notizen machen.« Sie lächelte wieder und tat so, als würde sie sein Missfallen nicht bemerken.

»Nein, das ist nicht in Ordnung«, sagte er.

Stella hatte es noch nie erlebt, dass ein Klient diese Bitte ablehnte. Ihre Klienten bekamen von ihren Anwälten gesagt, dass sowieso alles, was besprochen wurde, für den Bericht notiert wurde, deshalb gab es keinen anderen Grund, sich zu weigern, als den, ihr das Leben schwerzumachen.

»Es würde mir die Zeit sparen, in der ich sonst Notizen machen muss, wenn ich mit Ihnen rede«, sagte sie hoffnungsvoll.

»Keine Aufnahmen«, sagte er. Er sah sich im Zimmer um, als würde er nach versteckter Überwachungsausrüstung Ausschau halten. Er wirkte unruhig, als sei ihm unbehaglich. Es war klar, dass er es schwierig fand, nicht den Ton anzugeben. Er war es gewöhnt, derjenige zu sein, der hinter dem großen Schreibtisch saß. Stella konnte das nachvollziehen; auch sie hatte gern das Sagen.

»Kein Problem. Ich tippe mit, während wir reden. Ich tippe viel schneller, als ich schreibe.« Sie redete, als wäre nichts, aber ihr Geplänkel wurde nicht mit dem Hauch eines Lächelns bedacht.

Irgendwie musste sie ihn für sich gewinnen, musste einen Weg finden, ihn zugänglich zu machen. Seine Persönlichkeit – die Persönlichkeit von jedem ihrer Klienten – konnte sie nur wirklich kennenlernen oder verstehen, wenn wenigstens ein klein wenig Kooperationsbereitschaft bestand. Wenn er wollte, konnte Simpson gar nichts sagen und nichts verraten. Und dann würde Stella sich ihre Meinung auf der Basis einer Leerstelle bilden müssen, auf seinem Wunsch, unerkannt zu bleiben. Das würde weder dem Richter noch dem Kind helfen. Ihre größte Herausforderung bestand darin, einen Zugang zu finden, einen Weg, sein Vertrauen zu gewinnen und ihn davon zu überzeugen, dass es in seinem Interesse lag, mit ihr zu reden. Sie musste ihn überzeugen, dass er hiermit Gelegenheit hatte, seine Seite der Geschichte zu erzählen.

Sie beschloss, mit den Fragebögen zum Ausfüllen anzufangen. Auf diese Weise würde er nicht sofort bohrende Fragen beantworten müssen.

Sie schob ihm ein Blatt Papier auf seine Seite des Schreibtischs hinüber. »Gut«, sagte sie. »Fangen wir hiermit an – die Anleitung steht ganz oben.« Sie zeigte darauf. »Es ist ganz einfach, Sie müssen nur wahr oder falsch ankreuzen. Aber es dauert ein bisschen, bis man alles ausgefüllt hat, etwa eine Stunde. Es sind über fünfhundert Fragen.«

Sie konnte nicht umhin, ein klein wenig Genugtuung zu empfinden, als sie die Bestürzung in seiner Miene sah. Nun war sie an der Reihe, in ihrer subtilen Schlacht zu punkten. Simpson würde kooperieren, er würde den Fragebogen ausfüllen – er musste es, wenn er eine Chance haben wollte, das Sorgerecht für seine Tochter zu bekommen, und das wussten sie beide. Er nahm den Stift zur Hand, wenn auch widerwillig.

Er ließ sich mit jeder Frage ausnehmend viel Zeit.

»Ich kann nicht sagen, ob diese Aussage wahr oder falsch ist – sie trifft nicht auf mich zu«, sagte er.

»Wählen Sie einfach das, was für Sie der Wahrheit am nächsten kommt.«

Er zögerte, frustriert, wie Stella vermutete, weil er zwischen zwei Optionen wählen musste, die seine Gefühlslage nicht exakt wiedergaben. Aber nach zehn Minuten schien er die Antworten bereitwilliger anzukreuzen, und sie sah, dass er sich schneller durch die endlosen Reihen von Aussagen durcharbeitete.

An einer Stelle lachte er, es klang bitter. »Das ist lächerlich«, sagte er. Trotzdem traf er eine Wahl, malte mit seinem spitzen Bleistift einen kleinen dunklen Kreis.

»Kann ich Ihnen einen Tee oder Kaffee anbieten?«, fragte sie.

Sie war nicht ohne Mitgefühl. Sie konnte sich vorstellen, dass sich dieser Vorgang wie eine Entehrung anfühlte, besonders wenn er fälschlicherweise des Missbrauchs beschuldigt worden war. Außerdem brauchte sie selbst einen Kaffee.

»Ja, sehr gern«, sagte er. Er schien dankbar für ihre kleine Geste der Freundlichkeit, und Stella spürte, wie das Eis ein ganz klein wenig schmolz. Er trinke seinen Kaffee schwarz, mit einem Stück Zucker, sagte er.

Stella glaubte nicht, dass er der Typ war, der ihre Handtasche stehlen würde, während sie nicht im Zimmer war. Ihren Laptop und ihre Akten mit den Notizen nahm sie allerdings mit.

Hilltop, 16 Uhr

»Warum willst du zu meinem Mann?«, fragte Stella. Ihr ganzer Körper prickelte vor Misstrauen.

»Ich muss einfach.« Blue kuschelte sich unter die Decke, grub sich tiefer in das Sofa, als wolle sie dort Wurzeln schlagen.

»Woher kennst du meinen Mann?«

»Das kann ich Ihnen nicht sagen.«

»Du kannst es mir schon sagen. Du willst es nur nicht.«

Stella setzte sich aufs Sofa, sie war verärgert und gleichzeitig hilflos angesichts der Sturheit des Mädchens. Sie konnte sie nicht zwingen, ihr die Wahrheit zu sagen. Sie dachte nach. Sie konnte Max anrufen und ihn fragen, ob er sie kannte. Aber aus irgendeinem Grund beschloss sie zu warten, bevor sie ihn einband. Sie blieb erst einmal still sitzen und unternahm nichts, spürte aber die Anspannung vom Nacken die ganze Wirbelsäule hinunter. Sie stemmte die Füße fester in den chinesischen Teppich. Den Blick wandte sie nicht von Blue ab, denn sie traute ihr nicht.

Jetzt, da sie die Jugendliche hereingelassen hatte, war es vielleicht nicht so einfach, sie wieder loszuwerden.

»Mein Mann ist nicht zu Hause«, sagte Stella. Sie verriet dem Mädchen nicht, dass er über Nacht wegblieb. Sie fragte sich, ob Blue wohl allein gekommen war – oder ob sie jemanden mitgebracht hatte, der jetzt draußen wartete. Es war ein Fehler gewesen, die Tür aufzumachen. Sie konnte von Glück reden, dass sich in den wenigen Augenblicken, in denen die Tür offen stand, niemand auf sie gestürzt hatte.

Sie spekulierte, fantasierte, malte schwarz. Vielleicht hatte das

Mädchen ja gar nichts Schlimmes vor. Sie musste weiterhin Herrin der Lage bleiben.

»Wo ist er?«, fragte Blue. »Dr. Fisher?«

Stella gab keine Antwort. Informationen zurückhalten, das konnte sie auch.

»Wann kommt er nach Hause?«

»Später«, sagte Stella.

Blue seufzte und schaute verärgert. Stella hatte das Gefühl, dass sie beim Belohnungsaufschub nicht sehr gut abschneiden würde.

»Kann ich hier bei Ihnen bleiben?«, fragte Blue. »Bis er wiederkommt?«

Körperlich sah sie aus wie eine junge Erwachsene, aber ihre Unverfrorenheit und ihre Ungeduld waren kindlich.

»Wenn du mir nicht die Wahrheit darüber sagst, warum du hierhergekommen bist und woher du ihn kennst, dann nicht.«

»Aber es ist dunkel draußen. Und ich habe kein Geld, um nach Hause zurückzufahren.« Blue schlug die Beine unter und zog sich die Decke fester um die Schultern.

»Das Fahrgeld gebe ich dir sehr gern«, sagte Stella.

»Ich fahre aber nicht. Ich setze mich einfach vor die Tür und erfriere.« Sie schmollte.

»Nur zu«, sagte Stella. »Vielleicht könntest du es dir aber auch anders überlegen und deine Mutter anrufen.«

Sie saßen schweigend auf den gegenüberliegenden Enden des Sofas und weigerten sich beide nachzugeben. Stella fragte sich, ob sie wohl die ganze Nacht dasitzen und über Blue wachen musste, bis Max am nächsten Morgen nach Hause kam.

Nach einer Weile überlegte sie, dass es mit Freundlichkeit vielleicht besser funktionierte als mit Schweigen. »Ist dir noch kalt?«, fragte sie. »Ich kann dir etwas Heißes zu trinken machen.«

Blue nickte. »Haben Sie Kakao?«

»Nein. Tee?«

»Okay.«

Stella stand auf und war froh, ein wenig Abstand zwischen ihnen zu schaffen, als sie den vertrauten Weg in die Küche ging. Der offenen Architektur wegen konnte sie das Mädchen im Auge behalten, während sie zwei Teebecher aus dem Regal nahm. Blue drehte sich auf dem Sofa herum; sie beobachtete Stella genauso aufmerksam, wie Stella sie beobachtete.

Stella ließ den Wasserkocher volllaufen. Aus ihren glänzenden Küchenschränken holte sie Teelöffel, Zucker, Milch. Ihre Gedanken schweiften ab, zerstreuten sich. Die weißen Becher waren das Erste, was sie gekauft hatte, als sie in Hilltop eingezogen waren. Max wollte seine Wohnung in Hampstead komplett eingerichtet lassen, daher hatten sie bei null angefangen, mit gar nichts. Sie spürte ihren Herzschlag, schmeckte das Adrenalin. Neben den Teebeuteln bewahrte sie ein Döschen mit Tabletten auf, nur für den Notfall. Das orangefarbene Licht ging aus, das Wasser kochte. Und noch während sie die bittere Pille auf der Zunge schmeckte, lockerten sich ihre angespannten Muskeln, und ihr Körper reagierte auf die Verheißung der Ruhe, die sie bald einlullen würde.

Mit einem Tablett in den Händen kehrte Stella ins Wohnzimmer zurück. Sie fühlte sich bereits unbeschwerter, es war fast, als würde sie sanft treiben oder fließen. Ihre Hände waren relativ ruhig. Sie stellte beide Becher auf Untersetzer auf dem Sofatisch aus Glas und Chrom. Blue warf die Decke ab, beugte sich vor und rührte zwei Löffel Zucker in ihren Tee. Stella trank ihn normalerweise ohne Zucker, aber nun gab sie spontan einen gehäuften Teelöffel in ihren Becher und rührte um. Tröpfchen heißen Tees spritzten auf ihren Tisch. Sie hielt den Becher mit beiden Händen und spürte, wie ihre Handflächen anfingen zu brennen. Blues Hände zitterten, als sie ihren Becher hob.

»Und?«, fragte Stella. Sie versuchte freundlich, aber doch autoritär zu klingen. »Warum bist du in der Eiseskälte hergekommen, um meinen Mann zu sprechen?«

Blue nahm einen Schluck Tee und blickte Stella über den Becherrand hinweg an. Sie ließ sich Zeit, stellte den Becher langsam wieder zurück auf den Untersetzer. »Ich glaube, er ist mein Vater«, sagte sie.

»Was?« Stella war verwirrt.

Die blauen Augen blickten wachsam. Das Mädchen trank noch einmal vorsichtig von dem heißen Tee.

Stella fasste sich wieder. »Wie kommst du darauf, dass er dein Vater ist?«, fragte sie ruhig.

Blue dachte in aller Ruhe über ihre Antwort nach. Während dieser Zeitspanne hatte Stella bereits beschlossen, ihr nicht zu glauben.

Schließlich sagte Blue: »Ich habe einen Beweis dafür gefunden.«

»Und was genau hast du gefunden?«

»Meine Geburtsurkunde.«

»Wo?«

»Im Schlafzimmer meiner Mutter. Sie war versteckt – ganz hinten in einer Schublade.«

»Hast du sie dabei?«, fragte Stella.

»Nein.«

»So eine Überraschung aber auch.«

»Glauben Sie mir nicht?«, fragte Blue.

Stella gab ihr keine Antwort und sah sie nicht an. Sie starrte auf das knisternde Feuer im Kamin. Ihr Tee war abgekühlt, und sie trank ihn, obwohl er zu süß und zu milchig war, gar nicht so, wie sie ihn eigentlich gern trank. Ihr Körper fühlte sich angenehm leicht an, als triebe sie sanft auf einer Welle.

»Ich bin keine Lügnerin«, sagte Blue. Sie beugte sich vor und legte Stella die Hand auf den Unterarm. Stella war sich nicht sicher, ob die Berührung ein Appell oder eine Bedrohung sein sollte. Als Stella nicht reagierte, drückte Blue fester zu. Stella merkte, wie sich bei ihr am Haaransatz und an der Oberlippe Schweißtropfen bildeten. Sie schob die Hand des Mädchens weg.

»Hast du meinen Mann schon einmal getroffen?«, fragte sie.

»Nein.«

»Abgesehen davon, dass du angeblich seinen Namen auf deiner Geburtsurkunde gesehen hast, was weißt du noch über ihn?«

»Meine Mutter sagt, dass er Arzt ist.«

»Hat dir deine Mutter auch seine Privatadresse gesagt?«

Blue nickte, zu schnell, und Stella bereute es, diese Suggestivfrage gestellt zu haben.

»Ich glaube nicht, dass Sie mich hereingelassen hätten, wenn ich Ihnen die Wahrheit gesagt hätte«, meinte Blue. »Deshalb habe ich Ihnen erzählt, dass ich früher hier gewohnt habe. Ich bin keine Lügnerin.«

Max hatte auch blaue Augen – aber seine waren etwas trüber, grauer als die von Blue. Und Blue hatte so helle Haare, so blasse Haut. Ganz anders als Max. Stella überlegte, ob Max jemals eine nordische Freundin erwähnt hatte. Sie erinnerte sich nicht an so etwas. Andererseits hatte Max sowohl Charme als auch ehemalige Beziehungen. Sie fragte sich, wie er wohl reagieren würde und ob es ihm gefallen würde, eine Tochter zu haben. Sie hatten nie über Kinder gesprochen. Sie wussten beide, dass Stella nicht in der Verfassung war, Mutter zu werden.

Sie versuchte, rational zu denken. Das Mädchen war ein Teenager – jede Beziehung, der sie entsprungen sein könnte, hätte stattgefunden, bevor sich Stella und Max überhaupt kennengelernt hatten. Aber sie konnte es nicht rational sehen, sie war eifersüchtig. Und gekränkt. Und überhaupt verstand sie nicht, warum Max das vor ihr hätte verheimlichen sollen. Dass er mit einer anderen Frau ein Kind hatte.

Blue kaute Fingernägel, ihre kleinen weißen Zähne nagten den Lack ab. Es sah so aus, als würde sie sich bald blutig beißen, so wie sie ihre eigene Haut attackierte.

»Nicht Nägel kauen«, sagte Stella.

Blue hörte auf. »Ich habe Hunger. Haben Sie etwas zu essen?«

Stella lächelte beinahe, so absurd kam ihr das vor. »Eigentlich nicht«, sagte sie. »Es ist nicht viel im Haus.«

»Können wir uns nicht etwas kommen lassen?«

»Bei diesem Wetter? Nein. Den Hügel hier kommt niemand herauf, die meisten Läden haben geschlossen.« Dann bereute sie, was sie gesagt hatte; sie hatte nur ihre Verletzlichkeit und Isolation betont. Sie waren gefangen. Zusammen.

»Aber irgendwas müssen Sie doch zu essen haben«, sagte Blue.

»Ich kann dir ein Sandwich machen«, sagte Stella. »Ich glaube, ich habe noch Schinken oder Thunfisch.«

»Ich bin Vegetarierin.«

»Verstehe.«

»Ich mag es nicht, wenn Tiere getötet werden.«

»Schön für dich.«

»Und Erdnussbutter?«, fragte Blue.

Stella hatte Erdnussbutter. Sie stand auf und spürte wieder, wie die Spannung nachließ, die sich aufgebaut hatte, während sie mit dem Mädchen auf dem Sofa saß.

Blue wand sich unter der rosa-grün karierten Decke und zog sie sich um das Gesicht. Sie streckte sich aus und legte den Kopf auf ein gelbes Seidenkissen. Ihre langen blonden Haare flossen über die Armlehne des Sofas.

Vielleicht war das Mädchen gekommen, um zu stehlen. Stella dachte daran, was eigentlich alles weggesperrt sein sollte: Jadeschmuck, der Max' Mutter gehört hatte, silberne Bilderrahmen und, am wichtigsten, ihre Brillantohrringe, die sie zur Promotion bekommen hatte. Sie beschloss, sich keine Gedanken darüber zu machen. Alles konnte ersetzt werden, nichts war wichtig.

Aus Gewohnheit lauschte Stella auf Max' Schlüssel, der sich im Schloss drehte; das Geräusch signalisierte sonst das Ende der Einsamkeit eines Tages. Auf dem Heimweg hielt er vielleicht noch bei Tesco gegenüber dem Bahnhof, um das einzukaufen, worum sie ihn gebeten hatte: Milch, Brot, Perrier, Küchenpapier … was auch immer für Dinge des täglichen Bedarfs sie benötigte. Sie kochte nicht mehr für ihn. Dann brauchte er noch ein paar Minuten, um die Station Road entlang und dann den Berg hinauf nach Hilltop zu fahren. Ein paar Tage im Monat wurde er zu spät fertig, um noch die Strecke von London nach Buckinghamshire zurückzulegen, und blieb in der Wohnung in Hampstead. An solchen Abenden nahm Stella eine Schlaftablette mehr.

Blues Augen waren geschlossen.

Stella legte das Messer weg, das sie in der Hand hielt. Langsam näherte sie sich dem Sofa. Das Mädchen atmete gleichmäßig und schien zu schlafen. Stella hoffte, die Schläfrigkeit rührte nicht von der Unterkühlung. Sie bekam wieder Gewissensbisse, weil sie Blue so lange draußen in der Kälte gelassen hatte. Sie konnte nicht mit Sicherheit sagen, ob ihr das Mädchen irgendwie schaden wollte. Vielleicht steckte sie in Schwierigkeiten und brauchte Hilfe. Stella hob Blues Rucksack auf, sie hatte ihn neben dem Sofa fallen gelassen. Er war nicht schwer und enthielt nicht viel: einen schmalen Ledergeldbeutel, klein und quadratisch, mit einem Fünf-Pfund-Schein und ein paar Münzen. Das war alles. Nichts, was sie identifizieren würde, und kein Mobiltelefon. Sie hätte also nicht einmal versuchen können, sich ein Taxi zu rufen. Und was ihre Behauptung betraf, Max' Tochter zu sein – Stella hatte keine Ahnung, was sie damit anfangen sollte. Im Prinzip wusste sie lediglich, dass das Mädchen Vegetarierin war.

Blue lag ruhig und bleich auf dem Sofa. Ihre Lippen waren

nicht mehr dunkellila, sondern zu einem Zartrosa verblasst. Stella streckte den Arm aus und berührte die Stirn des Mädchens mit den Fingerspitzen. Die Temperatur fühlte sich normal an, ein wenig kühl vielleicht. Sie steckte die Decke fester um den zierlichen Körper des Mädchens. Blue bewegte sich immer noch nicht. Eine weiche, goldene Haarsträhne war ihr über das Gesicht gefallen, und Stella strich sie weg.

Stella verließ das Wohnzimmer und ging über den Korridor in ihr Arbeitszimmer. Durch das Fenster sah sie nichts; der Garten lag in völliger Dunkelheit. Sie betätigte einen Schalter, worauf der schneebedeckte Boden mit gelbem Licht überflutet wurde. Draußen war niemand. Niemand, den sie sehen konnte. Sie zog die Vorhänge zu.

Sie ließ die Tür ein klein wenig offen stehen, sodass sie gleich sah, wenn Dornröschen sich regte.

Sie versuchte, ihren Mann zu erreichen, aber bei seinem Mobiltelefon sprang sofort die Mailbox an. Sie hinterließ eine Nachricht und bat beiläufig um Rückruf.

Sie musste mit jemandem sprechen. Sofort. Und viele Möglichkeiten hatte sie nicht. Sie zögerte. Die Nummer war immer noch in ihrem Telefon gespeichert.

Nach dreimaligem Klingeln ging er ran. »Harris.«

Stella hustete.

»Hallo?« Er klang gehetzt und ungeduldig; schroffer, als sie ihn in Erinnerung hatte.

»Peter, ich bin es.« Sie räusperte sich. »Stella.«

»Stella?« Offenbar hatte er ihre Nummer gelöscht. Verständlicherweise war er überrascht, von ihr zu hören.

»Es tut mir leid, dass ich dich störe«, sagte sie. »Ich brauche einen Rat. Einen fachlichen Rat.«

»Worum geht es?« Er klang kühl und verhalten. Sie hatte das

Gefühl, mit einem Fremden zu reden. Wenn er es unverschämt fand, dass sie ihn nach all der Zeit um Rat fragte, so sagte er es zumindest nicht.

»Da ist ein Mädchen bei mir zu Hause. Eine Fremde. Sie stand vorhin vor der Tür, und ich habe sie reingelassen. Sie hat immer wieder geklingelt, und … es ist eiskalt draußen. Sie ist jung. Ich habe mir Sorgen gemacht, dass sie sich unterkühlt oder so. Jedenfalls ist sie jetzt hier drinnen, sie ist auf dem Sofa weggedämmert, und ich weiß nicht, was ich machen soll. Ich bin allein im Haus mit ihr.«

Er musste sie für eine Idiotin halten. Er musste glauben, dass sie es darauf anlegte, sich wehtun zu lassen.

»Wo bist du denn, zum Teufel?«, fragte er.

»Wir wohnen gleich außerhalb von London. Max und ich. Wir sind verheiratet.«

»Gratuliere.«

Sie konnte sein Gesicht nicht sehen, hätte nicht sagen können, wie er das meinte.

»Es ist schön hier draußen«, sagte sie. »Und man braucht weniger als eine Stunde ins Zentrum von London.« Es klang absurd, was sie da sagte. Sie grub die Fingernägel in die Handfläche und starrte ihren Ehering an. »Ich habe nie wieder angefangen zu arbeiten«, sagte sie.

Sie strich mit den Fingern über die lederne Oberfläche ihres Schreibtisches, ein belgisches Kleinod aus den Fünfzigern, mit Beinen aus poliertem Stahl. Sie hatte ihn vor Jahren in ihrem Lieblingsantiquitätengeschäft in Camden Town gekauft. Peters Stimme ließ sie ihr altes Leben vermissen.

»Und du?«, fragte sie. Sie stellte ihn sich so vor, wie sie ihn zuletzt gesehen hatte: kurz geschnittene graue Haare, stämmig, in Jeans und schwarzem Regenmantel, vor der Tür der Wohnung in Hampstead.

»Nicht verheiratet. Wohne noch in London. Bin noch Detective Inspector bei der Met. So – es gibt also ein Problem mit einem Mädchen?«

»Ich glaube, sie ist etwa vierzehn oder fünfzehn«, sagte Stella. »Sie hat geklingelt und gesagt, sie würde gern reinkommen, weil sie früher in unserem Haus gewohnt hat. Jetzt hat sie zugegeben, dass das eine Lüge war. Und ich bin mir auch nicht sicher, ob sie mir ihren richtigen Namen genannt hat. Ich weiß nicht, was ich machen soll.«

»Hast du mit Max gesprochen?«

»Er ist weg«, sagte sie. »Über Nacht. Ich erreiche ihn nicht.« Sie fing an abzuschweifen. »Wir sind eingeschneit. Auf der Zufahrt liegt fast ein halber Meter Schnee. So ist sie an dem Sensor vorbeigekommen.«

Stella hielt sich das Mobiltelefon ans andere Ohr; ihr Gesicht glühte, und das Telefon war schweißnass.

»Wie lange ist sie schon bei dir?«

»Ungefähr zwei Stunden. Ich habe sie fast eine Stunde draußen warten lassen, bevor ich ihr aufgemacht habe. Ich musste sie hereinlassen. Ich hatte Angst, sie erfriert in der Kälte.«

»Hat sie gesagt, wo sie herkommt?«

»Aus London. Und … da ist noch etwas«, sagte Stella. »Sie kannte Max' Namen. Und sie behauptet, Max wäre ihr Vater. Ihr unbekannter Vater. Sie behauptet, sie hätte es gerade erst herausgefunden.«

»Verstehe.« Wieder war die Kälte zwischen ihnen da. »Hast du mich deshalb angerufen? Weil du sauer auf Max bist?«

»Nein. Ich habe dich angerufen, weil er nicht an sein Telefon geht und mein Bauchgefühl mir sagt, dass irgendwas nicht stimmt.« Sonderlich zuverlässig war ihr Bauchgefühl allerdings nicht, es sagte ihr immer, dass irgendwas nicht stimmte. »Sie hat so was an sich … ich traue ihr nicht.«

Sie wartete. Er bot ihr nicht an, schnell vorbeizufahren und ihr zu helfen. Das konnte sie ihm kaum vorwerfen. »Bist du noch da?«

»Ja. Glaubst du, ihre Mutter weiß, wo sie ist?«

»Keine Ahnung. Sie hat einen Streit erwähnt.«

»Was für einen Rat möchtest du?«, fragte er.

»Was, meinst du, soll ich tun?«

Die Stille war drückend. Als er schließlich sprach, klang er angespannt und kalt.

»Mein Rat wäre, deine örtliche Polizeistation anzurufen. Lass ihren Namen und eine Personenbeschreibung überprüfen und nachsehen, ob sie vielleicht vermisst gemeldet wurde. Oder«, fügte er hinzu, »du wartest, bis dein Mann ans Telefon geht, und fragst ihn, was du machen sollst.«

»Okay«, sagte sie.

»Du könntest dir aber auch selbst etwas überlegen.«

»Ich verstehe«, sagte sie. »Gut, so viel ist klar. Danke.« Ihre Stimme klang leise und hilflos. Sie legte nicht auf.

»Hast du Angst?«, sagte er. Die plötzliche Liebenswürdigkeit in seiner Stimme tat weh.

»Ich fühle mich erbärmlich.« Jetzt musste es ihm klar sein: wie schwach sie war, wie nutzlos. Er dürfte nun wissen, dass sie überhaupt keine Fortschritte gemacht hatte.

»Du bist nicht erbärmlich«, sagte er. »Du hast etwas über Sensoren gesagt – das Haus hat also ein Überwachungssystem?«

»Eine Alarmanlage. Sensoren an allen Fenstern und Türen.«

»Und …« Er hielt inne. »Glaubst du, sie ist allein?«

Sie schluckte, ihr Magen krampfte sich zusammen. »Ich habe keine Ahnung. Wenn sie jemanden dabeigehabt hätte – dann wäre ich sicher überwältigt worden, als ich die Tür aufgemacht habe.«

Dann gab er nach, wenigstens ein bisschen. »Wenn du mir ein

paar Einzelheiten sagst, dann kann ich nachsehen, ob in London Mädchen in ihrem Alter vermisst werden. Das ist dann aber auch schon alles.«

»Danke. Sie behauptet, sie heiße Blue Cunningham.«

»Blue?«

»Offenbar. Das ist kein Spitzname.«

»Wie sieht sie aus?«

»Weiß. Blaue Augen, lange blonde Haare – bis zur Hälfte des Rückens. Sie ist zierlich – vielleicht eins fünfundfünfzig groß – und dünn. Sie trägt schwarze Leggings und eine kurze Jacke aus dünnem Kunstleder. Weißes T-Shirt, Beanie. Weiße Nike-Turnschuhe, keine Socken. Ich würde mal schätzen, sie ist im mittleren Teenageralter, aber sie könnte auch für älter durchgehen.«

»Irgendwelche besonderen Merkmale?«

»Ich weiß nicht genau. Aufgefallen ist mir nichts. Sie ist sehr hübsch.«

»Wenn ich etwas Nützliches herausfinde, rufe ich dich wieder an.« Er hörte sich mittlerweile abgelenkt an. Er klang, als wünschte er, sie hätte ihn nicht angerufen, hätte ihn nicht wieder in eines ihrer Dramen verwickelt.

Abrupt drückte Stella den roten Knopf, um die Verbindung zu unterbrechen. Sie wollte nicht darüber nachdenken, was er jetzt von ihr dachte.

Sie war mit einer Fremden in ihrem eigenen Haus gefangen. Über Nacht. Sie glaubte nicht, dass sie so lange durchhielt. Schon jetzt drohte ihre Angst über die Medikamente zu triumphieren. Sie durfte zur Sicherheit nicht noch mehr Pillen schlucken. Sie musste wachsam bleiben.

Die fünfte Sitzung

Sie sagte: »Ich habe gestern Abend von Ihnen geträumt.«

Sein Gesichtsausdruck änderte sich nicht, und er sagte auch nichts.

»Ich dachte, Therapeuten *sollen* sich für Träume interessieren«, sagte sie.

Sie betrachtete ihre Hand, die langsam die Armlehne des Sessels auf und ab fuhr. Sie rieb die erhabenen purpurroten Blüten, bis sie sich unter ihren Fingerspitzen eindrückten. Sie fühlte sich weit weg, ihrem eigenen Körper entrückt, als würde sie eine fremde Hand beobachten, die sich hin und her bewegte. Das seltsame Gefühl der Abkopplung war ihr nicht unbekannt.

Sie saß in einem übergroßen Ohrensessel. Die Vorhänge waren zugezogen, und das sanfte Licht im Raum kam von einer Lampe in der Ecke. Diese fünfzig Minuten in seinem Sprechzimmer waren ihr der liebste Teil des Tages.

Er saß ihr gegenüber, in genau dem gleichen Sessel wie sie, mit den gleichen purpurroten Blüten auf beigem Hintergrund. Ein Sesselpaar. Ihr war heiß, sie war zappelig. Er war zu weit weg. Selbst wenn sie die Beine ausstreckte, konnte sie ihn nicht berühren. Sie fragte sich, ob er sie wohl hübsch fand. Jungs in ihrem Alter waren ihr egal, sie wollte nur ihn.

»Soll ich Ihnen denn nun von meinem Traum erzählen?«

»Wenn du möchtest«, sagte er.

»Ich wünschte, meine Träume wären echt.«

»Zwischen Träumen und der Wirklichkeit besteht ein großer Unterschied. Das weißt du.«

Die Luft zwischen ihnen knisterte vor Erwartung und Spannung und so etwas wie Hoffnung. Ihre Haut kribbelte und prickelte; er machte sie gleichzeitig nervös und regte sie auf. Wolken waren am Himmel aufgezogen, der Raum hatte sich verdunkelt.

»Ich habe geträumt, dass Sie mich berührt haben«, sagte sie. Sie war halb beschämt, halb erregt.

Er verlagerte das Gewicht in seinem Sessel und schlug die Beine eng übereinander. Sie unterdrückte ein Kichern.

Er sagte nichts mehr. Er war kein großer Redner. Sie hätte zu gern gewusst, was er dachte, wenn er sie anschaute. Er war viel älter als sie, aber das war ihr egal. Vielleicht war es sonderbar, dass sie sich für jemanden interessierte, der so alt war. Es kümmerte sie nicht.

Sie ließ sich nach unten gleiten und bewegte sich Zentimeter um Zentimeter hinüber, immer weiter, bis sie vor dem großen Sessel auf dem Boden saß und zu ihm aufblickte. Sie steckte sich den Daumen zwischen die Zähne und biss sanft hinein.

Sie langte nach oben und suchte seine Finger, flocht ihre dazwischen, bis ihre Hände miteinander verwoben waren. Sie schaute hinunter auf das wirbelnde Muster des Teppichs, voller Verlangen.

Grove Road Clinic, April 2009

Stella war froh, ein paar Minuten weg von ihrem widerwilligen Klienten zu sein. Sie suchte in der kompakten, gut ausgerüsteten Küche Unterschlupf, die ein Stück weiter vom Korridor abging. Der kleine Raum, kaum länger als zwei Meter und nicht einmal so breit, stellte einen weiteren von Annes zahlreichen Triumphen dar. Die moderne Küche enthielt alles Wesentliche: Kochfeld, Kühlschrank und Kaffeemaschine; sie war immer ordentlich und sauber und gut mit Snacks für die Mitarbeiter ausgestattet, gesunde Sachen, Nüsse und Trockenfrüchte, sowie eine Auswahl an Keksen. Stella brauchte eine ordentliche Kombination aus Zucker und Koffein, um die nächsten zwei Stunden zu überstehen, deshalb öffnete sie die Dose und fand einen dick mit Schokolade überzogenen Keks. Sie schenkte ihren Kaffee in eine elegante und doch schlichte cremefarbene Tasse. Dann trank sie einen Schluck. Anne gab immer zu wenig Kaffee in den Filter, sie schmeckte ihn kaum; sie würde neuen aufsetzen müssen.

»Eine Frage, Stella.« Max stand in der Tür und sah amüsiert zu, wie sie die ganze Kanne Kaffee in den Ausguss schüttete. »Ich habe einen Fall zugewiesen bekommen, bei dem ein diagnostiziertes Asperger-Syndrom eines Vierzehnjährigen bestätigt werden soll. Hätten Sie Lust, das zu übernehmen?«

Max Fisher, Psychiater und jetzt Stellas Chef, gehörte die Grove Road Clinic. Vor vier Jahren, kurz bevor die Rezession zuschlug, war es ihm gelungen, die Finanzierung des Gebäudes zu sichern, und er hatte hart daran gearbeitet, Spezialisten von der Harley Street aus dem Stadtzentrum anzulocken, um in seiner hochmodernen Einrichtung zu arbeiten. Ursprünglich hatte sein Plan darin bestanden, Anwohner aus der Umgegend zwischen St. John's Wood und Hampstead anzuziehen, die nicht schlecht verdienten und eine gute Krankenversicherung hatten. Die Diagnoseausrüstung der Klinik war auf dem neuesten Stand, und sie hatte eine Reihe von Spezialgebieten zu bieten: Ultraschallbilder, Physiotherapie, Psychotherapie, Gynäkologie, sogar Sprachtherapie. Aber die zunehmenden Firmenschließungen, Entlassungen und Arbeitslosigkeit hatten die Umfeldbedingungen für ihre Arbeit verändert, und es gab weniger Patienten, als Max sich erhofft hatte. Vier Jahre später trug sich die Klinik nicht ganz selbst, und Max steckte all seine Energien hinein, um keine neuen Kredite aufnehmen zu müssen. Gerichtsmedizinische Aufträge, die von staatlichen Stellen finanziert wurden, waren für das Überleben der Klinik entscheidender geworden, als er es hätte voraussehen können. Da wurde Stella wichtig.

Sie stellte die leere Kaffeekanne wieder auf die Arbeitsplatte und strich sich die Haare aus dem Gesicht. »Gern. Ich habe in Camden in der Klinik ein komplexes Einsatzfeld gehabt. Ich habe Erfahrung in der Beurteilung sozialer Kommunikationsstörungen.« Sie hörte sich recht gestelzt und verlegen an. Das war irgendwie immer so ihm gegenüber.

»Wie bald können Sie die Termine anbieten?«, fragte er.

»Ich brauche die nächsten beiden Wochen, um den Bericht über Simpson zu schreiben. Danach jederzeit gern.«

»Wunderbar«, sagte er. Bei ihm klang es immer, als wäre er ehrlich dankbar dafür, dass sie sich bereiterklärt hatte, ihren Beruf auszuüben. »Ich sage Anne, sie soll die Briefe aufsetzen – wenn Sie ihr nur Ihre möglichen Termine nennen würden.«

Sie nickte. »Natürlich.«

Um seine Augen bildeten sich Fältchen, als er sie anlächelte.

Sie empfand ihre Gefühle für ihren Chef nicht als problematisch. Es war einfach nur ein weiterer Grund, warum sie immer gern zur Arbeit ging, ein Trostpflaster für alle ihre Überstunden. Sie wollte ihn beeindrucken, ihm gefallen.

Lawrence Simpson war dort, wo sie ihn zurückgelassen hatte: Sorgfältig füllte er mit gesenktem Kopf den Fragebogen aus. Er blickte nicht auf, als sie das Zimmer betrat.

»Danke«, sagte er und langte nach der Tasse. Sein Gesichtsausdruck war ernst unter dem Haar, das ihm in die Stirn fiel.

Während sie das Zimmer verlassen hatte, hatte er eine Lesebrille aufgesetzt, und damit sah er viel verletzlicher aus. Von ihrem Stuhl auf der gegenüberliegenden Seite des Schreibtischs schielte sie hinüber zum Fragebogen. Er war mit den Antworten zur Hälfte durch. Er musste schneller gearbeitet haben, als sie nicht im Zimmer war. Vielleicht mochte er es nicht, so genau beobachtet zu werden. Vielleicht sah er auch einfach mit Brille besser.

Er blickte auf. Sie lächelte ihn an, hoffte, seine Stimmung würde sich von der angespannten, ablehnenden Haltung, mit der ihre Begegnung begonnen hatte, wegbewegen. Sie klappte ihren Laptop auf, um den Bericht schon einmal zu formatieren. Simpson spitzte seinen Bleistift und füllte ohne weitere Klagen den Fragebogen aus. Er brauchte siebzig Minuten für den Persönlichkeitstest. Stella legte ihn beiseite, um ihn später auszuwerten.

Er wollte keine Pause, daher gingen sie direkt zur klinischen Befragung über. Stella beschloss, die Sitzordnung zu ändern. Sie kam hinter ihrem repräsentativen Schreibtisch hervor und lud Simpson ein, sich ihr gegenüber hinzusetzen, auf einen der bequemeren Sessel, die in der Mitte des Zimmers standen.

»Aus welchem Grund hat der Richter wohl ein psychologisches Gutachten über Sie angefordert?«, fragte sie.

»Meine Exfrau hat immer wieder bewiesen, dass sie als Mutter untauglich ist. Ich nehme an, Sie kennen den Hintergrund – sie hatte gleich von Beginn an Schwierigkeiten, sich um unsere Tochter zu kümmern. Sie ist Alkoholikerin. Außerdem leidet sie an einer Borderline-Persönlichkeitsstörung. Ich will die Chance, zu übernehmen, es richtig zu machen, meinem Kind ein gefestigtes Zuhause zu bieten.«

»Aber worin bestehen Ihrer Meinung nach die Probleme, die Sie bei der Kindererziehung gehabt haben könnten?«

»Ich wusste wohl, dass die Beziehung von Beginn an unter einem schlechten Stern stand, aber ich wollte es nicht wahrhaben, insbesondere als sie schwanger wurde. Das war nicht geplant – schön dumm, ich weiß, in Anbetracht meines Berufs –, aber ich fand es spannend, Vater zu werden, und ich liebte das Baby von der ersten Sekunde an. Ich habe es praktisch entbunden. Meine Exfrau kam mit einem Kind nicht klar. Sie war emotional selbst zu schwach, zu bedürftig. Sie wollte meine ganze Aufmerksamkeit. Ich arbeitete als Assistenzarzt zu unmöglichen Zeiten und versuchte, die Hypothek abzubezahlen. Ich war erschöpft und gereizt, das gebe ich voll und ganz zu. Aber wenn ich nach Hause kam, wollte ich mich auf die Kleine konzentrieren, denn ich machte mir Sorgen, was sie von ihrer Mutter bekam – oder nicht bekam. Ich nehme an, Sie haben alle Unterlagen gelesen? Es fing in den ersten Tagen an – das Baby hatte Hunger, und sie war völlig unvernünftig, wollte nicht mit der Flasche zufüttern. Die Nachsorgehebamme musste einschreiten, Gott weiß, was sonst passiert wäre. Ich könnte Ihnen eine Menge Beispiele nennen.«

Er seufzte.

Seine Exfrau erzählte eine völlig andere Version der Ereignisse. Sie behauptete, Simpson sei eifersüchtig gewesen, sobald sie ihre Aufmerksamkeit dem Baby zugewandt hatte. Er war wütend darüber, wie lange sie brauchte, um das Neugeborene, das häufig Koliken hatte, zu stillen, nahm ihr das Kind weg und bestand darauf, ihm eine Flasche zu geben. Er wollte nicht zulassen, dass das Baby bei ihnen im Zimmer schlief, denn er hasste es, dass seine Exfrau das Kind die ganze Zeit in ihrer Nähe haben wollte. Und er erlaubte ihr nicht, zu dem Baby zu gehen, wenn es nachts schrie. Er bestand auf Schlaftraining und ließ ihre Tochter sich eine Stunde oder noch länger in den Schlaf weinen, seit sie drei Wochen alt war.

»Dr. Simpson, bisher haben Sie über die Probleme Ihrer Exfrau gesprochen. Aber eigentlich wollten wir uns hier auf Sie konzentrieren«, sagte Stella.

Kaum merklich presste er die Lippen zusammen, zog die Mundwinkel nach unten.

»Ihre Exfrau hat mehrere schwerwiegende Anschuldigungen vorgebracht, und das ist der Grund, weshalb der Richter diese Begutachtung für das Sorgerechtsverfahren verlangt hat. Können Sie sich denn vorstellen, welche Schwierigkeiten Sie selbst haben, die zu den Problemen in Ihrer Ehe oder Problemen bei der Erziehung beigetragen haben könnten?«

Als Antwort auf ihre Frage setzte Simpson seinen Monolog fort. »Sie kam mit meiner Zuneigung zu meiner Tochter nicht zurecht. Deshalb hat sie mich bestraft, erst indem sie trank, dann indem sie versuchte, mir mein Kind wegzunehmen. Sie weiß verdammt gut, dass sie den Anforderungen an eine Mutter nicht gerecht wird. Ich kann meiner Tochter ein gutes Leben bieten. Ein eigenes Haus, einen Garten, Privatschulen. Meine Exfrau ist in den letzten Jahren zweimal hinausgeworfen worden, weil sie die Miete nicht gezahlt hat, Herrgott noch mal.«

Stella unterbrach ihn. »Glauben Sie, dass Ihre Exfrau angefangen hat zu trinken, um Sie zu bestrafen?« Seine Weltsicht wirkte ziemlich egozentrisch.

»Ihr Vater war ebenfalls Alkoholiker. Bestimmt gibt es da auch eine genetische Komponente.«

»Ich verstehe«, sagte Stella.

Simpson befand sich in seiner Komfortzone, wenn er über die Probleme seiner Exfrau sprach, und er beging gerade einen offenbar gut eingeübten Rufmord. Zu Stellas Leidwesen bestand sein einziges Ziel darin, seine Exfrau schlechtzumachen, statt irgendetwas Interessantes über sich zu offenbaren.

»Meine Exfrau war sehr hübsch, als sie jünger war«, sagte er. »Sie würden es nicht glauben, wenn Sie sie heute sehen. Sie hat sich in jeder Beziehung gehen lassen.«

Er bezog sich nie mit Namen auf seine Exfrau. Stella hatte gesehen, wie sie heute aussah: aufgedunsen und niedergeschlagen. Sie musste sich fragen, ob das womöglich etwas mit ihrem Leben mit Simpson zu tun haben könnte.

Stella beschloss, einen anderen Kurs einzuschlagen. Sie stellte Simpson Fragen über seine persönliche Geschichte, seine Kindheit und seine Schulzeit. Aber dieses Gespräch ließ sich außerordentlich nichtssagend und sterbenslangweilig an – sowohl für die Ärztin als auch für den Klienten. Simpson weigerte sich, mit ihr über irgendetwas zu sprechen, was ihm etwas bedeutete oder am Herzen lag. Seine Kindheit war offenbar »gut« und »völlig normal« verlaufen. Er hatte ein »wunderbares« Verhältnis zu beiden Elternteilen. Die Schule war »bestens«, er hatte sie gern besucht. Und so weiter. Er gab ihr nichts, keinen Zugang zu seinem Innenleben.

Stella stellte fest, dass sie vor jeder Frage erst einmal tief Luft holte. Jede Nachfrage, jeden Versuch, ihn kennenzulernen, schien er als eine Art Angriff aufzufassen. Er war extrem, unglaublich vorsichtig. Sie war erschöpft. Auch für sie war es anstrengend, mit jemandem zusammen zu sein, der jede Minute ihres Dialogs hasste und die ganze Zeit über Widerstand leistete. Sie erinnerte sich daran, dass das Gespräch, so frustrierend es auch sein mochte, gute Daten lieferte – auf die eine oder andere Art.

Sie legte die Hand über die Augen, schloss sie ganz kurz. In diesem Moment erschütterte ein entsetzliches Schrillen die vornehme Atmosphäre der Grove Road Clinic. Das Geräusch war so laut, dass es schmerzte.

Stella war durcheinander. Erst nach ein paar Sekunden begriff sie, dass es der Rauchmelder war.

»Wir müssen zum nächsten Notausgang«, sagte sie.

Sie wusste, dass sie das nicht tun sollte, aber sie konnte dem Drang nicht widerstehen, ihren Laptop noch in die Tasche zu stecken. Es war unvorstellbar, ihre gesamte Arbeit zu verlieren.

Simpson folgte ihr aus dem Büro, aber oben an der Treppe blieb er stehen. Statt ihr bis ans Ende des Gangs zu folgen, lief er die Stufen hinunter. Stella ging weiter, auf den Notausgang zu. Als sie die Tür aufgewuchtet hatte und sich umdrehte, war er verschwunden.

Sie stieg die Metalltreppe außen an der Gebäudewand hinunter. Ihr war kalt; sie hatte ihre Jacke im Sprechzimmer vergessen. Anne stand schon beim Treffpunkt unten an der Treppe. Sie sah aus, als würde sie noch mehr frieren als Stella, mit ihrem tiefen Ausschnitt. Offenbar telefonierte sie mit der Feuerwehr. Auch Paul, der Psychotherapeut, war draußen, in seinen weißen Socken und den Gesundheitssandalen.

»Wo ist Max?«, fragte Stella.

Paul zuckte die Schultern. »Keine Ahnung.«

»Er ist zu einer Besprechung«, sagte Anne und hielt den Hörer zu.

Die drei warteten, ungeduldig, wieder ins Gebäude eingelassen zu werden. Stella hatte noch nie miterlebt, dass die Sirene losging, und fürchtete, es wäre wirklich ein Brand ausgebrochen. Max wäre am Boden zerstört. Und sie fragte sich, was zum Teufel ihr Klient vorhatte, wobei sie sich mehr Gedanken über ihre Fallakte als über seine Sicherheit machte. Sie hätte sie sich noch schnappen sollen, bevor sie das Büro verließ. Es könnte sein, dass er sich ihre Notizen durchlas, während die Angestellten hilflos draußen vor dem Gebäude warteten.

Der Alarm ging aus. Minuten später erschien Simpson am Eingang der Klinik.

»Kein Feuer«, sagte er. »Aber in einem Zimmer im Erdgeschoss brannten zwei Räucherstäbchen, und der Rauch hat den Feueralarm ausgelöst.«

Zum Beweis hielt er die beiden fraglichen Räucherstäbchen hoch. Anne sah Paul vorwurfsvoll an.

»Ich hatte noch nie Probleme mit Räucherstäbchen«, sagte Paul.

»Es ist völlig sicher«, sagte Simpson. »Ich habe sämtliche Sprechzimmer überprüft. Sie können alle gefahrlos wieder hereinkommen.«

Als Stella und ihr Klient wieder ihre Plätze im Sprechzimmer im ersten Stock einnahmen, war seine Haltung offener geworden, die Arme lagen entspannt auf den Lehnen, beide Füße standen fest auf dem Boden.

»Alles in Ordnung?«, fragte er Stella. Er schaute sie an, sah ihr direkt in die Augen. In seinem Blick flackerten Intelligenz und Neugier.

»Alles gut«, sagte sie. Es war ein merkwürdiges Gefühl und auch ein wenig peinlich, dass sie vor einem Klienten so verletzlich gewesen war, dass er sie so durcheinander gesehen hatte, als sie zum Notausgang gelaufen war. Es zahlte sich aber zumindest insofern aus, als er seine unnahbare und gereizte Haltung abgelegt hatte und sie eine freundlichere Seite zu sehen bekam. Nachdem er diese Heldentat begangen hatte, wirkte er froher. Aber wenn sie es zynisch betrachtete, sah er sich vielleicht als ihr Beschützer, während sie die machtlose Frau war – was vermutlich der wahre Grund seiner freudigen Stimmung war. Jedenfalls war sein Drang, der Gute zu sein, weit charmanter als das Misstrauen, das er bis jetzt zur Schau gestellt hatte.

Gerade als Stella ihre Fragen wieder hervorgeholt hatte, klopfte es leise an die Tür, und Anne trat ein, ohne auf eine Aufforderung zu warten. »Ich wollte Ihnen nur danken, Dr. Simpson.«

»Ich bin froh, dass ich helfen konnte.«

»Wir hatten den Kollegen wegen der Räucherstäbchen schon vorgewarnt«, sagte Anne.

Stella ärgerte sich, dass Anne die Begutachtung einfach unterbrach. Die Angestellten in der Klinik wussten eigentlich, dass sie die Ärzte nicht stören sollten, wenn sie mit Klienten zusammen waren, aber Anne tendierte dazu, ungestraft zu tun, was sie wollte. Stella fragte sich manchmal, was sie wohl für ein Verhältnis zu Max Fisher hatte. Anne spielte mit der diamantbesetzten Biene, die an der dünnen Goldkette um ihren Hals baumelte, gleich über dem V-Ausschnitt ihrer Bluse. Ihre French Nails glänzten.

»Danke, Anne«, sagte Stella in einem Ton, der ihr klarmachte, dass sie den Raum so bald wie möglich verlassen sollte.

Anne sah den Klienten einmal von oben bis unten an. »Kann ich Ihnen eine Tasse Tee oder Kaffee anbieten?«, fragte sie. Während sie sprach, fuhr sie sich mit den Fingern durch ihren akkurat geschnittenen, federnden Bob, der ihr bis kurz über die Schultern reichte. Stella tastete nach der klobigen Plastikklammer aus dem Drogeriemarkt, mit der sie sich am Morgen die Haare hochgesteckt hatte. Sie erinnerte sich nicht, wann sie das letzte Mal beim Friseur gewesen war. Auch ihr Kostüm konnte mal wieder eine Reinigung vertragen. Mit ihrem Studiendarlehen, der Miete und den Nebenkosten kam sie gerade so zurecht.

Ihr fiel auf, dass Anne sich nicht die Mühe gemacht hatte, ihr auch eine Tasse – womit auch immer – anzubieten.

Stella bewunderte Simpsons Selbstbeherrschung, während er

Anne unverwandt anblickte. »Dr. Davies war schon so freundlich, mir einen Kaffee zu machen«, sagte er.

Stella stellte sich Annes Enttäuschung vor, als sie ihren eleganten Abgang machte. Sie hinterließ einen Hauch von Moschusduft.

»Ich hoffe, es stört Sie nicht, dass ich mich im Gebäude umgesehen habe«, sagte Simpson. »Ich weiß nur, wie das läuft. Wir hätten eine Stunde draußen stehen können, bis die Feuerwehr gekommen wäre und alles durchsucht hätte. Wir hätten alle einen Nachmittag Arbeit verloren, und ich kann es mir nicht leisten, noch länger freizunehmen. Sie haben keine Ahnung, wie viele Termine ich für die Gerichtsverhandlung wahrnehmen muss.«

Stella nickte. »Schon gut. Wir sind Ihnen alle dankbar für die Hilfe.«

»Wirklich?«

»Natürlich. Danke«, sagte sie. Sie beschloss, dass mit seinem Eifer, sie zu beeindrucken, und seiner Unachtsamkeit nun der richtige Zeitpunkt war, um zum anspruchsvolleren Teil der Befragung überzugehen.

»Dr. Simpson«, sagte sie. »Ich muss Ihnen ein paar Fragen zu der schwierigeren Materie in den Hintergrundberichten stellen. Es gibt da ein paar Anschuldigungen Ihrer Exfrau gegen Sie.«

Er nickte. »Solange Sie sich meine Antworten auch wirklich anhören«, sagte er.

Er veränderte seine offene Haltung nicht, aber umklammerte die Armlehnen fester. Die Anspannung war wieder da.

»Natürlich.« Sie schlug die Akte bei einer Seite auf, die sie mit einem gelben Klebezettel markiert hatte.

»Ihre Exfrau hat ausgesagt, Sie hätten sie über mehrere Jahre hinweg körperlich misshandelt. Sie behauptet, es hätte angefangen, als sie schwanger war, und Sie hätten sie auf Rumpf und

Oberarme geschlagen, damit die blauen Flecken unter der Kleidung verborgen blieben.«

Simpson lachte bitter. »Unglaublich.«

»Sind ihre Vorwürfe zutreffend?«

Er schüttelte den Kopf.

»Möchten Sie noch etwas dazu sagen?«, fragte sie ihn.

»Warum sollte ich? Das sind haufenweise Lügen.«

Stella blätterte zu einer anderen Seite, die sie markiert hatte. »2003«, begann sie, »kam Ihre Exfrau mit gebrochener Nase in die Notaufnahme. Sie hat dem Personal erzählt, Sie hätten ihr einen Schlag versetzt. Nach ihrer Entlassung änderte sie ihre Aussage. Sie behauptete, sie sei nach einem Alkoholexzess im Badezimmer gestürzt. Innerhalb von vierundzwanzig Stunden hatte sie ihre Anzeige zurückgezogen, und soweit ich das sehe, waren Sie wieder zusammen.«

»Genau«, sagte er. »Genau so macht sie es. Das beweist, dass ich recht habe. Sie macht Theater, um mich zu bestrafen, und wenn sie wieder nüchtern wird, fleht sie mich an, zu ihr zurückzukehren. Haben Sie einmal mit einem Alkoholiker zusammengelebt? Sie haben keine Ahnung. Es ist die Hölle auf Erden.«

»Es gab Mutmaßungen, dass Sie Druck auf Ihre Exfrau ausgeübt haben, damit sie ihre ursprüngliche Aussage widerruft.«

»Hören Sie.« Er beugte sich mit verzerrter Miene vor. »Ich muss nicht hier sitzen und mir diesen Scheiß anhören. Diese falschen Behauptungen quälen mich schon genug.«

»Ich tue das nicht, um Sie zu quälen«, sagte Stella. »Ich spreche das an, damit Sie die Gelegenheit haben, darauf zu reagieren, Ihre Version dessen zu erzählen, was passiert ist. Was auch immer Sie sagen, wird in meinem Bericht festgehalten, damit Sie Gelegenheit haben, es einzusehen. Möchten Sie also einen Kommentar dazu abgeben?«

Simpson lehnte sich zurück und wandte den Blick von ihr ab,

schaute zu der Untersuchungsliege, die an der Wand stand. Sie sah an seinem angespannten Kiefer, wie er die Zähne zusammenbiss.

»Es hat keinen Sinn«, sagte er. »Es ist zwecklos. Das geht seit Jahren so. Es ist völlig egal, was ich sage.« Er war weicher geworden, Traurigkeit stieg in ihm auf.

»Ich glaube schon, dass es sinnvoll ist«, sagte Stella. »Aber ich kann Sie nicht zwingen, sich zu öffnen.«

Er sah sie an, blickte ihr ein paar Sekunden in die Augen. »Stellen Sie sich vor, wie das ist«, sagte er. »Stellen Sie sich vor, wie Sie sich fühlen würden, wenn jemand sich die übelsten, widerlichsten Dinge ausdenkt und dann behauptet, Sie hätten das getan.«

Stella nickte. Kurz schwiegen sie beide.

»Da gibt es noch ein paar Sachen, die ich Sie fragen wollte.« Stella hielt den Blick auf ihre Notizen gerichtet. »Ihre Exfrau behauptet, nachdem sie Sie zum ersten Mal gebeten hatte auszuziehen, waren Fenster eingeschlagen, als sie nach Hause kam, und ein paar ihrer Sachen waren beschädigt – ihr Computer hatte einen Wasserschaden, ihre Reifen waren aufgeschlitzt. Sie macht Sie dafür verantwortlich, und sie glaubt, Sie wollten ihr Angst machen oder sie bestrafen. Sie wollten sie einschüchtern, damit sie Sie wieder zurück nach Hause ließ. Möchten Sie darauf etwas antworten?«

Er sprach langsam und bedächtig. »Diese Anschuldigungen stellen mich als Monster dar«, sagte er. »Und ich kann nichts dagegen tun.«

»Sie leugnen also alles?«

»Ich habe nur Folgendes dazu zu sagen.« Er stellte wieder Augenkontakt her, und seine Stimme wurde lauter, während er versuchte, ruhig zu sprechen. Er strengte sich an, seine Wut unter Kontrolle zu bringen, aber es gelang ihm nicht ganz. »Sie müssen verstehen, dass sie wegen der Trinkerei immer weniger fähig war, ein Kind zu versorgen, noch nicht einmal, was die grundlegendsten Bedürfnisse betraf. Ich hoffe, Sie haben den Bericht der Sozialarbeiterin gelesen, da steht nämlich alles drin. Als die Kleine noch ein Baby war – ich hätte sie nur davor bewahren können, in Pflege zu kommen, wenn ich zu Hause geblieben wäre und meine Facharztausbildung abgebrochen hätte. Vielleicht hätte ich das tun sollen. Aber ich hatte Angst, meine Karriere aufzugeben und unser Haus zu verlieren, für das ich eine Hypothek bezahlen musste. Ich brach jeden Morgen auf und schuftete, damit wir ein Dach über dem Kopf hatten. Ich tat, was ich konnte. Sobald ich auf den Beinen war, sorgte ich dafür, dass meine Tochter behütet war. Ich leerte die Flaschen meiner Frau in den Ausguss, wenn ich sie fand. Ich gab ihr nicht mehr so viel Geld, damit sie es nicht für Alkohol ausgeben konnte. Das hat natürlich nicht funktioniert. Ihr Bedürfnis nach Alkohol hat absolute Priorität. Nicht ich, nicht unsere Tochter.«

Er wischte sich mit dem Handrücken über die Augen. Stella wollte ihm die Schachtel mit den Taschentüchern reichen, zögerte aber, er fühlte sich so leicht gekränkt. Sie blickte hinunter auf ihre Notizen und blätterte weiter zum dritten Teil der Hintergrundberichte. Die Exfrau hatte behauptet, er gebe ihr nicht genug Geld für Lebensmittel und Kleidung für ihre Tochter und verweigere ihr den Zugang zu ihrem gemeinsamen Bankkonto. Sie habe ihre Eltern um finanzielle Unterstützung bitten müssen. Angeblich musste sie ihn einmal sogar um Geld für Damenbinden anbetteln.

Stella wusste, dass sie es nicht riskieren durfte, sich zu sehr von den Behauptungen der Exfrau beeinflussen zu lassen. Das Problem war, sobald eine Anschuldigung einmal erhoben worden war, tauchte sie in den Dokumenten immer wieder auf: im Bericht der Sozialarbeiter, im Bericht des Vormunds, in der Fallzusammenfassung – bis sie zu ihrer eigenen Wahrheit wurde.

Stella hatte das Gefühl zu versinken, sie wurde in denselben Strudel aus Widersprüchen gezogen, mit dem alle Experten, die mit dem Fall befasst waren, gleichermaßen zu kämpfen hatten.

Simpson hatte sich gefangen. Seine Augen waren wieder trocken. Er fing an zu sprechen. »Ich schreibe mir die Schuld dafür zu, dass meine Tochter schon wieder in eine Pflegeeinrichtung kommt. Ich hätte es kommen sehen sollen. Ich hätte mehr kämpfen sollen. Ihre Mutter wird sich natürlich niemals ändern. Selbstverständlich nicht. Wie oft muss meine Tochter noch ihr Zuhause verlieren oder bei Fremden in Pflege untergebracht werden?«

Er lehnte sich zurück, strich sich die Haare aus der Stirn und atmete durch, um sich zu beruhigen. »Ich habe das erste Haus verloren, weil jeder Cent, den ich hatte, in die Sorgerechtsverhandlungen floss. Aber ich habe mir alles zurückgeholt – ich habe eine eigene Praxis, ein neues Haus, eine stabile Beziehung. Gemma und ich sind seit über einem Jahr zusammen und hatten nie irgendwelche Probleme. Was muss ich denn noch tun, um euch alle zu überzeugen?«

Stella wurde langsam ungeduldig wegen seiner Tendenz, jede Frage damit zu beantworten, dass er eine ganze Liste von Vorwürfen gegen seine Exfrau losließ. »Nun«, sagte sie, »wenn die Situation so eindeutig ist, warum, glauben Sie, wollte der Richter dann ein Persönlichkeitsprofil? Offenbar gibt es Zweifel an Ihrer Fähigkeit, ein Kind zu erziehen. Offenbar gibt es Zweifel wegen potenzieller Risikofaktoren.«

»Wenn Sie beschlossen haben, alles zu glauben, was diese Geistesgestörte von einer Exfrau zu sagen hat, dann besteht ja wohl keine Hoffnung für mich, oder?« Er stand auf.

Er mochte es ganz offensichtlich gar nicht, herausgefordert zu werden. Sie war enttäuscht. Er hatte sich flugs wieder zurückgezogen, und die empfindliche, geschlossene Fassade war wieder da. Voll und ganz.

Ihr blieb nichts, als zu ihm aufzublicken, ohne es geschafft zu haben, dass er mit ihr zusammenarbeitete, und sie kam sich irgendwie dumm vor. Er war groß, knapp unter eins neunzig, und obwohl er nicht von mächtiger Statur war – er war eher ein drahtiger Typ –, fühlte sie sich klein, wenn sie zu ihm hochschaute. Sie war sich nicht nur des Größenunterschieds bewusst, auch altersmäßig lagen sie auseinander. Er musste fünfzehn Jahre älter sein als sie. Sie fühlte sich unbedarft, wie eine Hochstaplerin. Sie war gerade einmal zwei Jahre *Dr. Davies*, und manchmal kam ihr der Titel immer noch vor wie Schwindelei.

»Ich habe versucht, es Ihnen zu erklären«, sagte sie. »Durch diese Befragung erhalten Sie die Gelegenheit, über sich selbst zu reden und nicht nur Ihre Meinung über andere Leute abzugeben. Ich hätte gern, dass Sie mir Einblick in Ihre Persönlichkeit verschaffen. Aber das tun Sie nicht.«

Sie sah auf die Uhr. Die zweistündige Sitzung war vorüber.

Simpson hatte bemerkt, dass sie auf die Uhr gesehen hatte. »Ich kenne den Weg«, sagte er.

Sie stand auf und strich sich den Rock glatt.

Stella wollte den Persönlichkeitstest unbedingt so bald wie möglich auswerten, denn sie hielt das für die beste Möglichkeit, aus diesem angespannten ersten Termin nützliche Informationen zu ziehen. Sie vermutete, dass bei der Bewertung herauskam, dass Simpson zur Dissimulation neigte, weil er keine psychologischen Probleme zugeben wollte, nicht einmal solche, die weniger gravierend waren als diejenigen, die jedermann von Zeit zu Zeit durchmachte. Aber sie war neugierig – vielleicht war doch etwas dabei, das ihr Einblick in sein Persönlichkeitsprofil gestattete. Etwas, das er nicht hatte preisgeben wollen. Sie gab seine Antworten in das Computerprogramm ein – es waren mehr als fünfhundert – und wartete ab, bis der Bericht generiert wurde.

Sie war enttäuscht. Simpson war es gelungen, sich zu verstecken. Von den Validitätsskalen her war das Profil wertlos. Es konnte nicht interpretiert werden. Stella konnte natürlich Simpsons Verschlossenheit und seine Vorsicht bei der klinischen Befragung kommentieren. Bisher deuteten alle Daten auf einen Menschen hin, der nicht den Wunsch hatte, sich zu öffnen, und der sich weigerte, Einblick in sein Innenleben zu gewähren. Einen Menschen, der vielleicht etwas zu verbergen hatte. Bis zu einem gewissen Grad würde er damit Erfolg haben, aber in Wirklichkeit tat er sich keinen Gefallen damit. Wenn er entschlossen war, konnte er seine emotionalen Schwierigkeiten verheimlichen, doch dann nahm er sich auch die Möglichkeit, seine Stärken zu demonstrieren. Und sein Verhalten ihr gegenüber verhieß nichts Gutes für seine zukünftige Zusammenarbeit mit Fachleuten, wenn es um das Wohlergehen seiner Tochter ging.

Stella stand auf und streckte sich. Sie öffnete die Jalousien und blickte aus dem Fenster auf die vierspurige Straße draußen. Es herrschte gerade Berufsverkehr, und die Autos standen Stoßstange an Stoßstange. Sie war frustriert. Sie hatte eine Gelegenheit gehabt, ihr Können zu zeigen und einen Fall zu erhellen, den andere undurchschaubar gefunden hatten. Sie würde mit Max sprechen, vielleicht hatte er eine Idee, wie sie das zweite Gespräch angehen sollte. Intuitiv wusste sie, dass die Stärke ihres Berichts davon abhing, ob es ihr gelang, Simpson zu beteiligen, sein Vertrauen zu gewinnen. Wenn er sich ein wenig entspannte, sie kennenlernte – wenn er begriff, dass sie sich fair verhielt –, vielleicht hatte sie dann eine Chance. Sie fragte sich, ob seine reservierte, misstrauische Haltung vielleicht von einer verkappten Angststörung herrührte, vielleicht sogar von einer mit Reizbarkeit verbundenen Depression. Denn es gab Momente, da wirkte er – anständig. Er schien sich wirklich gefreut zu haben, dass er die Klinik vor Pauls Räucherstäbchen gerettet hatte.

Stella ging im Geiste wieder die Unterlagen durch. Einige der Behauptungen waren entsetzlich. Besonders ein Bild kehrte immer wieder zurück. Seine Exfrau hatte beschrieben, wie er sie in den Bauch geboxt hatte, als sie im siebten Monat schwanger war. Andererseits waren das Anschuldigungen einer unzuverlässigen, alkoholabhängigen Zeugin, die mit allen Mitteln um das Sorgerecht für ihre einzige Tochter kämpfte.

Stella musste Simpson davon überzeugen, dass ihm am besten damit gedient war, wenn er sich ihr öffnete. Sie glaubte ihm, als er sagte, dass er seine Tochter liebe und das Beste für sie wolle. Aber seine Liebe allein bedeutete nicht, dass er imstande war, ihr ein Zuhause zu bieten, in dem sie physisch und emotional sicher war.

Sie packte die Testunterlagen weg und räumte ihren Schreibtisch auf. Sie schloss die Jalousien. Sie würde ihre bisherigen Ergebnisse übers Wochenende aufschreiben, zur Vorbereitung ihrer Supervisionssitzung mit Max am Montag. Und sie würde sich etwas einfallen lassen müssen, wie sie den nächsten Termin mit Lawrence Simpson angehen wollte.

Hilltop, 17:30 Uhr

Stella hatte den Tisch mit Tellern, Gläsern und Servietten gedeckt, hatte sich aber dagegen entschieden, Besteck aufzulegen, für alle Fälle. Blue wählte den Stuhl am Kopf des großen Küchentisches und fing an, ohne jegliche Begeisterung an dem Sandwich herumzuzupfen, das Stella ihr gemacht hatte.

Stella setzte sich zu ihr. »Wie wäre es mit einem Dankeschön?«

»Dankeschön«, sagte Blue undankbar.

»Du scheinst keinen großen Hunger zu haben«, sagte Stella.

»Sie können mich nicht zwingen zu essen.«

»Ich habe gar kein Interesse daran, dich zu irgendetwas zu zwingen.«

Blue hielt den Blick gesenkt, während sie das Sandwich auf dem Teller hin und her schob. Sie hatte nicht mehr als einen Bissen zu sich genommen. Stella vermutete, die Bitte um etwas zu essen war nur ein Trick, um sicherzustellen, dass sie noch etwas länger im Haus bleiben durfte.

Blue gähnte. »Ich bin immer noch müde. Warum haben Sie mich geweckt?« Sie funkelte ihre Gastgeberin gereizt an.

»Es wird spät. Ich muss irgendjemanden anrufen, um Bescheid zu geben, dass dir nichts passiert ist«, sagte Stella.

»Ich habe es Ihnen doch gesagt – es gibt niemanden.« Blue schob das Sandwich wieder auf die andere Seite.

»Irgendjemanden muss es doch geben«, sagte Stella.

Blue schüttelte den Kopf.

»Na ja, wir müssen eine Möglichkeit finden, dich nach Hause zu bringen.« In Wahrheit schwanden alle Hoffnungen auf eine schnelle Abreise, die Stella gehabt hatte. Sie war immer weniger optimistisch, dass das Mädchen freiwillig gehen würde.

»Ich habe es Ihnen doch gesagt – ich gehe nicht nach Hause.« Blue zupfte die Brotrinde ab und legte sie zur Seite. »Haben Sie Cola?«

»Nein.« Stella schenkte ihnen beiden Wasser aus dem Krug auf dem Tisch ein. »Wie alt bist du?«, fragte sie.

»Achtzehn«, sagte Blue.

»Das glaube ich nicht.«

»Sechzehn.«

»Es wäre viel einfacher, wenn du mir die Wahrheit sagen würdest.«

Die Szene in der Küche ähnelte langsam einem Verhör, aber irgendwie war Stella am falschen Platz gelandet. Sie saß direkt unter einer hellen Industrielampe aus Emaille, die über dem langen weißen Küchentisch hing und deren grelles Licht ihr in den Augen wehtat.

»Ich bin keine Lügnerin«, sagte Blue. Sie drückte sich die Nägel in den Unterarm und starrte den Boden an.

»Pass auf, sonst tust du dir noch weh.« Stella deutete auf Blues abgekaute Nägel mit dem abgesplitterten roten Lack. Blue hörte auf und zog sich die Ärmel über die Hände.

»Weiß deine Mutter, dass du hergekommen bist, um meinen Mann zu treffen?«, fragte Stella.

»Nein.«

»Vielleicht glaubt sie, dass dir etwas zugestoßen ist. Wir müssen uns mit ihr in Verbindung setzen.«

Blue blickte unter ihrem Pony zu Stella auf. Stella glaubte, ein wenig Schuldbewusstsein in ihrer Miene zu erkennen.

»Sie kennen meine Mutter noch nicht einmal«, sagte Blue. »Es kann Ihnen doch egal sein.«

»Mein Mann kommt erst viel später nach Hause. Wir können

deine Mutter nicht so lange warten lassen. Du musst mir deine Telefonnummer von zu Hause geben.«

»Ich muss gar nichts.«

Stella hatte keine Lust mehr zuzusehen, wie Blue ihr Sandwich zerlegte, ging die halbleere Flasche Chardonnay vom Sofatisch im Wohnzimmer holen und schenkte sich ein Glas ein. Es war keine gute Idee, Alkohol zu trinken, nachdem sie ihre Medikamente genommen hatte, aber – zum Teufel.

Blue starrte Stella und das Glas Wein an. »Sie haben keine Cola, aber Sie haben Wein«, sagte sie. Das hörte sich nach einem Vorwurf an.

Stella trank noch einen Schluck.

»Es ist noch nicht einmal sechs«, sagte Blue.

»Normalerweise trinke ich nicht um diese Zeit«, sagte Stella. »Ich bin aber erschrocken – du stehst einfach hier vor der Tür und behauptest, mein Mann wäre dein Vater. Kennst du jemanden, der zu viel trinkt?«

Das Mädchen nickte.

»Deine Mutter?«, fragte Stella.

»Wodka«, sagte Blue. »Sie glaubt, man riecht ihn nicht, aber ich merke es trotzdem.«

»Kümmert sich denn jemand um dich? Großeltern?«

»Da sind nur meine Mum und ich«, sagte Blue. Sie streckte die Arme über dem Kopf aus, sodass ihr T-Shirt noch weiter hochwanderte und man mehr von ihrem flachen Bauch und den spitzen Hüftknochen sehen konnte. Sie langte über den Tisch, um Stellas Glas hochzuheben. »Schmeckt ihm dieser Wein?«, fragte sie.

Stella überlegte, ob Blue ihre Schönheit von ihrer Mutter geerbt hatte. Wieder dieser irrationale Anfall von Eifersucht. Sie fragte sich, ob Max glücklich wäre, eine Tochter zu haben, und ob Blue vielleicht mehr Anspruch auf sein Herz hatte als sie selbst. Sie hoffte, dass dieses Mädchen nicht von ihm war.

»Wie viele Zimmer hat dieses Haus?«, fragte Blue.

»Einige.«

»Es ist so still«, sagte Blue. »Es gefällt mir hier nicht, ich finde es unheimlich.«

»Das tut mir leid«, sagte Stella.

»Wie lange sind Sie denn schon verheiratet?«, fragte Blue. Sie wippte vor und zurück, kippelte auf den hinteren Stuhlbeinen. Es war extrem nervig, ihr zuzusehen.

»Ein bisschen mehr als ein Jahr.«

»Sie sind jünger als er.« Blue sah Stella nachdenklich an, musterte ihr Gesicht. »Er hat schon graue Haare«, sagte sie.

»Ich dachte, du hättest ihn nie kennengelernt?«

»Ich habe ein Foto gesehen. Im Internet.«

Blue trank einen Schluck aus Stellas Glas. »Mm«, machte sie. Sie nahm die Weinflasche und füllte das Glas bis zum Rand.

»Das solltest du aber nicht trinken«, sagte Stella.

Blue nahm einen großen Schluck. Stella fragte sich, ob sie jetzt wohl verantwortlich war, nur weil sich das Mädchen in ihr Haus gemogelt hatte. Wahrscheinlich schon, besonders falls sich herausstellen sollte, dass sie wirklich Max' Tochter war. Max war das Mädchen vielleicht wichtig. Er könnte von Stella erwarten, dass sie Blue umsorgte, dass sie sich um sie kümmerte. Das abgerundete rutschige Plastik ihres Stuhls fühlte sich hart und ungemütlich an ihrem Rücken an. Sie war sich sicher, dass Max seine Tochter niemals im Stich lassen würde, wenn er wüsste, dass es sie gibt.

»Das reicht jetzt mit dem Wein«, sagte Stella nun energischer. Es war lange her, seit sie für etwas oder jemanden die Verantwortung übernommen hatte.

Blue hielt inne, lange genug, um Stella trotzig anzusehen, bevor sie noch einen Schluck nahm. Sie trank weiter, bis sie fast das ganze Glas weggeputzt hatte, dann hob sie die Flasche, als würde sie sich nachschenken wollen. Stella langte hinüber, packte den

Flaschenhals und riss die Flasche weg. Wein spritzte Blue über die Lippen und auf ihre kostbare Jacke.

»Ich habe gesagt, es reicht.« Stella knallte das Glas auf den Tisch.

»Blöde Kuh«, zischte Blue. Sie wischte sich den Mund ab. Dann schob sie den Stuhl mit einer heftigen Bewegung zurück, sodass die Metallbeine scheußlich über die Schieferplatten kratzten. Sie stellte sich hinter Stella und beugte sich über sie. Stellas Herz schlug schneller, ließ ein paar Schläge aus. Sie umklammerte die Tischkante. Sie bewegte sich nicht und zeigte keine Angst.

Blue beugte sich weiter vor, ihr Atem roch sauer nach Wein. »Sind Sie verliebt ineinander?«

»Das reicht«, sagte Stella. Nun war sie an der Reihe, den Stuhl zurückzuschieben. Sie stand auf. Sie war froh über die Tatsache, dass sie einen Kopf größer war als Blue. »Ich habe jemanden angerufen – von der Polizei. Ich habe ihm erzählt, dass du weggelaufen bist. Er sucht die Polizeiberichte durch, um zu sehen, ob Mädchen, deren Beschreibung auf dich passt, vermisst gemeldet wurden. Du hast mir keine Wahl gelassen.«

Blue versetzte Stellas Stuhl einen solchen Schubs, dass er rückwärts umfiel. Sie ließ ihn liegen.

»Blue, was …«

Blue lief zum Sofa, bückte sich, um ihren Rucksack aufzuheben, und warf ihn sich über die Schulter, während sie Richtung Haustür ging. Sie beugte sich hinunter und versuchte, ihre immer noch feuchten Turnschuhe anzuziehen.

Stella hielt ein paar Schritte Sicherheitsabstand.

Es wäre besser, wenn das Mädchen sie in Ruhe ließ. In Frieden. Sie könnte Max den Besuch sogar verschweigen; es wäre, als hätte es ihn nie gegeben. Blues Behauptungen waren auch ziemlich unwahrscheinlich.

Blue drehte sich nicht zu Stella um, sondern ließ sich Zeit. Sie nestelte an den Schnürsenkeln herum, dann am Reißverschluss ihrer Jacke. Stella wollte nicht, dass das Mädchen eine Dummheit anstellte. Was, wenn sie nun wirklich Max' Tochter war? Was, wenn sie sich verletzte oder erfror? Jetzt hinaus in den Schnee zu gehen wäre eine einzige Tortur.

»Lass mich dir wenigstens eine richtige Jacke geben«, sagte Stella.

Sie konnte Blue nicht daran hindern, Hilltop zu verlassen. Sie konnte sie kaum gegen ihren Willen im Haus festhalten. Aber wenn das Mädchen ging und unauffindbar blieb – Max würde ihr vielleicht nie verzeihen. Und das konnte Stella nicht riskieren.

»Vielleicht solltest du nicht gehen – noch nicht«, sagte sie.

Blue zögerte, die Hand auf dem Türknauf. »Wieso nicht?«

»Es ist nicht sicher dort draußen. Das weißt du. Bitte. Sag mir einfach den Namen deiner Mutter und ihre Telefonnummer. Ich finde eine Möglichkeit, dich heil nach Hause zu bringen.«

»Kommt die Polizei?«

»Ich weiß es nicht. Wenn wir deine Mutter kontaktieren können, kann ich die Polizei anrufen und sagen, dass sie nicht kommen müssen.«

Blue löste die Finger vom Türgriff. Sie schob beide Hände tief in die Taschen. Stella sah ihre geballten Fäuste durch den dünnen Stoff. Noch während Stella sie ansah, änderte sich die Gesichtsfarbe des Mädchens. Sie wurde noch bleicher, und ihre Haut färbte sich seltsam grünlich.

»Mir geht's nicht so gut«, sagte Blue.

»Kein Wunder. Nach dem ganzen Wein.«

»Ich muss zur Toilette«, sagte Blue. Aber sie schaffte es nicht so weit. Sie krümmte sich an Ort und Stelle, gleich vor der Tür, und würgte trocken. Als die Krämpfe aufhörten, war sie auf allen vieren, die langen Haare hingen ihr über das Gesicht.

Stella zögerte, dann bewegte sie sich auf sie zu. Sie kniete sich hin, strich Blue die Haare aus dem Gesicht und steckte sie ihr hinter die Ohren. Sie rieb dem Mädchen den Rücken, fühlte die knochige Wirbelsäule. Dann legte Stella Blue die Hände auf die Schultern und zog sie an sich. Blue entspannte sich. Sie ließ den Kopf zurückfallen und lehnte sich an Stella. Ihr flacher Atem ging langsamer und schließlich gleichmäßig. Stella strich ihr über die Haare und spürte, wie sie ruhig wurde. Blues Körper war warm, die Berührung war nicht unangenehm. So musste es sich anfühlen, Mutter zu sein, dachte Stella.

Die sechste Sitzung

Sie lag auf dem Rücken am Boden und starrte die Decke an. Überall waren Risse. Der Teppich unter ihr war schön dick, so was wie ein Perser. Richtig weich. Sie fragte sich, ob sich wohl schon einmal eine Patientin auf den Teppich gelegt hatte, statt wie ein braves Mädchen auf dem Sessel sitzen zu bleiben.

Sie stützte sich auf die Ellbogen und stand auf, es dauerte einen Augenblick, bis sie ihr Gleichgewicht wiedergefunden hatte. Langsam ging sie zu seinem Sessel hinüber. Er saß ganz ruhig da, die Hände auf den Beinen. Sie kniete sich vor ihn und legte den Kopf darauf. Er ließ die Hand ruhig und warm unter ihrer Wange liegen, und sie fühlte sich glücklich.

Nach einer Weile hob er die andere Hand und legte sie ihr sanft auf den Kopf. Sie hielt ganz still. Sie hatte sich an diesem Morgen die Haare gewaschen und extra viel Conditioner benutzt, damit sie weich wie Seide waren. Er streichelte darüber, vom Scheitel bis zum Nacken und dann bis an die Spitzen. Er ließ die Hand in ihrem Kreuz ruhen.

Sie musste atmen, holte ganz tief Luft. Sie wartete, was als Nächstes passieren würde. Er schob sie nicht weg. Wieder strich er ihr vom Scheitel bis zum Nacken über die Haare, dann weiter bis zwischen die Schulterblätter. Seine Finger erkundeten ihre Wirbelsäule, bewegten sich nach unten und dann wieder hinauf, kitzelten sie im Nacken und fuhren ihr in die Haare; er zog leicht daran.

»Du brauchst jemanden, der dich liebt«, sagte er. »Du willst mir nahe sein, aber du kennst keine andere Art und Weise als diese. Das ist nicht gut. Am Ende wirst du verletzt sein.«

»Das ist mir egal. Ich will es.«

»Du bist zu jung.«

»Ich weiß, dass Sie mich berühren wollen. Ich weiß es. Es ist auch gar nicht mein erstes Mal.«

»Sprich nicht so.«

Aber er zog sie fester an den Haaren.

Sie kniete gern auf dem Boden und ließ den Kopf auf seinem Knie ruhen. Sie versuchte nichts weiter, sie wollte ihr Glück nicht herausfordern. Er ließ sie lange so bleiben. Sie war versucht, an der Innenseite seines Oberschenkels hochzufahren, die Finger darübergleiten zu lassen – nur um zu sehen, was passierte. Aber sie tat es nicht. Sie wartete. Vielleicht änderte er seine Meinung, vielleicht schickte er sie weg. Sie wusste, sie konnte richtig Schwierigkeiten bekommen, und das wollte sie nicht. Er war der beste Arzt, den sie je gehabt hatte. Sie würde es niemals jemandem erzählen. Aber sie wollte, dass er sie so sehr begehrte, dass er alles riskierte, um sie zu berühren. Und sie konnte noch ein bisschen warten.

Sie spürte seine Fingerspitzen auf der Stirn. Eine langsame, sanfte Berührung. Er fuhr mit dem Daumen über ihren Wangenknochen und hinunter zu ihrem Mund. Sie wollte den Mund aufmachen und ihn lecken, schmecken, beißen. Sie wartete geduldig. Es kribbelte sie am ganzen Körper. Sie musste sehr streng mit sich sein, sie hielt sich ganz ruhig, sie durfte ihn nicht verschrecken. Sie wollte ihm das Hemd aufknöpfen, den Reißverschluss seiner Hose öffnen. Sie war zufrieden mit ihrer Selbstkontrolle. Sie war vielleicht viel jünger, aber sie war diejenige, die das Sagen hatte. Er löste die Finger von ihrem Gesicht, und einen Moment wurde ihr bange. Doch dann berührte er sie wieder. Er schob die Hände wieder in ihre Haare, sie spürte den Druck seiner Finger auf der Kopfhaut. Er wanderte weiter, verflocht die Finger in ihren Haaren, bis er im Nacken angelangt war. Da verharrte er und hielt sie fest.

Sie erschauerte.

Sie wollte ihn so gerne anfassen, wollte wissen, ob er steif war. Aber sie tat es nicht. »Die Sitzung ist zu Ende«, sagte er. »Wir sehen uns nächste Woche um die gleiche Zeit.«

Langsam stand sie auf. An der Tür drehte sie sich um. »Danke, Herr Doktor«, sagte sie grinsend.

Bayswater, April 2009

Stella lag noch im Bett, als die Post auf die Kokosmatte vor der Wohnungstür plumpste. Verschlafen sah sie auf die kleine Uhr auf ihrem Nachttisch: Es war zehn. Ihr fiel wieder ein, dass sie ein Wochenende vor sich hatte, an dem sie Gutachten schreiben musste. Am Dienstag war der Smith-Bericht fällig: drei Kinder, alle unter fünf, alle in einer Pflegefamilie untergebracht, die kokainsüchtige Mutter mit dem vierten schwanger. Die örtliche Behörde zahlte einen Aufpreis, damit der Bericht in der Hälfte der Zeit fertiggestellt wurde, und sie hatte natürlich Ja gesagt, als Max sie damit betraut hatte, obwohl sie bereits überlastet war. Sie wusste, er wollte das Doppelte dabei verdienen. Und sie tat ihm gern einen Gefallen. Sie sagte immer Ja, wenn er sie fragte.

Sie kuschelte sich unter die Bettdecke und zog sie sich weiter nach oben um das Gesicht. Ihr Baumwollschlafanzug fühlte sich frisch und luftig auf der Haut an. Ein Mann wäre schön jetzt, dachte sie. Irgendeiner. Wenn sie Max nicht haben konnte, wäre es auch egal. Ihr Bett war ziemlich grässlich, wie alles in der Wohnung. Es hing in der Mitte durch, wo sich zwei Latten gelockert hatten. Im Katalog sah das billige Zeug immer so gut aus. Die lauwarmen Heizkörper schienen überhaupt keine Auswirkung zu haben, auch wenn Stella sie Tag und Nacht voll aufgedreht ließ. Darüber hinaus roch es ziemlich muffig in der Wohnung. Ich muss endlich ein paar Bilder aufhängen, dachte sie zum tausendsten Mal. Seit sie vor zwei Jahren hier eingezogen war, ging ihr dieser Gedanke tagtäglich durch den Kopf.

Die Neugier auf die Post war schließlich stärker als der Widerwille, aus dem Bett zu steigen. Sie hoffte, ihr Gehaltszettel von der Praxis in der Grove Road wäre dabei. Sie wurde immer am letzten Tag des Monats bezahlt; Anne kümmerte sich um die Lohnabrechnungen, natürlich äußerst akribisch.

Sie hatte es nicht weit von ihrem Schlafzimmer bis zur Eingangstür, ungefähr sechs Schritte. Wie gewöhnlich stieß sie beinahe mit dem Kopf gegen den Papierlampenschirm der Deckenlampe, der recht tief und etwas schief hing. Sie nahm die Post von der ausgetretenen Fußmatte und sah die Umschläge durch – das meiste war Werbung, die üblichen Kataloge, die an den Vormieter adressiert waren. Sie legte sie zum Altpapier und sah sich den Rest genauer an. Die Gas- und die Stromrechnung waren gekommen. Und glücklicherweise war auch ein dicker cremefarbener Umschlag dabei, wie die Grove Road Clinic sie benutzte. Noch ein paar Jahre, und sie hatte genügend Geld gespart, um eine Anzahlung auf eine kleine Wohnung leisten zu können. Wenn sie sich unentbehrlich machte, machte Max sie vielleicht sogar zur gleichberechtigten Teilhaberin.

Durch den Gedanken an ihr zukünftiges Einkommen etwas fröhlicher gestimmt, zog Stella Socken an, bevor sie sich auf den Badezimmerboden wagte. Sie wusch sich mit Seife und warmem Wasser das Gesicht. Sie blickte nicht hoch zur Decke, wo sich wegen der mangelnden Durchlüftung klebrige gelbe Bläschen gebildet hatten. Die schwarzen Schimmelflecken, die sich rund um die Fensterbretter ausbreiteten, konnte sie jedoch leider nicht übersehen. Im Badezimmer keimte die Pflanzenwelt so üppig, dass es langsam einem Regenwald ähnelte.

Sie fuhrwerkte mit der Haarbürste herum, sodass ein Glorienschein aus elektrisch geladenen Strähnen ihren Kopf umgab. Sie versuchte es mit ein paar weiteren Bürstenstrichen, aber das verschlimmerte die Lage nur. Sie machte sich nicht die Mühe, sich zu schminken; auch ohne Make-up war sie mehr oder weniger herzeigbar. Ein bisschen Wimperntusche und etwas Lippenstift würden zwar nicht schaden, und sie könnte einmal etwas anderes als Jeans und ein weißes T-Shirt anziehen – aber an diesem Wochenende würde sie kaum jemanden sehen, für den es sich lohnte, sich herzurichten.

Sie wollte ins Caffè Nero gehen und sich bei dem gutaussehenden italienischen Barista mit den warmen Augen einen starken Kaffee bestellen. Der Spaziergang würde ihre Lebensgeister wecken. Stella schnappte sich ihre Tasche und sah nach, ob sie Handy, Geldbeutel und Kindle dabeihatte. Sie schlug die Wohnungstür hinter sich zu und lief über den aufwendig gemusterten braunen Teppich zu dem altmodischen Aufzug. Es dauerte eine Ewigkeit, bis die kleine altmodische Kabine im obersten Stockwerk angelangt war. Dicke schwarze Seile schwangen langsam in entgegengesetzte Richtungen, während sich der Aufzug zentimeterweise nach oben bewegte. Als er da war, stemmte sie die Eisentüren auf.

Draußen vor dem Haus erwartete sie ein wunderschöner Londoner Tag. Auch wenn es noch ein bisschen frisch war, die Luft noch kühl und der Frühling noch nicht gekommen, fühlte sich die Sonne auf der Haut gut an.

Sie war enttäuscht, als sie von einer weiblichen Auszubildenden bedient wurde. Sie brauchte noch eine kleine Schonfrist, bevor sie in ihre Wohnung und an ihren Laptop zurückkehrte, deshalb setzte sie sich an einen Tisch am Fenster und betrachtete die Leute, die in der Sonne über den Westbourne Grove spazierten. Sie stellte sich vor, dass Max auf sie zukam, allein; der vertraute Bart, die grauen Schläfen. Sie würde ihn einladen, sich zu ihr zu setzen, sie würden zusammen in ihre Wohnung gehen. Ein junges Paar ging lächelnd am Fenster vorbei, sie liefen eng nebeneinander und hielten Händchen. Stella hatte das Gefühl, als fehlte ihr etwas. Ein philippinisches Kindermädchen schob zwei blonde Jungen, Zwillinge, in einem sperrigen Doppelbuggy hinter dem Paar her.

Stella schaute sich weiter die Leute an, die am Fenster vorbeigingen. Ihre Gedanken schweiften ab, während sie in dem schwach beleuchteten Café saß, ihren Kaffee umrührte und in das gleißende Licht draußen blickte. Dann setzte sie sich auf und verengte die Augen zu Schlitzen, damit sie besser sehen konnte. Lawrence Simpson erschien auf dem Gehsteig. Er kam dem Fenster, an dem sie saß, immer näher. Er blieb stehen und schaute hinein, schaute genau auf sie. Stella wusste nicht, ob er durch das getönte Fenster hindurchsehen konnte, vielleicht betrachtete er nur sein eigenes Spiegelbild. Er trug einen schwarzen Anzug, und auch wenn sein Hemd am Kragen offen war, wirkte er merkwürdig overdressed für einen Samstagsspaziergang. Er strich sich seinen geckenhaften Pony nach hinten, die Geste kannte sie aus der Praxis.

Mit unbewegter Miene ging er weiter, ohne ein Zeichen des Wiedererkennens.

Stella sah zu, wie sich der gerade Rücken des Mannes wegbewegte, die linke Hand steckte in der Hosentasche. Sie war sich nicht mehr sicher, was sie wirklich gesehen hatte. Im Café war es dunkel, während es auf der Straße draußen sehr hell war. Es konnte durchaus sein, dass er es gar nicht gewesen war, sondern nur jemand, der ihm ähnlich sah: groß und dünn, mit glatten, feinen Haaren.

Warum dachte sie überhaupt an Lawrence Simpson? Sie bekam unsinnigerweise Gewissensbisse, weil sie es zugelassen hatte, dass er in ihre Gedanken und in ihr Wochenende eingedrungen war, als hätte sie etwas verkehrt gemacht. Fühlte sie sich von ihm angezogen? Sie glaubte eigentlich nicht, dass dies der Fall war. Vielleicht lag es daran, dass er Arzt war und daher der Welt der Klinik so nahe und dass sie mehr gemeinsam hatten, als es gewöhnlich bei ihren gerichtsmedizinischen Klienten der Fall war. Stella musste zugeben, dass sie interessierter daran war herauszufinden, wie Simpson tickte, als sie es sein sollte. Sie dachte sogar über ihn nach, wenn sie gar nicht arbeitete. Vielleicht war sie zu sehr von ihm eingeschüchtert.

Sie wartete zehn Minuten, um sicher zu sein, dass der Mann, wer auch immer er war, längst verschwunden war.

Stellas Wohnzimmer war genauso groß wie ihr Schlafzimmer. Sie hatte ein kleines Sofa, einen Fernseher auf einem Ständer und einen kleinen Esstisch für zwei Personen hineingezwängt. Sie klappte ihren Laptop auf, legte ihre Notizen auf den Stuhl neben ihr. Sie begann den letzten Abschnitt des Smith-Berichts zu schreiben: *Beurteilung.*

Es war so ein wunderschöner Tag. Sie überlegte, was ihre Freunde heute wohl vorhatten. Izzy und Mark bauten sicher ihr Nest und machten das Kinderzimmer fertig. Hannah und die anderen Singles wollten sich im Regent's Park treffen, um die unerwartete Sonne zu genießen. Stella hätte am liebsten den Bericht zur Seite gelegt und sich ihnen angeschlossen, aber das würde sie nicht tun, denn sie wollte Max nicht im Stich lassen.

Außer der Überschrift hatte sie nichts geschrieben. *Beurteilung.*

Die Arbeit für das Gericht war eine intellektuelle Herausforderung, aber auch emotional belastend. Sie glaubte daran, dass sie helfen konnte, sie glaubte daran, dass sie im Leben eines Kindes etwas Entscheidendes bewirken konnte. Das war ihre Auffassung von ihrem Beruf: im Interesse des Kindes zu handeln. Aber das bedeutete oft, dass sie in ihren Gutachten Dinge schreiben musste, die den Eltern große Schmerzen bereiteten. Und während es durchaus stimmen mochte, dass die meisten Menschen, die in ihrer Praxis landeten, Mist gebaut hatten, so war doch niemand böse auf die Welt gekommen. Alle ihre Klienten hatten ihre eigenen traumatischen Geschichten.

Manchmal waren Klienten auch dankbar – sogar wenn es schlechte Nachrichten gab. Manchmal wussten sie in ihrem tiefsten Innern, dass sie sich nicht um ein Kind kümmern konnten. Manchmal waren sie verärgert – aber nicht so oft, wie sie erwartet hätte, als sie anfing. Sie stellte sich gern vor, dass viele ihrer widerwilligen Klienten die Gründlichkeit und Genauigkeit ihrer Gutachten letztlich zu schätzen wussten. Sie steckte viel mehr Stunden hinein, als nötig gewesen wären. Sie sorgte dafür, dass die Eltern eine Chance bekamen, ihre Seite der Geschichte zu erzählen. Darauf war sie stolz, stolz, dass sie immer noch einen Schritt weiter ging.

Hilltop, 18:15 Uhr

Blue lehnte mit dem Rücken an Stellas Brust.

Das Mädchen roch säuerlich.

»Du solltest ein heißes Bad nehmen«, sagte Stella.

Sanft schob sie das Mädchen weg und stand auf. Sie streckte ihr die Hand entgegen, Blue hielt sich fest und zog sich hoch; das Mädchen war ganz leicht. Sie wirkte ein wenig unsicher, als sie die gewundene Treppe hinaufstieg. Stella hielt sich dicht hinter ihr.

Die einzige Badewanne in Hilltop befand sich in dem Badezimmer, das von dem großen Schlafzimmer oben an der Treppe abging. Als Stella Blue durch die Tür ihres Schlafzimmers führte, versuchte sie, nicht zu lange darüber nachzudenken, was es für ein Gefühl war, dass eine Fremde ihr Heiligtum betrat. Die gusseiserne antike französische Badewanne war sensationell tief und diente Stella so gut wie ein Medikament zur Entspannung; sie hoffte, die Wanne hätte die gleiche beruhigende Wirkung auf Blue. Sie setzte sich vorsichtig auf den Wannenrand und drehte die Wasserhähne voll auf, während das Mädchen auf einem Sessel Platz nahm.

Stella hatte sich früher oft vorgestellt, genau in diesem Sessel zu sitzen, ein Glas Wein in der Hand, und sich mit Max zu unterhalten, während er in der Wanne lag.

Blue sah erschöpft aus. Ihr Gesicht war jetzt so bleich, dass es geradezu geisterhaft wirkte, mit dunklen Halbmonden, die wie Blutergüsse unter den Augen lagen. Aber ihre Augen waren jetzt wieder weit offen, und sie fixierte Stella äußerst wachsam.

Das Wasser sprudelte nur so aus dem Hahn, und die Wanne lief rasch voll. Der Wasserdruck im Haus war enorm. Stella gab Badeschaum ins Wasser und dann noch einen großzügigen Schuss Lavendelöl. »Fertig«, sagte sie.

Zum ersten Mal, seit sie im Haus war, zog Blue sich die Jacke aus. Sie tat das etwas widerwillig, brauchte eine Ewigkeit, um sie zusammenzulegen und sie sorgsam über die Lehne des Sessels zu hängen. Stella zugewandt und ohne einen Hauch von Verlegenheit zog sie ihr kurzes T-Shirt aus. Sie stand in ihrem BH aus zarter weißer Spitze da. Stella erstarrte, versuchte, ihr Unbehagen zu verbergen. Sie konnte nicht anders, sie musste Blues Körper einfach ansehen: ihre milchweiße Haut, die rosa Brustwarzen, die durch die knappe Spitze hindurchschimmerten, die Rundung ihrer Hüften. Blue zog ihre Leggings herunter, stieg heraus und warf sie auf den Boden. Halb zögerlich, halb trotzig langte sie nach hinten, um den Verschluss ihres BHs zu lösen. Sie streifte die Unterwäsche ab.

Sachte stieg sie nackt in das tiefe Wasser. Sie ließ sich in den Schaum sinken und lehnte sich zurück, betrachtete die regenbogenfarbenen Kristalle des Kronleuchters.

Stella kam sich vor wie hypnotisiert. Sie zwang sich wegzuschauen, irgendetwas zu tun. Sie hob Blues Kleidung vom Boden auf und ließ sie auf den Sessel fallen. Sie schaute in den Schrank unter dem Waschbecken und nahm zwei frische Handtücher heraus. Sie legte sie über den Handtuchwärmer. Sie wischte den Spiegel ab, er war beschlagen. Sie sah eine triste, ängstliche Person vor sich, die sie nicht wiedererkannte. Stella war zweiunddreißig, aber die Frau, die ihr aus dem Spiegel entgegenblickte, war viel älter.

Sie senkte den Blick und wusch sich die Hände. Dann massierte sie Kamillenhandlotion ein. Sie passte auf, dass sie damit nicht an ihren Verlobungsring kam: ein zweikarätiger Brillant in einem Platinring. Der Beweis für die Bindung ihres Ehemanns an sie, für seine Loyalität. Der Ring hatte Max' Mutter gehört, er war schön, aber nicht nach ihrem Geschmack.

Sie wandte sich wieder Blue zu. »Ich hole dir ein Glas Wasser«, sagte sie. »Lass dir so viel Zeit, wie du willst.«

»Lassen Sie mich nicht allein«, sagte Blue und wandte den Kopf um.

»Ist dir noch schlecht?«

»Nein. Aber ich will nicht, dass Sie gehen.«

Stella kniete sich neben die Wanne. »Du musst dir die Haare waschen«, sagte sie.

»Ich bin zu müde.«

»Ich wasche sie dir.«

Stella schöpfte warmes Wasser über Blues helles Haar. Sie gab dem Mädchen nach Lavendel duftendes Shampoo auf die Kopfhaut, schäumte es auf und massierte es mit leichtem Druck ein. Stella wurde ruhiger.

»Kommt die Polizei?«, fragte Blue.

»Steckst du in Schwierigkeiten?«

Blue legte die Arme seitlich auf den abgerundeten Rand der Wanne. Stella entdeckte Narben, verdickte weiße Linien an den Unterarmen. »Ich hatte den Eindruck, du hattest Angst, als ich die Polizei erwähnt habe. Ist irgendetwas passiert? Vielleicht kann ich dir helfen, wenn du es mir erzählst.«

»Ich mag keine Polizisten. Ich traue ihnen nicht. Ich habe nichts Böses gemacht.«

»Ich wünschte, du würdest mir trauen«, sagte Stella.

»Warum sollte ich?« Mit geschlossenen Augen tauchte Blue unter. Kleine Bläschen kamen aus ihrem Mund und stiegen an die Oberfläche, während sich ihre Haare um ihr kleines Gesicht ausbreiteten. Stella wartete mit angehaltenem Atem, bis Blue wieder auftauchte und nach Luft schnappte.

»Coole Badewanne«, sagte sie. Offenbar war sie ein bisschen munterer.

Stella wurde ungeduldig; sie hatte keine Lust mehr auf diese Katz-und-Maus-Unterhaltung. Die Luft im Badezimmer war feucht, und das Atmen fiel ihr schwer, es kam ihr vor, als würde sie Wasser statt Luft inhalieren. Sie musste hinaus. Sie stand auf, ihre Beine waren steif und taten weh, weil sie auf dem harten Boden gekniet hatte.

»Ich bin gleich nebenan«, sagte sie. »Ich lasse die Tür auf. Du musst keine Angst haben. Außer uns ist niemand im Haus.«

Blue nickte. Sie lehnte sich zurück und schloss entspannt wieder die Augen.

Stella saß starr auf der Bettkante. Sie hatte die Fähigkeit entwickelt, sich herunterzufahren, ihre Gedanken zu verlangsamen und sich in den kleinen Details um sie herum zu verlieren, sich auf alles außer ihrem Innenleben zu konzentrieren. Das Schlafzimmer war riesig. Im Kamin hatte schon länger kein Feuer mehr gebrannt, nur ein paar knorrige schwärzliche Äste lagen noch darin. Die Bücherregale auf beiden Seiten des Art-déco-Simses enthielten Romane. Ihre Fachbücher standen unten im Arbeitszimmer, sie hatte während der ganzen Zeit, die sie schon in Hilltop lebte, kein einziges davon aufgeschlagen. Die Fenster wurden von schweren gelben Seidenvorhängen eingerahmt. Bei Tageslicht konnte Stella über die Wipfel der hohen Nadelbäume auf die hügelige Landschaft blicken.

In der ersten Nacht, die sie mit Max in diesem Haus verbracht hatte, hatte sie die Wände und die Decke dieses Schlafzimmers mit lauter kleinen Leuchtsternen beklebt. Bei geschlossenen Vorhängen hatten überall die Sterne um sie geleuchtet. Stella hatte Max umschlungen, war ihm mit den Fingerspitzen über die Wirbelsäule gefahren. Sie wünschte, zwischen ihnen könnte alles so sein, wie sie es sich erhofft hatte. Sie glaubte immer noch, dass sich die Dinge ändern konnten.

Von da, wo sie saß, konnte sie Blues Kopf sehen, der am Rand der Badewanne ruhte.

Die siebte Sitzung

Oder vielleicht zu ihm nach Hause; sie würde gern sein Bett sehen. Sie lächelte bei dem Gedanken an die Rezeptionistin draußen.

»Ich will Sie glücklich machen«, sagte sie.

Grove Road Clinic, April 2009

Stella klopfte bei Max an die Tür. Sie wartete. Keine Antwort. Sie klopfte wieder, gleichzeitig verärgert und enttäuscht, denn sie war sich relativ sicher, dass das Sprechzimmer leer war. Er würde zu spät zu ihrer Supervision kommen. Schon wieder.

Sie ging nach unten und suchte Anne. »Ich hätte jetzt Supervision mit Max«, sagte sie. »Aber er ist nicht in seinem Sprechzimmer. Wissen Sie vielleicht, wo er sein könnte?«

»Er kommt heute später«, sagte Anne wissend. Sie spielte mit der dünnen Goldkette um ihren Hals und lächelte Stella ziemlich arrogant an.

»Wie viel später?« Stella funkelte Anne böse an, als wäre Max' Verspätung irgendwie ihre Schuld.

»Ich rufe ihn an«, sagte Anne. »Sie können in seinem Zimmer warten.« Wie immer gelang es ihr, den Eindruck zu vermitteln, als gehöre die Klinik ihr.

Stella ging noch rasch in die Küche. Sie goss den Rest kalten Kaffees weg und setzte eine neue Kanne auf, viel stärker. Sie biss in einen Keks mit weißen Schokosplittern. Max nahm es mit ihren Supervisionssitzungen oft nicht so genau: Er sagte kurzfristig ab, fing später an oder hörte früher auf. Sie hatte sich klaglos mit seiner laxen Herangehensweise abgefunden, und im Großen und Ganzen war es das auch wert. Er war ein hervorragender Arzt mit einigen Jahren mehr Erfahrung als sie. Sie schaute auf die Uhr. Fünfzehn Minuten ihrer Stunde mit ihm waren bereits verloren.

Max' Sprechzimmer war das größte in dem Gebäude. Von den Fenstern, die nach vorn hinaus gingen, sah man die Grove Road.

Cremefarbene Jalousien hielten den Blick von dem dichten Verkehr ab, und die Doppelverglasung sorgte dafür, dass es in dem Raum ruhig war. Ein zweites Fenster, auf der gegenüberliegenden Seite des Zimmers, führte auf den kleinen Garten, der zum größten Teil einer Erweiterung der Klinik geopfert worden war. Stella sah das Dachfenster von Pauls Zimmer und dahinter den Hof mit einem Brunnen in der Mitte. Anne war für die Gartengestaltung zuständig gewesen.

Unter dem rückwärtigen Fenster stand eine Therapieliege mit einer frischen weißen Papierbahn darauf, daneben zusammengeklappt ein Sichtschutz mit Blumenmuster. Wenn Stella sein Sprechzimmer benutzte, sorgte sie immer dafür, dass der Wandschirm aufgeklappt war, damit man die Liege nicht sah. Sie mochte es nicht, wenn der Raum zu kalt oder zu klinisch wirkte.

Sie sah sich auf der Therapieliege, Max auf ihr.

»Stella.«

Als sie seine Stimme hörte, bekam sie eine Gänsehaut auf den Armen. Sie merkte, wie sie errötete, als sie sich umwandte.

»Es tut mir sehr leid, dass ich zu spät bin«, sagte er. Er wirkte ehrlich zerknirscht.

»Das macht nichts.« Wie immer sah sie es ihm nach. Sie war gleichzeitig dankbar für die geringste Aufmerksamkeit, die er ihr widmete, und verärgert, dass er ihr nicht mehr zukommen ließ.

Er stellte seine abgewetzte Aktentasche neben seinem Schreibtisch ab; er hatte sie, seit Stella ihn kannte. Wie Max selbst schien auch sie mit dem Alter immer attraktiver zu werden. Max löste seine Krawatte und setzte sich in den Ohrensessel gegenüber von ihrem. Er war nicht im klassischen Sinne gutaussehend, etwas kleiner als der Durchschnitt, und die Haare, die er noch auf dem Kopf hatte, waren kurz geschnitten. Aber seine blauen Augen waren warm und lebendig, und wenn er Stella anschaute, hatte sie das Gefühl, sie sei der interessanteste Mensch auf Erden. Diese

Wirkung hatte er auf alle, auch auf Patienten. Und er war sich seines Charmes durchaus bewusst, daher auch seine Fähigkeit, immer davonzukommen, wenn er sich verspätete oder wenn er manchmal unachtsam war – und dennoch auf ungeheures Wohlwollen zu stoßen.

Er beugte sich vor. »So, und über welchen Fall wollten Sie sprechen?«

Er hätte die Antwort auf diese Frage wissen müssen. Es war offensichtlich, dass er sich nicht auf ihre Besprechung vorbereitet hatte. Stella redete sich ein, der Grund dafür, dass er ihrer Supervision keine große Bedeutung beimaß, sei sein Vertrauen in ihr fachliches Urteilsvermögen sowie das Wissen, dass sie ihre Fälle am liebsten selbstständig bearbeitete. Im Prinzip wusste sie, dass sie fordernder sein sollte. Ihr war klar, dass es genauso seine wie auch ihre eigene Pflicht war, dafür zu sorgen, dass sie die Supervision bekam, die sie brauchte. In Wahrheit arbeitete sie gern unabhängig, und außerdem gefiel ihr der Status als seine Starschülerin. Daher funktionierte ihre Beziehung.

»Lawrence Simpson – Sorgerecht«, sagte sie.

»Ja. Schießen Sie los.« Er rieb sich immer die Schläfen, wenn er sich konzentrierte. Stella erzählte ihm von dem schwierigen Gespräch mit Simpson und von seiner Weigerung, irgendetwas über seine Kindheit oder seine Beziehungen preiszugeben, was von Bedeutung war.

»Das ist schon für sich genommen eine wertvolle Information«, sagte Max, ganz wie sie vorausgesehen hatte. »Seine Abwehr, sein Unwille, etwas über sich preiszugeben.«

»Ich weiß, aber damit bekomme ich nichts zusätzlich zu dem heraus, was schon über den Fall bekannt ist. Es ist frustrierend. Ich will wissen, wer er wirklich ist. Ich bin es dem Kind schuldig, mehr herauszufinden. Ich will ihn dazu bringen, mich einzulassen!« Sie lachte; das hörte sich kindisch an.

Max machte sich nicht über ihren Eifer lustig. Er dachte nach, rieb seine Schläfen fester. Als er seine Brille absetzte und sie sich auf das Knie legte, verspürte Stella eine vertraute Mischung aus Nervosität und Zuneigung.

»Sie könnten es einmal anders versuchen«, schlug er vor. »Ein Test, der keine Selbstbeurteilung ist, der unabhängig davon funktioniert, ob er geradeheraus, auf direkte Fragen hin etwas über seine Persönlichkeit preisgibt. Versuchen Sie es doch mit dem Rorschachtest. Wenn Sie ihn durchführen, können wir ihn danach gemeinsam auswerten.«

»Wunderbar«, sagte sie.

Nun hatte er die Brille wieder aufgesetzt. »Gab es noch einen Aspekt an dem Fall, den Sie besprechen wollten?«

Er wollte, dass sie verneinte, das spürte sie. Wieder stieg Ärger in ihr auf.

»Was halten Sie von irgendeiner Art von zusätzlicher Information? Wenn wir ein Familienmitglied befragen oder wenn wir ihn um einen gemeinsamen Termin mit dem Kind bitten, um zu beobachten, wie die Begegnung verläuft?«

»Das ist eine gute Idee, und wir haben das mit der Mutter bereits vereinbart. Aber ich bezweifle sehr, dass er sich einverstanden erklärt. Als wir den ersten Plan für die Befragungen verschickt haben, wollten wir eine Begleitperson dabeihaben, aber er weigerte sich – mit der Begründung, dass es noch nie Bedenken bezüglich seiner Eignung für die Betreuung des Kindes gegeben habe. Der Umgang der beiden wird nicht betreut, also ist der Richter wohl einer Meinung mit ihm. Wenn Sie das jetzt verlangen, laufen Sie Gefahr, ihn noch mehr gegen Sie aufzubringen, sodass er noch verschlossener wird. An Ihrer Stelle würde ich erst einmal abwarten, wie das zweite Gespräch läuft, bevor wir ihn unter Druck setzen, weil wir beobachten wollen, wie er mit dem Kind umgeht. Aber seien Sie nicht zu pessimistisch, es kann gut sein, dass er lockerer wird, wenn er mehr Zeit mit Ihnen verbracht hat. Sie schaffen das schon.«

Er lächelte sie an.

»Ich weiß«, sagte sie. »Aber ich glaube, er weiß, je weniger er sagt, umso wackliger werden die Ergebnisse in meinem Gutachten. Ich möchte nicht, dass meine gesamte Beurteilung auf Mutmaßungen basiert. Und ich will nicht, dass sie so kurz ist, dass sie nichts nützt.«

»Ihre Gutachten sind hervorragend – ich muss immer nur sehr wenig infrage stellen oder ändern. Und Sie haben Talent und machen diese Arbeit nun schon ein paar Jahre – deshalb bin ich der Meinung, Sie haben es sich verdient, ein bisschen selbstsicherer zu sein. Ich würde mich an Ihrer Stelle einfach ein bisschen entspannen. Versuchen Sie doch, das nächste Gespräch etwas mehr zu genießen. Ihr Klient könnte Ihre Nervosität wahrnehmen, Ihr Bedürfnis, in seinen Kopf einzudringen. Wenn Sie … wenn Sie etwas lockerer werden, hilft es ihm vielleicht dabei, sich mehr zu öffnen.«

Stella nickte und fragte sich, ob sie gerade getadelt worden war, weil sie zu verkrampft war.

»Ich wollte noch über eine andere Sache sprechen«, sagte er. »Haben Sie es eilig?«

»Nein.« Es waren sogar noch zwanzig Minuten von ihrer Supervisionssitzung übrig.

»Sie wissen von den Entwicklungen bei der Finanzierung der gerichtlichen Arbeit?«, fragte er.

»Ein bisschen.«

»Ich war gerade bei einem Treffen des Gutachterkonsortiums. Es steht fest, dass die Finanzierung dieser Fälle wesentlich schwieriger wird. Innerhalb des nächsten Jahres wird unser Stundenhonorar sehr wahrscheinlich gedeckelt – geplant ist die Hälfte dessen, was wir jetzt verlangen. Und wenn wir nicht zustimmen, für das niedrigere Honorar zu arbeiten, bekommen wir den Auftrag nicht. Und es ist nicht nur das – sie wollen auch die Anzahl der Stunden deckeln. Ich bekomme lächerliche Anfragen, wir sollen die psychologische Begutachtung einer gesamten Familie in sechzehn Stunden zu Wege bringen.«

»Warum sollte jemand zustimmen, ein komplexes Gutachten in weniger als der Hälfte der benötigten Zeit zu erstellen?«

Er lächelte sie müde an. »Weil das im Moment die tragende Säule unserer Arbeit ist.«

»Natürlich.«

Max hatte wahnsinnig viel Energie in den Aufbau von Verbindungen zu Anwälten für Familienrecht im Zentrum Londons gesteckt. Die Finanzierung der meisten dieser Fälle war durch den Staat gesichert, und die Verträge waren lukrativ gewesen.

»Betrifft das meinen Bereich?« Stellas Betätigungsfeld beschränkte sich allein auf den rechtsmedizinischen Zweig der Praxis. Bis zu diesem Moment hatte sie sich für unentbehrlich gehalten.

»Wir müssen anfangen, etwas kreativer darüber nachzudenken, wie wir unser Geschäft ausweiten können«, sagte er.

»Und das heißt?«

»Wir beide müssen Körperverletzungen annehmen. Darauf können wir dann zurückgreifen, wenn die Kürzungen bei den Honoraren für die familienrechtlichen Verfahren unhaltbar werden. Wenn es uns gelingt, uns solche Fälle zu sichern, mit privater Finanzierung, können wir das Doppelte dessen verlangen, was wir jetzt für Familiensachen berechnen. Aber wir müssen uns aggressiver im Markt platzieren, und wir müssen Kontakte aufbauen. Ich habe Anne schon gebeten, ein paar Marketingunterlagen aufzusetzen, und ich hätte gern, dass Sie mit mir die Präsentationen erarbeiten. Wir müssen unser Profil schärfen und unser Tätigkeitsfeld erweitern – und wir müssen von Allgemeinärzten genauso wie von Psychiatern und Versicherern als Kompetenzzentrum anerkannt werden.«

»Okay. Klingt gut.« Stella fiel es schwer, sich adäquat zu äußern. Das war oft der Fall, wenn sie in seiner Nähe war. Wenn sie sein Zimmer verlassen hatte, würde sie klarere Gedanken fassen und die Konsequenzen dessen, was er gerade gesagt hatte, besser begreifen können.

Max war es immer wichtig, nach außen positiv zu wirken; sie wusste, dass er die Stimmung unter seinen Angestellten gern hochhielt. Es gelang ihm, Kraft und Energie auszustrahlen, eine Kombination aus Optimismus und Ehrgeiz. Doch während sich seine Pläne aufregend und vielversprechend anhörten, spürte Stella unter allen seinen Worten Angst. In seinem Gesicht machte sie Anzeichen von Belastung aus und ein gewisses ausweichendes Verhalten, Sorge in seinen Augen, wenn er lächelte.

Hilltop, 19:30 Uhr

Nach dem heißen Bad leuchteten Blues Wangen rosarot. Sie hatte sich ein großes Handtuch um die Brust gebunden, und ihre nassen Haare hingen lose herab. Stella fragte sich, ob das Mädchen nach dem Striptease im Badezimmer womöglich noch weitere Überraschungen für sie auf Lager hatte. Aber zunächst einmal hielt Blue ihr Handtuch mit festem Griff. Die beiden verharrten ganz still. Blue in der Tür zum Bad, Stella auf ihrem Bett.

Stella hatte keine Ahnung, was sie mit dem Mädchen anfangen sollte.

Blue rührte sich als Erste. Sie ging zu Stella und setzte sich neben sie auf das Bett, unerwartet nahe, sodass Stella den Druck ihres Oberschenkels spürte und den Lavendelduft roch, den sie noch in den Haaren hatte.

Stella war sich jedes einzelnen Körperteils bewusst, wo ihre Schenkel die Matratze berührten, wo ihre Hände nach unten drückten, wo ihre Füße auf die Dielen trafen. Sie hielt sich ganz starr, ihre Kehle schnürte sich zusammen, ihre Schultern verkrampften sich.

Blue entspannte sich und lehnte sich an sie. Das Mädchen schien kein Gefühl dafür zu haben, wo der eigene Körper aufhörte und wo der von Stella anfing.

Stella setzte sich anders hin, rückte weg.

Blue starrte auf Stellas Hände, auf ihren Verlobungsring.

Stella wollte, dass Blue ihr Schlafzimmer verließ. Sofort. Aber sie sollte lieber geduldig vorgehen. Sie wollte ihr keine Angst machen oder noch schlimmer, sie verärgern. Sie hatte keine Ahnung, wer Blue eigentlich war. Sie führte sich vor Augen, wie Blue gelitten haben musste, als sie draußen vor der Tür gehockt hatte.

»Was machen deine Finger und Zehen? Brennt es noch?«, fragte sie.

Blue schüttelte den Kopf. »Nein.« Sie warf einen prüfenden Blick hinunter auf ihre Füße, alle zehn Zehen wirkten gesund und rosa. Sie streckte Stella die Hände entgegen, damit sie sie begutachten konnte.

»Sie sehen gut aus«, sagte Stella. Nur Blues Fingernägel waren furchtbar kurz, mit zackigen, blutigen Rändern. Sie hatte sie bis zum Nagelbett abgebissen.

»Sie haben so viele schöne Sachen«, sagte Blue. Sie musterte den Raum: den Kamin und die Bücher, Stellas Frisierkommode mit ihrem Parfum, den Bürsten und ihrer ledernen Schmuckkassette.

»Danke«, sagte Stella.

Blue ließ den Blick auf Stellas Hochzeitsfoto auf dem Sims ruhen.

»In was für einem Haus wohnst du denn?«, fragte Stella.

Blue gab keine Antwort. Stattdessen drehte sie sich so, dass sie das Bett in Augenschein nehmen konnte.

»Auf welcher Seite schläft Max?«, fragte sie.

»Das geht dich nichts an«, sagte Stella.

»Wieso? Irgendwo muss er doch schlafen. Ich frag ja bloß.«

Stella weigerte sich zu antworten.

Blue schüttelte ihre nassen Haare aus. Tropfen liefen ihr über den Rücken und hinterließen Spuren auf Stellas hellgrüner Bettwäsche.

»Zieh dich lieber an«, sagte Stella.

»Ich muss mir erst die Haare kämmen, sonst verfilzen sie.«

»Gut.« Stella stand auf, um einen Kamm zu suchen.

Die Art-déco-Kommode hatte gerundete Schubladenfronten

mit großen Messinggriffen und einen runden Spiegel, der auf einer schwarzen Glasfläche stand. Blue sah ihr wachsam zu, passte genau auf, was sie tat. Stella wählte einen breit gezahnten Kamm aus, der nicht zu fest an Blues nassen Haaren zerren würde, und streckte ihn ihr entgegen.

»Können Sie das nicht machen?« Blue sprach in dem flehenden Singsang eines kleinen Kindes.

»Dann komm und setz dich hier hin.«

Blue setzte sich auf den niedrigen Stuhl vor der Frisierkommode. Sie wandte Stella den Rücken zu und schaute sich im Spiegel an. Ihr Spiegelbild schien ihr zu gefallen. Auch Stella war fasziniert von ihrem kantigen Gesicht, den Höhlungen unter ihren Wangenknochen, von ihrem zarten Schmollmund und den cremefarbenen Schultern. Vorsichtig nahm Stella eine Handvoll nasser Locken. Sie versuchte, den Kamm sanft hindurchzuziehen, mit kurzen Strichen, damit es nicht wehtat, aber hin und wieder musste sie kurz an den Haaren reißen. Blue klagte nicht.

»Ich hab hier im Haus gar kein Kinderzeug gesehen«, sagte Blue.

»Nein.«

»Haben Sie denn Kinder?«

Stella schüttelte kurz den Kopf.

»Wollen Sie welche?«

»Ich weiß es nicht.« Sie konnte verstehen, dass Blue das wissen wollte, wenn sie wirklich glaubte, dass Max ihr Vater war.

»Will Max Kinder?«, fragte Blue.

»Ich weiß nicht.«

Was Stella aber wusste, war, dass sie nicht in dem Zustand war, Mutter zu werden. In ihrem Innersten glaubte sie nicht, dass ihr das widerfahren würde. Früher einmal hatte sie lieber Karriere machen als Kinder bekommen wollen, nun sah es so aus, als würde sie letztlich weder noch haben.

»Komisch«, sagte Blue.

»Was ist komisch?«

»Dass Sie nicht wissen, was Ihr eigener Mann will.« Blue schob sich den Pony aus ihrem schmalen, fein ziselierten Gesicht und blickte mit strahlenden veilchenblauen Augen zu Stella auf. Der Name konnte kein Zufall sein.

Stella schaltete den Föhn ein. Sein lautes Dröhnen machte ein Gespräch unmöglich. Blue fielen die Haare bis zur Mitte des Rückens. So sauber und trocken hatten sie eine ganz außerordentliche Farbe: unterschiedliche Blondtöne von beinahe weiß bis zur Farbe von Meeressand.

Stella legte den Föhn vorsichtig auf die gläserne Tischplatte. »Alles trocken«, sagte sie.

Blue nahm Stellas Bürste zur Hand und fuhr sich durch die Haare, wobei sie sich anerkennend betrachtete. Das Mädchen war ein wirklich seltsames Wesen, so eine unbequeme Kombination aus eingeschnapptem Teenager und Verführerin. Sie hatte etwas Verlockendes an sich; etwas Unwiderstehliches.

Blue legte die Bürste neben den Föhn. Sie strich sich mit den Händen über die Haare, glättete sie und überprüfte ihr Profil. In der Bürste waren ein paar Strähnen hängengeblieben. Stella legte sie sorgsam wieder in die Schublade. Die Haare ließ sie daran. Sie konnte sie später für einen DNA-Test gebrauchen, falls das Mädchen die Behauptungen über Max aufrechterhielt. Max konnte seine Bekannten in den Laboren darum bitten.

Blue machte keine Anstalten, sich von der Frisierkommode wegbewegen, geschweige denn Hilltop verlassen zu wollen. Es schien sie nicht weiter zu stören, dass sie nur ein Handtuch am Leib trug. Stella spürte wieder, wie Blue sie anstarrte, mit diesem entnervenden, intensiven Blick.

»Um wie viel Uhr kommt er denn zurück?«, fragte Blue.

»Das habe ich dir doch gesagt – später.«

»Wann ist später?«

»Ich weiß nicht genau.«

Blue seufzte. Sie stand auf und streckte sich, hob die Hände über den Kopf, beugte den Rücken. Das Handtuch verrutschte kein bisschen. Sie ging wieder ins Bad und ließ die Tür weit offen stehen. Dann stellte sie sicher, dass sie ihren Po so vorteilhaft wie möglich präsentierte, während sie sich bückte, um ihre Kleider vom Sessel zu nehmen. Zu Stellas großer Erleichterung war sie vollständig bekleidet, als sie wieder auftauchte, samt Jacke und allem Drum und Dran.

Einen kurzen Augenblick lang hoffte Stella, dass sie vielleicht keine Lust mehr hatte zu warten und beschlossen hatte zu gehen. Sie würde Blue nur zu gern das Taxi bis ganz nach London zurück bezahlen; sie würde jedes Taxiunternehmen in der Gegend anrufen und das Doppelte hinlegen, wenn sie sich nur bereiterklärten, das Mädchen nach Hause zu bringen.

Aber Blue ging hinüber zum Kamin und stellte sich mit dem Rücken zu Stella hin, vor sich das Hochzeitsfoto. Sie nahm den silbernen Rahmen in die Hand und betrachtete das Bild.

»Wo ist denn sein Zeugs?«, fragte sie. »Von ihm ist gar nichts im Bad – kein Rasierschaum, kein Aftershave. Hier ist auch nichts. Nur Sachen von Ihnen.«

»Es geht dich nichts an, wo seine Sachen sind«, sagte Stella. Sie schnappte sich den Bilderrahmen und stellte ihn sorgfältig wieder hin. Sie konnte dieses Mädchen mit seinen Spielchen und Lügen nicht mehr lange ertragen.

»Ich weiß nichts über dich«, sagte Stella. »Ich glaube noch nicht einmal, dass du mir deinen richtigen Namen gesagt hast.«

»*Wieso wollen Sie mir nicht verraten, wann er nach Hause kommt?*« Blue hob die Stimme, jetzt war sie ein jammerndes, bockiges Kind. »Wohnt er überhaupt hier?«

»Natürlich wohnt er hier, er ist mein Ehemann.«

Stella hatte einen Fehler begangen, als sie die Tür aufgemacht hatte. Sie schrieb es den Benzodiazepinen zu; die Medikamente waren schon so lange in ihrem Körper, dass sie ihren Blutkreislauf durchtränkten, ihre Funktionsfähigkeit schwächten, sie unachtsamer machten. Sie stellte sich direkt vor Blue, genau zwischen das Mädchen und das Hochzeitsfoto. »Sieh mich an«, sagte sie.

Blue lugte missmutig unter ihrem Pony hervor.

»Du glaubst doch nicht wirklich, dass mein Mann dein Vater ist, oder?«

Blue steckte sich die Daumenspitze in den Mund und biss zu. Mit jeder Sekunde schien sie jünger zu werden. »Vielleicht. Ich weiß es nicht«, sagte sie.

Stella packte sie am Handgelenk und riss ihr den Daumen aus dem Mund. »Du antwortest mir jetzt. Wer bist du? Wie heißt du wirklich?«

»Das habe ich Ihnen doch schon gesagt – ich heiße Blue.« Das Mädchen hatte jetzt Angst, und Stella war froh darüber. Sie verengte ihren Griff um das schmale Handgelenk.

»Und dein Nachname?«

»Cunningham. Blue Cunningham. Ganz ehrlich.«

Sie versuchte, sich aus dem Griff zu befreien, aber Stella hielt sie weiter fest, grub die Finger in den weichen Arm des Mädchens. Sie wusste, dass sie ihr wehtat.

»Du hast mich angelogen. Nichts hat gestimmt.« Stella ergriff sie am Kinn, zwang Blue, ihr in die Augen zu sehen. Dieses Mädchen ist ein echtes Problem, dachte Stella. Und sie will mich mit hinunterziehen.

»Sie machen mir Angst«, sagte Blue.

»Gut. Wer hat dich hergebracht? Wartet dein Freund draußen? Wartet er darauf, dass du ihn hereinlässt? Willst du mich ausrauben?«

»Ich habe keinen Freund.« Tränen liefen ihr aus den Augen und die Wangen hinunter. Stella verspürte nur sehr wenig Mitleid.

»Warum bist du hier?«, knurrte Stella sie an. Das Mädchen hatte sie manipuliert, gelogen, sie ausgenutzt. Sie kam sich wie eine Idiotin vor. »Ich rufe jetzt sofort die Polizei«, sagte sie. Sie wusste nicht, was sie sonst tun sollte, womit sie ihr sonst drohen sollte. Sie stocherte im Dunkeln herum.

»Bitte nicht«, sagte Blue.

»Warum hast du solche Angst vor der Polizei, Blue?«

»Hab ich nicht.«

»Hast du irgendetwas angestellt?«

»Nein, echt nicht. Ehrlich.« Sie wischte sich mit dem Handrücken über ihre feuchten Wangen und schniefte.

Sie war klein und zart. Schwach. Und Stella war froh darüber. Ausnahmsweise fühlte sie sich einmal stark. Sie hatte das Gefühl, sie könnte Blue verletzen. Wenn es sein musste, würde sie als Erste zuschlagen, bevor das Mädchen irgendeinen Schaden anrichten konnte.

»WARUM BIST DU HIER? ANTWORTE MIR!« Es tat gut, sie anzuschreien, ihr Angst zu machen.

Was konnte das Mädchen von ihr wollen? Stella wurde schwindelig, die Dielen unter ihren Füßen schienen nachzugeben, sie verlor beinahe das Gleichgewicht.

Blues Blässe ließ ihre Augen leuchten. Die Tränen rollten ihr weiter die Wangen hinunter und benetzten ihr Gesicht, die Nase lief.

Stella fasste sich und ließ los. Ihre Fingerspitzen hinterließen rote Abdrücke um das schmale Handgelenk des Mädchens. Blue machte ein großes Theater daraus, sich den Arm zu reiben und sich selbst leidzutun.

Als sie Blues kleines, hübsches Gesicht ansah, konnte sie gar nicht glauben, dass sie gekommen sein könnte, um ihr etwas anzutun. Blue hatte Angst.

Und dann war dieser Augenblick des rationalen Denkens, des Mitgefühls vorüber, und Stella hätte das Mädchen vor ihr am liebsten geschüttelt. Fest.

Blue schluchzte, sie brachte kein Wort hervor. Sie hielt sich die Hände vor das Gesicht.

»Setz dich lieber hin«, sagte Stella. Sie führte Blue zum Bett.

Blue setzte sich. Dann zog sie die Bettdecke zurück, streckte die Beine darunter. Sie lehnte sich an Stellas Kissen. So unheimlich es war, sie dort zu sehen, sie hatte sich zumindest beruhigt. Und sie sah harmlos aus, mehr denn je wie ein kleines Kind.

»Unser Haus ist klein«, sagte Blue. »Nicht so wie Ihres. Es ist echt hässlich, die Teppiche sind braun, die Wände – die Farbe hat überall eklige Flecken. Es gehört nicht mal uns, es ist sozialer Wohnungsbau. Na ja, so schlimm ist es auch wieder nicht – wenn es aufgeräumt und sauber ist. Und ich muss mich manchmal um meine Mama kümmern. Sie trinkt. Sie schafft eine ganze Flasche Wodka an einem einzigen Abend. Sie hat immer wieder Migräne. Morgens kommt sie manchmal nicht aus dem Bett. Sie ist aber wirklich hübsch. Wenn sie sich besser fühlt, zieht sie sich schön an, und ich helfe ihr, ich föhne ihr die Haare und helfe ihr beim Färben. Manchmal tauschen wir auch Anziehsachen.«

Blue fing wieder an, Nägel zu kauen. Rote Nagellacksplitter fielen auf die Bettdecke.

»Da ist so ein Mann – ich weiß nicht einmal, ob sie ihn mag. Er sagt Sachen zu ihr, schreckliches Zeug. Er sagt ihr, dass sie fett und alt ist. Ich habe gehört, wie er gesagt hat, er würde sie noch nicht mal ficken, wenn sie darum betteln würde.«

Aus Blues hübschem Mund wirkten die Worte umso monströser.

»Aber dann macht er es doch«, sagte Blue. »Und ich höre es.

Er tut ihr weh. Manchmal ist es ganz schlimm, und wir müssen in die Notaufnahme. Meistens sind es nur blaue Flecken.«

Stella kam näher, blickte hinab auf Blues kleinen Kopf mit den goldenen Haaren. »Blue – tut dir dieser Mann auch manchmal weh?«

Blue schüttelte den Kopf. »Darf ich fernsehen?«, fragte sie.

Stella gelang ein Lächeln. Fast verspürte sie ihr gegenüber Zärtlichkeit. Sogar Beschützerinstinkte. Blue. Die in ihrem Bett lag.

Die achte Sitzung

Zu ihrer nächsten Sitzung kam sie ganz pünktlich, gerade so, als wäre nie etwas Außergewöhnliches zwischen ihnen vorgefallen.

Die Sekretärin begrüßte sie mit dem üblichen falschen Lächeln, und sie warf ihr einen Blick zu, der bedeutete: *Du bist bekloppt, und natürlich wissen wir das alle, armes Ding.* Man sah ihr an, dass sie zu der Sorte Mensch gehörte, die alle Leute hasste, die zu ihr an die Anmeldung kamen, und die es hasste, ans Telefon zu gehen. Aber wenn *er* herauskam, dann änderte sich ihr Lächeln. Ihm schenkte sie ein echtes Lächeln. Haha. Wenn die wüsste.

»Du kannst jetzt durchgehen«, sagte die Sekretärin, immer noch mit dem falschen Lächeln. Sie zeigte auf sein Sprechzimmer, als wäre sie bescheuert und würde nach all ihren Terminen noch nicht einmal wissen, wo es langging.

Sie klopfte an die Tür und wartete.

In ihrer Fantasie hatte sie sich ausgemalt, wie es sein würde, jetzt, da sie ein Liebespaar waren. Sobald sich die Tür schloss, würde er den Arm nach ihr ausstrecken, sie zu sich auf den Schoß ziehen, sie küssen, ihr über die Haare streichen.

Er öffnete mit seiner üblichen unbewegten, nichtssagenden Miene die Tür. Er zeigte auf den üblichen Sessel. Sie lief an ihm vorbei und wartete, während er ihr den Rücken zuwandte und die Tür schloss. Die Zeit verging langsamer. Er setzte sich hin, so wie immer, schlug die Beine übereinander, seinen Notizblock auf dem Schoß. Er streckte nicht den Arm nach ihr aus. Es war, als wäre nichts passiert, als wäre die Zeit davor – was zwischen ihnen gewesen war – einfach ausradiert.

Sie lief rot an, glühte.

Er schwieg, wartete darauf, dass sie anfing. Mit ihren kurzen Fingernägeln kratzte sie an den Blumen auf den Armlehnen des Ohrensessels herum. Sie legte die Beine übereinander, mit dem rechten kickte sie immer wieder nach vorn.

»Wie ging es dir diese Woche?«, fragte er.

Er tat so, als wäre nie etwas passiert. Sie verstand das nicht.

»Ich bereue das nicht, was wir gemacht haben«, sagte sie.

»Was meinst du?«

»Wirklich. Ich bereue das nicht. Ich war glücklich diese Woche. Glücklicher als jemals zuvor. Ich habe richtig gegessen und auf mich achtgegeben.«

»Es freut mich, dass du dich besser fühlst«, sagte er.

»Hören Sie auf.« Sie stieß den Fuß vor und zurück, zunehmend frustriert.

Schweigen. Dann sagte er: »Ich kann keine Gedanken lesen. Erzähl mir, was in deinem Innern vorgeht.«

Sie hustete und räusperte sich. »Ich will, dass Sie mich wieder berühren, wie das letzte Mal. Tun Sie nicht so. Ich weiß, dass Sie es wollen.«

Er holte tief Luft. »Du musst eine Grenze zwischen Fantasie und Realität ziehen«, sagte er. »Zwischen dem, was wirklich passiert ist, und dem, was du dir wünschst.«

»Ich weiß, was passiert ist.« Am liebsten hätte sie geweint, aber sie wollte nicht, dass er es sah. Er machte sie so wütend. »Ich kann es Ihnen ganz genau beschreiben, wenn Sie wollen.«

»Das ist nicht nötig«, sagte er.

»Weil Sie sich nämlich erinnern.« Sie beugte sich vor, damit er ihr gut in den Ausschnitt sehen konnte. Sie fuhr sich mit beiden Händen durch die Haare, strich sie sich aus dem Gesicht und legte sie sich dann über die rechte Schulter nach vorn. Die Haarspitzen zwirbelte sie mit den Fingern.

Sie konnte unmöglich stillhalten, von ihm getrennt und doch so nah. Sie sprang auf, lief zu ihm hinüber und legte den Kopf auf seinen Schoß. Sie hielt ihn fest, schlang die Arme um seine Hüfte.

So hatte sie es sich nicht vorgestellt zu bekommen, was sie wollte. Bei ihm zu sein. Sie blickte auf: Er hatte den Kopf zurückgelehnt, die Augen geschlossen, mit der Hand drückte er ihren Kopf hinunter. Es roch so, wie es immer roch. Er war weit weg von ihr. Als er fertig war, würgte es sie. Sie hielt sich den Mund zu.

Sie lag da, den Kopf auf seinem Schoß, und hoffte, er würde etwas sagen. Etwas Freundliches, etwas Liebevolles. Er legte ihr die Hände auf die Schultern. Schob sie weg. Sie saß im Schneidersitz auf dem Boden und knöpfte sich die Bluse zu. Der Stringtanga scheuerte, sie stand auf und zupfte ihn zurecht.

»Das ist das letzte Mal«, sagte er.

Sie bückte sich, strich ihm mit den Lippen über den Kopf. Sie wollte, dass er sie auch küsste, auf den Mund, sie wollte seinen Bart im Gesicht spüren. Er schob sie weg. »Nicht«, sagte er.

Sie sah auf die Uhr. »Ich habe noch zehn Minuten bis zum Ende der Sitzung.«

Sie ging zurück zu ihrem Sessel und setzte sich. Sie war immer noch sehr wütend. Sie hatte ihn glücklich machen wollen, aber er sah elend aus. Sie würde nicht gehen, bevor ihre Zeit vorbei war.

Er zog sich den Reißverschluss zu.

Das war es nicht, was sie gewollt hatte. Sie hatte Angst, dass sie ihm überhaupt nicht wichtig war. Er würde so tun, als wäre gar nichts zwischen ihnen.

»Lieben Sie mich?«, fragte sie ihn. »Antworten Sie mir. Sie müssen mir eine Antwort geben.«

»Natürlich bist du mir wichtig«, sagte er.

»Ich will mit Ihnen zusammen sein«, sagte sie. »Ich liebe Sie. Sie sind der einzige Mensch, der mir helfen kann. Der einzige.«

Sie würde sich das nicht noch einmal gefallen lassen. Er würde es nicht mehr schaffen, so zu tun, als hätte er sie nicht berührt, als hätte sie ihn nicht erregt, als hätte er sie nicht geliebt.

Grove Road Clinic, Mai 2009

Stella legte die erste Karte auf den Schreibtisch, mit einem schwarzen Tintenklecks auf weißem Grund.

»Haben Sie so einen Test schon einmal gemacht?«, fragte sie.

Simpson schüttelte den Kopf und starrte missmutig auf die Karte vor ihm.

»Dieser Test ist ein bisschen anders«, sagte sie. »Vielleicht haben Sie eine Idee – was könnte das hier sein?«

Sie nahm die Karte in die Hand und reichte sie ihm. Um ihn zu ermutigen, schenkte sie ihm ein kleines Lächeln, aber er bemerkte es nicht, weil er sich weigerte, sie anzusehen.

»Auf gar keinen Fall«, sagte er.

»Darf ich fragen, wo das Problem liegt?«, sagte Stella.

»Ich mache so einen Unsinn nicht mit.«

»Ich kann Sie nicht zwingen, den Test zu machen, wenn Sie das nicht wollen«, sagte sie. »Aber es ist ein Standardpersönlichkeitstest. Wir führen ihn hier ständig durch.«

Mit dem spürbaren, jähen Anstieg seiner Furcht kam seine Abwehr wieder deutlich zum Vorschein. Er schob sich so weit es ging von ihr weg, drückte den Körper gegen die harte Stuhllehne, die Beine fest übereinandergeschlagen. »Ich werde hier keinen lächerlichen Quatsch absolvieren. Das ist doch Kinderkram.«

Stella wurde klar, dass der Rorschachtest die misstrauischste Seite und die Verteidigungshaltung ihres Patienten zum Vorschein gebracht hatte. Er konnte nicht kalkulieren, was seine Antworten über ihn preisgeben würden, und sie vermutete, dass er vor diesem Mangel an Kontrolle Angst hatte. Vielleicht war der

Test doch keine so gute Idee gewesen. *Es bringt alles etwas. Jede Antwort, jedes Verhalten gibt Ihnen Informationen*, hörte sie Max sagen.

»Ich kenne mich in Ihrem Bereich auch ein bisschen aus«, sagte er. »Psychologie war mein Hauptfach im Vordiplom. Ich habe mit jemandem gesprochen, der mir geraten hat, diesen Test nicht zu machen.«

Stella hätte es nicht überrascht, wenn Simpson nachgeforscht hätte, welche Tests bei Sorgerechtsgutachten routinemäßig durchgeführt wurden – er war der Typ dafür, intelligent und irgendwie besessen. Und die Tintenkleckse hatten eine Menge schlechte Presse bekommen, weil die Journalisten sich nicht gut informiert hatten.

Streiten würde sie nicht mit ihm. Sie wollte sich nicht auf ein intellektuelles Wortgefecht oder ein Machtspiel einlassen.

»Ich bin nicht bereit, diesen Test ohne deutlich mehr an Information durchzuführen«, sagte er.

Sie legte ihr Klemmbrett auf den Schreibtisch. Selbst wenn sie ihm das gesamte Handbuch aufsagte – Statistiken, Normen, einfach alles, gar nicht zu reden von der ausführlichen Forschung, die den Test stützte –, es würde sowieso nichts bewirken. Er versuchte, sie zu manipulieren. Er wollte ihr unbedingt auf Augenhöhe gegenübertreten, aber in Wahrheit war er nun einmal der Klient, dessen Erscheinen verfügt worden war, und sie war die Ärztin, die Gutachterin. Sie war in der bestimmenden Position, ob es ihm gefiel oder nicht.

»Die Entscheidung liegt bei Ihnen«, sagte sie. »Ich streite mich nicht – und ich zwinge Sie nicht. Aber Ihnen ist klar, dass der Richter mich gebeten hat, eine vollständige Beurteilung zu schreiben. Haben Sie sich überlegt, wie es aussehen wird, wenn Sie nicht kooperieren? Was glauben Sie wohl, was sich der Richter denkt, wenn Sie sich weigern, sich dem Test zu unterziehen? Oder sich weigern, diese Begutachtung fertigstellen zu lassen?«

Manchmal half eine Anspielung auf den Richter, um den Eltern klarzumachen, wie wichtig es war, bei der Gutachtenerstellung zu kooperieren. Stella hatte den Eindruck, dass die Klienten manchmal den Einfluss des psychologischen Gutachtens unterschätzten, nur weil sie jung, zierlich und weiblich war. Insbesondere Klienten wie Lawrence Simpson. Aber sie merkte sofort, dass ihre Frage ein Fehler gewesen war. Simpsons Augen wurden kalt, und seine Kiefermuskulatur spannte sich an, als er die Backenzähne zusammenbiss.

»Reden Sie bitte nicht mit mir wie mit einem Kind«, sagte er. Er machte eigens eine Pause nach jedem Wort. »Ich habe genug von Ihrer herablassenden, arroganten Art. Ich habe schon viel aushalten müssen – ich meine jetzt nicht nur von Ihnen, sondern auch von allen anderen, die mit diesem Fall zu tun haben. Wie können die es WAGEN, mich hier mit jemandem zusammenzustecken, der halb so alt ist wie ich, quasi gerade aus der Schule? Wie können Sie sich nur einbilden, dass Sie besser als ich wissen, was das Beste für mein Kind ist?«

Stella holte tief Luft. »Ich wollte Ihnen nicht zu nahetreten«, sagte sie.

Er packte die Armlehnen des Sessels. Seine Fingerknöchel wurden weiß.

»Der Test dauert etwa anderthalb Stunden. Ich hatte vor, die gesamte Sitzung dafür zu verwenden. Wenn Ihnen das also nicht behagt, dann – in dem Fall sind wir wohl fertig. Außer, es gibt noch etwas, was Sie mich fragen wollen.«

»Nein.« Er wirkte beinahe enttäuscht, weil sie aufgab, weil der Machtkampf beendet war.

Stella nahm den Tintenklecks wieder an sich und legte ihn zu den neun anderen in den Pappordner. Sie warf einen Blick hinauf zu der Wanduhr mit den großen Ziffern. Von der Sitzungszeit waren erst zehn Minuten vergangen. Sie war ungemein enttäuscht. Der Rorschachtest war ihr letzter Versuch gewesen. Wie alle anderen war auch sie an dem Fall gescheitert.

»Gibt es denn irgendetwas anderes, das Sie mir gern erzählen würden, etwas, das ich in den Bericht mit aufnehmen soll?«, fragte sie.

»Ich liebe meine Tochter«, sagte er. »Ich will nichts anderes, als ihr ein gutes Zuhause zu bieten, eine gute Ausbildung, die Chance, etwas mit ihrem Leben anzufangen.«

So schnell sein Zorn in ihm aufgestiegen war, so schnell verrauchte er auch wieder.

»Na gut. Ich notiere mir das und sorge dafür, dass es aufgenommen wird«, sagte sie.

Sie klappte ihren Laptop zu. Es hatte keinen Sinn, die Qual zu verlängern. Wenn Simpson sich entschlossen hatte, nicht zu kooperieren, konnte sie nichts daran ändern.

»Wir sind also fertig?« Er saß noch auf seinem Stuhl und zögerte.

»Ja. Ich bringe Sie zur Tür.«

Sie stand auf, strich sich ihren schwarzen knielangen Wollrock glatt und knöpfte automatisch das Jackett zu. Sie war sich bewusst, dass er sie beobachtete, bewusst, wie schnell sich seine Nervosität und anschließende Wut in Betroffenheit verwandelt hatte.

»Ich bin ein Arschloch«, sagte er.

Sie konnte ihm nicht so recht widersprechen.

»Ich versaue das. Ich werde meine Tochter verlieren, weil ich diese ganze Sache in die Scheiße geritten habe.«

»Wollten Sie es doch mit dem Test versuchen?«, fragte sie.

»Nach Ihnen.« Er bedeutete ihr, zuerst aus dem Sprechzimmer hinauszugehen.

Unten an der Treppe klickten ihre Absätze auf den Holzdielen, als sie forschen Schrittes zur Eingangstür ging. Sie hielt sie ihm auf, war froh über den plötzlichen Lärm von dem ständigen Verkehr draußen, der die lastende Atmosphäre innerhalb der Klinik durchbrach.

Simpson blieb auf der Vortreppe stehen und reichte ihr die rechte Hand. Stella wollte ihn nicht berühren, aber sie zwang sich, ihm die Hand zu reichen. Sie hatte nicht den Wunsch, seinen zerbrechlichen Stolz zu verletzen. Sein Händedruck war fest und selbstbewusst, seine Haut war warm und trocken.

Hilltop, 21:15 Uhr

Der Dunst im Badezimmer roch immer noch leicht nach Lavendel.

»Erzähl mir, was passiert ist«, sagte Peter.

Stella hatte nicht mit seinem Rückruf gerechnet, aber sie war froh darüber. Sie sprach ruhig. »Nicht viel. Ich musste sie dabehalten.«

»Ich rufe dich an, weil gerade ein Bericht hereinkam – es geht um ein fünfzehnjähriges Mädchen, das vielleicht vermisst wird. Sie wohnt in einer Siedlung in Ladbroke Grove, mit ihrer Mutter. Ihr Name ist Blue Cunningham.«

Stella öffnete die Tür einen Spalt. Blue lag noch in ihrem Bett, den Daumen im Mund, den Blick starr auf den Bildschirm gerichtet. Der Fernseher plärrte.

»Was meinst du mit: Sie wird *vielleicht* vermisst?«

»Im Moment erkundigen die Kollegen sich noch bei Freundinnen und durchsuchen ihren Laptop. Vielleicht ist sie ja nur irgendwohin gegangen, ohne jemandem Bescheid zu sagen. Ihre Mutter hat heute Morgen, als sie das Haus verlassen hat, in ihr Zimmer geschaut, da hat sie noch geschlafen. So gegen zehn hat sie übers Festnetz mit ihr telefoniert. Blue hat gesagt, es gehe ihr nicht so gut und sie wolle nicht zur Schule gehen. Zu dem Zeitpunkt war sie also noch zu Hause. Aber als die Mutter gegen Mittag noch einmal anrief, ging sie weder ans Festnetztelefon noch ans Handy. Als sie gegen acht nach Hause kam, rief die Mutter zum ersten Mal bei der Polizei an, nachdem sie zuerst bei ein paar ihrer Freundinnen nachgefragt hatte und sie nicht ausfindig machen konnte.«

»Ist dieses Mädchen schon mal von zu Hause weggelaufen? Hat die Mutter einen Grund genannt, warum sie weggelaufen sein könnte?«

»Sie wurde noch nie vermisst gemeldet, aber sie war in der Vergangenheit verhaltensauffällig. Offenbar wurde sie beim Cannabisrauchen auf dem Schulgelände erwischt, und sie ist ein paar Mal mit Schulausschluss bestraft worden – Unterrichtsstörung, Schwänzen, solche Sachen. Und sie verletzt sich selbst – sie ritzt sich mit Rasierklingen.«

»Ich glaube, ich habe die Narben gesehen.«

»Früher hat sie Ritalin bekommen. Im Moment nimmt sie – warte.«

Stella hörte ein Rascheln.

»Ich bin wieder da«, sagte er. »Aripiprazol, Epilim und Diazepam. Und sie hat ihre Tabletten nicht dabei.«

»Das nimmt sie alles?«

»Yep. Das würde auf ziemlich starke Symptome hindeuten, oder?«

»Entweder das«, meinte Stella, »oder der Psychiater geht sehr großzügig mit seinem Rezeptblock um. Es hört sich an, als hätte sie entweder eine affektive Störung oder eine Psychose. Vielleicht leidet sie auch an einer bipolaren Störung, die schwer in den Griff zu bekommen ist, das könnte der Grund dafür sein, dass die Stimmungsstabilisierer verschrieben wurden. Und bei einer bipolaren Störung können die Symptome auf eine Psychose hindeuten, wenn die Person gerade in einer manischen Phase ist. Es könnte also sein, dass sie gelegentlich Wahnvorstellungen beziehungsweise wirklichkeitsferne Schübe hat. Aber es ist schon ein bisschen seltsam. Sie ist eigentlich viel zu jung für so einen Befund. Weißt du denn, wer ihr Arzt ist?«

»Der Name steht nicht im Polizeibericht. Ich versuche herauszufinden, wer es ist.«

»Vielleicht hat sie eine Art Entzug«, sagte Stella. »Ihr ging es nicht gut, ihr war übel.«

»Stella – ich muss das sagen –, wenn es sich um dieses Mädchen handelt, dann stellt sie meiner Meinung nach ein Risiko dar. Ich mache mir ein bisschen Sorgen.«

Sie kannte Peter. Wenn er »ein bisschen« sagte, dann meinte er »erhebliche«. Er war diesmal viel freundlicher, viel weniger formell, und das bereitete ihr das größte Unbehagen.

»Sie zeigt Verhaltensauffälligkeiten. Wenn sie sich mit Rasierklingen verletzt, deutet das auf ein nicht zu vernachlässigendes Gewaltpotenzial hin.«

»Na klasse.« Stella stellte sich vor den doppelten Waschtisch. Sie starrte ihre Zahnbürste an, ihre Zahnpasta. Max' Seite war leer. Sie verspürte ein Brennen im Magen, die Galle kam ihr hoch. Wahrscheinlich die Nachwirkungen des Weins und der Aufregung.

»Ich möchte, dass du ein Foto von ihr machst und es mir schickst«, sagte Peter.

»Ich kann es versuchen. Ich weiß nicht, ob sie mich lässt. Sie ist schon durchgedreht, als ich die Polizei erwähnt habe. Vielleicht hat sie irgendetwas angestellt – womöglich hat sie hier in der Gegend etwas aus einem Haus gestohlen, oder sie ist weggelaufen. Wer weiß.«

»Versuch es. Ich habe es der örtlichen Polizeistation gemeldet, aber ich weiß nicht, wie schnell die reagieren. Ein Foto wäre ganz bestimmt hilfreich.«

»Okay.«

»Und hab ein Auge auf sie.«

»Pete – wo bist du?«

»Stella«, sagte er. »Ich fahre nicht zu euch raus.«

»Darum habe ich dich auch nicht gebeten.«

Als er das letzte Mal versucht hatte, ihr zu helfen, hatte sie sich nicht sehr kooperativ gezeigt.

»Schick mir das Bild so bald wie möglich. Ich sehe zu, was ich tun kann.«

Er sorgte sich immer noch, das hörte sie an seiner Stimme.

Stella ließ Wasser in ein Glas laufen und öffnete den Spiegelschrank über dem Waschbecken. Er enthielt mehrere weiße Schachteln mit Tabletten in Blisterverpackung. Sie langte nach der Packung ganz links, schluckte ihr Antidepressivum, dann stellte sie die Schachtel wieder zurück. Sie griff nach der nächsten Schachtel und legte sich eine kleine, bittere Tablette auf die Zunge. Dann spuckte sie sie aus. Die rautenförmige Pille fiel ins Waschbecken, und um ihren Rand herum bildete sich eine blaue Pfütze. Stella drehte das Wasser auf und spülte sie hinunter.

Sie musste klar denken können.

Alle Medikamente, die sie nahm, waren zugelassen: von einem Psychiater verschrieben. Morgens brauchte sie Diazepam, sonst würde sie es niemals schaffen, das Schlafzimmer zu verlassen. Und abends brauchte sie noch eine Dosis, sonst konnte sie nicht schlafen und sah Schatten rund um das Bett, wo gar keine waren. Der Psychiater meinte, diese Medikation könnte sie gut über Jahre hinweg so belassen, da bestünden keine Risiken. Max sah das genauso. Natürlich glaubte Stella kein Wort. Sie wusste, es war ein klarer Fall von Übermedikation: Sie war psychisch und physisch abhängig. Besonders von den Tranquilizern kam man kaum los.

Sie hasste sich dafür, dass sie so schwach war.

So viele Medikamente. Blue könnte eine Gefahr für sich selbst darstellen. Für andere in ihrer Nähe. Es könnte sein, dass Stella die Nacht nicht bewältigte, allein mit dem Mädchen, schlaflos und voller Angst. Sie wollte nicht herumsitzen und warten, bis Peter sich entschlossen hatte, ihr zu verzeihen, dass sie ihn aus ihrem Leben verbannt hatte, oder bis sich die Met Police durch die zugefrorene Landschaft auf den Weg zu ihr machte. Sie musste etwas unternehmen.

Stella stellte eine große Teetasse auf den Nachttisch und lächelte Blue an. Sie hoffte, ihr Lächeln würde beruhigend und tröstend wirken.

»Trink das«, sagte sie. »Dann geht es dir besser.« Sie nahm die Fernbedienung von der Bettdecke und schaltete den Fernseher aus.

»Das mit vorhin tut mir leid«, sagte Blue. »Ich wollte nicht, dass Sie sauer sind.«

»Mir tut es auch leid«, sagte Stella. »Entschuldige, dass ich die Beherrschung verloren habe.«

Sie hatte aufgepasst, dass sie den Tee in genau der richtigen Temperatur servierte; sie hatte noch einen zusätzlichen Schuss Milch dazugegeben, damit er nicht zu heiß war. Dann hatte sie zwei gehäufte Teelöffel Zucker hineingerührt. Sie hatte selbst einen Schluck probiert und war sich nun sicher, dass die Süße und die Milch den bitteren Nachgeschmack überlagerten.

Stella sah Blue zu, wie sie den Henkelbecher hob, ihn an die Lippen setzte und den ersten Schluck trank. Glücklicherweise benahm sie sich recht kooperativ, sie war sogar ganz fügsam.

»Schmeckt gut«, sagte Blue.

Stella lächelte erfreut.

Sie hatte keine Ahnung, wann Blue wohl zum letzten Mal ihre Medikamente genommen hatte. Wenn sie einen körperlichen Entzug hatte, wurde sie eventuell gereizt und unberechenbar. Womöglich bekam sie einen Rückfall und verfiel in eine Psychose oder in eine manische Phase. Stella fühlte sich berechtigt, ihr eine niedrige Dosis eines Anxiolytikums zu verabreichen, um sicherzugehen, dass sie ruhig blieb und einschlafen konnte. Und damit Stella nicht wahnsinnig wurde.

Stella konnte immer noch die gerötete Haut um Blues Kinn ausmachen und ihre eigenen Fingerabdrücke, die sich wie ein Armband um das Handgelenk des Mädchens reihten. Sie setzte sich neben sie auf die Bettkante.

»Blue, hör mal«, sagte Stella. »Ich habe dich in mein Haus gelassen, und ich war nett zu dir, oder?«

Blue nickte.

»Ich finde, ich habe etwas im Gegenzug verdient. Ich möchte, dass du mir ein paar Fragen beantwortest, die sich vielleicht ein bisschen dumm anhören.«

»Okay.« Blue klang jetzt schon mürrisch.

»Weißt du, was heute für ein Tag ist?«, fragte Stella.

»Freitag.« Auf diese harmlose Frage hin wurden Blues Augen schon etwas weniger wachsam.

»Und welches Jahr haben wir?«

»2011.«

»Weißt du, wo du jetzt bist?«, fuhr Stella fort.

»In Ihrem Haus.«

»Und in welchem Land sind wir?«

»In England.«

»Nur noch ein paar«, sagte Stella. »Weißt du, wie der Premierminister heißt?«

»David Cameron.«

»Und weißt du noch, wie ich heiße?«

»Stella. Stella Fisher.«

Stella war sich nun sicher, dass das Mädchen eine zeitliche, örtliche und persönliche Orientierung hatte. Blue wirkte keineswegs psychotisch. Stella wusste nicht genau, wie lange sie keine Medikamente mehr genommen hatte, aber es gab kein Anzeichen für ein ernsthaft gestörtes Denken. Noch nicht.

»Blue, nimmst du regelmäßig Medikamente?«

Blue nickte.

»Erinnerst du dich an die Namen der Tabletten, die du nimmst?«, fragte Stella.

»Nein.«

»Versuch es.«

»Das sind viele. Meine Mutter gibt sie mir, ich schau mir die Schachteln nicht an. Epi-irgendwas. So wie Epilepsie, aber ich habe keine epileptischen Anfälle. Und noch anderes Zeug.«

Stella war erleichtert. Blue schien ihr die Wahrheit zu sagen. Sie hatte nicht gelogen, was ihren Namen betraf. Es war sehr wahrscheinlich, dass es sich bei ihr um das vermisste Mädchen handelte. Sobald sie ein Foto hatte, konnte Blue unverzüglich nach Hause gebracht werden.

Aber wie kam es, dass ein Psychiater einer Fünfzehnjährigen so viele Medikamente verschrieb? Diazepam machte hochgradig abhängig. Das konnte Stella selbst bezeugen. Und wenn Blue lange genug Neuroleptika nahm, war es möglich, dass sie neurologische Probleme bekam – Grimassenziehen, Zungenkrämpfe, Zuckungen in Armen und Beinen. Die Medikation könnte Bewegungsstörungen oder Schwierigkeiten beim Gehen nach sich ziehen. Und die Schädigung wäre dauerhaft – irreversibel. Es schien nicht recht zu sein. Außer … Außer Blue hatte wirklich ein ernsthaft gestörtes, gar gefährliches Verhalten an den Tag gelegt.

»Weißt du noch, wann du deine letzte Dosis bekommen hast?«, fragte Stella.

»M-mm.«

»Wusstest du, dass es schlecht für dich sein kann, wenn du diese Medikamente plötzlich absetzt?«

Blue schüttelte den Kopf.

Dann wandte sie sich wieder Stella zu und lächelte, ganz plötzlich ängstlich, nervös und mit aufgerissenen Augen. Stella wurde überhaupt nicht schlau aus ihr.

»Es stimmt, dass ich Dr. Fisher besuchen wollte«, sagte Blue.

»Aber ich habe gelogen, als ich behauptet habe, dass ich ihn noch nie getroffen habe.«

Stella setzte sich aufrechter und steifer auf die Bettkante.

Blue nahm noch einen Schluck Tee, ohne jedoch den Blick von Stellas Gesicht abzuwenden.

»Woher kennst du ihn?«, fragte Stella.

»Er ist mein Arzt. Beziehungsweise er war es.«

»Ich verstehe.« Stella sprach ruhig weiter. Sie wollte nicht schockiert oder überrascht auf die Lügen des Mädchens und die ständig neuen Offenbarungen reagieren. Sie war froh, dass Max nun doch nicht der Vater des Mädchens war, dass Blue keinen festen Platz in seinem Leben hatte und nicht die Macht, ihre ohnehin schwierige Beziehung weiter zu verkomplizieren. Es leuchtete ein, dass Blue eine Patientin war. Und in Anbetracht ihrer Medikation litt sie an schweren Störungen.

»Weswegen hat Dr. Fisher dich behandelt?«, fragte Stella.

»Er war der Arzt meiner Mutter. Manchmal bin auch ich zu ihm. Er hat versucht, uns zu helfen. Ich hab mir früher selbst wehgetan, aber das mach ich nicht mehr.«

»Verstehe. Ist zu Hause irgendetwas passiert – etwas, das dich dazu gebracht hat, ihn heute aufzusuchen?«, fragte Stella.

Blue schüttelte den Kopf. »Nein.« Sie zögerte. »Ich wollte … Ich wollte ihn nur bitten, uns zu helfen.«

»Und wie?«

»Ich weiß es auch nicht.« Sie stellte die Tasse wieder auf den Nachttisch. Sie war noch halb voll. Sie lehnte sich zurück gegen die Kissen und schloss die Augen.

Blue hatte ihre Geschichte so häufig geändert, dass Stella den Faden verloren hatte. Stella hatte das Gefühl, ihr innerer Kompass sei kaputt; sie konnte ihren Instinkten nicht mehr trauen. Wenn sie Blue ansah, empfand sie gleichzeitig Mitleid und Angst, im selben Maß. Aber die Angst beherrschte sie. Sie langte nach der Tasse und reichte sie Blue noch einmal. »Trink deinen Tee aus«, sagte sie.

Blue trank gehorsam.

»Blue«, sagte Stella. »Kannst du mir Dr. Fishers Praxis beschreiben?«

»Ja.«

»Und?«

»Ich gehe immer nach der Schule hin, zu Fuß. Von der U-Bahn aus. Sie liegt an der Grove Road. Zuerst muss ich der Rezeptionistin sagen, dass ich da bin. Dann setze ich mich ins Wartezimmer. Sein Sprechzimmer ist oben, im ersten Stock.«

»Wo sitzt du, wenn du in seinem Sprechzimmer bist?«

»Er hat einen großen Schreibtisch, aber dort setzt er sich nicht hin. Wir sitzen in den Sesseln, es gibt zwei davon, sie sehen genau gleich aus. Groß. Mit roten Blumen darauf.«

Blue gähnte. Die Augen fielen ihr zu, es wirkte, als würde Blue kämpfen, sie aufzuhalten, sie wären aber zu schwer. Zögernd langte sie nach Stellas Hand, und Stella zog sie nicht zurück. So ein seltsames Mädchen; Blues Stimmung änderte sich schnell, erst war sie wachsam, dann widerspenstig, dann zärtlich.

Stella rutschte neben sie. Ein paar Augenblicke saßen sie ruhig nebeneinander und blickten auf den ausgeschalteten Fernsehbildschirm an der Wand. Blue rückte näher und lehnte den Kopf an Stellas Schulter. Stella war zu müde, um Widerstand zu leisten. Sie konnte sich gar nicht mehr erinnern, wann sie zum letzten Mal einen anderen Menschen berührt hatte. Sie entspannte sich. Sie legte den Arm um das traurige, geplagte Mädchen, hielt es fest und spürte die weichen Haare am Gesicht, genoss den frischen Duft von Lavendel.

Blue fiel das Kinn auf die Brust, der Kopf sank nach vorn, die Haare bedeckten das Gesicht.

Stella war furchtbar müde. Sie wünschte, Max wäre zu Hause,

würde sich um sie kümmern. Sie fragte sich, was Max von Blue und ihren Launen und Reizen dachte. Ihre Furcht zappelte wie ein Fisch, drehte und wendete sich in ihrem Magen, während sie über Blue nachdachte und wie sie Max' Privatadresse ausfindig gemacht hatte, über ihre Fantasie, dass Max als ihr Retter auftreten würde.

Central London, Mai 2009

Die Party fand unten statt, in einem höhlenartigen unterirdischen Raum. Auf einer Seite befand sich eine Bar, an der sich die Menschen drängten. An der anderen Seite waren Sitznischen in das Kellergewölbe eingepasst, jede mit einem ovalen Tisch, verstreuten Kissen und sich bauschenden Tüchern an der Decke.

Sie saßen zu acht um den Tisch. Stella hatte einen Platz am Rand, weil sie als Letzte gekommen war. Wie üblich waren die District Line und die Circle Line am Wochenende außer Betrieb. Am anderen Ende des Tisches saß ein Paar, das Stella noch nie gesehen hatte – es waren Freunde von Izzy und Mark aus dem Geburtsvorbereitungskurs –, aber den Rest der Gruppe kannte sie gut, die meisten aus der Promotionszeit. Izzy feierte ihren dreißigsten Geburtstag, außerdem war sie in der vierzigsten Woche schwanger. Sie hatte eine nordafrikanische Bar mit Restaurant ausgesucht, wo alle bauchtanzen konnten. Sie war fest entschlossen, die Wehen auszulösen.

Stella trank irgendeinen Cocktail mit Zitrone, frischer Minze und viel Eis, und am Boden zog irgendetwas rosa Schlieren. Sie erhoben die Gläser: auf Izzy und Mark und ihr Baby. Auf den dreißigsten. Den sie alle bald hinter sich haben würden.

Die Musik war laut, ein hämmernder, energischer Beat aus dem Mittleren Osten. Das Top der Bauchtänzerin war mit unzähligen Pailletten besetzt. Ihre Schleier blähten sich auf, während sie sich wiegte und drehte und ihren Bauch wogen ließ. Trotz des eigenen Bauchumfangs sprang Izzy auf, um mitzumachen. Sie packte Stella an der Hand und zog sie auf die Tanzfläche.

Stella tanzte gern. Sie nahm ihr Haarband ab, sodass ihr die Haare lose über den Rücken fielen. Sie fühlte sich leicht und ungehemmt, als wäre sie wieder auf der Universität und hätte noch kein Diplom und wäre nicht verantwortlich für alles Mögliche – sondern als amüsierte sie sich einfach nur. Sie tanzten im Kreis, auf einer Oud wurde eine langsame Melodie gespielt, die sich aufbaute; die Bauchtänzerin führte alle an, kreiste mit den Hüften zur Flöte, den Trommeln und Tambourinen, klatschte dazu in die Hände, ließ die Ketten um ihre Hüften klirren. Schneller und immer schneller, unglaublich schnell. Stella lachte, klatschte, wirbelte herum. Alle machten mit.

Und Lawrence Simpson stand an der Bar und hatte sie gesehen.

Stella wandte den Blick ab, lachte über eine Bemerkung, die Izzy über die Hüften der Bauchtänzerin gemacht hatte. Die Musik war laut, unermüdlich, hallte von der niedrigen Backsteindecke wider. Sie zog sich zu ihrem Tisch zurück, nahm die Mineralwasserflasche und füllte das Glas, das vor ihr stand. Blasen stiegen nach oben und blubberten über den Rand, sie sah zu spät, dass dort der verblasste rosa Lippenstiftabdruck einer anderen Frau war. Und Simpson stand schon neben ihrem Ellbogen und blickte auf sie herab. An seinem Lächeln und dem Ausdruck seiner Augen sah sie, dass er sich freute, sie auf neutralem Boden zu treffen.

»Dr. Davies«, sagte er. Da machte er wieder das mit der Hand, er fuhr sich durch die Haare, die ihm in die Stirn fielen, sein nervöser Tick.

»Dr. Simpson«, sagte sie.

»Sie erinnern sich also an mich?«

»Natürlich erinnere ich mich an Sie«, antwortete sie. »Sie haben Stunden in meinem Sprechzimmer verbracht.«

»Hat der Psychotherapeut in letzter Zeit noch einmal versucht, die Klinik in Brand zu stecken?«, fragte er.

Sie lachte ein bisschen, aus Höflichkeit. Es war wirklich Pech, dass sie einander außerhalb der Praxis begegneten. Sie war noch nie in diesem Restaurant gewesen, und London war so riesig – wie hoch standen die Chancen? Sie fragte sich, ob er sie wohl beim Tanzen beobachtet hatte. Sie zog sich den Haargummi vom Handgelenk und band sich die Haare wieder zusammen, damit sie ihr nicht ins Gesicht hingen. Im Nacken war sie schweißnass. Sie versuchte, die Schultern zu entspannen.

Er zeigte auf die volle Bar. »Ich bin mit einem Kollegen da«, sagte er. »Es macht Ihnen doch nichts aus, wenn ich Sie nicht vorstelle – in Anbetracht der gegebenen Umstände.«

Die Musik pulsierte und hämmerte, er musste sich nahe zu ihr beugen, damit sie ihn verstand. Sein Aftershave roch frisch und dezent. »Ich bin zu Ihnen gekommen, weil ich dachte, es wäre vielleicht sinnvoll, wenn wir noch einmal reden.«

Die Musik war langsamer geworden. Stella hörte jeden Akkord des Saiteninstruments: langsam und spannungsvoll, auf einen Höhepunkt hinarbeitend.

»Es ist nicht gut, wenn wir uns hier unterhalten. Wir sollten außerhalb der Praxis keinen Kontakt miteinander haben.« Sie musste laut sprechen, damit er sie verstand.

Er beugte sich näher zu ihr. Mit den Lippen streifte er beinahe ihr Ohr. »Wenn Sie mir nur eine Minute Ihrer Zeit schenken«, sagte er. »Ich wollte mich entschuldigen.«

Das war das Letzte, was sie von ihm erwartet hatte. Er sah reuevoll und völlig ernst aus. Vielleicht hatte ein Teil seines aufsässigen Verhaltens, seiner Prahlerei seinen Grund in Angst. Angst vor der Gerichtsverhandlung und Angst, seine Tochter zu verlieren. Vielleicht war die Art, wie er sich in ihrem Sprechzimmer benommen hatte, doch nicht die genaue Entsprechung seiner Persönlichkeit in der Außenwelt.

Sie nickte. »Ich weiß Ihre Entschuldigung zu schätzen«, sagte sie.

Der Kellner war mit Platten voller Essen gekommen, und es roch köstlich. Stella hatte einen Riesenhunger, aber sie konnte schlecht zugreifen, solange Simpson über sie gebeugt stand. Er rückte nicht von ihrem Tisch ab. Ihr Drink stand vor ihr, zwei Strohhalme ragten aus dem hohen Glas. Das Eis fing schon an zu schmelzen. Die anderen bedienten sich munter bei den Vorspeisen: Pitabrot, Hummus, Joghurt- und Gurkendips. Stella wandte notgedrungen den Blick von dem rasch schwindenden Festmahl ab.

»Haben Sie Kinder?«, fragte er.

Sie gab keine Antwort.

»Ich erwarte nicht, dass Sie es mir verraten«, sagte er. »Aber ich glaube, Sie haben keine. Es ist unmöglich für Sie zu verstehen, wie das ist – meine Tochter ist wieder in eine Pflegeeinrichtung abgeschoben worden, und nicht weil ich irgendetwas verkehrt gemacht hätte. Ich hatte nie die Gelegenheit, mich um sie zu kümmern, ihre Mutter lässt das nicht zu. Das System arbeitet gegen die Väter, das müssen Sie von Ihrer Arbeit her ja wissen.«

Stella war am Verhungern, und ihr war leicht schummrig vom Tanzen und von den Cocktails. Sie hatte den Kopf seltsam verdreht, während sie den Hals reckte, um zu ihm aufzublicken.

»Ich kann außerhalb der Praxis nicht mit Ihnen über den Fall sprechen«, sagte sie. »Jedes Treffen, jedes Gespräch, das wir führen, muss für das Gericht festgehalten werden.«

Er stand immer noch über sie gebeugt, beide Handflächen lagen flach auf dem Tisch. Seine Körpersprache war ganz anders als die zurückgezogene Haltung mit den verschränkten Armen, die er in ihrem Sprechzimmer eingenommen hatte. Sie sah ihm an, dass er sich quälte.

»Ich habe es Ihnen neulich nicht leicht gemacht«, sagte er. »Sie haben nur versucht, Ihre Arbeit zu tun. Würden Sie mir denn vielleicht noch eine zweite Chance geben? Ich würde nur gern meine Seite der Geschichte erzählen.«

Sie roch einen Hauch Bier. Sie wusste, es war sehr gut möglich, dass sie weitere zwei Stunden ihrer wertvollen Zeit verlor, wenn er völlig nüchtern bei ihr erschien und es sich anders überlegt hatte; wenn sie mit der mürrischen Ausgabe von Lawrence Simpson konfrontiert wurde, im Gegensatz zu der reumütigen. Trotzdem bestand eine Chance.

»Gut«, sagte sie. »Rufen Sie am Empfang in der Klinik an und vereinbaren Sie einen Termin für diese Woche. Ich schiebe eine weitere Sitzung für Sie ein, damit sich das Gutachten nicht verzögert. Aber Sie müssen sich nach den Terminen richten, die noch verfügbar sind, ich bin nicht flexibel. Das Gutachten ist in zehn Tagen fällig, es muss vor der letzten Verhandlung eingereicht sein.«

»Das ist sehr freundlich. Sagen Sie – muss das Gespräch in Ihrer Klinik in St. John's Wood stattfinden? Meine Praxis liegt im Süden von London. Es wäre mir eine große Hilfe, wenn wir uns dort treffen könnten. Ich musste mir viel Zeit freinehmen für diese vielen Termine, und ich brauche einen halben Tag, um quer durch London zu Ihnen zu kommen.«

»Ja, es muss in der Klinik sein«, sagte sie. »Meine ganzen Akten, die ganzen Testmaterialien sind dort. Und es wäre nicht angemessen, wenn wir uns außerhalb der Praxis treffen. Ich denke, das wissen Sie.«

Er lachte über ihre gestelzte Ausdrucksweise. »*Es wäre nicht angemessen*. Ich dachte mir, dass Sie das sagen würden. Es war vorherzusehen. Aber ein Versuch schadet doch nicht, oder?«

»Nein.« Er irritierte sie. Sie mochte es nicht, wenn man sich über sie lustig machte. Sie hatte das Recht, einen freien Abend mit ihren Freunden zu verbringen. Und sie musste bald etwas essen.

»Rufen Sie einfach in der Klinik an, um den Termin zu vereinbaren«, sagte sie.

»Danke. Ich bin wirklich dankbar dafür. Ich weiß, ich kann mein schlimmster Feind sein. Ich rede mir ein, dass Sie nicht einfach alles glauben, was Sie über mich lesen, aber es ist schwer, zu einem Gesprächstermin zu gehen und zu wissen, dass Sie mich für einen verkorksten, kranken Typen halten, der seine Frau schlägt. Ich schäme mich für etwas, was ich nicht getan habe. Manchmal macht mich das wahnsinnig.«

Er blieb neben ihr stehen. Sie wollte nicht unhöflich sein, aber sie wollte eine Grenze ziehen. Sie schaute weg und nahm einen Schluck von ihrem Drink. Sie hoffte, er würde die Botschaft verstehen, ohne dass sie ihn direkt bitten musste und dabei riskierte, sein empfindliches Ego zu verletzen.

Er warf einen Blick auf ihr Glas. »Ich lade Sie auf noch einen Cocktail ein. Als Ausgleich dafür, dass ich so ein unfreundlicher Mistkerl bin.«

Er war nicht unattraktiv, wenn er lächelte, wenn er seine Verletzlichkeit zeigte; vielleicht steckte unter der missmutigen äußeren Schale sogar ein Sinn für Humor. Und wenn sie seine Einladung ablehnte, würde er das zweifellos als Kränkung empfinden: Er würde es als weiteren Angriff auf seinen Stolz auffassen. Und so blieb Stella verdrossen sitzen, aber nicht ohne Mitleid für ihn zu empfinden, als er einem vorüberkommenden Kellner winkte.

Als er sich wieder ihr zuwandte, ging er in die Hocke, damit er auf Augenhöhe mit ihr war. Ihr war das fürchterlich unangenehm, sie fühlte sich ihm ausgeliefert. Er drang in ihr Hoheitsgebiet ein, durchbrach die Grenzen zwischen ihnen.

»Sie sind jemand, zu dem ich mich hingezogen fühlen könnte«, sagte er. »Und Sie sehen mich als …«

»Diese Unterhaltung ist während laufender Verhandlungen wirklich nicht angemessen«, sagte sie.

Sein Blick wurde hart, und wieder verhöhnte er sie lachend. »Müssen Sie sich immer so förmlich benehmen?« Er war kein Stückchen weggerückt.

»Ich benehme mich, wie es sich gehört. Unsere Beziehung ist eine förmliche.«

Ein lächelnder Kellner mit einem Fez stellte zwei prächtige Drinks vor sie auf den Tisch. Frische Minze über zerstoßenem Eis mitsamt Strohhalmen.

Schließlich stand Simpson auf und trat einen Schritt zurück. »Sie können sicherlich den einen oder anderen Drink gebrauchen, bei dem, was Sie sich alles anhören müssen.« Er hob das Glas. »Trinken wir auf das, was im Interesse meiner Tochter ist.«

Sie rührte sich nicht.

»Na los«, sagte er. »Ich bin doch kein Aussätziger.«

Sie hob ihr Glas, stieß mit ihm an und trank einen Schluck.

»Na also«, sagte er. »Das war jetzt nicht so schlimm, oder?«

Sie brachte kein Lächeln zustande.

»Ich habe Ihre Runde gestört.« Er schaute ihre Freunde an, ließ den Blick kurz auf Izzys schwangerem Bauch ruhen. Dann verschwand er in dem Gedränge an der Bar.

Hannah sah sie von der anderen Seite des Tisches aus an und hob die Augenbrauen. Stella schüttelte den Kopf: *Es ist nichts, er ist niemand.* Sie konnte Hannah nicht erzählen, dass er ein Klient war, sie wollte die Schweigepflicht nicht verletzen.

Stella hob das Glas, das Simpson bezahlt hatte, und reichte es Peter, der ihr gegenübersaß. Er nahm es gern.

Sie war sich nicht sicher, ob sie die Begegnung außerhalb der Praxis in ihren Bericht aufnehmen sollte. Sie würde Max fragen. Sie war sehr froh darüber, dass sie sich den Komplikationen des Falles nicht allein stellen musste. Sie nahm ihren BlackBerry und scrollte die Kontakte durch, bis sie Max Fishers Telefonnummer vor sich hatte. Eine Ausrede, um ihn an einem Wochenende zu kontaktieren, käme ihr gerade recht. Gleichzeitig war es ihr peinlich, ihn zu stören; die Begegnung mit Simpson war kaum eine dringliche Angelegenheit. Sie würde am Montag mit ihm darüber sprechen.

Peter hielt ihr eine Schüssel mit warmem, weichem Pitabrot hin.

Die Bauchtänzerin kam näher, ihr Körper schien nur aus wogenden Kurven zu bestehen; um die Taille trug sie glänzende Goldketten. Sie wandte sich ab von ihnen, dann warf sie ihnen einen Blick über die Schulter zu, ihr Lächeln eine einzige Verführung. Ihre Hüften und ihr Bauch bebten, ganz nah vor Stellas Gesicht, und sie merkte, wie sie errötete.

Stella fragte sich, ob Simpson noch dort lauerte und sie beobachtete.

Stella wachte am Sonntagmorgen neben einem Mann auf; sein Körper lag warm und fest an ihrem, der Arm ruhte schwer auf ihrer Taille, ihr Rücken schmiegte sich an seinen Bauch. Er wachte ebenfalls auf und zog sie näher zu sich.

»Morgen«, sagte sie. Sie hatte gut geschlafen.

»Morgen.«

»So«, sagte sie.

Die Vorhänge in ihrem Zimmer waren dünn und hielten die Morgensonne kein bisschen ab. Sie befreite sich aus seinem Arm und rutschte ein bisschen weg, sodass sie auf dem Rücken lag und zur Decke blickte.

Am Abend vorher hatte sie mehr als üblich getrunken; diese Cocktails waren täuschend süß. Eine Unterhaltung war kaum noch möglich gewesen, die Musik war immer schneller und lauter geworden, während sich das Kellergewölbe mit immer mehr Menschen füllte. Sie erinnerte sich nicht mehr, was sie zueinander gesagt hatten, wenn sie überhaupt etwas gesagt hatten. Peter hatte ihr immer wieder die Platten mit dem Essen gereicht. Er hatte ihr gegenüber an dem hufeisenförmigen Tisch gesessen, dann hatten sie einen Kreis gebildet, hatten getanzt, gelacht, es war zum Schreien gewesen, wie sie versucht hatten, die Bauchtänzerin nachzuahmen. Als sie sich wieder setzten, wählte er einen neuen Platz, neben ihr. Ihre Schultern und Hüften stießen aneinander, und es hatte ihr gefallen, wie er sich anfühlte. Draußen regnete es. Er hatte mit ihr gewartet, um sicherzugehen, dass sie auch ein Taxi bekam. Und dann wusste sie nur noch, dass er sie geküsst hatte, und sie hatte den Kuss mit einer Leidenschaft erwidert, die sie überraschte. Sie erinnerte sich, wie er geschmeckt hatte, nach ihrem Zitrone-Minze-Cocktail.

»Darf ich bei dir duschen?«, fragte er.

»Natürlich.«

Er stand auf, nackt. Sie betrachtete seinen Körper, als er sich abwandte. Sie verglich ihn mit Max, der älter und definitiv nicht so gut in Form war. Aber es war Max, der sie erregte.

Verdammt. Sie fühlte sich schrecklich. Sie hatte Gewissensbisse.

Sie war noch im Bett, als er mit ihrem pinkfarbenen Handtuch um die Hüfte aus der Dusche kam. »Kann ich dir einen Kaffee machen?«, fragte er.

Er war ein anständiger Mensch. Ein freundlicher Mann. Sie fühlte sich wieder schrecklich.

»Das wäre nett«, sagte sie. »Aber ich habe keinen Kaffee. Ich habe auch keine Milch. Ich habe eigentlich überhaupt nichts in der Küche. Ich habe es diese Woche nicht geschafft, einkaufen zu gehen.«

»Darf ich dich dann zum Frühstück einladen?«

»Ja, gut«, sagte sie. »Am Westbourne Grove gibt es viele Cafés. Ich brauche nur ein paar Minuten, um mich anzuziehen.«

Ohne eine Spur von Verlegenheit stand sie aus dem Bett auf.

Er war ein Freund, auf ihn musste sie keinen Eindruck machen. Sie kramte ihren weiten Sonntagspullover und ihre Jeans hervor. Sie spürte, wie er sie beobachtete. Er kam auf sie zu, blieb ganz nah vor ihr stehen. Sie überlegte, ob sie sich von ihm küssen lassen sollte. Sie drehte sich zu ihm um, hob den Arm und strich ihm über die Haare an den Schläfen. Sie waren gleich alt, aber er war vorzeitig ergraut. Sie rieb die Stirn an den Stoppeln an seinem Kinn, seine Haut fühlte sich rau an. Ihre Lippen brannten noch von letzter Nacht. Er langte nach ihr, fuhr ihr mit den Fingern die Arme hinunter, zog sanft ihre Hände hinter ihrem Rücken hervor.

Sie musste sich da herauswinden, bevor es schwierig wurde. »Pete, das war keine gute Idee. Es tut mir wirklich leid. Ich meine, es tut mir eigentlich gar nicht leid, es hat großen Spaß gemacht. Ich will nicht, dass du denkst …«

Er ließ die Hände fallen.

Sie wusste, was er für sie empfand. An der London South Bank Uni hatten sie ein paar Forensik-Module gemeinsam belegt. Sie waren einander sofort sympathisch gewesen, saßen dann immer nebeneinander, beklagten sich über die Tutoren, lernten gemeinsam für die Prüfungen. Er war klug. Nicht so klug wie sie, das hatte sie ihm mehrmals gesagt. Sie hatte gewusst, dass er sie anziehend fand, und sie hatte sich Mühe gegeben, ihn nicht zu ermutigen. Er war ein offener, unkomplizierter Mann. Zu unkompliziert, zu vorhersehbar. Er hatte nicht diese gewissen Ecken und Kanten, diese inneren Schatten, die sie reizten. Sie war sich sicher, dass er eine glückliche Kindheit mit liebenden Eltern gehabt hatte, die wahrscheinlich immer noch verheiratet waren und in den Cotswolds lebten.

Nein, das war alles irrelevanter Unsinn. Entscheidend war nur: Er war nicht Max.

Sie sah ihm zu, wie er sich die Hose anzog und sich das Hemd zuknöpfte. Er warf ihr einen Blick zu, die Jeans war noch offen. Sie sah kurz vor sich, wie sie auf ihm ritt, seine Finger drückten ihre Brustwarzen. Zwischen ihnen funkte es einen Augenblick wieder, dann erstarb es. Sie zog sich den Pullover über den Kopf.

»Danke für gestern Nacht«, sagte sie. »Es ist schon eine Weile her gewesen. Bei mir.«

Sie schwiegen betreten.

Sie konnte Hannah förmlich sagen hören: *Was ist denn bloß los mit dir? Du bist eine Idiotin.*

Das Schweigen zog sich in die Länge.

Er beugte sich vor und küsste sie sanft auf die Wange. »Lassen wir das mit dem Frühstück lieber bleiben«, sagte er.

Sie nickte. Es hatte keinen Sinn, den Abschied zu verlängern.

Sie spürte ein Ziehen im Innern, eine Mischung aus Enttäuschung und Erleichterung.

Sie begleitete ihn das kurze Stück zur Wohnungstür. Sie hoffte, ihr frommer muslimischer Nachbar würde nicht gerade in diesem Moment herauskommen und sehen, wie sie ohne Hosen zum Abschied winkte. Aber der Korridor war leer.

Er musste eine Ewigkeit auf den launischen alten Lift warten.

Sie stand in der Tür ihrer Wohnung in Bayswater, allein, zufrieden und auch ein bisschen traurig.

Hilltop, 23:15 Uhr

Wie erwartet schlief Blue tief und friedlich weiter. Sie lag auf der Seite, den Daumen in der Nähe des Mundes, die Gliedmaßen schlapp und schwer.

Stella schlich sich vorsichtig von ihrem eigenen Bett weg. Sie ging hinüber zum Fenster, öffnete die geschlossenen Vorhänge, nur einen Spalt. Die Bäume und die Hügel dahinter glänzten in dem weichen Licht, das der Schnee reflektierte. Das Haus auf dem Hügel war weit entfernt von der vollgestopften Wohnung in Bayswater, aber manchmal vermisste sie West London und ihr Zuhause hoch oben im sechsten Stock eines alten Wohnhauses. Sie vermisste die unzähligen Flugzeuge auf der Route nach Heathrow, ihre funkelnden roten Lichter, die die Sterne am Nachthimmel ersetzten.

Das Licht des Sensors oben am Fenster blinkte alle paar Sekunden, langsam und beruhigend. Stella schloss die schweren Vorhänge wieder sorgfältig.

Blues Augäpfel bewegten sich unter der hauchdünnen Haut ihrer Augenlider schnell hin und her. Sie bewegte sich, rollte sich auf die andere Seite, atmete weiterhin gleichmäßig. Stella sah noch ihre weit aufgerissenen Augen vor sich: entschlossen und misstrauisch und verführerisch.

Sie langte nach ihrem BlackBerry, nahm ihn und richtete die Kamera auf das Gesicht des Mädchens. Das Blitzlicht wurde ausgelöst, aber Blue wachte nicht auf. Stella schickte Peter die Aufnahme per E-Mail.

Sie trug den niedrigen Stuhl vom Frisiertisch zum Bett und

setzte sich hin, um über Blue zu wachen. Sie döste ein, schreckte dann ängstlich wieder auf. Aber es hatte sich nichts verändert, das Mädchen hatte sich nicht gerührt. Stella tat der Nacken weh. Sie veränderte ihre Position, lehnte den Kopf gegen den Arm. Ihre Augenlider waren furchtbar schwer, sie wollte am liebsten die Augen zumachen, nur ganz kurz, aber sie konnte es nicht riskieren, im selben Raum wie Blue einzuschlafen.

Sie zog den Schlüssel ab und zog die Tür sanft hinter sich zu. Sie schloss von außen ab und steckte sich den Schlüssel in die Tasche. Sie fühlte sich ein bisschen besser.

Sie wusste nicht, was sie als Nächstes tun sollte. Sie war so wahnsinnig müde.

Die lauwarme, fast leere Flasche Wein stand unten auf dem Küchentisch. Sie schraubte den Deckel auf und schenkte sich die letzten Tropfen ein. Sie lauschte aufmerksam, während sie trank.

Oben war es totenstill.

Sie hatte Alkohol noch nie gut vertragen. Sie schloss die Augen, und es war, als blitzte es unter ihren Lidern. Sie erschauerte, so kalt war ihr, und ihre Hand zitterte. Weißwein spritzte auf die glänzende weiße Tischplatte.

Niemand konnte in Hilltop eindringen. Niemand konnte heraus. Nichts würde passieren.

Stella kämpfte sich hoch, sie war aus einem tiefen, schweren Schlaf erwacht.

Bumm, bumm, bumm.

Sie sah blau, blaue Augen.

Es klopfte weiter. Laut. Wie ein Hammer gegen ihren Schädel.

Sie öffnete die Augen und stellte fest, dass sie unten auf dem Sofa lag, raues graues Leinen kratzte sie an der Wange. Das Feuer im Kamin war ausgegangen, und es roch leicht nach verkohltem Fichtenholz. Außerdem war es kühl im Zimmer. Sie wusste nicht mehr, wo sie das Telefon hingelegt hatte. Vielleicht hatte Max versucht sie anzurufen.

Das Hämmern kam von der Eingangstür.

Vielleicht war Max zu Hause. Vielleicht hatte es die Polizei geschafft, den Hügel hochzufahren.

Als sie aufstand, hatte sie Kopfschmerzen und ein Klingeln in den Ohren. Sie war so dumm gewesen, Alkohol zu trinken, nachdem sie ihre Tabletten genommen hatte. Sie konzentrierte sich auf den Monitor neben der Haustür, ein undeutliches Bild wurde scharf und verschwamm dann wieder. Sie hielt sich den Hörer ans Ohr.

»Stella – es ist arschkalt hier draußen. Lässt du mich jetzt rein?«

Sein Gesicht wurde schärfer. Langsam bekam sie einen klaren Kopf. »Peter?«

Sie schloss auf und öffnete die Tür weit. Kalte Luft wehte herein. Es war ihr egal, sie war sogar froh darüber. Der Schnee war in der Dunkelheit noch höher geworden, es waren noch einige Zentimeter gefallen; es musste ihn einige Mühe gekostet haben, nach Hilltop zu kommen. Sie konnte sich kaum erinnern, wann sie das letzte Mal so glücklich gewesen war, so erleichtert, jemanden zu sehen. Am liebsten hätte sie die Arme um ihn geschlungen und ihn fest gedrückt. Aber irgendetwas hielt sie zurück.

Mit gesenktem Kopf trat er durch die Tür, seine dicken grauen Haare waren weiß überzuckert. Er war in eine schwarze, wachsbeschichtete wasserdichte Jacke gehüllt. Als er sie aufknöpfte, fielen Schneeflocken auf den Boden und hinterließen kleine Pfützen um seine Stiefel.

Wie merkwürdig, Peter hier zu sehen, so weit weg von ihrem früheren Leben. Wie seltsam, dass er noch genauso aussah, während Stella das Gefühl hatte, selbst um zehn Jahre gealtert zu sein. Sie versuchte, sich die Haare glattzustreichen, und zog ihre Ärmel und das Top nach unten; sie kam sich vor wie ein Wrack, als sie da so stand.

»Was hat dich denn veranlasst, deine Meinung zu ändern?«, fragte sie.

Er sah sich lange in der Eingangshalle um und blickte schließlich zum Kronleuchter hinauf. Er wich ihrem Blick aus, dessen war sie sich sicher. »Wann bist du denn in diese gottverlassene Gegend gezogen?«

»Es ist nicht gottverlassen hier. Das sind die Chilterns.«

Sie schaute betont auf seine schwarzen Stiefel mit den dicken Sohlen, aber er zog sie nicht aus. Er hängte die Jacke neben ihre, an den Garderobenständer neben der Tür. Sie versuchte sich zu erinnern, wann sie das letzte Mal ihre Jacke gebraucht hatte, aber sie wusste es nicht mehr.

»Hat dir das Mädchen irgendwelche Probleme gemacht?«, fragte er. Sie glaubte irgendetwas in seiner Stimme durchzuhören, hätte aber nicht sagen können, was es war.

»Eigentlich nicht.« Stella fragte sich, ob sie wohl vorhin am Telefon völlig verstört geklungen hatte. »Aber Blue hat immer noch nicht richtig erklärt, weshalb sie da ist – sie denkt sich ständig neue Geschichten aus.«

Wieder sah Peter sie so merkwürdig an. Vielleicht fand er sie rücksichtslos, in Anbetracht dessen, was passiert war.

»Ich konnte sie einfach nicht draußen in der Kälte lassen, sie wäre erfroren«, sagte sie. »Ich musste sie reinlassen.«

»Wo ist sie jetzt?«

»Oben. Sie schläft«, sagte Stella.

»Sie schläft?«

»Es ist spät.«

»Ja. Ich habe mir wohl … etwas Problematischeres vorgestellt.«

Er stand da, die Hände in den Taschen seiner Jeans; steif und formell, als wären sie einander fremd. Innerlich wand sie sich. Sie hatte das Gefühl, sie sei eine Verdächtige, die verhört wurde.

»Und ich habe sie eingesperrt«, sagte sie.

Sie langte in ihre Tasche und tastete nach dem Schlafzimmerschlüssel. Er war noch da.

»Du hast sie eingesperrt?« Er wirkte verblüfft.

»Sie ist unberechenbar. Ich wollte nicht, dass sie hier im Haus herumläuft. Und sie war nicht gerade erfreut, als ich ihr erzählt habe, dass ich die Polizei kontaktiert habe.«

»Hast du dir schon mal überlegt, dass dir das als Kindesentführung angelastet werden könnte? Bist du sicher, dass sie schläft – dass sie nicht versucht herauszukommen?«

»Ganz sicher«, sagte Stella. »Ich habe ihr nämlich eine Schlaftablette gegeben.«

Peter rieb sich das Gesicht mit den Händen. Plötzlich sah er sehr müde aus.

»Sieh mich nicht so an. Es war nur eine – ich habe sie zerdrückt und ihr in den Tee getan. Ich war nervös, weil ich hier drinnen mit ihr gefangen war. Du hast gesagt, sie stellt ein hohes Risiko dar. Deshalb habe ich dafür gesorgt, dass sie ein paar Stunden außer Gefecht ist. Ich brauchte ein bisschen Ruhe.«

Sie war frustriert; er hatte keine Ahnung, wusste nicht im Mindesten, wie es ihr ging.

Stella nahm an, Peter fragte sich, wer von ihnen labiler war, sie selbst oder das Mädchen. Sie stellte sich mittlerweile genau die gleiche Frage. Sie hoffte, dass es Blue gut ging. Sie lauschte, halb erwartete sie zu hören, wie Blue ihre Schlafzimmertür mit den Fäusten bearbeitete, aber es war still im Haus.

»Sie hat zugegeben, dass die Geschichte, sie sei Max' Tochter, eine Lüge war. Aber jetzt behauptet sie, dass sie ihn kennt, dass sie seine Patientin ist. Offenbar wollte sie Max hier besuchen.«

»Hast du bei Max nachgefragt?«

»Nein.«

»Wieso nicht?«

»Sie ändert ihre Geschichte alle fünf Minuten. Ich war mir nicht sicher, was ich tun sollte.« Sie blickte zu ihm hoch. Er wusste, dass sie log. »Ich erreiche ihn nicht. Sein Telefon ist schon den ganzen Tag ausgeschaltet. Das kommt vor bei ihm. Wenn auch selten.«

Stella fühlte sich jetzt, da Peter bei ihr war, viel ruhiger, viel sicherer. »Es tut mir wirklich leid, dass du bei diesem Wetter hier rausfahren musstest. Ich bin sehr dankbar. Und auch überrascht.«

Seine Hände hingen jetzt schlaff auf beiden Seiten herab. Er begegnete ihrem Blick, dann schaute er schnell weg. Er sah auf die Uhr. Sie hatten seit über einem Jahr nicht mehr miteinander gesprochen. Er könnte es ihr gut und gerne übelnehmen, dass sie so plötzlich in sein Leben eingedrungen war.

»Ich bin froh, dass du da bist«, sagte sie. »Ich bin froh, dass du keine neue Handynummer hast.«

In Wahrheit sah Peter aus, als wäre er lieber überall anders als in Hilltop. Dennoch folgte er ihr ins Wohnzimmer.

»Wann kommt dein Mann nach Hause?«, fragte er.

Dein Mann. Die Worte, die ein Gefühl der Freude, der Wärme bringen sollten.

»Morgen früh – zeitig«, sagte sie. »Heute, meine ich.«

Sie war zu nervös, um sich hinzusetzen, und so blieb sie am einen Ende des Sofas stehen. Auch er blieb stehen, am anderen Ende.

»Kaffee?«, fragte sie.

»Nein, danke«, sagte er. »Bist du sicher, dass mit dir alles in Ordnung ist?« Er hatte die leere Weinflasche bemerkt.

»Im einen Moment tut sie mir leid, im nächsten traue ich ihr nicht über den Weg. Ich glaube, sie führt irgendetwas im Schilde.«

Peter schien nicht recht zu wissen, was er darauf sagen sollte.

Er ging hinüber zu den Regalen neben dem Kamin und fing an, ihre Bücher durchzusehen. Sie las fast alles. Sie musste Stunden und Tage und Monate füllen, und die Neuerscheinungen konnten gar nicht schnell genug herauskommen. Ihre DVD-Sammlung war ähnlich beeindruckend. Jeden Monat gab sie Max ein paar Kisten für Oxfam mit und füllte dann das Regal neu auf. In Hilltop konnte die Zeit zur Tortur werden. An den Tagen, an denen sie sich nicht mehr auf Romane oder Filme konzentrieren konnte, musste sie sich der Wahrheit stellen: Ihr Leben war sterbenslangweilig.

»Du sortierst deine Bibliothek«, sagte er. »Belletristik und Sachbücher. Dann die Sachbücher nach Themen. Und auch nach der Größe.« Er stand vor den Fächern mit Fotografie und Innenarchitektur.

»Stimmt«, sagte sie. Sie wünschte, er würde endlich zur Sache kommen: zum Grund für seinen Besuch.

»Würde man das als obsessiv einstufen?«

»Rituale halten die Angst unter Kontrolle.«

»Welche Angst?«, fragte er.

»Du weißt schon.«

»Also, du und Max«, sagte er.

Sie nickte. Sie wusste, dass er ihr damit eine Frage stellte und irgendeine Art von Erklärung wollte, aber sie wollte nicht über ihren Mann sprechen.

»Hat Max versucht, dich wieder in die Klinik zu holen?«

»Er setzt mich nicht unter Druck.« Sie legte die Hände auf die Sofalehne, strich über den rauen Stoff.

»Was machst du denn den ganzen Tag?«, fragte er.

Die Stella, die er kannte, war ein anderer Mensch, getrieben und ehrgeizig. Sie liebte ihren Beruf.

»Ich gehe nicht viel raus«, sagte sie. »Ich gehe gar nicht raus.«

»Und sein Leben läuft ganz normal weiter?«

»Ja«, sagte sie.

»Interessant.«

»Warum ist das interessant?«

Sie stand immer noch hinter dem Sofa und wusste nicht, ob sie sich setzen sollte oder nicht. Blieb sie stehen, konnte sie ihre Nervosität besser loswerden, indem sie mit dem Fuß auf den Boden tappte, den Arm über die Sofalehne bewegte oder die Kissen anders arrangierte.

Peter hatte schon immer ein schiefes Bild von Max gehabt.

»Wie wäre es mit professioneller Hilfe?«

»Max hat mich zu einem Psychiater gebracht.«

»Und?«

»Es lief nicht gut. Damals fand ich es nicht sonderlich reizvoll, einmal die Woche bei irgendeinem fremden Mann auf der Couch zu liegen.«

»Hast du es mit einem anderen versucht?«

»Nein. Er hat mir ein Rezept ausgestellt, und ich nehme eine Menge Tabletten. Dadurch geht es. Ich habe keine Flashbacks mehr und keine Albträume.«

Peter näherte sich vorsichtig dem Sofa und setzte sich an das eine Ende – genau auf die Stelle, die Blue zuvor gewählt hatte. Stella ging um das Sofa herum und setzte sich ebenfalls. Nicht zu nahe. Er sah sie jetzt direkt an.

»Du nimmst immer noch Tabletten, nachdem so viel Zeit vergangen ist?«

»Max unterschreibt die Rezepte. Keiner von uns hält es für sinnvoll, die Tabletten abzusetzen, wenn ich kaum das Haus verlasse.«

»Ist es nicht sittenwidrig, Familienmitgliedern Medikamente zu verschreiben?«

»Dadurch bleibe ich bei Verstand.«

»Das hört sich ja dann ganz ideal an«, sagte er.

»Ja, das ist es.«

Fahr zur Hölle, dachte sie. Peter hatte immer zu viel von ihr gewollt, zu viel erwartet. Viel mehr als ihr Mann. Sie sollte wahrscheinlich selbst mehr von sich erwarten.

»Ich nehme fast so viele Tabletten wie dieses Mädchen. Ich bin ein wandelnder Zombie.« Es tat gut, das laut auszusprechen, die Wahrheit zuzugeben.

Und sie war grausam zu Peter gewesen. Es war nicht richtig gewesen, den Kontakt zu ihm völlig abzubrechen, und zwar nicht nur zu ihm, sondern zu allen ihren Freunden, zu allen Menschen, denen sie wichtig war. Sie schämte sich dafür und konnte ihn nicht ansehen, konnte nicht so nahe bei ihm sitzen. Sie sprang auf und vergrößerte den Abstand zwischen ihnen. Sie riss die Vorhänge auf und schaltete die Außenbeleuchtung an, erhellte ihr Königreich. Die Lampen auf der Veranda warfen gelbe Strahlen über den Garten, und der Schein breitete sich über die Wiese aus, bis zum Rand des schneebedeckten Waldes dahinter.

Er stellte sich neben sie, blickte hinaus auf den Garten, die Hände wieder in den Hosentaschen. Sie standen ganz nah beisammen, es knisterte zwischen ihnen.

»Warum bleibt er über Nacht in Hampstead?«, fragte er. Er war jetzt sanfter zu ihr. Er hatte Mitleid mit ihr, und das war erst recht schlimm.

»Der Schnee«, sagte sie. »Sicherheitshalber. Die Straßen waren kaum befahrbar, zumindest nicht mit seinem Auto. Wie hast du es denn hier hochgeschafft?«

»Ich habe mir einen Jeep ausgeliehen.«

»Max hat die Wohnung in Hampstead behalten, nachdem wir hier rausgezogen sind«, sagte sie. »Gelegentlich übernachtet er dort. Ich glaube, er muss wahrscheinlich manchmal einfach weg von mir.« Sie räusperte sich. »Noch Fragen?«

Er schüttelte den Kopf.

Ihr stiegen Tränen in die Augen, und sie war wütend. Auf alles: auf Max, auf das Mädchen oben, auf ihre eigene Schwäche, auf Peter. Sie ging um den blauen Rand des Teppichs. Sie stellte sich auf den Kopf des Papageis. Sie ballte die Hände zu Fäusten, spürte die Kraft in ihren Händen. Sie staunte, wie lebendig Peter wirkte, wie gefestigt. Er war eine Erinnerung an ihr altes Leben, an alles, was sie aufgegeben hatte.

»Findest du mich noch attraktiv?«, fragte sie.

»Herrgott, Stella.«

»Sag.«

»Ja, natürlich.« Er vergrub die Hände tief in den Taschen.

»Du lügst.«

Sie stand direkt vor ihm. Sie betrachtete sein Gesicht, ganz genau. Welche Augenfarbe hatte er? Sie hatte es vergessen, oder es war ihr nie aufgefallen. Sie hatte nicht besonders darauf geachtet.

Er hatte braune Augen.

Sie beugte sich vor und küsste ihn, überraschte ihn. Er erwiderte den Kuss, zögerlich, sanfter, als es ihr lieb war. Ihre Lippen öffneten sich, und sie drückte sich an ihn, versuchte etwas von seiner Kraft aufzunehmen. Sie wollte seine Hände in den Haaren spüren, seine feste Umarmung. Sie wollte eine Kostprobe von ihrem alten Ich. Seinen Mund auf ihrem. Wenn sie doch bei ihm bleiben könnte, wo es sicher war. Die goldenen Seidenvorhänge waren seitlich der Fenster zusammengebunden, draußen sah man die Schneedecke. Sein starker Körper. Sie schmiegte sich noch enger an ihn.

Seine Hände lagen auf ihren Schultern. Entschieden. Er hielt sie nicht, sondern er schob sie weg. Er trat einen Schritt zurück, hielt sie auf Armeslänge von sich und machte ein seltsames Gesicht. »Was soll das?«, fragte er.

»Nichts.«

Sie konnte die unerwartete, heftige Anziehung nicht erklären.

Es musste an der erhöhten Spannung im Haus liegen, an der Aufregung, an der Stresssituation durch die unerwartete Besucherin, alles kam zusammen und verleitete ihren Körper dazu, in einen Zustand der übersteigerten Erwartung zu geraten. Oder vielleicht war es die monatelange frustrierende Situation mit ihrem Mann.

»Es tut mir leid, Pete«, sagte sie.

»Du musst dich nicht entschuldigen.«

»Doch.«

»Komm, setzen wir uns.« Er rückte ab von ihr.

»Nein.« Sie hatte es satt, auf Abstand gehalten zu werden. »Bitte. Sag mir, warum du hier rausgekommen bist.« Sie sah ihm in die Augen, versuchte zu sehen, was er nicht sagen wollte. »Du machst mich nervös. Ist Max etwas zugestoßen?«

»Nein. Nichts in der Art.«

Er ließ sich Zeit, wählte seine Worte sorgfältig.

Die neunte Sitzung

Sie nahm in ihrem Sessel Platz, wie ein braves Mädchen. Eine geduldige Patientin. Ungeduldig. Als sie das Zimmer betreten hatte, hatte sie an seiner versteinerten und verschlossenen Miene erkannt, dass sie lieber nicht zu bald irgendetwas versuchen sollte. Sie würde warten müssen.

Zum allerersten Mal ergriff er zuerst das Wort.

»Du weißt, dass ich dir helfen will, gesund zu werden«, sagte er.

Sie nickte.

»Und ich will dir helfen, dass du mit der Wirklichkeit klarkommst. Auch wenn es wehtut. Zwischen uns darf nichts sein, nicht mehr als zwischen Arzt und Patientin.«

Sie beugte sich vor, ihre Bluse klaffte auf.

»Du hast ein paar sehr leidvolle Erfahrungen gemacht. Und ich glaube, du vermeidest es zu verarbeiten, was dir zugestoßen ist, indem du dich auf mich fixierst. Indem du Fantasien über mich hast. Aber ich bin nicht die Antwort auf deine Probleme.«

Sie kaute am Daumennagel. »Versuchen Sie bloß nicht zu behaupten, dass ich verrückt bin«, sagte sie.

»Eine Fantasie zu haben bedeutet noch nicht, dass du verrückt bist.«

Ihr Mund war jetzt völlig ausgetrocknet. Sie hatte sich das, was passiert war, nicht ausgedacht. Es war wirklich geschehen. Danach hatte sie sich frische Unterwäsche angezogen, die alte war klebrig gewesen – ihre Flüssigkeiten und seine, vermischt.

»Das muss aufhören«, sagte er. »Wir können nicht mehr zusammenarbeiten. Ich helfe dir nicht. Ich helfe dir nicht richtig, so wie du es brauchst.«

Sie schluckte noch einmal, ihre Kehle war wie zugeschnürt. »Kann ich ein Glas Wasser haben?«

Er nickte. Sie griff nach dem Glas auf dem kleinen Tisch neben ihr. Mit zitternder Hand setzte sie es an die Lippen und trank einen kleinen Schluck, um sich den Mund zu benetzen, damit sie ihre Stimme wiederfand.

»Diese Fantasie darüber, dass du mit mir zusammen bist – das ist nicht gut für dich. Es tut dir nur weh.« Seine Stimme klang ganz ruhig und kalt.

»SEIEN SIE STILL!« Sie fasste sich wieder, versuchte, nicht zu schreien. »Hören Sie auf.«

Jetzt fühlte sie sich ein bisschen benommen.

»Du weißt, was die Alternative ist, wenn du mit der Wirklichkeit nicht klarkommst, wenn du nicht damit zurechtkommst, was wirklich um dich herum geschieht.« Er war genervt. Er schaute dauernd zur Tür. Sie durfte nicht noch einmal laut werden.

»Sie machen mir Angst«, sagte sie.

»Ich will dir keine Angst machen. Ich will dir nur helfen, bevor du dir noch mehr wehtust, als du es sowieso schon getan hast. Verstehst du denn, wie zerstörerisch das ist?«

Sie legte die Hände vors Gesicht und fing an zu weinen. Sie ertrug seinen Anblick nicht. Er hörte nicht auf zu reden, und seine Worte trafen sie wie Messer. Er hörte einfach nicht auf.

»Du bist mir wichtig. Und ich möchte nicht, dass es dir schlechter geht oder dass du ernsthaft krank wirst. Aber wenn dir diese Sitzungen nicht helfen, muss ich etwas anderes unternehmen. Ich könnte dich weiterhin hier behandeln, ich könnte die Dosis deiner Medikamente erhöhen, aber die beste Lösung wäre es, diese Sitzungen zu beenden. Und ich suche dir einen neuen Therapeuten. Eine Frau.«

Sie blickte nicht zu ihm auf. Sie rutschte hinunter, hockte sich vor dem Sessel auf den Teppich, zog die Knie an die Brust und steckte den Kopf dazwischen. Sie drückte sich die Handballen fest gegen die Augen. Das war keine Einbildung gewesen. Er hatte sie geliebt. Und jetzt wollte er ihr das wegnehmen, dabei war das doch das einzig Gute, was sie noch hatte, und sie verstand überhaupt nicht, warum ihr immer nur schlechte Sachen passierten. Er sollte sie lieben, nach allem, was er hatte tun dürfen.

Sein Tonfall änderte sich, wurde weicher, freundlicher. »Du musst dir doch selbst eingestehen, dass das, was zwischen uns passiert ist, so eine Art Fantasie war. Wie ein Traum.«

Sie verdrängte seine Worte, ließ sie nicht zu sich durch. Sie konzentrierte sich auf den Klang seiner Stimme, den weicheren, wärmeren Tonfall, und ihr Ärger ließ nach. Dann kam ein anderes Gefühl, sie begehrte ihn; eine pulsierende Wärme breitete sich in ihr aus. Sie wollte, dass sie zu ihm auf den Schoß klettern durfte, wollte, dass er sie umarmte.

Sie saß still da, den Kopf zwischen den Knien, die Augen geöffnet, und starrte das Muster im Teppich an, ließ den Blick verschwimmen, als ob sie eigentlich gar nicht da wäre.

»Verstehst du denn, was ich sage?«, fragte er. Seine Stimme trieb von weither auf sie zu, als stünde er am Ende eines langen Tunnels.

Sie schloss die Augen, schüttelte den Kopf. Sie wollte ihn dazu bringen, dass er ihr nicht mehr wehtat.

»Sagen Sie es mir«, sagte sie. »Alles, was ich für Sie tun soll. Alles. Ich tue alles.«

Er sah traurig und enttäuscht aus. »Ich wollte nicht, dass es so zwischen uns endet. Ich wollte dir helfen.«

Sie wollte zu ihm hinüberkriechen, sich zwischen seine Knie schieben, die Hand zwischen seinen Beinen hochwandern lassen, bis er sie wieder nahe an sich heranließ. Aber sie hatte es langsam satt, satt, dass sie sich immer so anstrengen musste. Dass sie ihn jedes Mal wieder neu dazu bringen musste, sie zu lieben. Dass sie sieben ganze Tage warten musste, bis sie ihn eine dürftige Stunde lang besuchen konnte. Manchmal war sie sich nicht sicher, ob sie ihn liebte oder ob sie ihn hasste.

Grove Road Clinic, Mai 2009

»So – wollen wir uns den Rorschachtest einmal ansehen?«, fragte Max.

Ausnahmsweise war er einmal rechtzeitig in seinem Sprechzimmer. Auch wenn er etwas überrascht aus der Wäsche geschaut hatte, als sie bei ihm in der Tür stand.

Stella schüttelte den Kopf. »Schön wär's«, sagte sie. »Aber ich konnte ihn nicht dazu bringen, den Test zu machen. Er ist durchgedreht, war richtig paranoid deswegen. Ich glaube, es war eine zu große Bedrohung für ihn, mit einem völlig unstrukturierten Stimulus umzugehen. Er wollte nicht kooperieren.«

»Das ist schade.« Max sah sie über seinen Kaffee hinweg an. Unordentliche Papierstapel lagen zwischen ihnen über den Schreibtisch verstreut.

»Ich bin irgendwie nicht drangeblieben – ich war frustriert über seine Trotzhaltung. Als er nicht kooperieren wollte, habe ich irgendeine blasierte Bemerkung darüber gemacht, was wohl der Richter von ihm halten würde, statt mich darauf zu konzentrieren, ein harmonisches Verhältnis aufzubauen. Das hat ihn natürlich noch weiter verprellt, sodass er schließlich die Sitzung beendet hat und gegangen ist. Und ich habe ihn gehen lassen. Ich bin nicht sehr optimistisch, dass ich mit diesem Fall mein Stundensoll erfülle – es gibt kaum etwas zum Aufschreiben.« Es gefiel ihr gar nicht, ihn zu enttäuschen.

»Kommen Sie, Stella, ich weiß doch, wie schwer Sie arbeiten. Sie sind eine hervorragende Ärztin und gehen viel zu hart mit sich ins Gericht. Manchmal sind Sie ein bisschen perfektionistisch.«

Er wühlte in der obersten Schublade seines Schreibtischs und schob sich ein paar Tabletten in den Mund, die er mit Kaffee hinunterspülte. »Möchten Sie einen Kaffee?«, fragte er.

»Nein, danke.«

Er lächelte sie matt an. Er sah unglaublich müde aus.

»Aber das ist noch nicht das Ende der Simpson-Geschichte«, sagte Stella. »Da gibt es noch etwas. Ich weiß nicht, ob es gut oder schlecht ist. Am Samstagabend war ich mit ein paar Freunden aus, in einem Restaurant in Marylebone. Simpson war auch dort und wollte unbedingt zu mir an den Tisch kommen und mit mir reden. Ich hätte ihn nicht ohne Aufsehen loswerden können. Ich wollte auch nicht die Schweigepflicht verletzen, indem ich ihn als Klienten offenbarte. Deshalb habe ich mich am Ende ein bisschen mit ihm unterhalten.«

»Was hat er gesagt?«

»Er entschuldigte sich dafür, dass er bei der Befragung so schwierig war, und fragte an, ob ich einen weiteren Termin mit ihm ausmachen würde.«

»Großartig«, sagte Max. »Freut Sie das?«

Aus irgendeinem Grund war sie verlegen, als hätte sie sich unprofessionell verhalten. »Es war komisch, ihn zufällig zu treffen, während ich mit Freunden in einer Bar war. Mit einer halbnackten Bauchtänzerin im Hintergrund. Er war sogar richtig freundlich, ganz anders als bei mir im Sprechzimmer. Ich hatte das Gefühl, er hätte sich hingesetzt und mit uns gegessen, wenn ein Platz frei gewesen wäre. Ich glaube, er hat sich gefreut, mich zu sehen, er fand es offenbar spannend, einen Blick in mein Privatleben werfen zu können. Herrgott, er hat mich sogar beim Bauchtanz gesehen.«

Max fuhr sich mit der Hand über seinen kurzgeschorenen Schädel. Er musste übers Wochenende beim Friseur gewesen sein. Seine Augen funkelten, und er lachte. Sie strahlte ebenfalls. Sie liebte es, ihn glücklich zu machen.

»Mir war das nicht geheuer«, sagte sie.

»Es gibt sie nun mal, die wirkliche Welt. Auch dort draußen passieren Dinge, nicht nur in dieser Klinik. Sie können nicht alles kontrollieren, Stella. Manchmal denken Sie zu viel nach.«

»Ich sollte Ihnen auch noch sagen, dass er mich auf einen Cocktail eingeladen hat. In dem Moment wollte ich einfach keine Szene machen. Ich weiß, ich hätte ablehnen müssen.«

»Na ja, er war ein bisschen zu vertraulich, indem er eine Grenze überschritten und Sie wie jemand Befreundetes behandelt hat, wie jemanden, den er in einer Bar getroffen hat, und nicht wie eine Ärztin. Ich bin mir sicher, dass er das immer so macht. Man muss aber auch das Positive sehen. Wenn er sich entschuldigt hat, dann scheint er ja ein wenig Einsicht in sein Verhalten zu zeigen, und es hört sich an, als hätte er begriffen, dass es das Beste für ihn wäre, mit Ihnen zu kooperieren.

Vielleicht haben Sie sich sogar etwas Wohlwollen von einem Klienten erkauft, der sehr schwierig einzubeziehen ist, indem sie diesen Cocktail – sein Geschenk – angenommen haben? Hätten Sie abgelehnt und seinen Stolz verletzt, dann hätten Sie jede Hoffnung auf ein gutes Verhältnis aufgeben können. Eine solche Kleinigkeit – sich wie ein Mensch statt wie eine hochnäsige Ärztin zu benehmen – könnte der Schlüssel dazu sein, eine Verbindung zu ihm herzustellen. Sie können nicht einfach nur eine neutrale Projektionsfläche sein und sich hinter ihren fachlichen Referenzen verstecken, manchmal muss man etwas zurückgeben. Und wenn er sich einbildet, dass es ihm gelungen ist, Sie auf seine Seite zu ziehen, oder dass Sie auf irgendeine Weise empfänglich für seinen Charme sein könnten, wird er dann nicht ein bisschen bereitwilliger mitarbeiten?«

»Ich verstehe, was Sie damit sagen wollen.«

»Und kein Mensch kann beweisen, dass Sie den Cocktail getrunken haben, oder?«

»Das habe ich auch gar nicht.«

Er beugte sich vor und strahlte sie wieder an. Sie wusste, dass er Humor hatte, dass er alles andere als langweilig war, dass er eine strenge hierarchische Distanz zwischen Patient und Arzt in Frage stellte. Als das vertraute Verlangen, ihm näher zu sein, einsetzte, verließ sie der Mut, und ihre Gesichtsmuskeln verkrampften sich. Sie fand es schwierig weiterzulächeln.

Er lehnte sich wieder an, zog sich zurück, als hätte er aufgegeben, was sie betraf. Sie musste einen völlig humorlosen Eindruck auf ihn gemacht haben. »Das hört sich an, als hätte er versucht, näher in Kontakt mit Ihnen zu kommen. Finden Sie nicht?«

»Ich glaube, der gesamte Prozess der Erstellung eines psychologischen Gutachtens hat ihn so wütend gemacht und seinen Stolz so verletzt, dass er eine Möglichkeit sucht, unsere professionelle Beziehung zu unterlaufen, damit er sich einbilden kann, mehr Kontrolle über diesen Prozess zu haben. Er hat sogar gefragt, ob ich in seine Praxis kommen könnte, statt ihn hier in der Klinik zu treffen. Ich glaube, er versucht verzweifelt, mich zu überzeugen, dass wir irgendwie gleichgestellt sind, er will, dass ich ihn mag, auf einer persönlichen Ebene.«

Sie hatte die Beine so fest übereinandergeschlagen, dass sie ihre Füße nicht mehr spürte. Sie streckte sie ein bisschen weiter aus, damit das Blut wieder zirkulierte. Lieber wäre sie in Max' Gegenwart entspannter, sie würde ihn gern mehr genießen.

»Kann man das medizinisch formulieren? Haben Sie eine Hypothese?«

»Ich glaube, er ist hochgradig unsicher, und es besteht die Möglichkeit, dass er unter einer Angststörung leidet. Ich halte es für wahrscheinlich, dass er paranoid ist – er ärgert sich, dass er zu diesen Terminen mit Psychologen und Psychiatern gezwungen wird, und er beschäftigt sich damit, was die Mediziner über ihn herausfinden. Er lässt sich nur darauf ein, wenn er glaubt, dass er den Arzt dahingehend manipulieren kann, dass er seine beste Seite sieht. Ich glaube, er würde mich gern sozusagen dazu verführen, mich auf seine Seite zu schlagen. Ich gehe davon aus, er würde sogar bei einem Wiederholungstermin völlig zumachen, wenn ich versuche, ein Territorium zu erkunden, wo er selbst nicht hinmöchte.«

»Für mich hört sich das an, als hätten Sie ein gutes Gespür für ihn«, sagte Max. »Ich muss sagen, ich bin erleichtert, dass er sich öffnet. Gregory's ist eine große Kanzlei – wenn wir mit diesem Fall Eindruck schinden, gibt es eine Menge Nachfolgeaufträge. Konzentrieren wir uns darauf, die Befragungen hinter uns zu bringen, dann können wir unsere Ergebnisse kombinieren. Und die Rechnung schicken.«

»Wie läuft es mit der Mutter und der Tochter?«

»Gut«, sagte er. »Alles auf Kurs.« Er stellte seinen leeren Henkelbecher auf seinen Beistelltisch und warf einen Blick hinter Stella. Sie wusste, dass eine Uhr an der Wand hing. Ihr Ärger steigerte sich. Sie hatte nur dreißig Minuten von seiner Zeit beansprucht statt der ganzen Stunde, die ihr zustand. Wie immer hatte er ihre gemeinsame Zeit abgekürzt.

»Ich war mir nicht sicher, ob ich das alles in den Bericht einfließen lassen soll: dass ich ihn im Restaurant getroffen habe, dass er auf mich zukam, dass er mir einen Cocktail spendieren durfte.«

»Das ist eine Ermessensentscheidung«, sagte Max. »Wenn Sie es nicht aufschreiben, könnte es sein, dass sein Anwalt es vor Gericht vorbringt und es irgendwie benutzt, um Sie zu diskreditieren. Obwohl ich einen so persönlichen Angriff für extrem unwahrscheinlich halte. Andererseits, nach allem, was Sie erzählt haben, ist bei diesem Treffen außerhalb der Klinik nichts passiert, was relevant für seine Eignung als Vater wäre, es gibt also eigentlich keinen Grund, es zu erwähnen.«

»Was würden Sie tun?«, fragte Stella.

»Ich würde Ihnen raten, alles, was passiert ist, genau aufzuschreiben, so detailliert wie möglich, und das in der Fallakte aufzubewahren. Aber da er nichts Nennenswertes oder Unangemessenes gemacht hat, würde ich es nicht in das Gerichtsgutachten einfließen lassen. Wenn Sie es in der Akte haben, dann können Sie, falls es irgendwann zur Sprache kommen sollte – was ich sehr bezweifle –, Ihre Notizen einreichen. In Ordnung?«

Sie nickte, ohne zu lächeln. Sein brüsker Tonfall bedeutete, dass die Sitzung vorüber war.

»Wenn Sie einen Entwurf geschrieben haben, lese ich Ihren Bericht genau durch, und wir sehen ihn uns zusammen an, bevor wir ihn an die Anwälte weitergeben.«

Am Ende würde er sie nicht im Stich lassen.

Stella sammelte ihre Unterlagen zusammen. Verlegen bemühte sie sich, die zu dicken Akten wieder in ihre ausgebeulte, große Tasche zu stopfen.

»Tolle Strumpfhose«, sagte er.

Sie trug einen knielangen schwarzen Rock, und die Strumpfhose hatte ein etwas ungewöhnliches Zickzackmuster. Sie hatte an die Supervisionssitzung gedacht, als sie am Morgen ihre Kleidung ausgewählt hatte.

»Danke.« Ihre Laune hob sich ein bisschen.

»Sie haben ja meine Mobilnummer. Rufen Sie mich ruhig an. Auch am Wochenende oder während eines Gesprächstermins – immer wenn Sie sich nicht sicher sind.«

Entweder wollte er sie unterstützen und es war ihm wichtig, oder er traute ihr nicht zu, eine medizinische Befragung mit einem schwierigen Klienten durchzuführen. Und nur vielleicht deutete er an, dass er wollte, dass sie ihn außerhalb der Öffnungszeiten der Klinik kontaktierte.

Extrem unwahrscheinlich.

»Danke«, sagte sie.

»Nach der Arbeit gehen wir alle noch auf ein Glas ins Lamb and Eagle. Kommen Sie mit?«

»Tut mir leid, ich kann nicht«, sagte sie. In Wahrheit konnte sie durchaus, sie hatte überhaupt nichts anderes vor. Und sie wollte sehr gern. Aber sie traute sich nicht zu, dass sie sich normal verhielt, wenn sie gesellschaftlichen Umgang mit ihm hatte. Zu viele Gefühle schlummerten in ihr, sie waren zu schwierig zu verbergen. Sie würde kein Wort herausbringen.

»Was haben Sie denn vor?« Er schien es wirklich wissen zu wollen.«

»Ich muss noch an diesem Gutachten arbeiten«, log sie.

»Also nichts Aufregendes?«

Wie langweilig sie doch wirken musste.

Sie entfernte sich, ging Richtung Tür, obwohl sie nichts lieber getan hätte, als ihm näherzukommen.

Max, Anne und Paul verließen um achtzehn Uhr gemeinsam das Haus. Stella beobachtete sie durch die hölzernen Fensterläden der Praxis im ersten Stock. Sie verspürte eine irrationale Wut darüber, dass sie zurückgelassen wurde. Eine irrationale Eifersucht. Max warf den Kopf zurück und lachte über etwas, das Anne gesagt hatte. Als sie sich dem Übergang näherten, legte er Anne schützend die Hand auf den Rücken.

Sie konnte sich nicht vorstellen, dass Max sie jemals berühren würde. Die professionelle Distanz zwischen ihnen war wie eine zwei Meter hohe Mauer aus Stahlbeton, fest und unverrückbar.

Sie widmete sich wieder ihrem Vorhaben und tippte die Überschrift, die sie am meisten scheute: *Hintergrunddokumentation*. Sie musste noch eine ganze Akte mit Unterlagen für die Simpson-Sache zusammenfassen. Sie wollte sich bemühen, sich möglichst kurz zu fassen und alles auf zwanzig Seiten darzustellen, zweizeilig. Max hatte ihr die Niederschrift der Fallgeschichte übertragen, denn das war der mühsamste Teil der Arbeit. Sie akzeptierte ihren Platz in der Hierarchie: Er war der Chefarzt, er konnte es sich aussuchen.

Nach fünfundvierzig Minuten stand sie auf und holte sich noch eine Tasse Kaffee. Ausnahmsweise einmal war sie Anne dankbar, die noch eine Kanne aufgesetzt hatte, bevor sie gegangen war. Um neun klappte sie ihren Laptop zu und räumte ihn weg.

Sie ging nur ungern als Letzte, denn das bedeutete, dass sie dafür verantwortlich war zu überprüfen, ob alles zugeschlossen war. Wenn ein Fenster offen stand, wenn eingebrochen wurde, wenn Klientenakten fehlten, wenn das Haus niederbrannte – es wäre ihre Schuld.

Sie sperrte die Fallakten in den hohen Metallschrank und überprüfte genau, ob die Türen auch wirklich verschlossen waren. Sie ging durch alle Räume, kontrollierte Fenster und schaltete hier und dort das Licht aus. Im Haus wurde es still.

Hilltop, 00:30 Uhr

»Ich wollte persönlich mit dir sprechen«, sagte Peter. »Es geht um das Bild, das du mir geschickt hast.«

»Hast du eine Ahnung, warum sie hier rausgekommen sein könnte?«

»Es handelt sich um das Mädchen, von dem ich dir erzählt habe – die Fünfzehnjährige. Sie lebt mit ihrer alleinerziehenden Mutter in einer Siedlung in Ladbroke Grove, aber offenbar war sie immer wieder in Pflegeeinrichtungen untergebracht. Zuletzt vor etwa zwei Jahren. Die Mutter hat Suchtprobleme.«

Er starrte sie an, wartete, beobachtete, wie sie reagierte.

»Das klingt wahrscheinlich«, sagte Stella. »Sie hat mir so etwas Ähnliches erzählt.«

Stella sprach leise, als könnte Blue sich auf der Treppe verstecken und lauschen.

»Stella. Ich bin deshalb zu dir herausgefahren, weil ich mir sicher bin, dass dieses Mädchen die Tochter von Lawrence Simpson ist.«

Stella hätte fast losgelacht. »Nein«, sagte sie. »Das stimmt nicht.«

»Seine Tochter ist gerade fünfzehn geworden«, sagte er.

»Wie Tausende anderer Mädchen. Millionen.«

»Stella, das Bild, das du mir geschickt hast – es ist dasselbe Mädchen.«

»Nein. Das kann nicht sein.« Stella schüttelte den Kopf. »Blue hat mir erzählt, dass Max sie behandelt. Er würde sie niemals als Patientin annehmen, wenn sie Lawrence Simpsons Tochter wäre. Nicht nach – nach dem, was passiert ist. Das ist sie nicht.«

Stella war ruhig. Ausdruckslos. Distanziert.

»Auf der Geburtsurkunde steht Lauren Simpson. Seit ein paar Jahren führt die Mutter für beide wieder den Namen Cunningham – das ist ihr Mädchenname.«

Langsam setzte es sich, drang zu ihr durch. Ihr Bauchgefühl war richtig gewesen: Das Mädchen hatte Gefahr mit sich gebracht. Wenn Peter glaubte, dass das Mädchen Simpsons Tochter war, dann musste das stimmen. Er wäre niemals zu ihr nach Hilltop gekommen, wenn er sich nicht absolut sicher gewesen wäre.

Sie schloss die Augen und vergrub das Gesicht in den Händen. Als sie die Augen wieder aufschlug, war der Raum verschwommen, genau wie Peters Gesicht.

»Ich wollte es dir lieber persönlich überbringen«, sagte er. »Die Met Police weiß es, aber ich habe keine Ahnung, wie lange sie brauchen, um jemanden hier rauszuschicken.«

»Sag mir die Wahrheit«, bat sie. »Versuch nicht, mich zu schützen. Ehrlich: Glaubst du, dass Simpson damit zu tun hat? Glaubst du, er hat sie hergeschickt? Vielleicht hat er sie selbst hergebracht …«

Sie rieb sich die Augen, sah aber trotzdem nicht schärfer.

»Stella, hör auf.« Er streckte den Arm aus und legte die Hand auf ihre; sie war warm und umschloss ihre ganz. »Hör mir zu. Auf gar keinen Fall – das kann nicht sein. Ich bin der Sache nachgegangen. Seine Tochter hat noch einen Vormund, ich habe es geschafft, vorhin mit der Frau zu reden. Simpson hat sich seit achtzehn Monaten nichts zuschulden kommen lassen. Das Sorgerecht wurde ihm nicht zugesprochen, aber er darf unbegleiteten Umgang mit seiner Tochter haben. Die Betreuerin ist zufrieden mit ihm. Es gibt keinen Grund, weshalb er das vermasseln sollte. Wenn er so weitermacht, hat er noch eine Chance, das Sorgerecht zu bekommen, denn seine Frau hängt offenbar wieder an der Flasche. Ich kann mir keinen Grund denken, weshalb er aufs Spiel setzen sollte, was er immer gewollt hat. Die Frage ist nur – weshalb sollte seine Tochter hier rauskommen?«

»Sie ist es«, sagte Stella. »Sie hat seine Augen.«

»Hat sie dir noch mehr darüber erzählt, weshalb sie Max treffen will?«

Sie schüttelte den Kopf. »Eigentlich nicht – angeblich will sie, dass er ihr hilft.« Sie schaute hinaus, Richtung Garten. Alles war dunkel. »Das ergibt alles keinen Sinn. Max würde Blue nicht als Patientin annehmen, nicht nach all dem, was passiert ist. Das könnte er nicht.«

»Aber er kennt sie«, sagte Peter. »Er gehörte zum Gutachterteam, für die Verhandlung.«

»Das war vor fast zwei Jahren, und jetzt ist er mit mir verheiratet. Und dieses Mädchen lügt unablässig. Sie nimmt auch sehr starke Medikamente – es kann gut sein, dass sie Wahnvorstellungen hat. Vielleicht wusste sie, dass Max nicht da ist. Vielleicht wollte sie zu mir, mich verletzen. Vielleicht weiß sie etwas über meinen Bericht. Wir müssen mit ihr reden.«

Sie ließ ihm keine Gelegenheit, ihr zu widersprechen. Sie lief auf die Treppe zu. Ihm blieb nichts anderes übrig, als ihr zu folgen.

Stella schloss die Tür zu ihrem Schlafzimmer auf.

»Wenn Blue dich sieht, wenn sie aufwacht«, sagte sie, »bekommt sie vielleicht Angst. Sie wird angeschlagen sein, vielleicht verwirrt. Warte hier.«

Sie sah Peter kaum an. Das Herz galoppierte ihr in der Brust, als wäre damit zu rechnen, dass sich ein wildes Tier auf sie stürzte.

»Blue?« Sie schob die Tür weit auf.

Die Luft im Schlafzimmer war muffig und roch merkwürdig. Stella bewegte sich langsam vorwärts, ihre Augen gewöhnten sich an die Dunkelheit. Sie stolperte über etwas zu ihren Füßen. Irgendetwas stimmte nicht. Gar nichts stimmte. Der Stuhl, der normalerweise vor dem Frisiertisch stand, war umgekippt. Der Frisiertisch war leergeräumt, und um ihn herum lagen Kosmetikartikel und zerbrochene Parfümflaschen verstreut auf dem Boden. Die Bücherregale waren zur Hälfte leer, Bücher waren herausgezogen worden. Die Schränke standen offen, und ein Durcheinander aus Kleidern und Schuhen ergoss sich auf den Teppich. Das Zimmer stank nach Parfüm: Limette und Moschus und Granatapfel, alles durcheinander. Es sah aus wie nach einer Explosion.

Stella tastete sich weiter vor zum Bett, in der Hoffnung, nicht auf Glasscherben zu treten oder über irgendetwas zu fallen.

»Blue? Bist du wach?«

Blue lag zusammengerollt unter der Decke. Sie rührte sich nicht, als ihr Name erklang. Stella legte ihr leicht die Hand auf den Rücken, spürte ihren Atembewegungen nach. Sie schloss die Augen, konzentrierte sich auf die Fingerspitzen. Da war es: eine kleine Regung, der Brustkorb des Mädchens dehnte sich aus und fiel wieder zusammen, hob sich, senkte sich.

Stella zog die Decke zurück und berührte die knochige Schulter des Mädchens. Sie schüttelte sie. »Blue – wach auf.«

Blue stöhnte. Sie wich zurück, zog sich die Decke über den Kopf und versuchte weiterzuschlafen. Stella schaltete die Nachttischlampe an. Die leere Teetasse stand noch auf dem Nachttisch. Blue verzog das Gesicht, kniff die Augen fest zu und wandte sich ab.

»Komm schon.« Stella schob die Hände unter Blues Arme und zog sie in eine sitzende Position. Sanft strich sie ihr die Haare aus dem Gesicht. Blue blinzelte sie an, sie wirkte unglaublich erschöpft.

»Bist du wach?«

Blue nickte.

»Was zum Teufel ist mit meinem Schlafzimmer passiert?«

Blues Lippen hatten ihre rosige Farbe verloren. Sie sah entsetzlich jung und verängstigt aus. »Ich bin aufgewacht und hab Sie nicht gefunden«, sagte sie. »Die Tür war abgeschlossen.«

»Und deshalb hast du mein Schlafzimmer verwüstet?«

»Ich hab Sie gerufen. Ich hatte Angst. Warum haben Sie die Tür abgesperrt?«

»Ich musste schlafen«, sagte Stella. »Ich wollte nur, dass du in Sicherheit bist.«

»Ich hab gegen die Tür geschlagen. Warum sind Sie nicht gekommen?«

»Ich habe dich nicht gehört. Ich bin unten eingeschlafen.«

»Ich fand das ganz schön psycho von Ihnen. Mich einfach hier drin einzusperren.«

»Blue, du bist hier zu mir nach Hause gekommen, erinnerst du dich? Du hast mich angelogen, um hier reinzukommen. *Erinnerst du dich?*«

Blue nickte und blickte auf ihre Fingernägel hinunter.

»Ich habe durchaus das Recht, dir gegenüber ein bisschen misstrauisch zu sein«, sagte Stella.

Ihre Gefühle gegenüber dem Mädchen änderten sich ständig, sie boten ihr keinen Anhaltspunkt. Sie betrachtete Blues hübsches, junges Gesicht und verspürte eine seltsame Zuneigung. Blue stellte keine Bedrohung dar.

Und dann war die Angst wieder da. Sie hatte Angst davor, was Blue von ihr wollen könnte.

Ihre Augen. Schweißtropfen bildeten sich auf Stellas Stirn, auf der Oberlippe, im Nacken.

»Ich verzeihe Ihnen, dass Sie mich eingesperrt haben«, sagte Blue.

Stella wischte sich das Gesicht trocken. »Blue, vor der Tür ist jemand. Du musst keine Angst haben. Er ist ein Freund. Und Polizist.«

Stella rechnete mit einem Drama, allermindestens mit einem Wutanfall.

»Wo ist meine Jacke?«, fragte Blue.

»Hier.«

Nachdem Blue sich die Jacke wieder angezogen hatte, sah sie genauso aus wie bei ihrer Ankunft in Hilltop am Nachmittag zuvor, als Stella sie zum ersten Mal gesehen hatte, nur wirkte sie jetzt bleicher und kleiner.

Sie war sich nicht sicher, ob das Mädchen sie gehört, sie verstanden hatte. Blue ließ sich von Stella am Arm nehmen und über die Hindernisse hinweg aus dem Schlafzimmer führen. Peters Ankunft schien sie zuversichtlich zu stimmen; im Flur schenkte sie ihm ein kleines, schüchternes Lächeln. Vielleicht lag es an den Tranquilizern, aber sie wirkte ruhiger, fügsamer.

Peter ging hinter ihnen, hielt Abstand, während Stella und Blue die stattliche Wendeltreppe hinuntergingen, auf den harten Beton und den Marmor unten zu. Keiner sagte etwas; die Atmosphäre war angespannt und düster.

Unten angelangt, stellte sich Blue neben die Eingangstür. Sie bückte sich und nahm ihre Schuhe. »Ich gehe nach Hause«, sagte sie.

»Wir müssen erst mit dir reden«, sagte Stella.

»Sie können mich nicht hierbehalten. Ich sage denen, dass Sie mich gezwungen haben, vor Ihren Augen zu baden.« Sie machte sich an ihren Schnürsenkeln zu schaffen.

»Danke, das weiß ich zu schätzen. Aber du kannst nicht weg – es ist mitten in der Nacht. Es ist eiskalt.«

Peter stellte sich vor die Tür. Seine massige Statur zeigte Wirkung.

Blue beäugte die beiden misstrauisch, als wären sie die ungebetenen Gäste, die sich Eintritt in ihr Zuhause verschafft hatten, und nicht umgekehrt.

»Warum ist er da?«, fragte Blue.

»Wir machen uns Sorgen um dich. Wir wollen nur mit dir reden.« Stella ließ es darauf ankommen und langte nach Blues Hand, sie fing sie – schon wieder auf dem Weg zum Mund – mitten in der Luft ab. Sie hoffte, sie würden sie nicht fixieren müssen.

Blue leistete keinen Widerstand, sie überließ Stella ihre Hand. Am Anfang war der Griff schüchtern und zaghaft, dann rückte sie langsam näher, nahm Stellas Arm und lehnte sich an ihre Schulter. Stella merkte, wie Peter alles registrierte: wie Blue Anspruch auf sie erhob, wie sie sich erst mürrisch, dann verführerisch gab.

Blue ließ sich von Stella in die Küche führen.

Es war merkwürdig, Leute bei sich im Haus zu haben. An Wochentagen verließ Max das Haus um sechs, wenn Stella noch schlief. An Wochenenden ging er zur selben Zeit, um mit dem Fahrrad hinunter nach Beaconsfield und zurück zu fahren. Sie war nach Hilltop gekommen, um zu fliehen. Aber diese Flucht hatte ihren Preis; durch den Umzug war sie getrennt von allen Menschen, die sie kannte, von ihrer Vergangenheit, von ihrem eigenen Ich.

Blue wählte ihren üblichen Platz, am Kopf des Tisches. Stella fürchtete sich langsam davor, was das Mädchen offenbaren könnte. Ihre Gedanken folgten keinem Rhythmus und keiner Logik; sie wusste einfach, dass Blue etwas Schreckliches in ihr Heim gebracht hatte.

Peter nickte ihr zu, er wartete ungeduldig darauf, dass sie anfing. Er verhielt sich still, während Stella die Fragen stellte.

»Lautet dein Name Lauren Simpson?«, fragte Stella.

»Ich habe es Ihnen doch gesagt – ich heiße Blue.«

»Und dein Nachname?«

»Cunningham. Blue Cunningham.«

»Du heißt also nicht Lauren Simpson?«

»Nicht mehr. Wirklich. Sie können meine Mutter fragen.«

»Aber früher lautete dein Name Lauren Simpson?«

Blue nickte.

»Ist Lawrence Simpson dein Vater?«, fragte Stella. Sie hasste den Klang seines Namens, das Gefühl, ihn auszusprechen. Es kratzte sie in der Kehle, sie zerrte am Kragen ihres Pullovers. Sie erhob die Stimme – halb aus Angst, halb aus Wut. »Hat er dich angewiesen hierherzukommen? *Wo ist er?*«

»Nein.« Blue schien die Frage zu überraschen, sie wirkte verwirrt.

»Weiß er, dass du hier bist?«

»Nein. Warum sollte ich ihm sagen, dass ich hier bin? Ich hasse ihn.«

»Wo ist er jetzt?«

»Ich weiß nicht, wo er ist!« Blue verzweifelte zusehends, ihre Augen füllten sich mit Tränen.

Was Blue auch getan hatte, was sonst auch passiert war, Stella rief sich in Erinnerung, dass sie trotzdem ein Opfer war.

»Hören Sie mir überhaupt zu?«, sagte Blue. »Ich habe gesagt, ich HASSE ihn. Ich hätte ihm niemals erzählt, dass ich herkomme. Der Mann, von dem ich Ihnen oben erzählt habe – das war er.« Blue stand trotzig auf. »Sie können mich nicht zwingen hierzubleiben. Ich muss mich nicht mit Ihnen unterhalten.«

»Setz dich hin!«, schnauzte Stella sie an.

»Stella.« Peter unterbrach sie. Er langte vor, den Blick weiterhin auf Blue gerichtet, und legte Stella die Hand auf den Arm.

»Blue«, sagte er. »Das ist wirklich wichtig. Hast du irgendjemandem erzählt, wo du bist?«

»Nein.«

»Bist du hundertprozentig sicher? Gar niemandem?«

»Ganz sicher. Ich bin weggelaufen. Man verrät niemandem, wohin man geht, wenn man wegläuft.« Sie biss sich fest in den Daumen. Die Haut um den Nagel herum war wund und entzündet.

»Kennt dein Vater diese Adresse?«, fragte er.

»Ich habe es doch schon gesagt – nein. Ich verstehe nicht …«

»Wann hast du ihn zum letzten Mal gesehen?«

»Ich weiß nicht mehr.«

»Komm schon, Blue, denk gut nach. Lass dir Zeit.« Peter sprach ruhig und nicht drohend. Er saß da, die Füße fest auf dem Boden, nach vorn gebeugt, die Hände flach auf dem Tisch vor ihm. Er wirkte ungezwungen genug, um nicht einschüchternd zu sein, und er klang keineswegs drängend. Aber Stella sah, dass die Muskeln im Schulterbereich und im Nacken angespannt waren. Sie bewunderte und sie beneidete ihn. Er machte seine Arbeit, und das tat er gut. Früher war sie auch einmal gut bei ihrer Arbeit gewesen.

»Vor ein paar Wochen, vielleicht ist es auch länger her«, sagte Blue. »Ich sage Ihnen die Wahrheit, ich weiß es nicht mehr genau.«

»Blue – ich mag nicht mehr«, sagte Stella. Sie stand auf. »Ich mag deine Lügen nicht mehr hören. Entweder sagst du mir die ganze Wahrheit darüber, warum du hergekommen bist, alles – oder Peter fährt dich auf die nächste Polizeiwache. Auf der Stelle.«

Blue nahm den Daumen aus dem Mund. Sie strich sich den Pony glatt und schob sich die Haare hinter die Ohren. Sie biss sich auf die Unterlippe.

Dieses Mädchen ist gefährlich, dachte Stella.

»Gut«, sagte Blue. »Ich sage Ihnen alles. Ich will sowieso. Ich wollte, dass Sie es wissen – deshalb bin ich gekommen. Aber ich muss alleine mit Ihnen reden.«

»Auf gar keinen Fall.« Peter stand auf, bereit dazwischenzugehen.

Blues Augen waren klar, hypnotisch. Stella sah erst einen Engel und dann einen Teufel.

»Sie manipuliert dich«, sagte Peter.

Stella nahm die Hand, die ihr das Mädchen entgegenstreckte. Sie mussten einander vertrauen.

»Komm uns nicht nach«, sagte sie zu Peter. »Wir sind nur im Wohnzimmer. Du kannst im Arbeitszimmer warten.«

Seine Züge waren angespannt. »Wenn einer von euch etwas passiert – meine Karriere steht auf dem Spiel. Ich bitte dich, mach das nicht.«

»Es tut mir leid«, sagte Stella. »Ich muss das wissen.«

Die zehnte Sitzung

Der Bus brauchte eine Ewigkeit, deshalb kam sie ein paar Minuten zu spät zur Sitzung. Sie war ganz verschwitzt, weil sie gerannt war. Und sie war sauer. Sie setzte sich in den üblichen Sessel, die Beine leicht gespreizt. Sie zog ihre hässlichen schwarzen Schulschuhe und die Socken aus und rieb sich die Füße an seinem gemusterten Teppich. Sie streckte die Beine aus und schaute hinunter auf ihre Füße. Es gefiel ihr, wie sich der leuchtend rosa Nagellack von der blassen Haut ihrer Zehen abhob.

Er sagte nichts.

»Ich habe bei Ihrer Sekretärin eine Nachricht hinterlassen. Warum haben Sie mich nicht zurückgerufen?« Sie zog sich den Haargummi heraus, sodass ihr die Haare offen über die Schultern und den Rücken fielen.

»Zwischen den Sitzungen sollten wir nicht miteinander reden, außer in einem Notfall«, sagte er.

»Zum Beispiel?«

»Worüber wolltest du mit mir sprechen?«

Sie blickte auf die Armlehnen des Sessels und kratzte mit den Fingernägeln an den Blumen. Sie fragte sich, wie lange es heute wohl dauern würde, bis sie ihn berühren durfte. Sie bettelte nicht gern.

»Und wenn ich schwanger bin?«, sagte sie nur, weil sie sehen wollte, wie er sich wand.

Sein Gesichtsausdruck blieb unbewegt, als wäre er gar nicht überrascht oder so. »Wie kommst du auf die Idee, dass du schwanger bist?«

»Bin ich nicht. Ich wollte nur Ihr Gesicht sehen.«

Er ließ sich überhaupt nichts anmerken, seine Miene war geschäftsmäßig, wie eine Maske. Weit weg und nichtssagend, so schaute er, selbst wenn er in ihr war. Sie kochte. Er hatte sie benutzt, sie war ihm eigentlich scheißegal.

»Ich wollte Sie sehen. Ich wollte nicht so lange auf meinen blöden Termin warten. Und ich habe es satt, Sie hier drinnen zu treffen, in dieser Praxis. Ich will in ein Hotel. Ich will, dass Sie mich mit nach Hause nehmen, ich will sehen, wo Sie wohnen.«

Ihre Stimme klang bitter und scheußlich, und sie wusste jetzt schon, dass sie niemals bekommen würde, was sie wollte. Nicht richtig. Er konnte sie so glücklich machen. Sie beide, stundenlang zusammen, die ganze Nacht zusammengekuschelt, nicht nur eine Stunde auf dem Teppich, der ihr den Po wundscheuerte, oder in den Sessel gequetscht, wo sie versuchte, irgendwie ihre Beine unterzubringen. Nur dass sie sich in ihrem Sessel wand, wenn sie an all das dachte. Sie könnte zu ihm hinübergehen, sich zwischen seine Beine knien und ihn in den Mund nehmen. Dann würde er zuhören. Vielleicht würde er es sich dann anders überlegen.

Sie stellte sich vor, wie sie beide in einem richtig großen Bett lagen, unter einem flauschigen Federbett. Vielleicht gab es dort so eine riesige runde Badewanne mit Düsen, und sie beide konnte zusammen rein. Und Zimmerservice: Schokobrownies und Eis. Es wäre schön, es auf einer weichen Matratze zu tun. Oft fragte sie sich ja, warum sie überhaupt wollte, dass er sie anfasste. Manchmal tat er ihr weh. Nun war sie wieder wütend, der Zorn brannte und schmerzte wie eine heiße metallene Faust, die sich in ihrem Magen zusammenkrampfte. Manchmal hasste sie ihn.

»Sie müssen mit mir in ein Hotel gehen«, sagte sie.

»Du weißt, dass es dazu nicht kommen wird«, sagte er.

»Ich erzähle, was wir gemacht haben. Ich erzähle es der Polizei. Sie kommen ins Gefängnis.« Sie knabberte am Rand ihres Daumennagels. Sie schmeckte Blut.

»Für heute beende ich unsere Sitzung. Ich treffe mich mit deiner Mutter und bespreche mit ihr, wie wir dir die richtige Behandlung ermöglichen können.«

Er stand auf und ging zur Tür. Sie blieb bewegungslos in ihrem Sessel sitzen, die Beine gespreizt, die Bluse klaffte auf.

»Du musst jetzt gehen«, sagte er. Seine Stimme war eiskalt.

Er hatte alles unter Kontrolle, und sie war ihm scheißegal, er hatte sie nie geliebt, nicht einmal ein ganz kleines bisschen. Er würde tun und lassen, was er wollte, und sie war nichts, sie existierte gar nicht. Er dachte, er könnte sie loswerden, er dachte, er könnte sie benutzen und sie entsorgen, wann immer es ihm passte. Sie würde ihn nicht so davonkommen lassen.

Sie stürzte sich auf ihn, wollte ihm die Augen auskratzen, die so weit weg und so grausam waren. Aber sie kam nicht einmal in ihre Nähe, denn er packte sie an den Handgelenken, und er war viel, viel stärker. Sie versuchte, sich zu befreien, aber er ließ sie nicht los, sie bekam die Hände nicht frei.

»Du musst dich beruhigen«, sagte er.

Ihre Fingernägel waren sowieso zu kurz, um den Schaden anzurichten, den sie anrichten wollte. Sie wollte sein Blut sehen. Sie brachte kein Wort heraus, nur ein Ächzen ganz tief aus der Kehle. Sie kam sich vor wie ein Tier, das aus einem Käfig ausbrechen wollte.

»Tief durchatmen«, sagte er. »So kommst du wieder zu dir.«

Sie löste die verkrampften Fäuste und spreizte die Finger.

»Schon besser.«

Sie ertrug den Klang seiner Stimme nicht. Sie beging den Fehler, ihm wieder in seine herzlosen Augen zu blicken, und da drohte die Wut von Neuem in ihr hochzukochen. Die Praxis, die

Sessel, der Schreibtisch, der Teppich, alles verschwamm ihr vor den Augen. Ihr wurde eng in der Brust, ihr Herz raste, sie bekam keine Luft mehr. Sie bedeckte das Gesicht mit den Händen und schloss die Augen, sie keuchte.

»Wenn du dich hinsetzt und dich benimmst«, sagte er, »kann ich dir etwas geben, das dir hilft, dich zu entspannen.«

Sie nickte. *Hilf mir.*

Er nahm sie, sie spürte seine Finger, die ihren Arm zu fest umklammerten. Er tat ihr weh, zog sie zu der Liege unter dem Fenster.

»Braves Mädchen. Setz dich.«

Er drückte sie hinunter. Die Papierunterlage fiel raschelnd zu Boden. Sie blickte zu den Neonröhren an der Decke hoch. Sie hatte Angst. Sie bekam immer noch keine Luft. Sie sagte sich, dass ihr in diesem Raum niemals etwas Schlimmes zustoßen würde.

»Atme einfach weiter. Langsam. Immer langsamer«, sagte er. Seine Stimme verhieß Erleichterung, aber sie glaubte nicht mehr an ihn. Sie krempelte den Ärmel hoch. Sie wollte nicht hinsehen, wandte den Kopf zu der cremefarbenen Wand und schloss fest die Augen.

»Es tut nicht weh.«

Das tat es doch, die Nadel stach, und es brannte, als sie ihr durch die Haut drang. Wieder ballte sie die Hände zu Fäusten und grub das, was von ihren Fingernägeln noch übrig war, in ihre Handflächen.

»Es dauert nicht lang«, sagte er.

So war es. Innerhalb von Sekunden verlangsamte sich ihr Atem, und die Muskeln in ihrer Brust lockerten sich, dehnten sich, um wieder Luft hereinzulassen, bis hinunter in die Lunge. Ihr Herz hörte auf, gegen ihren Brustkorb zu hämmern. Sie legte sich hin, und er hüllte sie in eine weiße Decke. Sie drehte sich auf die Seite, zur Wand hin. Sie spürte, wie ihr das Medikament ins Blut geriet, sie wärmte, sie herunterfuhr.

Aus der Ferne, wie durch einen langen Tunnel, hörte sie Stimmen. Ihre Gedanken schweiften ab, verwirbelten, als waberten sie durch warmes Wasser. Menschen redeten. Über sie. *Ein paar Probesitzungen … hoffen auf positive Reaktion … in diesem Stadium zu beklemmend … eine Chance zu reifen … schwerwiegende emotionale Schwierigkeiten … Behandlung … Kaum überraschend in Anbetracht … eine weibliche Therapeutin … Ausagieren … Flucht in die Fantasie … muss beobachtet werden …*

Sie war wach, entspannt, wackelig und schlapp. Sie drehte sich auf die andere Seite, damit sie ihren Arzt sehen konnte. Sie blickte sich im Zimmer um. Wenn es nach ihm ginge, durfte sie jetzt zum letzten Mal hier bei ihm sein. Ihr Blick wanderte über die Lehnsessel mit den roten Blumen, über den gemusterten perserartigen Teppich und dann weiter zu seinem Schreibtisch, dunkles Holz mit grüner Lederoberfläche. Dort sah sie ein Foto von einer lächelnden Frau. Das musste die Ehefrau sein.

Grove Road Clinic, Mai 2009

Stella kam um neun Uhr in die Klinik. Anne war schon da und waltete über die Empfangstheke, perfekt wie immer, mit Mascara, rasiermesserscharfem Haarschnitt und manikürten Nägeln. Stella überlegte, ob sie ihr ein Kompliment machen sollte, sie vielleicht fragen sollte, wo sie zum Friseur ging, wenigstens einen halbherzigen Versuch starten, die frostige Atmosphäre zwischen ihnen zu durchbrechen. Sie selbst könnte sich auch mal wieder etwas aufpeppen lassen. Aber sie entschied sich dagegen.

Vor Annes außerordentlichem Dekolleté stand ein ebenso üppiger Strauß aus rosa Rosen, die Knospen waren kurz davor aufzublühen.

»Guten Morgen«, sagte Stella. »Hübsche Blumen.«

»Die sind für Sie«, sagte Anne.

Aus irgendeinem Grund, den Stella nicht ausloten konnte, wirkte Anne verärgert.

»Wo sind die her?«, fragte Stella.

Anne spielte mit der Biene, die hilflos an der Kette um ihren Hals baumelte. Stella hatte noch nie verstanden, wie sie es schaffte, mit solchen Klauen zu tippen.

»Ihr Klient hat sie heute Morgen vorbeigebracht. Dr. Simpson. Er war um halb neun hier. Er hat vierzig Minuten auf Sie gewartet. Ich habe den Termin nirgendwo gefunden. Wenn Sie ein Sprechzimmer buchen wollen, Stella, dann müssen Sie sichergehen, dass das im System eingetragen wird, sonst kommt es womöglich zu einer Überschneidung.« Sie schwang die Biene langsam von links nach rechts und wieder zurück.

»Das stand nicht im Buchungssystem, weil ich keinen Termin mit ihm ausgemacht hatte«, sagte Stella. Sie schob die Rosen auseinander und suchte zwischen den Blüten nach einem Brief. Es gab keinen. Die Vase kannte sie, sie gehörte der Klinik. Anne musste die Rosen für sie entgegengenommen und ins Wasser gestellt haben.

Anne fuhr fort: »Im Moment arbeiten hier acht Fachärzte. *Alle* müssen das Buchungssystem im Computer benutzen. Sie können nicht einfach davon ausgehen, dass ein Sprechzimmer verfügbar ist. Und ich habe Sie gebeten, dafür zu sorgen, dass die Klienten eine unterschriebene Terminkarte bekommen.«

»Hören Sie mir eigentlich zu, Anne?«, sagte Stella. »Ich habe Ihnen doch erklärt, dass ich für heute Morgen keinen Termin mit ihm vereinbart habe. Ich habe ihn gebeten, sich mit der Anmeldung in Verbindung zu setzen, wenn er einen neuen Termin will. Soweit ich weiß, hat er das bisher nicht gemacht.«

»Und bei Sorgerechtsfällen müssen Sie ganz besonders vorsichtig sein«, sagte Anne. »Seine Exfrau und seine Tochter sind heute um acht Uhr fünfundvierzig zu einem gemeinsamen Termin bei Dr. Fisher gekommen. Die Situation hätte sehr unangenehm werden können. Dr. Simpson hat sich zum Glück sehr verständnisvoll gezeigt. Zu Anfang wollte er warten, bis ich Sie telefonisch erreicht hätte, um herauszufinden, warum Sie nicht hier waren. Aber als seine Exfrau und seine Tochter kamen, hielt er es für besser, zu gehen und einen neuen Termin auszumachen.«

Was für eine verdammte Katastrophe. Sie fragte sich, ob wohl auch Max verärgert war. Die Mutter konnte eine Beschwerde bei ihrem Anwalt einreichen. Alle Beteiligten in diesem Fall waren wegen des angespannten Verhältnisses der beiden Elternteile gewarnt und angewiesen worden sicherzustellen, dass sich bei den Terminen keine Überschneidungen ergaben.

»Noch mal: Ich habe keinen Termin mit ihm ausgemacht.« Stella wiederholte sich, doch vergebens. Ihrem Gesichtsausdruck nach zu urteilen, war Anne nicht überzeugt. Stella machte sich bewusst, dass sie sich nicht rechtfertigen musste. Zumindest nicht Anne gegenüber. Aber mit Max musste sie sprechen.

»Werfen Sie die Blumen weg«, sagte sie.

»Die gehen doch gerade auf«, sagte Anne. »Es wäre fürchterlich schade drum.«

»Ich nehme keine Geschenke von Klienten an. Und Sie hätten sie nicht für mich entgegennehmen dürfen.«

»Von Klienten kann ich ja unhöfliches Benehmen akzeptieren«, sagte Anne, »aber nicht von Mitarbeitern. Mir gefällt Ihr Tonfall nicht.« Sie verengte die Augen zu Schlitzen. Die Biene flitzte von einer Seite zur anderen.

»Es tut mir leid, wenn mein Ton unhöflich war«, sagte Stella. In Wirklichkeit tat ihr überhaupt nichts leid, aber sie gestand sich ein, dass Anne nicht das Hauptproblem war. »Ich ärgere mich über Lawrence Simpson. Werfen Sie die Blumen doch bitte einfach weg. Und wenn jemals wieder ein Klient ein Geschenk für mich dalässt, nehmen Sie es bitte nicht an.«

»Werfen Sie sie doch selbst weg. Ich bringe es nicht über mich, so schöne Blumen in den Müll zu schmeißen.«

»Aber gerne.« Mit einer abrupten Bewegung packte Stella die Vase. Wasser spritzte auf Annes Schreibtisch.

Stella hoffte, sie hätte mehr Glück, wenn sie die Situation ihrem Chef erklärte.

Sie wartete im Sprechzimmer im ersten Stock. Die Tür stand ein wenig offen. Schließlich hörte sie, wie im Stockwerk über ihr die Tür von Max' Praxisraum aufging. Das Geräusch von Stimmen und Schritten kam näher und entfernte sich die Treppe hinunter; die Eingangstür schloss sich mit einem lauten Klacken. Sie musste Max vor seinem nächsten Termin erwischen; sie lief rasch die Treppe hoch und klopfte an die Tür.

»Herein«, sagte er.

Darauf war sie diesmal ausnahmsweise nicht erpicht. »Störe ich?«

»Ganz und gar nicht.« Aber er erhob sich von seinem Schreibtisch, ging zur Tür und langte nach seinem Mantel.

»Es geht um das Sorgerechtsverfahren Simpson.« Stella war sich nicht ganz sicher, wo sie sich hinstellen sollte. »Haben Sie ein paar Minuten?«

»Ich bin gerade am Gehen. Ich hatte sogar vor, mich heute mit Ihnen über diesen Fall zu unterhalten. Aber ich muss in einer Stunde eine Aussage machen – im Old Bailey. Es geht um den Fall Vogel, das geschüttelte Baby. Sie hatten doch die Hintergrundzusammenfassung für mich vorbereitet?«

»Ja. Sind Sie dann später wieder hier? Ich würde gern heute noch mit Ihnen sprechen.«

»Wenn Sie heute Vormittag keine Termine haben, kommen Sie doch mit mir mit. Wir können uns im Auto unterhalten. Das Kreuzverhör wird bestimmt interessant für Sie. Der Psychologe und die Kinderärztin sagen heute ebenfalls aus.« Max zog sich die Krawatte zurecht und schlüpfte mit den Armen in das Jackett.

Sie erwartete keine Klienten. »Das wäre großartig«, sagte sie. »Ich hole nur schnell meine Tasche.«

Sie traf ihn an der Anmeldung, wo sie eine gewisse Verstimmung unter Annes angespanntem Lächeln wahrzunehmen glaubte, während sie ihnen zusah, wie sie hinausgingen. Max fuhr einen glänzenden, schnittigen Zweitürer: das Auto eines alleinstehenden Mannes. Ein prahlerisches Auto. Im Inneren roch es sauber und scharf nach Eukalyptus. Zu ihren Füßen lag eine *Times*, im Tassenhalter stand eine halbvolle Flasche Evian. Ansonsten lag nichts herum. Als er den Schlüssel im Zündschloss drehte, ging *Radio 2* an. Max stellte es leiser. Das Lenkrad drehte sich federleicht unter seinen Händen, als er das Auto wendete. Sie beobachtete ihn schweigend, spürte, wie sich ihre Wahrnehmung in dem geschlossenen Raum mit ihm schärfte, so nahe bei ihm.

»Also – wegen der Familie Simpson«, sagte sie. Sie wollte unbedingt, dass er ihre Version der Geschehnisse glaubte.

»Die Mutter und die Tochter waren gerade bei mir«, sagte Max.

»Ich weiß. Und ich habe gehört, der Vater sei heute Morgen in der Klinik aufgetaucht und habe behauptet, er hätte einen Termin bei mir?«

Max nickte. Sie war sich nicht sicher, ob er ihr folgte, er konzentrierte sich darauf, die Spur zu wechseln.

»Es gab keinen vereinbarten Termin, Max. Ich weiß, die Situation hätte eskalieren können, wenn er und die Exfrau gleichzeitig in der Klinik sind. Ich hoffe, Sie glauben mir«, sagte sie. »Anne schien davon überzeugt zu sein, dass es mein Fehler war.«

Sie hörte ihre eigene Stimme, brüchig und defensiv. Max bereute es wahrscheinlich, dass er ihr vertraut hatte, denn es war für sie beide offensichtlich, dass sie diesen Fall kaum im Griff hatte.

»Anne ist keine Ärztin«, sagte er. »Und es ist ihre Aufgabe, höflich zu unseren Klienten zu sein.«

Aber nicht höflich zu Mitarbeitern.

»Und natürlich glaube ich Ihnen«, sagte Max. »Ich halte es für relativ wahrscheinlich, dass er von meinem Termin mit Mutter und Tochter erfahren hat und unbedingt auftauchen wollte. Wahrscheinlich war das kein Zufall.«

»Daran hatte ich gar nicht gedacht«, sagte Stella. Sie hatte sich zu sehr damit beschäftigt, sich vorzustellen, dass alle sie für verantwortlich hielten. Sie war unglaublich erleichtert, dass Max auf ihrer Seite war. Sie entspannte sich ein bisschen und begann, die Welt außerhalb seines Autos wahrzunehmen. Sie waren auf der

Finchley Road, fuhren am Lord's Cricket Ground vorbei Richtung Central London.

»Er hat heute Morgen einen Riesenblumenstrauß für mich dagelassen«, sagte sie. »Ich bin wirklich verärgert darüber. Noch mal – es scheint, als würde er den Eindruck erwecken wollen, dass es zwischen uns eine Art von Beziehung gibt, die unangemessen wäre. Ich glaube, er möchte mich vor meinen Kollegen in eine missliche Lage bringen. Wahrscheinlich will er, dass ich mich so fühle, wie er sich fühlt: beschämt und erniedrigt, als hätte ich etwas angestellt, obwohl ich das gar nicht habe. Genauso empfindet er dieses Verfahren.«

»Auf jeden Fall. Ich bin ganz Ihrer Meinung«, sagte Max. Er warf einen kurzen Blick zu ihr hinüber und lächelte. Sie hatte das Gefühl, sie hätte eine Art Test bestanden.

Sie fuhr sich mit den Fingern durch die Haare. Sie sprach weiter, dachte laut. »Ich glaube, es ist ein Versuch, in einer Situation, in der er sich machtlos fühlt, wieder etwas Macht zu erlangen. Seiner Ansicht nach ist er das Opfer eines ungerechten Systems. Er wurde niemals richtiggehend beschuldigt, etwas Unrechtes getan oder dem Kind irgendwie geschadet zu haben, trotzdem wird er vor Psychologen und Psychiater gezerrt, um zu beweisen, dass er ein fähiger Vater ist. Es macht ihn verrückt, dass er in die gleiche Schublade gesteckt wird wie seine Exfrau. Und ich vermute, er ist zum ersten Mal in seinem Leben in einer Situation, in der er das Gefühl hat, er hätte nicht im Mindesten Kontrolle.«

Max nickte.

»Max«, sagte sie. »Glauben Sie mir wirklich, was den Termin heute Morgen betrifft?«

»Natürlich glaube ich Ihnen, Stella«, sagte er. »Warum fragen Sie mich das noch einmal?«

»Ich weiß es nicht. Trotz meines ganzen professionellen Psychogeschwurbels bringt Simpson mich dazu, an mir zu zweifeln. Ich gehe ständig alles noch einmal durch, frage mich, ob ich ihn durch irgendetwas ermutigt habe, ob ich ihn irgendwie dazu gebracht habe zu glauben, dass es zwischen uns irgendeine Art von Intimität gibt. Ich weiß, dass er mich attraktiv findet. Und ich weiß, dass ich nichts getan habe, um ihn zu ermutigen. Er verunsichert mich. Vermutlich reagiere ich genau so, wie er es haben will: Ich zweifle an mir.«

»Ich glaube, Sie haben sich die Frage gerade selbst beantwortet«, sagte Max.

Stella lehnte den Kopf an die glatte lederne Kopfstütze und genoss die Sonne im Gesicht. Der erfrischende, ölige Eukalyptusduft vermischte sich mit dem satten Geruch von neuem Leder. An so ein Leben könnte sie sich gewöhnen. Ein Weilchen fühlte sie sich viel freier in Max' Gegenwart, viel weniger verlegen. Vielleicht lag es an der Geschwindigkeit des Autos, an dem Gefühl, in seinem Inneren eingesponnen zu sein, mit ihm, außerhalb der Klinik.

»Ich habe ihm einen Ersatztermin angeboten«, sagte sie. »Aber ich habe ihn gebeten, sich mit der Sekretärin in Verbindung zu setzen, wenn er einen neuen Termin vereinbaren will – ich finde, wenn er es mit der Kooperation wirklich ernst meint, muss er etwas Initiative zeigen. Wenn ich alles allein mache, sind bestimmt wieder zwei Stunden verschwendet.«

»Das ist schon richtig, ich glaube nur, man muss ihm zugestehen, dass auch seine Seite des Falles gehört wird. Anders als die Exfrau behauptet, gibt es in keinem anderen Kontext Beweise dafür, die darauf hindeuten, dass er eine Gefahr für das Kind darstellt. Ich glaube, Sie müssen offen bleiben – sie hat selbst schwerwiegende Probleme, und wir können ihre Berichte nicht unbedingt für bare Münze nehmen.«

Der Ton der Unterhaltung hatte sich kaum merklich geändert, und nun schien es, als würde Max ihr einen Vortrag darüber halten, wie man objektiv blieb und wie sie ihre Arbeit richtig machen sollte, und darüber ärgerte sie sich. Zwischen ihnen war immer alles so angespannt. Dabei wusste sie, dass nur sie so empfand. Sie war überempfindlich gegenüber jeglichen Stimmungswechseln bei Max, gegenüber jeglicher Art von versteckter Kritik in allem, was er sagte. Sie legte viel zu viel Wert auf jedes Wort, auf jede Nuance im Tonfall.

»Natürlich«, sagte sie. Sie bemühte sich, ihren Gesichtsausdruck neutral zu halten, und war froh, dass er sich auf den Verkehr konzentrierte.

»Hören Sie«, sagte er. »Simpsons Verhalten gehört nun mal dazu. Wenn Sie solche Gutachten schreiben wollen, wird es manchmal einfach unbequem.«

»Ich weiß.«

Er fand, dass sie überreagiert hatte.

Sie ließ sich gern ablenken, fasziniert von seiner Hand, den fließenden Bewegungen seines Handgelenks und seiner Finger auf dem Schaltknüppel. Sie wollte jede Sekunde dieser Zeit allein mit ihm genießen.

»Ich habe mich heute Morgen mit dem leitenden Sachwalter getroffen«, sagte er. »Simpson hat drei Termine mit dem Psychiater platzen lassen, deshalb hat er beschlossen, keine weiteren Termine anzubieten.«

»Ich kann nicht behaupten, dass mich das überrascht.«

Max' rechte Hand ruhte sanft auf dem Lenkrad. Der Verkehr stockte ständig, es war eine endlose Prozession roter Lichter, seit sie das Zentrum der Stadt befahren hatten.

»Und was passiert jetzt, wenn er sowohl die psychiatrische als auch die psychologische Begutachtung verweigert?«, fragte Stella.

»Der Sachwalter ist der Meinung, dass seine Chancen, das alleinige Sorgerecht zu bekommen, immer mehr sinken. Der Richter hat die Begutachtung angeordnet, und es wirft natürlich kein gutes Licht auf ihn, wenn er die Termine versäumt. Seine Exfrau hat sich freiwillig in eine stationäre Entzugstherapie begeben, und die Tochter beharrt darauf, wieder bei ihrer Mutter wohnen zu wollen. Die Kommunalbehörde wird vorschlagen, dass das Kind wieder der Obhut der Mutter unterstellt wird, sobald sie die Behandlung beendet hat. Sein Anwalt wird ihn heute noch über das alles informieren.«

»Gefallen wird ihm das nicht.«

»Nein. Aber vielleicht macht ihn der Druck ein wenig williger, mit Ihnen zu sprechen.«

Das Auto schnurrte durch die Limeburger Lane. Stella erblickte die vertraute Kuppel des Old Bailey und die goldene Statue der Justitia, in den ausgestreckten Armen das Schwert und die Waage.

Sie musste härter werden. Wenn sie bei den gerichtsmedizinischen Aufträgen Erfolg haben wollte, durfte sie nicht so eine Mimose sein. Ihre Klienten waren besorgt, wütend, ausfallend, emotional gestört. Sie fühlten sich durch die Verfahren und vom System verfolgt, und es war unvermeidlich, dass sich diese Gefühle manchmal auch gegen sie richteten. Sie konnte sich nicht jedes Mal bei Max ausheulen, wenn es ihr missfiel, wie sich ein Klient verhielt.

»Es tut mir leid, Max«, sagte sie. »Ich hatte mich auf diesen Fall gefreut. Ich war wahrscheinlich zu optimistisch – ich dachte, ich könnte ihn knacken. Ich wollte Sie nicht hängen lassen.«

»Das haben Sie doch nicht. Sie haben Ihr Bestes gegeben – das tun Sie immer.«

Er nahm die Hand von der Schaltung und legte sie ganz, ganz kurz auf ihre. Ein beruhigender Druck. Ein Zeichen, dass ihm das wichtig war. Vielleicht ein Zeichen, dass er in ihr mehr sah als eine Angestellte. Sie senkte den Blick. Dort, wo seine Finger ihren Schenkel berührt hatten, kribbelte es.

Am nächsten Abend waren alle außer Stella um 17 Uhr ausgeflogen. Max war einen zweiten Tag in Folge im Gericht, und seine Mitarbeiter hatten die Gelegenheit genutzt, früh ins Wochenende zu gehen. Wieder einmal war Stella die Letzte. Sie traf die üblichen Vorkehrungen: Sie schloss den Aktenschrank ab, überprüfte alle Fenster und Lichter. Pauls Behandlungsraum roch wie üblich stark nach Räucherstäbchen. Es sah eher so aus, als hätte er hier drinnen einen Yogakurs gegeben, statt eine Therapiesitzung abzuhalten. Stella nahm ein Stäbchen aus dem hölzernen Halter, nur um sicherzugehen. Es war vollständig erkaltet. Sie setzte sich in einen seiner Sessel, stellte sich vor, seine Patientin zu sein, ihm ihre tiefsten, dunkelsten Geheimnisse, ihre Fantasien zu offenbaren. Irgendwie war das ein komisches Gefühl. Er war zwar nett, aber auch recht ängstlich hinter seiner John-Lennon-Brille, als wäre er leicht zu schockieren. Einem Mann in Socken und Sandalen würde sie sich niemals öffnen können.

Im Wartezimmer lag eine *Times* herum. Stella beschloss, sie mit in den Pub zu nehmen, dann hatte sie etwas zu lesen, während sie auf Hannah wartete. Stella kam immer zu früh, Hannah war gewohnheitsmäßig zu spät dran. Mehrfach überprüfte sie die Schlösser an der Eingangstür zur Klinik und schaltete die Alarmanlage ein. Unter ihren Füßen knirschte der Kies, als sie über den leeren Parkplatz ging. Am Tor wandte sie sich nach links, in Richtung des Duke of York.

»*Dr. Davies.*« Die Stimme kam von hinten, gerade als sie an der Ecke angelangt war.

Sie drehte sich um. Lawrence Simpson stand da, so nah, dass er sie berühren konnte, wenn er den Arm ausstreckte. Es konnte kein Zufall sein, dass sie ihm gleich vor der Praxis begegnete. Das war eindeutig kein ungeplantes Zusammentreffen.

»Verfolgen Sie mich?«, fragte sie. Sie hielt ihre vollgestopfte Tasche vor sich wie einen Schild.

»Ich habe gehofft, dass ich Sie noch erwische«, sagte er. »Gehen Sie zur U-Bahn?«

Stella wollte keine persönliche Information weitergeben, so trivial sie auch sein mochte, daher antwortete sie nicht. Er starrte sie an: die Zeitung unter ihrem Arm, ihre schwere Tasche mit ihrem Laptop und den gelben Akten – die eigentlich die Klinik gar nicht verlassen durften. Aber davon wusste er ja nichts.

»Es gibt ein paar Dinge, die ich Ihnen erzählen möchte«, sagte er.

»Sie können in der Praxis mit mir reden, zu einem vereinbarten Termin.«

»Ich weiß schon, dass Ihnen das erbärmlich vorkommt – ich verfolge Sie, versuche, ein paar Worte loszuwerden. Ich wollte mich wegen des Durcheinanders gestern entschuldigen. Ich hatte meine Sekretärin gebeten, den Termin für mich auszumachen – offenbar hat es ein Missverständnis gegeben.«

»Aha«, sagte sie. Ihre Tasche wog eine Tonne. Sie hängte sie sich über die andere Schulter. Menschen gingen an ihr vorbei, von der Arbeit zur U-Bahn-Station oder zu den Restaurants und Pubs dahinter.

»Morgen fahre ich auf eine Konferenz«, sagte er. »Ich bin dann zwei Wochen weg.«

»Ich kann das Gutachten nicht aufschieben. Ich muss es am Donnerstag abgeben. Ihr Anwalt hat Ihnen den Stichtag sicherlich weitergegeben: Es muss vor der letzten Anhörung vorliegen.«

Er hatte bereits mehrere Chancen gehabt und mehrfach Termine mit diversen Gutachtern, die mit dem Fall betraut waren, versäumt. Er hatte ihre wertvolle Zeit in der Klinik verschwendet, indem er seinen Termin frühzeitig abgebrochen hatte, und er schien nicht begriffen zu haben, dass sie durch seine Weigerung zu kooperieren unter Druck geraten sein könnte. Sie musste sich an ihre Fristen halten, ganz egal, wie er sich benahm.

»Ich weiß, es sieht wirklich schlimm aus«, sagte er. »Die ganzen verpassten Termine.«

Sie fragte sich, ob ihn seine Anwälte beraten hatten und er schon wusste, dass er wenig oder gar keine Aussicht auf Erfolg hatte. Das musste der Grund sein, weshalb er hier war: ein allerletzter Versuch, seinen Fall zu retten.

»Wie wäre es heute Abend?«, sagte er.

»Verzeihung?«

»Gibt es irgendeine Chance, den verpassten Termin heute Abend nachzuholen? Sie können mich wahrscheinlich nicht noch einschieben?«

»Die Klinik bietet keine Termine außerhalb der Öffnungszeiten an«, sagte sie.

»Bitte. Ich weiß, dass ich es vermasselt habe. Ich bitte Sie nur, weil ich verzweifelt bin. Ich will meine Tochter nicht verlieren.«

Es war merkwürdig und – wenn sie ehrlich war – auch befriedigend, ihn bar seiner Arroganz zu sehen. Zu sehen, wie er sie anflehte. Hinter seiner Schulter entdeckte sie Hannah, die auf sie zukam. Sie war nur noch eine Straßenecke entfernt.

»Es tut mir leid«, sagte sie. »Sie hatten seit dem letzten Termin genügend Zeit, sich mit mir in Verbindung zu setzen.«

»Ich weiß. Mir macht das einfach Angst – von Ihnen befragt zu werden.«

Stella war eine zierliche Person, viel kleiner als er und mindestens zehn Jahre jünger. »Die meisten Leute haben nicht sonderlich Angst vor mir«, sagte sie.

»Ich bitte Sie«, sagte er. »Ich meine es ernst. Ich kann Ihnen meinen Reiseplan zeigen, ich denke mir das nicht aus. Heute Nachmittag hat mich mein Anwalt angerufen, um mir zu sagen, dass ich mir alles verbaut habe, weil ich diese ganzen Termine versäumt habe. Ich will nur eine Gelegenheit, meine Argumente vorzubringen, um dem Richter zu zeigen, dass ich es ernst meine.«

Wenn sie das Gespräch an diesem Abend zu Ende führte, hatte sie die Möglichkeit, die Informationen zu sammeln, die sie brauchte, um ein umfassendes Gutachten zu erstellen, das hilfreich für das Gericht sein würde. Sie stellte sich Max' freudige Reaktion vor, wenn sie ihm erzählte, dass sie für dieses Gutachten ihren vollen Stundensatz verlangen konnte. Und moralisch gesehen war es richtig, die Beurteilung fertigzustellen. Eine psychologische Beurteilung wäre im Interesse des Kindes und auf jeden Fall besser, als ein Gutachten einzureichen, in dem so etwas wie »Ich weiß nicht« stand, wo es um die Persönlichkeit des Vaters ging. Sie verspürte zugegebenermaßen eine leichte Erregung bei dem Gedanken, dass sie vielleicht die erste Psychologin sein könnte, der es gelang, an Simpson heranzukommen.

Sie zögerte, versuchte, einen Entschluss zu fassen.

Manchmal funktionierte es, wenn man die Vorschriften umging. Wie Max es ausdrücken würde.

»Wenn Sie mich wirklich verstehen wollen«, sagte er, »müssen Sie mir ein Stück entgegenkommen. Sie wollen die Geschichte doch sicherlich von beiden Seiten hören, bevor Sie sich eine Meinung bilden? Ihren lächerlichen Test mache ich nicht. Aber es gibt ein paar wichtige Dinge, die Sie meiner Meinung nach wissen sollten. Und Dinge über meine Kindheit, die einiges erklären könnten – die ich der Sozialpädagogin nicht erzählt habe.«

Er hielt ihr den Köder unter die Nase, lockte sie immer näher.

Hannah winkte ausladend. Sie hatte sie schon beinahe erreicht.

Es war im Interesse von Lawrence Simpsons Tochter, wenn Stella ein vollständiges psychologisches Profil erstellte, bevor eine Entscheidung darüber getroffen wurde, wer das Sorgerecht zugesprochen bekam.

»Hallo!« Hannah beugte sich über sie und drückte ihr einen dicken, überschwänglichen Kuss auf die Wange. Sie hängte sich bei Stella ein und strahlte Lawrence Simpson an. Hannah trug einen kurzen Rock und hohe Schuhe, sie sah fantastisch aus. Stella tendierte dazu, sich zu bedecken, sich unauffällig zu kleiden, um ungewolltes Interesse von ihren Klienten zu vermeiden. Sie sollte sich von Hannah einkleiden lassen, dann hätte Max keine andere Wahl, als sie wahrzunehmen.

Stella stellte ihren Klienten absichtlich nicht vor.

Hannah streckte ihm die Hand entgegen. »Ich bin Hannah«, sagte sie.

»Lawrence.« Simpson schenkte ihrer Freundin ein entwaffnendes Lächeln und drückte ihr die Hand länger, als unbedingt notwendig war. »Ich habe mich gerade Dr. Davies aufgedrängt, in der Hoffnung, noch ein wenig von ihrer wertvollen Zeit zu ergattern, um einen Fall zu besprechen.«

»Arbeiten Sie zusammen?«, fragte Hannah.

Stella merkte, wie es in Hannahs Kopf anfing zu rattern. Stella war seit geraumer Zeit Single; Hannah wäre begeistert, wenn sie meinte, Stella hätte einen verheißungsvollen Kandidaten kennengelernt.

»Es tut mir leid, das ist gerade kein guter Zeitpunkt«, sagte Stella. Sie nahm Hannahs Arm und wandte sich ab.

Aber Hannah machte sich wieder frei. »Kein Problem«, sagte sie. »Macht nur. Ich gehe laufen, das ist wahrscheinlich viel besser für mich als die drei Gläser Wein, die ich trinken würde, wenn wir in den Pub gehen.«

Stella wollte einen Protest formulieren, suchte eine Ausstiegsstrategie, ohne unhöflich zu wirken oder die Schweigepflicht zu verletzen, aber sie war zu langsam.

»Vielen Dank«, sagte Simpson. »Ich weiß das wirklich zu schätzen.«

Hannah winkte grinsend zum Abschied. Sie sah zu, dass sie wegkam, um nur nicht das zu stören, was sie für eine vielversprechende Begegnung hielt.

»Komm doch später nach«, rief sie. »Wir gehen wieder zum Bauchtanz. Izzy ist immer noch schwanger. Wenn sie in den nächsten zwei Tagen keine Wehen bekommt, leiten sie die Geburt ein. Sie hält es kaum noch aus.«

Simpson lachte.

Stella war verärgert und außerdem müde. Sie hatte es verdient, wenigstens ihre Abende für sich zu haben. Und sie würde lieber ein Glas Wein trinken, als Simpson zu befragen.

Sie holte tief Luft und wechselte wieder in den Arbeitsmodus. Sie wollte nicht, dass Simpson ihr in die Klinik folgte und ihr zusah, wie sie die Lichter einschaltete und ihr Begutachtungsmaterial zusammensuchte. Sie brauchte etwas Zeit allein, um sich zu konzentrieren und die Befragung vorzubereiten. »Können Sie in einer halben Stunde zur Klinik kommen?«

»Natürlich«, sagte Simpson. Er steckte die Hände in die Taschen und schlenderte zu dem kleinen Café im U-Bahnhof.

Sie bereute es, dass sie seinem Druck nachgegeben und so kurzfristig einen Termin gewährt hatte. Aber jetzt hatte sie keine andere Wahl, als die Sitzung durchzuziehen. Täte sie das nicht, würde Simpson das zweifellos seinem Anwalt melden und ihre Glaubwürdigkeit unterminieren.

Hilltop, 01:00 Uhr morgens

»Jetzt hast du, was du wolltest«, sagte Stella. »Nur du und ich.«

Der Schalensessel schien Blue im Ganzen verschlucken zu wollen, als sie mit angezogenen Füßen tief in das nachgebende Lederkissen einsank.

Peter war wütend. Stella hatte ihm keine andere Wahl gelassen, als im Arbeitszimmer zu warten.

Vorläufig hatte ihr Bedürfnis, die Fakten zu kennen, ihre Furcht besiegt. Sie musste wissen, ob Blues Besuch etwas mit Lawrence Simpson zu tun hatte. Sie war fest entschlossen, vernünftig zu bleiben.

Sie holte Luft, fasste sich, zupfte sich den Halsausschnitt ihres Pullovers zurecht. Rief sich in Erinnerung, dass auch Blue gelitten hatte.

»Blue«, sagte sie. »Ich weiß, dass du eine schwere Zeit hinter dir hast, ich glaube dir alles, was du mir vorhin erzählt hast – über deine Mutter und deinen Vater. Ich bin sicher, du hattest einen guten Grund hierherzukommen. Ich will verstehen, was passiert ist, damit ich herausfinde, wie man dir am besten helfen kann.«

»Er ist mein Arzt«, sagte Blue. »Beziehungsweise – er war mein Arzt, aber jetzt will er mich nicht mehr behandeln. Deshalb bin ich gekommen.«

»Redest du von deinen Therapiesitzungen mit Dr. Fisher?«

Blue nickte. Sie wich einem Gespräch über ihren Vater offensichtlich aus. Stella musste einen Weg finden, ihren Widerstand zu brechen oder zumindest irgendeine Art von Widerspruch in ihrer letzten Version der Ereignisse zu finden.

»Warum bist du zu ihm in Behandlung gekommen?«

»Meine Mutter glaubt, dass ich Probleme habe.«

»Und warum?«

»Ich hab in der Schule blöde Sachen gemacht. Ich hab mich geritzt. Meine Hausärztin wollte mich irgendwohin schicken, aber die hatten eine ganz lange Warteliste, ich glaube, sie hat deshalb Dr. Fisher gebeten, ihr so eine Art Gefallen zu tun und mich anzunehmen. Ich weiß nicht, warum er Ja gesagt hat, wir haben nämlich kein Geld.«

»Und in diesen Sitzungen – hat er dir da Medikamente verschrieben? Oder habt ihr auch geredet?«

»Meistens haben wir geredet.«

»Aber Dr. Fisher war derjenige, der dir die Tabletten verschrieben hat?«, fragte Stella.

Blue nickte.

Max musste der Ansicht gewesen sein, dass sie entweder unter Wahnvorstellungen oder an einer bipolaren Störung litt. Jugendpsychiater waren bekanntermaßen schwer zu finden; er hatte sich wahrscheinlich verpflichtet gefühlt einzuspringen und zu helfen. Trotzdem begriff sie es nicht ganz. Sie war wütend auf ihn, weil er es nicht zuerst mit ihr besprochen hatte. Weil er nicht über die Folgen nachgedacht hatte.

»Die Tabletten, die du nimmst – manchmal werden sie verschrieben, weil jemand an Halluzinationen oder Wahnvorstellungen leidet, Dinge sieht oder hört, die in Wirklichkeit gar nicht da sind. Ist dir das schon einmal so ergangen?«

Blue biss sich so fest in das Nagelbett ihres Daumens, dass Stella etwas Blut an ihrem Mundwinkel sah. Blue schien das nicht aufzufallen, sie kaute weiter auf der Verletzung herum.

»Kannst du mir folgen?«, fragte Stella.

»Ich habe nie Sachen gehört oder gesehen, die nicht da waren«, sagte Blue.

»Hör auf«, sagte Stella. »Du tust dir weh.«

Blue nahm die Hand weg vom Mund. Sie zupfte an den losen Fäden am Saum ihres T-Shirts. »Ich weiß Sachen von ihm, die nicht einmal Sie wissen.«

»Was du nicht sagst.« Stella versuchte, einen besorgten, interessierten Gesichtsausdruck zustande zu bringen.

Blue konnte sich nicht ruhig halten. Sie zappelte herum, zog die Knie an die Brust, umschlang sie fest. Unablässig zerrte und biss sie, der Daumen steckte wieder im Mund.

»Ich weiß nicht, ob ich es Ihnen sagen sollte«, sagte sie. »Ich wollte Sie kennenlernen, um zu sehen, wie Sie sind. Ich dachte, ich würde Sie hassen.«

»Jetzt komme ich nicht mehr mit«, sagte Stella.

»Ich bin gerne zu ihm hin. Mir hat es gefallen, wie er mir zugehört hat. Und wie er mich angeschaut hat.« Blue blickte zu Stella auf, um zu sehen, wie sie reagierte.

»Es hat mir nicht nur gefallen – ich habe es geliebt, zu ihm zu gehen. Als er mich nicht mehr empfangen wollte, war ich am Boden zerstört. Das war nicht fair. Ich wusste, dass er verheiratet war. Ich habe seinen Ehering gesehen und das Bild von Ihnen auf seinem Schreibtisch. Ich dachte – na ja, wenn ich nicht zu ihm darf, dann, ich weiß nicht, dann komme ich zu Ihnen.«

Blue nahm die Knie herunter und beugte sich nach vorne. »Wir haben nicht nur geredet. Ich glaube, er hat Angst, dass ich erzähle, was passiert ist, was er getan hat. Vielleicht will er mich deshalb nicht mehr sehen.«

Das Mädchen spielte mit ihr.

Stella musterte Blues Gesicht. Ihre hellrosa Lippen waren vollkommen, geformt wie ein Amorbogen. Sie war ein sinnliches, schmollendes Geschöpf, ein Kind mit den Rundungen einer Erwachsenen. Schöne Blue.

»Patienten haben oft Fantasien über ihre Therapeuten«, sagte Stella. »Das hat sogar einen Namen, man nennt es Übertragung.«

»Das spielt sich nicht in meinem Kopf ab.«

»Manchmal sind diese Fantasien so mächtig, sie wirken so real, dass die Patienten sie für echt halten.«

»Sie hören sich genauso an wie er.«

»Ich bin mir sicher, dass er freundlich zu dir war. Ich bin mir sicher, dass er dir zugehört hat und Stunden seiner Zeit allein mit dir verbracht hat. Das kann starke Gefühle hervorrufen, besonders wenn dein Vater dir nicht die Liebe gegeben hat, die du gebraucht hast.«

Blue schüttelte den Kopf. »Nein.« Sie beugte sich vor, die Haare fielen ihr offen und wild um das Gesicht, ihre Augen glühten. »Ich liebe ihn. Und er hat das erwidert. Dinge …« Blue hob den Blick, sie sah Stella durchdringend an, ihre Augen waren trotzig. »Er hat mich berührt«, sagte Blue.

Und plötzlich hätte Stella am liebsten losgelacht. Blues Behauptungen waren grotesk.

»Es war nicht nur einmal. Wir haben Sachen gemacht.«

Das Lügen war diesem Mädchen angeboren. Das redete Stella sich ein.

»Ich dachte, ich würde Sie hassen«, sagte Blue. »Aber so ist es nicht.«

Stella wollte ihre Tabletten. Sie wollte ein wertvolles, blaues, rautenförmiges Stück Vergessen schlucken. Sie wollte verdammt noch mal weg hier. Das Mädchen hatte Wahnvorstellungen. So musste es sein.

»Was genau behauptest du da – dass du mit ihm geschlafen hast?«, fragte Stella.

Blue nickte. Sie starrte sie an, flehte sie mit den Augen an. Was wollte sie? Trost? Absolution? Verständnis? Als nichts kam, keine Reaktion, keine weiche Miene, wandte Blue den Blick ab.

»Das ist eine ernste Anschuldigung. Verstehst du? Das ist kein Spaß, kein dummer Scherz wie in der Schule. Mein Mann hat dich als Sozialfall angenommen. Du hast selbst gesagt, dass deine Mutter kein Geld hat. Er war freundlich zu dir, weil er ein guter Mensch ist. Er ist außerdem ein hervorragender Psychiater. Ich wette, er hat auch deine ganzen Medikamente bezahlt, nicht wahr? Denn wenn du auf einen Termin über den National Health Service gewartet hättest, dann würdest du immer noch warten. Oder du wärst durchgeknallt, wahrscheinlich psychotisch, in einer geschlossenen Jugendanstalt. Er nimmt dich also an – aus Freundlichkeit. Und du dankst ihm dafür, indem du dir durch Lügen Einlass in sein Zuhause verschaffst und dir gemeine Geschichten ausdenkst.« Beim Reden wurde Stellas Wut freigesetzt und noch verstärkt. »Du bist krank. Du bist echt krank.«

Du und dein Vater.

Blue schüttelte den Kopf. Sie schob sich zurück, kauerte in der Sesselecke, als wolle Stella ihr wehtun. Sie war still, aber das leuchtende Blau ihrer Augen jagte Stella Angst ein. Sie war Lawrence Simpsons Tochter, durch und durch. Sie hatte Stella die ganze Zeit manipuliert. Blue war nach Hilltop gekommen, um ihr Leben zu zerstören oder das wenige, was davon noch übrig war.

»Und jetzt?«, fragte Stella. »Was willst du von mir, Blue? Du bist hierhergekommen, um mir wehzutun und um zu versuchen, meinen Mann, meine Ehe zu zerstören. Und jetzt?«

Blues Augen füllten sich mit Tränen. »Ich weiß nicht.« Jetzt weinte sie, spielte das Opfer. Stella konnte ihren Anblick nicht ertragen. Sie stand auf und stellte sich vor den Kamin, wandte Blue den Rücken zu. Sie schloss die Augen, lehnte die Stirn an den kalten gusseisernen Kaminsims. Sie hätte das Peter überlassen sollen.

Sie spürte, wie Blue näher kam, sich hinter sie stellte. Sie spürte ihren Atem im Nacken.

»Ich war diejenige, die es wollte«, sagte Blue. »Ich wollte ihn. Ich habe ihn dazu gebracht, mich zu berühren. Er wollte erst nicht, aber ich wollte unbedingt, dass er mich anfasst.«

»Du bist eine Lügnerin«, sagte Stella. »Oder du bist verrückt. So oder so, ich werde dir niemals glauben.«

Jetzt, da Blue erst einmal angefangen hatte zu reden, wollte sie nicht mehr aufhören. *Sich selbst berührt, die Bluse aufgeknöpft, auf allen vieren zu ihm hinübergekrabbelt, den Reißverschluss seiner Hose geöffnet … auf ihn geklettert … die Tür abgeschlossen.*

Stella hielt die Augen geschlossen, sie wandte Blue den Rücken zu. Blues Worte zwängten sich durch ihr Gehirn, gruben sich in ihre Gedanken, ihr Herz. Sie hätte sie niemals hereinlassen sollen. Hilltop war der einzige Ort, an dem sie sicher war, und nun war Blue dabei, alles zu verseuchen. Sie wollte das Letzte zerstören, was Stella noch hatte. Max. Ihre Ehe.

Blue drückte das Gesicht an Stellas Rücken und schlang ihr die Arme um die Taille. Stella wollte sich nicht umdrehen. Blue presste die Stirn stärker an Stellas Schulter, ihr Griff wurde fester.

»Bitte drehen Sie sich um«, sagte Blue. »Sie müssen sehen …«

»Geh weg von mir!« Stella umfasste grob Blues Arme und befreite sich aus ihrem Griff. Sie wandte sich um und schubste sie weg. Blue stolperte und fiel über den Jadebuddha, der vor dem Kamin stand. Sie blieb auf dem Boden, auf allen vieren, den Kopf gesenkt, die Haare fielen ihr über das Gesicht.

»Warum tust du uns das an?«, fragte Stella.

»Er kann nicht einfach aufhören, mich zu treffen. Er kann mich nicht wegwerfen wie Müll. Ich bin nicht nichts!«

Blue war ein wildes Tier, in Kauerstellung. Sie weinte. Sie war völlig aus dem Gleichgewicht. Unberechenbar.

Ihr Anblick machte Stella rasend. Der Gedanke an Max in seiner Praxis, allein mit ihr, unfähig, sich zurückzuhalten.

Das konnte nicht wahr sein.

Stella hielt sich die Augen zu, aber unter ihren Lidern waren Bilder von Blue und Max. Das Sprechzimmer, das sie so gut kannte, die Lehnsessel, der edle Teppich, Blues blonde Haare, die nach vorn fielen, die perfekten Brüste, ihre cremefarbene Haut, die flammenden Augen, ihr verzweifeltes Bedürfnis, geliebt zu werden. Stella krampfte sich der Magen zusammen, und sie hatte das Gefühl, ihr würde schlecht werden.

Blue berührte sie wieder, sie umfasste ihre Knie, hielt sie fest. »Bitte sehen Sie mich an«, sagte sie. Stella versuchte, sich von den hässlichen, abgekauten Fingernägeln zu befreien, aber Blue klammerte sich an sie. »Ich wollte Ihnen wehtun. Aber jetzt nicht mehr. Ich will nur, dass Sie das wissen.«

Blue ließ nicht los. Stella wollte um sich dreschen, sie treten, sie ins Gesicht schlagen, sehen, wie sich rote Striemen in ihrem Gesicht bildeten. Sie wollte sie würgen. Sie hielt das nicht mehr aus. Sie langte nach unten und packte Blue am Schopf und riss ihren Kopf nach hinten, ganz fest, bis sie den Griff löste und Stellas Beine losließ. Dann entfernte sich Stella, brachte sich in sicheren Abstand und ließ sie weinen. Blue kauerte immer noch auf dem Boden und flehte sie an.

»Ich sage die Wahrheit«, beteuerte Blue. »Ehrlich. Ich will nur, dass Sie mir glauben.«

»Du hast gelogen, um in mein Haus zu kommen, und du hast seither nicht aufgehört zu lügen. Du kommst nie mehr auch nur in die Nähe meines Mannes. Ich rufe Peter rein, er bringt dich zu einer Polizeiwache. Von dort aus wirst du wahrscheinlich in eine geschlossene Anstalt gebracht, da halten sie dich fest. Max kannst du dann vergessen. Und deine Mutter kriegst du dann auch nicht mehr zu sehen.«

Sie blickte Blue in ihre ängstlichen, verzweifelten Augen und empfand Freude über den Schmerz, den sie hervorgerufen hatte.

Das war ihr Haus. Max war ihr Mann. Sie würde sich nicht

von einer jugendlichen Ausreißerin gängeln lassen. Jetzt erkannte sie die Vorteile des chemischen Cocktails aus Beruhigungsmitteln, die das Mädchen genommen hatte. Max hatte eindeutig gute Gründe gehabt, sie ihr zu verschreiben.

Die Augen des Mädchens färbten sich dunkler. Sie starrte Stella mit einer beunruhigenden Mischung aus Mitleid und Trotz an. Blue stand auf, zog sich die Jacke zurecht und strich sich die Haare zurück. Sie trat einen Schritt nach hinten. Dann kniete sie sich hin und nahm den Jadebuddha mit beiden Händen auf. Sie hob ihn über den Kopf, rannte los und schleuderte die Statue gegen das Fenster.

Der Klang zerberstenden Glases zerriss den schneefeuchten Morgen.

Blue hielt sich seitlich am Fensterrahmen fest, schrie auf, als ihr das Glas die Handflächen zerschnitt. Sie sprang hindurch und taumelte vorwärts, ihre kleinen Füße knirschten über die Glasscherben und rutschten über den gefrorenen Schnee.

Ladbroke Grove,
Freitag, 7. Januar 2011, 11:00 Uhr

Ihre Mutter fing an, sie Blue zu nennen, als sie sechs Jahre alt war. Sie hatte ihren Namen einfach so geändert, ohne zu fragen, ob Blue etwas dagegen hatte, und ohne ihr den Grund dafür zu nennen. Ihr richtiger Name lautete Lauren. Sie war nach ihrem Vater benannt worden, vor langer Zeit, damals, als ihre Eltern sich noch nicht bis aufs Blut gehasst hatten. Lauren Simpson.

Ihre Mutter log sie an. Sie behauptete, sie hätte sie schon immer Blue nennen wollen, ihrer Augen wegen, aber Lauren kannte den wahren Grund. Ihr anderer Name erinnerte ihre Mutter zu sehr an den Mann, den sie hasste.

In ihrer Erinnerung war die Namensänderung die erste Sache, wegen der sie richtig sauer auf ihre Mutter war. Es gab auch noch andere Anlässe: Sie trank, sie kam mit Männern nach Hause, die Blue komisch anstarrten, ständig war sie krank, an manchen Tagen konnte sie gar nicht aufstehen.

Hauptsächlich aber hasste Blue ihren Vater. Weil er sie verlassen hatte und weil er ihnen kein Geld schickte. Und sie hasste ihn noch mehr dafür, dass er immer wieder zurückkam, dass er ihnen Hoffnungen machte, und dann wurde alles nur noch schlimmer. Er würde sie nie, niemals in Frieden lassen. Jedes Mal fing es gleich an. Der Richter zwang Blue, den Tag über etwas mit ihm zu unternehmen. Er sollte sie irgendwo weit weg vom Haus abholen und wieder absetzen, an einem neutralen Ort. Ihre Adresse sollte geheim bleiben. Stattdessen erzählte ihm ihre Mutter, wo sie wohnten, und ließ ihn herein; sie machte sich zurecht, mit zu viel Lippenstift und Parfüm. Nach einer Weile ging dann das Gestreite los. Und Schlimmeres.

Das nervte sie gewaltig. Ihre Mutter versprach ihr, ihn das nächste Mal nicht einzuladen, versprach, nicht an die Tür zu kommen, wenn er Blue absetzte, aber sie machte es trotzdem immer.

Blue liebte ihre Mutter, aber ihre Mutter machte sie wahnsinnig.

Sie war in ihrem Zimmer, die Tür war abgeschlossen. Ihre Mutter mochte es nicht, wenn sie sich einschloss, aber ihre Mutter war ja gerade nicht da und konnte sich nicht beschweren. Ihr Zimmer war ganz klein, gerade groß genug für ein Einzelbett, einen Nachttisch und eine kleine Kommode mit einem Fernseher darauf. Das Zimmer ihrer Mutter war ein bisschen größer – ein Doppelbett passte hinein, aber es war nicht viel Platz übrig, um außenherum zu gehen. Das Badezimmer lag unter der Dachschräge. Man konnte nicht einmal aufrecht stehen, wenn man duschen wollte. Glücklicherweise waren sie beide nicht sehr groß. Das Geld reichte nie bis zum Ende des Monats. Ein bisschen kam von ihrem Vater, aber ihre Mutter beklagte sich: Es war nicht genug, er gab es ihr immer zu spät, sie musste bestimmte Dinge für ihn tun, bevor sie das Geld bekam, er gab es ihr nur, wenn sie ihn zu sich nach Hause kommen ließ.

Blue sollte eigentlich in der Schule sein. Ihren Termin bei *ihm* hatte sie normalerweise an einem Freitagnachmittag. Sie klappte ihr Handy auf und wählte die Nummer der Klinik.

»Grove Road Clinic, Anne am Apparat.« Falsche Fröhlichkeit, falsche Freundlichkeit, genau wie ihre falschen Titten. Sie berührte ihre eigenen – sie waren nicht so groß, aber doch eine gute Handvoll, und sie waren schön und fest.

»Hier spricht Lauren«, sagte sie. »Ich sollte heute Nachmittag einen Termin haben. Um vier. Also – ich glaube, er ist abgesagt worden, aber ich muss wirklich vorbeikommen.«

»Es kann nicht sein, dass du heute einen Termin hattest«, sagte Anne. »Der Herr Doktor ist auswärts, in einer Besprechung.«

»Wo?«

»Kann ich dir irgendwie helfen?« Sie klang eher ungeduldig als hilfreich.

»Ich muss mit ihm reden. Können Sie mir seine Mobilnummer geben?«

»Das ist nicht möglich.«

»Hat er das gesagt, oder sagen Sie das?« Blue zog die Beine an die Brust, schlang die Arme um die Knie und schaukelte vor und zurück. »Ich brauche einen Termin, es ist dringend.«

»Ich versuch's mal«, sagte sie. »Bleib bitte dran.«

In der Leitung erklang blöde Musik. Sie verspürte einen kleinen Hoffnungsfunken.

»Er hat gesagt, du sollst einen Termin bei deiner Hausärztin machen, wenn du etwas brauchst. Verstehst du?«

»Ich bin ja verdammt noch mal nicht blöd, oder?« Sie klappte das Telefon heftig zu und warf es gegen die Wand.

Sie wippte mit dem Oberkörper. Sie musste ihn sehen. Sie musste ihn dazu bringen, ihr zu helfen. Sie schaukelte stärker, drückte sich mit den Fersen ab. Sie konnte ins Bad gehen und den Rasierapparat ihrer Mutter nehmen, diese Klingen waren verflixt schwer rau zu bekommen, aber sie schaffte das. Sie könnte auch einen Bilderrahmen zerschlagen und eine Glasscherbe nehmen. Wenn sie sich ritzte, dann würde er sich kümmern müssen. Blue schob die Ärmel ihrer Bluse hoch und sah sich ihre Arme an, die kreuz und quer von dicken weißen Linien überzogen waren. Sie hatte sich nicht mehr geritzt, seit sie zu ihm ging; ihre Arme sahen besser aus als früher.

Sie hatte Angst, dass es ihm egal war, egal, was sie sich antun könnte. Sie war nichts, sie existierte nicht. Sie könnte genauso gut tot sein. Sie wollte, dass er litt. Sie wollte, dass er spürte, wie es war, wenn man Schmerzen hatte. Sie zog den Umschlag aus der Tasche. Sie hatte ihn von seinem Schreibtisch genommen, als sie in seinem Sprechzimmer gewartet hatte, weil er zu spät zu ihrem Termin gekommen war, wie es gelegentlich vorkam. *Hilltop*. Sie hatte sich die Adresse und die Postleitzahl gemerkt, aber den Umschlag hatte sie trotzdem mitgenommen. Sie wollte etwas von ihm, zum Aufbewahren. Sie hatte auch seinen Stift eingesteckt; er lag in dem Umschlag. Sie rollte ihn zwischen den Fingern und roch daran.

Sie hasste es, allein zu sein, und sie hasste es zu warten. Sie zog sich die Schuluniform aus und schlüpfte in Leggings und Turnschuhe und ihre Lederjacke.

Sie ging hinaus und Richtung U-Bahn-Station. Körnige Schneeflocken stoben um sie herum, landeten auf den Zementplatten des Gehsteigs und verschwanden spurlos. Draußen an der Luft und wenn sie sich bewegte, ging es ihr viel besser. Sie steckte sich die Haare unter ihre Beanie, damit sie nicht nass wurden. Winzige Graupeln prallten auf ihre Wangen und ihre Augenlider. Sie fühlte sich voller Energie.

Auf halbem Weg zur Station waren die Schneeflocken schon dicker geworden. Wenn sie auf dem Boden auftrafen, wurden sie dreckig und verwandelten sich unter den Füßen der Menschen in Matsch. Der Himmel war dunkel und bedrohlich. Blue spürte die Kälte langsam an den Händen, ihre Fingerspitzen waren knallrot. Sie zog sich die Mütze tief ins Gesicht, damit Stirn und Ohren bedeckt waren. Die Hände steckte sie sich in die Taschen und ging mit gesenktem Kopf weiter. Sie trug keine Socken, ihre Knöchel fühlten sich an wie Eisklötze. Sie lief schneller, versuchte, warm zu bleiben. Einmal überlegte sie, aufzugeben und nach Hause zurückzukehren, wo die Heizung lief, aber da war sie schon über die Ampel gegangen und am Eingang zur U-Bahn-Station.

Sie nahm sich einen U-Bahn-Plan: Sie musste zur Metropolitan Line. Es war ganz einfach, sie musste lediglich einmal an der Baker Street umsteigen.

Sie legte ihre Oyster Card auf den gelben Kreis und wartete auf das Piepsen. Die Schwingtüren gingen auf, und sie lief die Treppe hinunter zum zugigen Bahnsteig. Die Bahn kam, sie war alt und roch nicht gut. Blue setzte sich auf einen abgewetzten Samtsitz und legte die Füße hoch. Ein fetter alter Typ in einem ausgebeulten Mantel warf ihr einen schmutzigen Blick zu. Sie lehnte den Kopf zurück und sah aus dem Fenster. Schneeflocken wirbelten herum und bedeckten die Gleise.

Grove Road Clinic, Mai 2009

Lawrence Simpson war berechenbar. Exakt dreißig Minuten später klingelte er an der Kliniktür.

Der Teppich auf der Treppe war weich und schluckte das Geräusch von Stellas Schritten, und die Luft in der leeren Klinik schien unbehaglich um sie herum zu stehen, als wäre sie ein Eindringling. Annes Schreibtisch war makellos aufgeräumt, wie immer. Ihr rosa gestreifter Henkelbecher stand neben der leeren Vase.

Stella zog ihren Blazer enger um sich, als sie die Tür aufmachte. Wenigstens war es noch hell draußen.

»Ich weiß es wirklich zu schätzen, dass Sie sich wegen mir solche Umstände machen«, sagte Simpson. Er zeigte sich von seiner besten Seite: charmant und bescheiden.

Stella nickte. Sie ging die Treppe hinauf voran, wieder mit einem mulmigen Gefühl, weil Simpson hinter ihr war und sie ansah. An der offenen Tür blieb sie stehen und ließ ihn zuerst in das Sprechzimmer eintreten.

»Setzen Sie sich«, sagte sie.

Sie überlegte, ob sie die Tür des Behandlungszimmers schließen sollte – es war nicht unbedingt nötig, weil niemand außer ihnen in der Klinik war, aber sie machte sie trotzdem zu, aus Gewohnheit. Einen Augenblick lang ließ sie die Hand auf dem Türgriff ruhen. Ihr wäre es lieber gewesen, nicht allein mit ihm in der leeren Klinik zu sein. Draußen wurde es schnell dunkel.

Während sie sich noch Zeit ließ, wählte Simpson den Sessel, in dem sie bei dem letzten Gesprächstermin gesessen hatte. Normalerweise hätte sie vorsorglich ihr Klemmbrett hineingelegt, aber sie hatte es vergessen, und er hatte gleich die Chance genutzt. Er hatte seine langen Beine bereits fest übereinandergeschlagen, mit unruhigen Fingern trommelte er auf die Armlehne.

Stella setzte sich in den Sessel gegenüber. »Wir haben sechzig Minuten«, sagte sie.

Grinsend zog er einen Mundwinkel hoch. »Sie haben heute Abend wohl noch einiges vor?«

Sie blickte hinunter auf ihre Liste mit Fragen. »Ich schlage vor, wir fangen noch einmal an, machen die Befragung ganz von vorn«, sagte sie.

Er klopfte immer noch im Takt mit den Fingern auf die Armlehne.

»Aus welchem Grund, glauben Sie, hat der Richter ein psychologisches Gutachten verlangt?«, fragte sie.

»Wie ich Ihnen bereits erklärt habe, hat das eigentlich gar nichts mit mir zu tun. Meine Exfrau hat Schwierigkeiten, ihre mütterlichen Pflichten zu erfüllen. Ich will eine Chance haben zu übernehmen, es richtig zu machen, meinem Kind ein gefestigtes Zuhause zu bieten.«

Genau die gleiche Antwort hatte er beim letzten Mal gegeben. Stella verzweifelte. Er hatte seine Haltung gegenüber der Begutachtung nicht geändert. *Natürlich* hatte er sie nicht geändert. Nur ihr Stolz und dazu eine falsche Einschätzung ihres Talents hatten sie dazu gebracht, diesen sinnlosen Termin anzubieten. Sie war in diesem Fall zu engagiert. Sie hatte schon immer eine Schwäche für Mediziner gehabt. Es war ihr Untergang.

»Als sie noch jünger war, war sie sehr schön. Meine Frau. Sie hat sich gehen lassen.«

»Das hatten Sie schon bei unserem letzten Treffen erwähnt.«

Sie schaute immer wieder kurz zum Fenster hin. Sie wollte einfach nur, dass diese Befragung vorbei war. Er war so in der

Defensive, dass sie niemals etwas Nützliches aus dem Gespräch mit ihm ziehen würde. Er hatte schon wieder ihre wertvolle Zeit verschwendet, absichtlich. Sie hatte keine Lust, noch einmal eine Sitzung durchzustehen, in der er lediglich seine Exfrau kritisierte.

»Es wird Ihnen nicht helfen, wenn Sie sich über Ihre Exfrau beklagen«, sagte sie. Es war das Ende eines langen Tages, und es war ihr anzumerken, dass sie gereizt war.

Er biss die Zähne aufeinander.

»Sind Sie überhaupt bereit, über sich zu sprechen?«, fragte sie, obwohl sie die Antwort bereits kannte.

»Wozu eigentlich?«

»Wie bitte?«

»Sie haben Ihre Entscheidung doch schon getroffen. Sie wissen, dass ich keine Chance darauf habe, das Sorgerecht zu bekommen. Zumindest derzeit nicht. Haben Sie Freude daran, *Frau Doktor*, mich leiden zu sehen?«

Nun hatte sie endgültig die Nase voll. Sie wäre viel lieber beim Bauchtanz, würde viel lieber Hannah lachen hören. Sie fragte sich, warum zum Teufel er so sehr auf diesem Termin bestanden hatte.

»Vorhin«, sagte sie, »als wir uns draußen unterhalten haben, da erwähnten Sie eine neue Information, über die Sie mich in Kenntnis setzen wollten. Etwas, das Sie für so wichtig hielten, dass ich es in das Gutachten mit aufnehmen sollte.«

»Haben Sie eine Ahnung, wie erniedrigend dieser Prozess für mich war?« Er beugte sich vor.

»Es tut mir leid, dass Sie das so sehen«, sagte sie.

»Ach ja?« Er verzog das Gesicht, seine Miene war voller Frustration und Verachtung. »Ich sollte nicht in der Praxis einer Psychologin sitzen müssen. Dieser gesamte Prozess ist eine Beleidigung. Ihre Fragen sind eine Beleidigung. Es ist eine Verletzung meiner Privatsphäre und voll und ganz unberechtigt.«

Der Termin hatte sich in einen Sparringkampf verwandelt. Er verlief noch schlimmer als die letzten beiden. Ihr fehlten die Worte, sie wusste, nichts, was sie sagen konnte, würde irgendetwas retten. Er bewachte sein Innenleben wie die Kronjuwelen. Wenn sie danach urteilte, wie er sich jetzt benahm, indem er seine Furcht und Gereiztheit durch offene Feindseligkeit ersetzte, dann war sie verdammt sicher, dass er einen guten Grund hatte zu verbergen, was in seinem Kopf vorging. Sehr wahrscheinlich gab es eine Menge, was er vor den Fachleuten verheimlichen wollte.

»Warum haben Sie dann auf diesem Termin bestanden?«

»Weil ich nichts zu verlieren habe.«

»Das verstehe ich nicht«, sagte sie.

»Sie waren dabei, mich fertigzumachen. Ich habe Ihr Gesicht beobachtet, wenn ich rede, wenn ich versuche, Ihnen Dinge zu erklären. Sie hören nicht zu. Sie sind ein herablassendes Weibsstück, und Sie hören nicht zu.«

Sie wollte, dass er ihr Sprechzimmer verließ, das Gebäude, so bald wie möglich. Sie stand auf. Zum Teufel mit dem Gutachten. Simpson würde sich nicht auf die Beurteilung einlassen. Er hatte niemals die Absicht gehabt.

»Ich glaube, wir sollten die Befragung beenden«, sagte sie. Sie tat so, als wäre alles ganz normal; als wäre sie nicht eingeschüchtert.

Simpson blieb sitzen. Er stellte die Beine nebeneinander. »Noch nicht«, sagte er. »Reden wir erst einmal über Sie.«

Sie legte die Hand auf die Lehne des Sessels und widerstand dem Drang, die Tür aufzureißen und das Zimmer zu verlassen.

»Ich bin praktischer Arzt«, sagte er. »Wie Sie sehr wohl wissen. Ich habe Zugang zu einer zentralisierten Datenbank. Ich habe mir Ihre Krankengeschichte angesehen. Alles. Bis weit in die Vergangenheit.«

»Das widerspricht dem Moralkodex. Dazu sind Sie nicht berechtigt.«

Er lächelte sie höhnisch an. »Ein recht interessantes Leben.«

»Mein Leben ist hier nicht Gegenstand der Untersuchung.« Sie fragte sich, wie viel er wusste. Alles. Er musste alles wissen. Es stand alles in ihrer Akte. »Worauf wollen Sie hinaus?«

»Ich glaube, das wissen Sie«, sagte er. »Wenn jemand einen Seelenklempner braucht, dann sind Sie es.«

Er stand auf, ließ sich Zeit. Er kam einen Schritt auf sie zu. Und dann noch einen.

Seine Augen machten ihr Angst. Sie verengten sich zu Schlitzen und funkelten. Sie sah sich einer Schlange gegenüber.

Lauf weg, schrie ihr Instinkt. Sie war paralysiert.

Und dann war es zu spät. Er bewegte sich schnell. Und er stellte sich mit dem Rücken vor die geschlossene Tür und versperrte ihr den Ausgang.

»Als Sie diesem Termin zugestimmt haben«, sagte er, »da wussten Sie bereits, dass ich keine Chance darauf hatte, das Sorgerecht zu bekommen. Sie wollten mich verarschen.«

Sein Anwalt musste ihm gesagt haben, dass es keine Hoffnung gab.

»Nein.« Sie schüttelte den Kopf. »Ich wollte sicherstellen, dass mein Gutachten umfassend ist. Ich glaube, das ist im besten Interesse von allen – von Ihnen und Ihrer Tochter –, ganz egal, wie der Richter urteilt.«

Seine Augen veränderten sich nicht, wurden nicht weicher. Er glaubte ihr nicht. Es war nicht möglich, zu ihm durchzukommen. Er drehte sich um und schloss die Tür ab.

»Was tun Sie?« Sie wollte ihre Angst nicht zeigen, diese Genugtuung wollte sie ihm nicht gönnen. Sie hörte ihr Herz rasen.

Er stand wieder mit dem Rücken zur Tür, die Füße ein wenig auseinander, die Hände seitlich vom Körper.

»Schließen Sie bitte die Tür auf«, sagte sie.

Er zog an seiner Krawatte, lockerte sie. Auf seiner Stirn glänzte der Schweiß; ein Tropfen rann ihm seitlich über das Gesicht. Wenn sie das in den Bericht schrieb, wäre es mit seinen Chancen, jemals das Sorgerecht zu bekommen, endgültig aus und vorbei. Das musste er wissen.

Er hatte nicht vor, sie in einem Zustand zurückzulassen, in dem sie überhaupt etwas schreiben konnte.

Seine Exfrau hatte behauptet, er hätte sie öfter gewürgt, hätte ihr die Hände um den Hals gelegt. Angeblich hatte er so lange zugedrückt, bis sie das Bewusstsein verlor, aber nicht so lange, dass sie starb. Er sei ein Sadist, es gefalle ihm, sie zu quälen, hatte sie angegeben. Aber niemand wollte ihr glauben.

Stella hatte keinem Menschen von diesem kurzfristigen Termin erzählt.

»Sie wollten mich erniedrigen«, sagte er.

»Das ist nicht wahr. Sie haben mich *angefleht*, Ihnen diesen Termin zu ermöglichen.«

Sie hätte das Wort »angefleht« nicht benutzen sollen. Er blinzelte, und in dem Bruchteil einer Sekunde, in dem sich sein Gesichtsausdruck änderte, dachte sie, er würde sich auf sie stürzen, auf sie einschlagen.

Er blieb ganz still.

Er krümmte die Finger, öffnete und schloss die Fäuste. Wärmte sich auf. Sie hatte Angst davor, gleich am eigenen Leib zu erfahren, wie seine Exfrau gelitten hatte.

An der Wand hinter dem Schreibtisch befand sich eine Paniktaste. Sie konnte darauf zustürzen – aber es würde ihr nichts nützen. Die Taste aktivierte einen Alarm hinter Annes Schreibtisch, und Anne war nicht da. In der Klinik waren keine Termine außerhalb der Öffnungszeiten vorgesehen.

Sie konnte Simpson erzählen, dass sie in ihr Gerichtsgutachten hineinschreiben würde, was er wollte, aber sie gab sich nicht der Illusion hin, dass er so dumm war, ihr zu glauben.

Bleib ruhig. Sie versuchte, ihre Gedanken zu verlangsamen, ihren Herzschlag, versuchte, die Panik zu unterdrücken. *Atme. Denke.* Wenn er die Tür aus einem Impuls heraus abgeschlossen hatte, hatte sie noch eine Chance. Aber wenn er es geplant hatte, hatte sie überhaupt keine Aussicht darauf, das Sprechzimmer unversehrt zu verlassen. Sie dachte an ihre Begegnung an der Straßenecke zurück. Sie glaubte nicht, dass er sie um ein Treffen gebeten hatte, weil er sie umbringen wollte. Sie hätte jedem erzählen können, dass sie sich noch verabredet hatten, das war zu riskant. Auf seine verquere Art liebte Simpson seine Tochter, und er würde seine Aussicht auf irgendeine Beziehung zu ihr nicht zerstören wollen.

Ihre beste Chance bestand darin, ihn zu überzeugen, dass noch Zeit war, aus der Situation herauszukommen, ohne zu viel Schaden anzurichten.

»Dr. Simpson«, sagte sie, »wenn Sie jetzt die Tür aufschließen, kann ich es akzeptieren, dass Sie sie aus einem Impuls heraus abgesperrt haben, ein Fehler, den Sie sofort wieder bereut haben. Dass Sie nicht vorsätzlich geplant hatten, mich einzuschüchtern. Ich weiß, Sie stehen unter enormem Stress, und Ihr Anwalt hat Ihnen sehr schlechte Nachrichten überbracht. Sie sind nicht Sie selbst.«

Sie hoffte, ihm damit einen Ausweg verschafft zu haben.

Seine hellblauen Augen hatten sich verdunkelt. Sie waren hasserfüllt. »Reden Sie nicht so von oben herab mit mir, als wäre ich ein Vollidiot.«

Er hörte ihr nicht zu. Er war bar jeder Vernunft.

»Selbst wenn Sie das Sorgerecht nicht bekommen, begehen Sie keine Dummheit und setzen damit Ihre Chancen aufs Spiel, weiterhin Kontakt zu Ihrer Tochter zu haben und mit der Zeit eine

Beziehung aufzubauen. Sie haben mir gesagt, Sie haben sich als Vater nie etwas zuschulden kommen lassen. Aber wenn diese Tür verschlossen bleibt, dann halten Sie mich gegen meinen Willen hier fest, und es wird keine Rolle spielen, was für ein guter Vater Sie bis jetzt waren.«

Er rührte sich nicht. Wenn sie versuchte, die Tür zu erreichen, würde sie sich ihm nähern müssen, und sie wollte außerhalb seiner Reichweite bleiben. Sie wich zurück. Sie ging langsam zum Schreibtisch, steckte ihre vorbereiteten Fragen und das Klemmbrett in ihre Tasche und hängte sie sich über die Schulter.

Dann ging sie auf ihn zu. »Bitte machen Sie Platz«, sagte sie.

Er traf sie mit der Rückhand, auf den Kiefer. Sie taumelte, hielt sich das Gesicht. Der Schrecken war schlimmer als der Schmerz.

»Diesmal habe ich mit offener Hand zugeschlagen«, sagte er. »Aber ich kann Ihnen noch mehr wehtun.«

»Was wollen Sie?«

»Ich will, dass Sie kooperieren.«

Sie drückte sich die Hand fester gegen den Unterkiefer, wo es zu stechen begonnen hatte.

»Meine Ex wurde ständig von Männern angeschaut. Sie sind auch ein attraktives Mädchen, attraktiv genug, um jeden Mann zu bekommen, den Sie wollen. Das kann ich ändern.« Sein rechter Mundwinkel zog sich wieder hoch, zu einem verzerrten Lächeln voller Zorn und Vorfreude.

Dem Opfer die Schuld geben. Das hatten sie alle mit seiner Frau gemacht.

»Ich kann Ihnen das Gesicht zu Brei schlagen, bis es so schief ist, dass kein Mann Sie jemals wieder anschauen wird, geschweige denn anfassen. Sie sind jung, Sie leben also lange damit. Heutzutage kann man mit plastischer Chirurgie einiges richten, aber es wird nie genauso wie zuvor. Ich kann Ihnen an Stellen wehtun, wo man es nicht sieht – wenn Sie sich benehmen.«

Sie würde ihn nicht um Gnade anflehen, weil es nichts nützen würde. Er war ein Mann ohne Seele, ohne Gewissen. Aber das hatte sie zu spät herausgefunden.

»Wollen Sie ein solches Opfer bringen, nur um mir wehzutun? Sie würden den Kontakt zu Ihrer Tochter verlieren und ins Gefängnis wandern. Sie hätten keine Chance auf eine zweite Familie mit Ihrer Freundin. Warum sollten Sie sich das antun?«

»Wissen Sie«, sagte er, »Sie haben völlig recht. Aber ich werde nicht mehr verlieren, als ich schon verloren habe. Ich tue nur etwas für mich, eine Belohnung dafür, was ich alles aushalten musste. Und ich weiß, dass Sie es keiner Menschenseele verraten werden. Ich habe es Ihnen doch gesagt, ich kenne Ihre Krankenakte. Sie tun genau das, was ich Ihnen befehle. Und Sie sprechen nicht darüber.«

Sie wich nicht zurück, sie stellte sich direkt vor ihn, baute sich vor ihm auf. Sie zwang sich zu atmen.

Er war so verdammt selbstsicher. Andererseits hatte er seine Exfrau jahrelang missbraucht und war ungestraft davongekommen.

»Sie werden sehen, wie es ist, wenn man gefickt wird«, sagte er. »Im wahrsten Sinne des Wortes. Wenn Sie sich benehmen, tut es nicht so weh.«

Er wollte ihr zum Vergnügen und aus Rache wehtun, zu gleichen Teilen.

Sie wollte keine Narben. Sie wollte keine Schmerzen. Sie wollte raus und so wenig Schaden wie möglich davontragen.

Sie hustete. Sie erstickte beinahe an ihrer eigenen Spucke. Sie konnte ihre Angst nicht länger verbergen. Er hatte ihr versprochen, sie nicht zu sehr zu verletzen, wenn sie keinen Widerstand leistete. Vielleicht log er. Vielleicht überlegte er es sich anders. Aber was auch geschah, sie wollte leben. Sie war dreißig Jahre alt und hatte es bereits zehn Jahre länger als ihre Mutter geschafft, bei Verstand zu bleiben. Sie würde aus diesem Raum herauskommen. Was auch immer dazu nötig war, sie würde diesen Raum lebendig verlassen.

Simpson war gefährlich. Er war Herr der Lage.

»Ich kooperiere«, sagte sie.

Sobald sie sich entschieden hatte, alles zu tun, was er von ihr verlangte, fühlte sie sich etwas ruhiger. Er konnte ihrem Körper alles antun, aber in ihren Kopf konnte er nicht. Und nach ihm, dieses Versprechen gab sie sich, würde nie mehr jemand eine solche Macht über sie haben.

Er drückte das Gesicht gegen ihres. Er packte ihre Brust, zwickte und drehte sie. »Wie heißen Sie mit Vornamen, Frau *Doktor*?«

Sie versuchte, nicht zurückzuweichen.

»Stella.«

Er ließ sie los.

»Zieh dich aus, Stella.«

Stella trug noch ihren Hosenanzug: Leinensakko und Hose, darunter eine weiße Bluse. Sie schloss ihr wahres Ich in sich ein, hinter einer hohen Ziegelmauer, und zog sich aus. Zuerst schlüpfte sie aus den Schuhen, die sie ordentlich neben den Stuhl stellte. Sie faltete ihr Sakko zusammen und legte es vorsichtig auf die Lehne. Sie musste sich daran abstützen, denn sie hatte weiche Knie bekommen. Dann zog sie Bluse und Hose aus. Als sie nur noch Unterwäsche trug, zögerte sie einen Augenblick. Er wartete mit ausdrucksloser Miene. Sie zog ihren BH, dann den Slip aus.

Scheißkerl. Sie wollte einen stumpfen, schweren Gegenstand und ihm das Gesicht zu Brei schlagen. Aus irgendeinem Grund stellte sie sich einen Hockeyschläger aus hellem Holz mit rosa Griff vor – vielleicht hatte sie so einen in der Schule gehabt. Vor ihrem inneren Auge schlug sie auf sein Gesicht ein, immer wieder, genoss den Geschmack des Blutes, das ihr an Wangen und

Mund spritzte. Ihre Wut hielt sie aufrecht, während sie darauf wartete, dass er ihr sagte, was sie tun sollte.

»Leg dich auf die Therapieliege«, sagte er.

Er machte Fotos von ihr, nackt, mit gespreizten Beinen. »Die werde ich immer haben. Du weißt nie, wann oder wo sie im Internet auftauchen.«

Na und? Ein weiblicher Körper sieht aus wie jeder andere. Es ist egal. Es ist nur ein Körper.

»Dreh dich um. Alle deine zukünftigen Klienten werden sich freuen, dich so intim zu kennen wie ich. Und jetzt auf alle viere.«

Was für eine Art und Weise herauszufinden, dass alles, was seine Exfrau über ihn gesagt hatte, nichts als die Wahrheit gewesen war. Seine Übergriffe waren geplant und grausam. Simpson war ein sadistischer Psychopath.

Sie bewegte sich nicht, protestierte nicht, sie versuchte nicht, wegzulaufen oder zu fliehen. War das falsch? Sie wusste es nicht. Sie glaubte, dass er zu allem fähig war. Fähig dazu, sie umzubringen, wenn sie seine mörderische Wut entfachte. Die Zeit verstrich langsam, jede Sekunde zog sich länger hin als die letzte. Ihr war kalt, sie hatte Gänsehaut an den nackten Armen, den Beinen und am Rückgrat.

»Beweg dich nicht. Du machst das sehr gut. Es steht dir viel besser, wenn du gehorsam bist.« Sie hörte ein Knistern, ein leises Reißen. Bitte mach, dass das ein Kondompäckchen ist, dachte sie. Sie wusste, was als Nächstes kommen würde.

Hilltop, 01:20 Uhr

Glasscherben lagen zu ihren Füßen, und feuchte, kalte Luft durchflutete das Wohnzimmer. Peter kam herbeigerannt, die dicken Sohlen seiner Stiefel trampelten über scharfe Kanten, rieben das Glas in ihren goldenen chinesischen Teppich.

»Sie hat das Fenster zerschlagen«, sagte Stella. »Und ist rausgelaufen.«

»Warum?«

»Ich habe ihr Angst gemacht. Ich habe ihr gedroht.«

Peter warf ihr einen Blick zu, der ihr nicht gefiel. Verdient hatte sie ihn, so viel war klar.

»Wie groß ist der Garten?«, fragte er.

»Riesig. Fast ein halber Hektar.« Stella hantierte mit dem Schlüssel am Schloss der Terrassentüren herum und schob sie schließlich auf. »Wir müssen sie finden. Dort draußen erfriert sie. Ich glaube, sie ist verletzt.«

Draußen auf dem Boden lag noch mehr Glas, und eine Spur schwacher Fußabdrücke war zu sehen. Der Schnee war mit roten Tröpfchen gesprenkelt.

Peter schien immer langsamer zu reagieren, während sie es immer eiliger hatte.

»Was liegt hinter diesen Bäumen?« Er deutete auf das hintere Ende des Gartens.

»Nichts«, sagte Stella. »Ich meine – hinten am Waldrand und an den Seiten entlang verläuft ein Zaun, zwischen uns und den Nachbarn. Ich glaube nicht, dass sie rauskann.«

Sie dachte daran, dass sie dem Mädchen Schmerzen verursachen wollte; sie sah vor sich, wie sie an Blues langen Haaren zerrte und ihr den Kopf zurückriss. Blue würde etwas Schreckliches zustoßen, und es war ihre Schuld.

»Da ist ein Pool«, sagte Stella. »Ein alter, leerer Swimmingpool. Sie wird nicht wissen, dass er da ist. Wenn sie rennt, wenn sie ihn nicht sieht …«

Schulter an Schulter standen sie vor dem zerschlagenen Fenster. Die Lampen beleuchteten nur ein paar Meter Weiß, dahinter lag alles unter einer dunklen, silbergrauen Decke.

»Hol eine Taschenlampe und ein Erste-Hilfe-Set«, sagte Peter. »In welcher Richtung ist der Pool?«

»Hinter den Bäumen, links.«

Er trat hinaus auf die Terrasse und testete den rutschigen Boden.

»Lass mich nicht allein.«

»Dann komm mit.«

Aber sie stand paralysiert in der Tür und bewegte keinen Muskel.

»Und Decken. Bring auch ein paar Decken«, sagte er. Dann drehte er sich um und ging.

Sie stand ungeschützt in der offenen Tür. Jeder konnte an sie herankommen. Sie fuhr mit den Fingerspitzen an den Rändern der zerbrochenen Glasscheibe entlang, drückte gegen die kleinen, spitzen Zacken.

Im Garten war alles still, der Schnee dämpfte sämtliche Geräusche.

Wenn Simpson zu ihr wollte, wäre er gestern Abend gekommen, als sie mit Blue allein war. Warum sollte er warten, bis Peters Wagen in der Zufahrt stand? Sie würde sich der Paranoia nicht ergeben. Simpson war vor achtzehn Monaten mit ihr fertiggeworden. Seither hatte sie nichts mehr von ihm gehört. Es war vorbei.

Die Temperatur im Wohnzimmer war gefallen, und die Heizkörper glühten und kämpften vergebens gegen die eisige Luft an. Gottverdammter Denkmalschutz. Wären diese Fenster doppelverglast gewesen, hätte Blue die Scheibe niemals einwerfen können. Und dieser blöde Buddha – so hässlich und so schwer. Er hatte Max' Mutter gehört und war das Einzige, das er unbedingt hatte mitnehmen wollen, als sie nach Hilltop gezogen waren. Die Statue lag fett und unversehrt auf der gefrorenen Terrasse.

Stella spürte ein Kribbeln auf der Haut, eine nervöse Energie. Es fiel ihr immer schwerer, ruhig zu bleiben. Sie ging weg vom Fenster. In der Küche suchte sie eine Taschenlampe und das Erste-Hilfe-Set heraus. Sie holte ihren Mantel und schlüpfte in ihre Turnschuhe. Dann ging sie zurück, um an den offenen Türen zu warten.

Sie vertraute darauf, dass Peter Blue fand, sie unverletzt zurückbrachte. Bitte mach, dass sie unverletzt ist.

Der Pool war groß, sechs mal vier Meter. Sie und Max hatten darüber gesprochen, ihn wieder herzurichten, ihn zumindest zuzudecken, damit er keine Gefahr darstellte, aber es war nicht nötig gewesen. Stella wagte sich nie hinaus in den Garten.

Sie hatte sich von ihrer Wut und ihrer Bitterkeit überwältigen lassen. Sie hatte einem Kind gegenüber versagt.

Sie hätte Blue beschützen sollen. Das Mädchen war genauso ein Opfer von Lawrence Simpson, wie sie selbst es gewesen war.

Stella zwang sich, einen Schritt über die Schwelle zu gehen. Und dann noch einen.

Die Terrasse war vereist und glatt, sie verlor das Gleichgewicht; ihre Füße rutschten unter ihr weg. Sie versuchte durchzuatmen, nachdem sie auf dem Boden aufgetroffen und dabei mit dem Kreuz unten gegen die Stufe geknallt war und sich verrenkt hatte.

Sie fing an zu zittern. Ihr Herz raste, so schnell, dass es zu zerspringen drohte. Ihr Atem wurde flach, und sie begann zu keuchen, als sich die Muskeln in ihrer Brust verkrampften. Sie war allein, ausgesetzt. Hilflos. Sie würde sterben.

Sie drückte die Hände auf den eiskalten Boden und schaffte es, das Gleichgewicht wiederzufinden. Sie rappelte sich hoch. Blues leuchtend rotes Blut bildete eine Spur in dem unberührten Schnee. Sie erkannte zwei unterschiedlich tiefe Fußspuren auf dem weißen Teppich, die auf den Halbkreis aus Bäumen zuführten.

Sie würde es niemals durch den offenen Garten schaffen.

Ihr Herz pochte immer noch heftig. Sie zwang sich zu atmen. Langsamer. Tiefer. Sie warf einen Blick zurück zum Haus, zu den sicheren, hellen Lichtern des Wohnzimmers.

Sie hörte einen Schrei.

Bitte mach, dass Blue nicht unten am Boden des Pools liegt, mit gebrochenen Knochen.

Dann Stille. Eine entsetzliche Stille.

Sie sah schreckliche Dinge. Blue, verletzt auf einem weißen Kissen, die Gliedmaßen seltsam verrenkt.

Winzige Eiskristalle piksten Stella in die Wangen, es schneite wieder. Die Kälte war anregend, so intensiv, dass sie nichts anderes mehr wahrnahm. Ihre Handflächen stachen an den Stellen, wo sie sich vom eisigen Boden hochgestemmt hatte. Die Haut unter ihren Nägeln brannte. Ihre Zehen waren taub.

Ein weiterer Schrei gellte durch den stillen, weißen Garten.

Stella wandte sich in diese Richtung. Eine Gestalt kam zwischen den Bäumen hervor. Es war zu weit weg, dort war es zu dunkel, sie konnte nicht erkennen, wer das war.

»Peter?«

Sie ging einen Schritt zurück, auf das Haus zu.

Grove Road Clinic, Mai 2009

»Das war gar nicht so schlimm, nicht wahr?« Seiner Stimme war anzuhören, wie sehr er das genoss.

Sie war auf allen vieren und schaute auf die mit Magnolien bemalte Wand des Sprechzimmers. Die Muskeln in ihren Armen und Händen taten weh vom Abstützen, die Knie schmerzten, wo sie gegen die harte Liege drückten. Sie hatte zu viel Angst, sich zu bewegen, bevor er es ihr gestattete.

»Ich schätze mal, das hast du noch nie gemacht«, sagte er.

Wahrscheinlich blutete sie, denn ein heftiger, schneidender Schmerz durchbohrte sie von hinten nach vorn. Sie stellte sich vor, wie er hinter ihr stand und lächelte. Die Sekunden verstrichen. Vermutlich entfernte er das Kondom vorsichtig, um es dann mitzunehmen.

»Ich bin beeindruckt«, sagte er. »Du hast nicht geschrien. Kaum ein Geräusch gemacht. Hier im Regal ist Gleitmittel, aber ich finde, du hast es nicht verdient.«

Wenigstens musste sie ihn nicht ansehen.

»Steh auf.«

Sie tat es. Sie wagte es nicht, ihre Anziehsachen zu nehmen. Ihr Mund war so trocken, dass sie vermutlich kein Wort herausbekommen würde, und auf der Zunge hatte sie einen widerlichen Geschmack, der Hals tat ihr weh. Ihre Beine waren wackelig, sie wollten sie nicht tragen. Er sollte sie nicht weinen sehen.

Er schloss die Tür auf, wandte ihr den Rücken dabei zu. Sie suchte das Zimmer, den Schreibtisch nach etwas Schwerem ab – irgendetwas, was sie gegen ihn einsetzen konnte. Es gab nichts, und selbst wenn etwas da gewesen wäre, hätte sie keine Kraft gehabt. Sie lehnte sich an die Behandlungsliege, schloss nur eine Sekunde lang die Augen. Beim Aufstehen war ihr schwindelig geworden. Aber sie war noch ganz. So gut wie. Sie hielt sich an der Hoffnung fest, dass ihr Martyrium vielleicht bald vorbei sein würde, dass er mit seiner Rache zufrieden sein würde. Aber sie glaubte nicht, dass er sie einfach gehen lassen würde.

An der offenen Tür wartete er auf sie, ganz entspannt. Er hatte alle Zeit der Welt, denn er wusste, sie würden nicht gestört werden. Er hatte nichts, keine Schusswaffe und kein Messer. Trotzdem hatte sie eine panische Angst vor ihm. Sie war durcheinander; gegeißelt, erniedrigt, wund. Er nahm sie am Oberarm und zerrte sie mit festem Griff Richtung Bad. Er ließ sie nicht los, während er den Duschvorhang zur Seite schob.

»Rein da«, sagte er.

Sie zitterte, aber es gelang ihr, beide Beine über den Rand der Wanne zu heben, ohne hinzufallen.

Die kalten Tröpfchen stachen ihr in die Haut wie Nadeln. Sie schlotterte. Er nahm den Behälter mit der Handseife vom Waschbecken, schraubte ihn auf und schüttete ihn über ihrem Kopf und ihren Schultern aus.

»Einseifen«, sagte er. »Ich sehe zu. Überall.«

Sie tat, wie ihr geheißen. Wenigstens war das Wasser jetzt wärmer. Sie wollte alles von ihm abschrubben; die DNA war ihr egal. Sie rieb sich die Seife über die geschlossenen Augen und drückte die Finger fest in die Kopfhaut. Sie wusch sich die Arme, Brüste, den Bauch und zwischen den Beinen. Sie schaute wohlweislich nicht nach unten. Sie fürchtete, Blut in der weißen Emaillebadewanne zu sehen. Sie wollte es nicht wissen.

Sie hielt sich am Handgriff fest, unsicher, fixierte die grauen Linien zwischen den weißen Fliesen, als sie hinunterlangte, um sich die Füße zu waschen. Sie fragte sich, ob sie nun genug bestraft worden war oder ob ihr noch Schlimmeres bevorstand. Sie wollte sich irgendwo verkriechen, in ihrer Wohnung, die Kette vor die Tür hängen, die Vorhänge zuziehen und sich einfach nur verstecken und nie mehr wieder hervorkommen.

Simpson drehte das Wasser zu und reichte ihr ein Handtuch. Sie war dankbar für diese kleine freundliche Geste. Sie hatte nicht die Absicht wegzulaufen oder sich zu wehren. Sie war schwach.

»Meine Tochter ist zu alt, um adoptiert zu werden, deshalb bleibt sie wahrscheinlich bei ihrer nichtsnutzigen Mutter oder kommt langfristig in eine Pflegeeinrichtung. Ich werde trotzdem Kontakt zu ihr haben. In ein paar Jahren wird sie sehen, was für eine schwache, unbrauchbare Schlampe ihre Mutter ist, und sie kommt aus eigenem Willen zu mir zurück. Und keine von euch aufdringlichen Fotzen kann etwas dagegen tun. Und du hast deine Erinnerung an mich.«

Er ballte die Finger zur Faust, fasste sich aber, entspannte die Hand und strich sich die Haare aus dem Gesicht. Seine Kiefermuskulatur war immer noch angespannt. Sie war sich sicher, dass er sie nur zu gern schlagen würde, aber er wollte keine Spuren hinterlassen, die für die Welt leicht sichtbar waren.

Sie schlang die Arme um die Brust.

Ihr war wieder sehr kalt, das Zittern wurde schlimmer. Sie hatte starke Schmerzen im Unterleib, und Blut rann ihr an den Beinen herunter. Ihr wurde übel bei dem Gedanken an die Verletzung. Sie stand unter Schock. Sie konnte die Übelkeit nicht mehr unterdrücken, sie brach zusammen und würgte in die Toilettenschüssel. Dort blieb sie, auf Knien, froh, nicht mehr ihn ansehen zu müssen.

»Am besten, du sagst in der Notaufnahme, dass du ein bisschen heftigen Sex bei einem One-Night-Stand hattest«, sagte er. »So was würde ich dir sowieso empfehlen.«

Sie nickte.

Er sah sie ein letztes Mal prüfend an, als sie vor der Toilette kniete, voller Schmerzen, zitternd, nackt klammerte sie sich am Rand der Schüssel fest. Er fuhr sich noch einmal mit den Fingern durch die Haarsträhne, die ihm immer in die Stirn fiel, dann drehte er sich um und ging aus dem Bad.

Es gelang ihr, ein paarmal tief Luft zu holen. Die pochenden Schmerzen waren so stark, dass sie das Gefühl hatte, sie würde zweigeteilt werden. Sie war völlig kraftlos.

Sie nahm sich zusammen, ein, zwei Sekunden, dann kroch sie zur Tür. Sie langte hoch und drehte das Schloss zu. Sie sank auf den Boden, griff nach dem zu kleinen Handtuch, zog es sich fest um die Schultern, steckte den Kopf zwischen die Beine, damit sich der Raum nicht mehr drehte. Sie glaubte zu hören, wie die Haustür zufiel, aber sie war sich nicht sicher.

Es gab kein Fenster. Sie trug keine Uhr, daher konnte sie nicht sagen, wie viel Zeit vergangen war. Sie legte sich zusammengerollt auf die Fliesen. Ihre Gedanken wurden ruhiger, ihre Glieder wurden schwer, und dann konnte sie nur noch an Wasser denken. Sie brauchte Wasser. Sie wollte aufstehen und den Hahn aufdrehen, hatte aber nicht die Energie dafür. Sie sehnte sich nach einem schönen Krankenhausbett mit frischen weißen Laken und vielen Schmerzmitteln.

Hüfte und Schulter taten ihr weh, wo sie gegen den kalten, harten Boden drückten. Das Deckenlicht reflektierte auf den weißen Fliesen. Offenbar hatte sie ein wenig geschlafen. Sie spürte, dass sie allein in dem stillen Gebäude war. Sie zog sich in eine sitzende Position hoch und wartete, bis sie klar im Kopf wurde. Sie langte mit der rechten Hand nach oben zum Becken. Als sie versuchte aufzustehen, spürte sie einen stechenden Schmerz zwischen den Beinen und schnappte nach Luft. Sie biss sich auf die Lippe, bis der Schmerz nachließ. Ihre Beine waren schwach, aber sie trugen sie. Sie schloss die Augen, hielt eine Sekunde lang still, um sicher zu sein, dass sie nicht umfiel. Sie wollte nicht an die Schmerzen denken oder an die Verletzungen, die sie womöglich erlitten hatte. Sie brauchte einen Arzt. Sie sehnte sich nach ihren Anziehsachen. Sie entriegelte die Tür, wartete kurz, öffnete sie. Der Durchgang lag im Dunkeln. In der Dunkelheit fühlte sie sich sicherer, sie war schon genug ausgesetzt gewesen. Die Fotos. Es konnte sein, dass sie bereits im Internet zu sehen waren. Simpson hatte gewonnen. Sie hatte sich ihm völlig unterworfen. Er hatte sichergestellt, dass sie für alle Zeiten verwundbar war, degradiert. *Es ist nur ein Körper.*

Stella tastete sich an der Wand entlang ins Sprechzimmer. Als sie es erreicht hatte, bewegte sie sich langsam in dem spärlichen Licht, das durch die Fensterläden hereinfiel. Sie wollte diesen Raum nie mehr wiedersehen. Sie wollte einfach nur ihre Anziehsachen. Sie waren noch da, zusammengelegt über der Stuhllehne. Sie zog sich an, achtete darauf, dass sie nur kleine, langsame Bewegungen machte.

Ihre Tasche lehnte noch am Schreibtisch, wie vorhin. Sie schlüpfte in ihre Schuhe. Selbst die flachen Absätze verursachten ihr Schmerzen, deshalb zog sie die Schuhe wieder aus und steckte sie ein. Die Tasche hängte sie sich über die Schulter, das Mobiltelefon hatte sie noch in der Hand. Im Haus blieb es ruhig.

Sie war sich sicher, dass sie allein war.

Wieder fuhr sie mit der Hand an der Wand entlang, bis sie die Treppe erreichte. Der dicke Flor war angenehm unter den Füßen, während sie vorsichtig nach unten ging, Schritt für Schritt, und sich dabei am Geländer festhielt.

Sie zog an der Eingangstür, um zu prüfen, ob sie geschlossen war. Simpson hatte sie beim Hinausgehen zugemacht und würde nicht mehr hineinkommen können. Sie legte die Sicherheitskette vor, dann humpelte sie zu einem Stuhl im Wartezimmer und überlegte, was sie tun sollte. Durch die Schlitze in den Fensterläden sah sie die Autoscheinwerfer auf der Grove Road. Die einzige Nummer, die ihr einfiel, war der Notruf. Sie wählte, aber nach einem Mal Klingeln unterbrach sie die Verbindung. Es gab eine andere Nummer für Angelegenheiten, die kein Notfall waren, aber sie erinnerte sich nicht daran. Sie wollte nicht mit Fremden reden. Sie wollte nicht, dass noch jemand sie untersuchte, ihr wehtat, sie erniedrigte.

Ihre Augen hatten sich an das Dämmerlicht gewöhnt, und sie sah sehr gut. Sie hatte immer noch keine Ahnung, was sie tun sollte. Sie ging zum Sofa und setzte sich mit untergeschlagenen Beinen hin. Sie überlegte, einfach bis Montag so zu bleiben. Sie dachte an ihre Privatsphäre und an ihre Karriere. Sie brauchte Rat.

Nach ein paarmal Klingeln ging er ans Telefon. Sie fragte sich, wo er wohl war, immerhin war Freitagabend. Ob er mit Hannah und Izzy und den restlichen Freunden aus war.

»Pete«, sagte sie. »Hier ist Stella.«

»Stella«, sagte er. Er wirkte erfreut, von ihr zu hören.

Sie schwieg, wusste nicht, was sie sagen sollte.

»Alles in Ordnung?«, fragte er.

»Hör mal – kannst du vielleicht herkommen?«, sagte sie.

»Na klar.«

»Es ist nicht, was du denkst. Ich brauche einen Rat. Und bitte erzähl es niemandem.«

»Okay«, sagte er. »Wo bist du?«

Während sie auf ihn wartete, durchsuchte sie Annes säuberlich geordnete Schubladen nach Schmerzmitteln. Sie fand nur Paracetamol. Sie schaffte es, ein paar zu schlucken. Sie brauchte etwas Stärkeres. Sie blutete nicht mehr, das war wichtig, ihre Kleidung war trocken. Jegliche Verletzungen waren innerlich.

Sie hatte schlimme Krämpfe. Sie legte sich wieder auf das lederne Chesterfieldsofa im Wartezimmer. Sie hatte vergessen, Peter zu fragen, wo er war, daher wusste sie nicht, wie lange er zur Klinik brauchen würde. Er sollte sich beeilen. Sie fühlte sich, als hätte sie gerade einen Verkehrsunfall gehabt, ramponiert, geschunden, wund.

Um zehn Uhr hielt ein Auto auf der Zufahrt vor dem Gebäude. Sie warf einen Blick nach draußen: Peter stieg aus seinem Golf. Sie ging behutsam zur Haustür, nahm die glänzende Messingkette ab und drehte das große Messingschloss auf.

»Was ist mit dir passiert?«, fragte er, als sie hinausguckte.

»Komm rein.«

Sie schaltete das Licht in der Eingangshalle an, dimmte es aber auf die geringste Stufe. Sie vermutete, dass sie blass war, aber sie glaubte nicht, dass Simpson irgendwelche Spuren hinterlassen hatte. Sie fand keine Worte, es war strapaziös, ihm alles erzählen, alles noch einmal durchleben zu müssen.

»Könntest du mir bitte einen Tee machen?« Mehr brachte sie nicht hervor. »Oben an der Treppe ist eine Küche – sie ist klein, du findest alles. Mit Milch und viel Zucker.«

Er tat, worum sie ihn bat, ohne Fragen zu stellen, und sie war froh darüber. Aber sie zweifelte, ob es klug gewesen war, einen Polizeibeamten anzurufen. Das Letzte, wonach sie sich fühlte, war, alles zu erklären. Sie zog sich ein kleines Kissen auf den Schoß.

Pete hatte viel Milch in den Tee gegeben, er war nicht zu heiß. Er musste ihr die Tasse halten. Die Süße schien sie zu beruhigen, ihr Kopf fühlte sich nicht mehr so leicht an, als würde er von den Schultern abheben. Er setzte sich ihr gegenüber auf das Sofa, kräftig und verlässlich.

»Was hast du gemacht, als ich angerufen habe?«, fragte sie. Sie brauchte noch etwas Zeit.

»Ich habe für meine Prüfung zum Detective Inspector am Montag gelernt.«

Sie nickte. Sie hatte ihn bis hinaus nach St. John's Wood gezerrt, während er doch zu Hause sein sollte, um für die wichtigste Prüfung seiner Karriere zu lernen, und jetzt wollte sie ihm nicht sagen, was passiert war.

»Du siehst aus, als würdest du einen Arzt brauchen«, sagte er.

»Gib mir nur noch ein paar Minuten. Um hier zu sitzen.«

»Schon gut.« Er war geduldig, aber auch wachsam. Sie trank noch einen Schluck von dem milchigen, süßen Tee. Sie fühlte sich besser, sicherer, seit er bei ihr war.

»Das hier tut mir leid«, sagte sie.

»Mach dir keine Gedanken deswegen.«

Sie fühlte sich etwas weniger schwach, nicht mehr ganz so, als würde sie jeden Moment umkippen. »Wolltest du schon immer Polizist werden?«, fragte sie.

»Seit ich fünfzehn bin. Ich bin aus der Schule nach Hause gekommen, und jemand war in unser Haus eingebrochen – auf der Rückseite war ein Fenster eingeworfen. Der Schmuck meiner Mutter fehlte, nichts Wertvolles, aber alles, was sie von ihrer Mutter geerbt hatte. Im Haus herrschte ein völliges Durcheinander. Und das Schlimmste war, dass unsere Katze weggelaufen ist. Ich habe sie auf der Straße gefunden, von einem Auto überfahren.

Ich war so wütend. Ich wollte losziehen und die Kerle suchen und mich rächen.«

»Und jetzt bist du Polizist«, sagte sie.

Ihre Teetasse war leer. Sie hatte sie automatisch auf eine Zeitschrift gestellt, damit sie keinen Fleck auf Annes hölzernem Beistelltisch machte.

»Möchtest du noch einen?«, fragte er.

Sie schüttelte den Kopf.

»Bist du jetzt bereit zu reden?«

Da erzählte sie es ihm, in allen Einzelheiten – als würde sie es in einem Bericht aufschreiben. Leidenschaftlos. Alles. Die erniedrigendsten Details. Sie versuchte zu sprechen, als wäre das jemand anderem zugestoßen und nicht ihr selbst, und dabei klar und ruhig zu bleiben.

Peter legte ihr den Arm um die Schulter und drückte sie. Sie hatte keine Angst vor seiner Berührung. Er legte ihr die Lippen an die Stirn.

»Ich begleite dich zur Polizeiwache«, sagte er. »Ich bleibe bei dir. Sie rufen dir einen Arzt.«

»Ich habe mich noch nicht entschieden – ob ich es anzeigen will«, sagte sie.

»Je schneller du das tust, desto schneller können sie ihn festnehmen.«

Sie holte tief Luft, atmete langsam aus. »Ich muss darüber nachdenken«, sagte sie. »Deshalb habe ich zuerst dich angerufen. Ich will wissen, was passiert, wenn ich es anzeige.«

Er hielt sie weiter im Arm, und sie lehnte sich an ihn.

»Ich bringe dich zur nächsten Wache – in Swiss Cottage. Wir können um eine weibliche Beamtin bitten. Du erzählst ihr genau das, was du mir erzählt hast. Sie holen einen Arzt, der dich untersucht und Abstriche macht, um DNA sicherzustellen. Die Klinik werden sie als Tatort sichern, vielleicht finden sie Spuren hier. Aber wir müssen schnell handeln, für den Fall, dass dieses Schwein abhauen will.«

»Das glaube ich nicht. Da ist ein Verfahren anhängig, er versucht, das Sorgerecht für seine Tochter zu bekommen. Und er denkt, dass er auf der sicheren Seite ist.«

»Hat er dir mit irgendetwas gedroht?«

»Er hat gesagt, er würde Fotos ins Netz stellen. Und dass er behaupten würde, wir hätten ein Verhältnis – und damit würde er unterstellen, dass ich gegen meinen Moralkodex verstoßen habe. Er wird sagen, dass es kein vereinbarter Termin war, sondern dass ich ihn außerhalb der Öffnungszeiten hierher zu Sex eingeladen hätte. Wir haben uns einmal zufällig in einem Restaurant getroffen, er hat mir einen Drink spendiert, es gab viele Zeugen. Lange Geschichte.«

»Du musst das nicht erklären«, sagte er. »Bist du bereit?«

Sie zitterte jetzt wieder, ihre gesamte Hautoberfläche brannte, gleichzeitig war ihr eiskalt. Unter den grellen Lichtern der Polizeiwache würden die letzten Überreste ihrer Würde vernichtet, alle würden es erfahren. Die Fassade, die sie so gewissenhaft hinter ihrem Titel – *Dr. Davies* – aufgebaut hatte, würde zerbröckeln. Seine Aussage stünde gegen ihre Aussage. Sie würden ihre Vergangenheit hervorzerren. Eine Befragung auf der Polizeiwache, gefolgt von einer Gerichtsverhandlung, das wäre eine erweiterte Version dessen, was sie oben durchgemacht hatte, als sie Lawrence Simpson ausgeliefert gewesen war. Das war es nicht wert. Sie hatte genug mitgemacht. Mehr konnte sie nicht ertragen. Sie hielt sich mit letzter Kraft an ihrem Ich fest, während sie doch das Gefühl hatte, sie würde zusammenbrechen, auseinanderreißen, würde am Ende zerfallen und aufgeben.

»Du stehst unter Schock«, sagte er. »Eine halbe Stunde mehr wird nichts ausmachen. Ich warte mit dir.«

»Mir ist so kalt«, sagte sie. Er rutschte näher und legte beide Arme um sie. Sie wollte so bleiben, wollte sich nie mehr bewegen und sich nie mehr erinnern müssen. Sie hielt den Blick auf das dunkelrote Leder des Chesterfieldsofas gerichtet. Aberhunderte von Knöpfen begannen vor ihr herumzuwirbeln.

»Soll ich jemanden für dich anrufen?«, fragte er.

»Niemanden. Ich will nicht, dass es jemand erfährt. Es tut mir leid«, sagte sie. »Ich kann das nicht durchziehen. Ich werde nicht anzeigen, was passiert ist.«

Sie konnte melden, was Simpson ihr angetan hatte, aber die öffentliche Schmach würde ihr ebenso wenig erspart bleiben wie ihm. So oder so, sie würde vor ein Ethikkomitee treten müssen.

Die Zeitungen könnten ein Foto von ihr bringen, und das professionelle Ansehen, an dem sie so hart gearbeitet hatte, wäre zerstört. Sie wusste, wie kurz Gefängnisstrafen für Vergewaltigung ausfallen konnten – falls es überhaupt zu einer Verurteilung kam.

Sie hatte eine Alternative: Sie konnte den Mund halten, sich von dem Simpson-Gutachten zurückziehen, ihr Leben weiterführen. So tun, als ob.

»Stella, diese Entscheidung muss nicht ich treffen, aber ich halte es für sehr wichtig, dass du zur Polizei gehst. Heute Abend noch.«

»Wenn ich zur Polizei gehe«, sagte sie, »dann kann ich meine Aussage doch nicht widerrufen, oder? Sie können ermitteln, selbst wenn ich sie bitte, es nicht zu tun.«

Er nickte.

Sie schüttelte den Kopf. »Ich kann nicht.«

»Theoretisch«, sagte er, »könnte ich das selbst zur Anzeige bringen.«

»Das würdest du mir nicht antun.« Sie sah ihm in die Augen. »Sag mir, dass du das nicht machst.«

»Ich weiß, dass du unter Schock stehst«, sagte er, »aber es ist wichtig, dass du es der Polizei meldest.«

»Das sagst du, weil du Polizist bist.«

»Ich sage das, weil du mir wichtig bist. Es ist das Beste für dich. Er läuft einfach frei herum, er könnte noch andere verletzen. Und wenn er nicht festgenommen wird, lebst du in Angst.«

Sie löste sich von ihm. »Pete, wir sind seit Jahren befreundet, aber du weißt nicht alles über mich.«

Ihr Magen beruhigte sich langsam, genauso wie ihr Kopf; alles setzte sich. Das Kreuz tat ihr noch weh, deshalb lehnte sie sich zurück und legte vorsichtig einen Fuß nach dem anderen auf den Beistelltisch. Wie sich Anne doch über den Anblick ihrer Füße auf den Zeitschriften ärgern würde, dachte sie bei sich.

»Ich muss mit meinem Chef reden. Er ist Psychiater. Ich brauche eine andere Sichtweise. Ich muss darüber nachdenken, wie es sich auf meine Karriere auswirkt, wenn das herauskommt.« Ihre Stimme klang jetzt fester, aber als sie nach unten blickte, zitterten ihre Hände noch. Max' Handynummer fiel ihr nicht ein, obwohl sie sie normalerweise auswendig wusste.

»Kannst du für mich wählen?«, bat sie.

Sie reichte Peter ihr Telefon. »Drück auf die grüne Taste«, sagte sie. »Dann M, sein Name kommt als Erstes: Max.«

Hilltop, 01:30 Uhr

Das Fenster war zersplittert; sie hatte nicht damit gerechnet, dass es so laut sein würde. Überall Glas. Sie hatte die Scheibe gar nicht einwerfen wollen. Sie wusste überhaupt nicht mehr, warum sie das getan hatte. Manchmal überwältigte ihre Wut sie einfach. Ihre verrückte Seite. Überall in ihr war Hass, wie ein Feuer, er verzehrte sie bei lebendigem Leib.

Sie rannte auf die Bäume am hinteren Ende des Gartens zu. Die Kälte traf sie wie der Knall einer Waffe, brannte ihr in Augen, Mund und Ohren. Sie hatte vergessen, wie schlimm es draußen war.

Scheiße. Verdammte Scheiße.

Er rief sie, verfolgte sie.

Sie hatte einen wirklich schlimmen Fehler begangen. Sie wollte nur wieder heim, in ihr Bett. Zu ihrer Mutter. Es musste hier doch irgendwie rausgehen. Aber sobald sie zwischen den Bäumen war, war alles nur noch schwarz. Sie wusste nicht, was sie tun sollte. Sie sah nichts, sie fand keinen Weg. Nur Dunkelheit. Schwarze, eisige Kälte. Sie musste langsamer machen. Sie zählte zehn schlurfende Schritte, streckte die Hände vor sich aus. Millionen Nadeln pikten ihr in die Handflächen. Ihre Knie gaben nach, und sie sank in das weiche Kissen aus Schnee.

»BLUE!«

Die Polizei hilft einem nicht. Die glauben kein Wort von dem, was man sagt.

Die eisige Luft stach ihr ins Gesicht. Ihre Hände brannten so schlimm, dass es ihr den Verstand raubte. Sie wollte sich nur noch hinlegen. Wenn sie draußen im Schnee blieb, dann gab sie auf, das wusste sie; sie würde einschlafen und wahrscheinlich sterben. Sie hatte diese blöde, fette grüne Statue der Ehefrau direkt an den Kopf werfen wollen.

Sie würden sie ihrer Mutter wegnehmen. Wieder einmal.

Sie hasste Max Fisher. Ihn hasste sie am allermeisten. Sie wollte ein Messer, wollte sich die Arme aufschlitzen und die Wut und die Kälte aus ihr ausbluten lassen. Sie schob ihre wunden Hände in die Taschen, tastete vorsichtig nach der Glasscherbe: ein langes, dünnes Dreieck.

Doch als die Kälte überhandnahm, ließ das Feuer in ihr nach. Sie gab auf. Sie steckte den Kopf zwischen die Knie und wartete. Sollten sie doch mit ihr anstellen, was sie wollten. Sie mochte nicht draußen im Schnee sein. Sie wollte eigentlich gar nicht sterben. Sie war nicht verrückt.

Sie hörte ihn, er kam näher, seine Stiefel knirschten. Sie schloss die Augen. Unsichtbar. Er stand einfach da. Er versuchte nicht, sie anzufassen oder so.

»Gehen wir zurück ins Haus«, sagte er. »Du musst keine Angst haben.«

Sie hob den Kopf und hielt ihm die Hände hin. »Ich blute.«

Er bückte sich, um es sich anzusehen. Sie streckte ihm die Arme entgegen, höher. Er hob sie hoch.

Sie schlang die Arme um seinen Hals und legte ihm den Kopf auf die Schulter. Sie schloss die Augen, stellte sich vor, es wäre er. Seine Hände waren um ihre Taille und unter ihren Knien. Sie fühlte sich, als wäre sie sechs Jahre alt. Er ging langsam und gleichmäßig, es war ein friedliches Gefühl, so getragen zu werden. Es war so ruhig.

Er stolperte, als er versuchte, die rutschigen Stufen der Terrasse hochzusteigen, und sie hielt sich fester.

Ein grelles Licht drang durch ihre Augenlider. Sie blinzelte.

Stella stand neben dem beschissenen Fenster und richtete eine Taschenlampe direkt auf sie. Sie sah ängstlich aus und so, als ob es ihr leidtäte. Sie war ganz bleich geworden und atmete, als hätte sie einen Asthmaanfall oder so.

»Ich wollte dir keine Angst machen«, sagte Stella. Ihr schien übel zu werden, als sie das Blut sah. »Hast du Schmerzen?«

Sie ließ das Gesicht weiter an der Schulter des Polizisten ruhen. »Sie ist nicht sehr weit gekommen«, sagte er.

Gleich nachdem sie das Haus betreten hatten, wollte er sie absetzen. Sie wäre lieber weiter getragen worden. Sie würde ihnen nicht helfen; leicht machen wollte sie es ihnen nicht. Sie ließ die Beine hängen und weigerte sich zu laufen. Stella kam herbei und hielt sie an einem Arm, er nahm den anderen. Sie ließ sich zwischen den beiden fallen, sodass sie Blue halb heben, halb mitschleifen mussten. Im Haus herrschte ein völliges Durcheinander. Totales Chaos. Außerdem war es drinnen auch kalt.

»Ins Arbeitszimmer«, sagte Stella.

Sie schleiften sie durchs ganze Wohnzimmer, durch die Eingangshalle und ins Arbeitszimmer. Sie machte sich absichtlich schwer. Stella sollte leiden. Sie sollte dafür bezahlen, dass sie Blue eine verrückte Lügnerin genannt hatte.

Das Fenster im Arbeitszimmer war winzig: lang und schmal und hoch oben an der Wand. Es gab keinen Weg hinaus.

Als sie Blue losließen, stolperte sie, fiel auf die Knie. Ihre Kleidung brannte auf ihrer Haut. Sie riss sie herunter, versuchte, die Arme aus der Jacke zu bekommen; sie schüttelte sie ab, alles war verheddert, sie bekam die Beine nicht aus der Hose heraus, sie hüpfte durchs ganze Zimmer.

»Hör auf, Blue.« Stella hielt sie fest. Ihre Stimme war sanft und freundlich.

Ihre Haut war jetzt klamm und kühl, das Brennen hatte aufgehört, aber der Schnee war wieder in ihr, und ihr wurde nicht warm. Sie blutete, überall waren Flecken.

Die beiden wickelten sie in eine Decke ein und hoben sie in einen tiefen, weichen Sessel.

Stella rieb ihr die Arme und den Rücken. »Ich glaube, sie ist unterkühlt«, sagte sie. »Wir müssen ihre Temperatur stabil halten.«

Sie erstickten sie in Decken. Sie blutete von den Schnitten in ihren Händen, durchtränkte alles, auch den Sessel.

Der Polizist zog sie an den Armen, streckte sie aus, untersuchte ihre Hände auf Glassplitter hin, schob ihr die Ärmel hoch, begutachtete auch die alten Narben. Er hatte Handschuhe an. Sie beobachtete, was er mit der Pinzette machte, aber es war, als würde sie einen fremden Körper betrachten, als würde jemand anders bluten. Sie spürte nichts.

Stella wandte den Blick ab. Als würde sie gleich in Ohnmacht fallen.

»Ich glaube nicht, dass viel Schaden angerichtet wurde«, sagte der Polizist. Er log, tat fröhlich. »Es sind nur wenige Glassplitter. Ich hole ein paar davon heraus und desinfiziere die Wunden. Du wirst zu einem richtigen Arzt müssen.«

»Zur nächsten Notaufnahme fährt man dreißig Minuten«, sagte Stella. »Wenn die Straßen vereist sind, noch länger.«

Er hielt ihren Arm, streckte ihn entlang der Armlehne des Sessels aus, mit den Fingern umschloss er ihr Handgelenk. Sie zuckte nicht zurück, als er mit den scharfen Spitzen der Pinzette in die Wunden eindrang. Sie hoffte, dass er wusste, was er tat. Langsam zog er einen Glassplitter heraus. Es stach, als er ihn herausholte, sie presste die Lippen zusammen, aber sie stöhnte. Er machte es noch einmal, stieß die Spitze der Pinzette in ihre blutigen Hände, immer wieder. Es dauerte eine Ewigkeit. Als er fertig war, legte er die Pinzette auf das Handtuch, neben die Glasstückchen. Stella bückte sich und trug alles davon. Er bandagierte ihr Hände und Handgelenke ein. Aber das konnte er nicht gut, ihre Handflächen waren so dick umwickelt, dass sie aussah wie ein Boxer.

Sein Shirt war voll mit ihrem Blut. Seine Jeans war klatschnass.

Stella setzte sich auf die Armlehne des Sessels und machte Anstalten, ihr über die Haare zu streichen. Sie ließ es zu. Stella hatte Mitleid mit ihr. Stella war kein schlechter Mensch. Blue würde auch um Max kämpfen, wenn er ihr Mann wäre. Sie würde auch nichts Schlechtes von ihm glauben wollen.

Von der Eingangshalle her waren Geräusche zu hören. Jemand kam durch die Haustür.

»Ich bin zu Hause«, rief er.

Es war er. Wärme breitete sich in ihr aus, floss von tief in ihrem Bauch hinauf durch die Arme und hinunter zu den Zehen. Es kribbelte. Wie Champagner.

Hilltop, 02:00 Uhr

Ihr Mann stand in der Tür zum Arbeitszimmer. Er hatte den Mantel über den Arm gehängt und hielt seine Arzttasche in der Hand. Er war ruhig und gefasst und schaute durch sie hindurch, als wäre sie unsichtbar.

Niemand rührte sich.

Blue steckte unter einer Decke. Stella hockte auf der Kante ihres Sessels, war immer noch aufgeregt von ihrem kurzen Ausflug nach draußen.

»Peter?«, sagte Max. Die Anwesenheit ihrer alten Flamme schien ihn mehr zu überraschen, als Blue hier zu sehen.

Peter lehnte an Stellas Schreibtisch, die Arme verschränkt, das Hemd verschmiert mit Blues Blut. Er nickte. Er kam nicht gerade mit ausgestreckter Hand auf Max zugerannt.

»Stella hat angerufen. Sie hat mich gebeten herzukommen«, sagte Peter. »Was führt Sie um diese Uhrzeit hierher?«

Max setzte seine Tasche auf dem Boden ab. Er kam nicht näher. Er umarmte sie nicht. Es lag nicht an der Anwesenheit der unerwarteten Gäste, dass er sich zurückhielt; es war eigentlich nie anders, wenn er nach Hause kam. Stella hatte gelernt, mit der Distanz zwischen ihnen zu leben.

Sie sah die Szene durch Peters Augen: ein Mann, der sich nicht für seine Frau interessierte. Dem sie gleichgültig war.

Sie fragte sich, ob Max der Kuss mit Peter kümmern würde, wenn er davon wüsste. Sie konnte nur hoffen, dass irgendwo hinter seinem unergründlichen Äußeren vielleicht ein ganz klein wenig Eifersucht aufflackerte. Er wusste, dass sie miteinander geschlafen hatten, einmal. Aber sie konnte kaum die Energie aufbringen, die sie brauchte, um sich selbst zu täuschen.

»Sind Sie noch bei der Polizei?«, fragte Max.

Peter nickte. »Ja. Ich nehme an, jemand von der Met Police hat Sie ausfindig gemacht. Und nach einer Patientin von Ihnen gefragt, die vermisst gemeldet wurde.«

»Dieses Mädchen ist heute Abend hierhergekommen.« Stella legte Blue die Hand auf die Schultern, als wolle sie die Aufmerksamkeit auf die Person lenken, die in diesem Raum am wenigsten zu erwarten war. »Sie behauptet, sie heißt Blue. Offenbar weißt du, wer sie ist, und du kennst die Familie …«

»Warum ist es so kalt hier drinnen?«, fragte Max.

»Weil im Wohnzimmer ein Riesenloch ist«, sagte Stella. »Unser Gast hat den Buddha deiner Mutter durchs Fenster geworfen.«

»Ich verstehe.«

»Sie sagt, sie ist deine Patientin.«

Max nickte. »War«, sagte er. »Sie war meine Patientin.« Er schien nicht das Gefühl zu haben, etwas erklären zu müssen. Die Wut, die in Stellas Solarplexus köchelte, wurde stärker.

»Blue hat sich an der Fensterscheibe geschnitten«, sagte Stella. »Pete hat versucht, sie zu verarzten.«

Max' Anblick hatte Blue etwas munterer gemacht. Sie saß wach und aufrecht im Sessel, die Decke war ihr um die Hüfte gefallen. Sie starrte Max an, als würde ihr Leben davon abhängen. Ihre Haare waren noch nass vom Schnee, ihre Hände waren ein grotesker Anblick, mit dicken weißen Verbänden, durch die das Blut sickerte. Ein Lächeln breitete sich auf ihrem Gesicht aus und ließ ihre Augen aufleuchten, während sie ihn anblickte.

Stella wusste, wie sie sich fühlte.

Nach ein paar Augenblicken konnte Blue nicht mehr an sich halten, sie rannte auf Max zu und vergrub den Kopf an seiner Brust.

Max war peinlich berührt. Er zog an ihren Armen, versuchte, sich aus ihrem Griff zu befreien.

Ihr vierundvierzigjähriger Ehemann würde niemals den Reizen eines gestörten Teenagers erliegen. Nicht einmal, wenn das Mädchen so verführerisch war wie Blue. Bestimmt nicht.

»Woher hast du meine Privatadresse?« Er hielt sie auf Armeslänge von sich weg.

»Aus dem Internet«, sagte Blue.

»Und woher hast du meine Privatadresse wirklich?«

»Ich hab sie auf einem Umschlag in Ihrer Praxis gesehen.«

Stella merkte, dass Max' Kälte auf Blues Stimmung drückte. Ihr wunder Daumen wanderte um ihren Mund herum, und sie ließ sich schmollend in ihren Sessel fallen.

»Wie konntest du mir das antun?«, fragte Stella. »Wie konntest du sie behandeln, ohne es mir zu sagen? Sie hätte ihren Vater mit hierherbringen können.« Sie sprach knapp, angespannt.

Peter hielt sich wohlweislich zurück, schaute zwischen den dreien hin und her. Sein Gesichtsausdruck war wie ein anrollender Donner. Stella hasste sich dafür, dass sie ihn schon wieder in die Sache verwickelt hatte. Er versuchte immer noch, ihr zu helfen, und sie war immer noch jenseits der Rehabilitation. Und diesmal könnte es ihn teuer zu stehen kommen.

»Stella, das ist jetzt *nicht* der richtige Zeitpunkt.« Max sprach mit ihr im selben Ton wie mit Blue. Besorgt, aber herablassend. Er wandte ihnen den Rücken zu, als hoffte er, sie wären verschwunden, wenn er sich wieder umdrehte. Er strich sich mit der Hand über die Haare. Dann stellte er seine Tasche auf Stellas Schreibtisch und suchte etwas darin.

»Sie muss im Krankenhaus behandelt werden. Und wir müssen bald los«, sagte Max. »Sie rechnen mit noch mehr Schnee, und bald komme ich hier nicht mehr weg. Die Zufahrt und der Hügel werden nicht mehr befahrbar sein.«

»Ich hatte gehofft, du könntest vielleicht mit ihr reden«, sagte Stella. »Du bist ihr Therapeut – der Mensch, auf den sie am wahrscheinlichsten reagiert. Ich muss wissen, ob ihr Vater auf irgendeine Art und Weise mit diesem Besuch zu tun hat.«

Er schüttelte den Kopf, sah sie immer noch nicht direkt an. »Nichts von dem, was sie sagt, ist verlässlich. Das Wichtigste ist, dass ihre Medikation stabilisiert wird. Sie muss in eine psychiatrische Abteilung eingeliefert werden.«

»Ich will meine Jacke«, sagte Blue. Sie hatte wieder etwas mehr Farbe bekommen.

»Frierst du?«, fragte Stella. »Du kannst einen Pullover von mir haben.«

»Ich will nur meine eigene Jacke.«

Stella fand sie auf dem Boden hinter dem Sessel und hob sie auf. Blue schob ihre verbundenen Hände durch die Ärmel. Sie ging hinüber zu Max und stellte sich direkt vor ihn. Erwartete etwas.

»Ich bringe dich in ein Krankenhaus«, sagte Max.

Blue wandte ihr kleines Gesicht hoch zu seinem.

Sie tat Stella leid. Blue sollte ihre Schönheit genießen, sollte in einen Jungen ihres Alters verliebt sein, glücklich. Nicht gepeinigt in Hilltop.

»Sie sollen ihnen erzählen, was passiert ist«, sagte Blue. »Sagen Sie ihnen, dass wir zusammen waren – oft, in Ihrem Sprechzimmer. Dass Sie die Hände nicht von mir lassen konnten.«

Sie lächelte zu ihm auf, ein bleicher, wirrer Engel.

»Komm«, sagte Max. »Setz dich.« Er sprach sanft, während er gleichzeitig ihre Hände entschieden von seiner Jacke wegzog und sie zurück zum Sessel führte. »Die Fahrt zum Krankenhaus könnte bis zu einer Stunde dauern. Ich gebe dir eine Spritze, bevor wir losfahren. Das entspannt dich und lindert die Schmerzen in den Händen.«

»Ich will keine Spritze«, sagte Blue. Sie hatte den Daumen im Mund, und Tränen glänzten in ihren Augen. Aber sie hielt still und wartete, während Max zwei Spritzen vorbereitete und sie in einer nierenförmigen Pappschale auf der Lehne ihres Sessels abstellte.

»Ist das wirklich notwendig?«, fragte Stella. »Sie ist schon bis zum Gehtnichtmehr vollgepumpt mit Medikamenten, und ich habe ihr gestern Abend eine Schlaftablette gegeben – ist es denn sicher, ihr noch mehr zu verabreichen?«

»Schau dir doch ihren Zustand an«, sagte Max. »Unter eurer Aufsicht hat sie ein Glasfenster zerschmissen und sich die Hände aufgeschlitzt. Glaubt ihr wirklich, ich gehe das Risiko ein, dass sie sich wieder verletzt? Die Fahrt zur Notaufnahme wird bei diesem Wetter bestimmt kein Vergnügen.«

Da hatte er nicht unrecht, das musste Stella zugeben. Irgendwie schien es typisch für Max zu sein, am Ende zu kommen, das Kommando zu übernehmen und dafür zu sorgen, dass sich alle anderen unfähig fühlten. Sie traute ihm zu, das Richtige zu tun, aber er konnte so selbstsicher sein, dass es beinahe schon herrisch wirkte. Auf jeden Fall mochte er keine Einmischung.

Stella schämte sich dafür, wie sie das Mädchen im Stich gelassen hatte – schon wieder. Sie hatte Blue schon zuvor hängen lassen. In ihrem Gutachten hatte der entscheidende Befund gefehlt, dass Simpson ein Psychopath war. Sie hatte Blues Vater nicht bei der Polizei angezeigt, und so hatte er weiterhin seine Familie quälen können. Blue verdiente die Hilfe, die sie brauchte.

Stella würde warten müssen, bis Blue sicher im Krankenhaus war, bevor sie irgendwelche Details von ihrem Mann in Erfahrung brachte.

»Ich mag keine Spritzen«, winselte Blue. Sie wand sich in dem Sessel, vergrub sich tief im hintersten Winkel und zog die Knie hoch.

Peter starrte Max mit unverhohlener Abneigung an. Aber auch er mischte sich nicht in die Angelegenheiten zwischen Arzt und Patientin ein.

Max ignorierte Blues Not. Er langte hinunter, um ihr den Ärmel hochzuschieben. »Es tut nicht sehr weh«, sagte er.

Blue drehte sich weg, rückte von ihm ab. Sie schlug gegen Max' Hand, sodass die Spritzen, die Ampullen und die nierenförmige Schale auf den Boden fielen.

Stella sah nicht, wo die Glasscherbe herkam. Blue hielt sie plötzlich in ihrer verletzten Hand und richtete die Spitze auf Max' Kehle, über seinen pulsierenden Adamsapfel. Blue war aufgesprungen und reckte sich vor, das Gesicht mit gebleckten Zähnen zu einer hässlichen Grimasse verzogen, und drückte die kleine Glasscherbe immer tiefer und fester in seine Haut.

Stella konnte weder sprechen noch sich bewegen, ihre Kehle war zugeschnürt, ihre Muskeln waren verkrampft.

Max. Sie war dabei, ihn zu verlieren.

Peter war nur eine Armeslänge entfernt, bereit, sich auf Blue zu stürzen, aber er wartete – worauf?

»Ich liebe Sie«, sagte Blue. »Ich könnte Sie töten.«

Zitternd holte sie tief Luft und schob die Scherbe kratzend nach oben, bis sie an Max' Lippen ruhte. Max hatte ausnahmsweise einmal nichts zu sagen.

Peter ergriff das Wort: »Blue, leg die Glasscherbe bitte weg. Geh einen Schritt zurück. Wir finden eine Möglichkeit, dir zu helfen. Das verspreche ich dir.«

Blue ließ die Scherbe dort, wo sie war. »Ich tue ihm nichts, wenn er die Wahrheit sagt.«

»Welche Wahrheit?« Max sprach leise, durch zusammengebissene Zähne. Er sah kleiner aus, als Stella ihn in Erinnerung hatte, ohne seine Autorität und seine sorgfältig bemessene Distanz und seine Arzttasche.

»Dass ich nicht verrückt bin«, sagte Blue. »Dass ich keine Lügnerin bin. Ich will, dass *Sie* es ihnen sagen.«

Aus den Augenwinkeln heraus bemerkte Stella, wie Peter sich langsam vorwärtsbewegte. Sie hielt ganz still, richtete den Blick wieder auf Blues Gesicht. Das Mädchen durfte auf keinen Fall völlig durchdrehen. Es war noch nicht zu spät.

Blue bewegte die Glasscherbe wieder nach unten, zu Max' Adamsapfel. Sie schob sie langsam von einer Seite zur anderen, liebkoste ihn. Er hielt den Atem an, starrte zur Decke hoch.

Lawrence Simpsons Gesicht schwebte vor Stella in der Luft. Seine wässrig blauen Augen, das sadistische Lächeln, sein außerordentliches Vergnügen an ihrer Schande, ihrer Machtlosigkeit und ihrem Leiden. Wie der Vater, so die Tochter. Sie warf sich mit voller Wucht auf das Mädchen, drängte Blue weg von Max. Blue schrie und ging auf Stellas Gesicht los. Stella duckte sich, schützte den Kopf mit den Armen. Blue keuchte und schluchzte. Stella sah nichts, erwischte die einbandagierten Hände nicht, bevor die Glasscherbe wieder auf sie zukam. *Bitte, nicht meine Augen.*

Aber Peter hatte das Mädchen jetzt, er drückte Blue an sich, hielt ihre Arme seitlich fest.

Und Blue war schnell gebändigt. Sie kämpfte nicht; die Scherbe fiel ihr einfach aus der Hand auf den Boden.

»Du ziehst jetzt lieber die Jacke aus und gibst sie mir«, sagte Peter. Er stand hinter dem weinenden Mädchen und hielt Blue fest, während sie die Jacke erst auf der einen Seite abschüttelte und dann auf der anderen, bis sie zu ihren Füßen zu Boden fiel. Stella durchsuchte die Jacke nach weiteren Waffen. Die Reißverschlusstaschen waren leer, bis auf ein kleines Mobiltelefon, das sie herausnahm und in ihre Gesäßtasche schob.

Sie hielten Blue ausgestreckt auf dem Boden fest. Stella drückte die Beine nach unten, Peter nahm die Handgelenke.

Max hob unbeeindruckt seine Utensilien vom Boden auf.

»Alles in Ordnung?«, fragte er Blue.

Blue nickte. Ihre Wangen waren tränennass.

»Was ist das für Zeug?«, fragte sie Max.

»Ich hätte es dir vorher richtig erklären sollen«, sagte er. Er hielt die kleine gläserne Ampulle hoch. »Das hier hilft dir zu entspannen. Das andere ist eine Tetanusimpfung. Das ist sehr wichtig, damit du von den Schnitten nicht krank wirst.«

Stella verspürte Zärtlichkeit für ihn und Stolz, während er daran arbeitete, das verängstigte Mädchen in den Griff zu bekommen.

»Okay.« Blue nickte. Jetzt gab sie sich Mühe, sie wollte brav und tapfer sein. Für Max.

Max bereitete die Injektionen für seine zitternde Patientin vor. Er hob die Nadel, ein paar Tropfen spritzten aus der Spitze. Er presste die Handfläche auf ihren Arm. Kalter Stahl durchdrang ihre weiche Haut. Als er den Kolben hinunterdrückte, zuckte das Mädchen vor Schmerzen zusammen, schrie kurz auf und hielt sich dann den Mund zu.

Stella wurde einen Moment übel, als Max die Nadel herauszog. Er wischte einen Blutstropfen weg. Dann hob er die zweite Spritze.

Ihr rationales, geistig gesundes Ich stellte seine Unschuld nicht in Frage. Und doch gingen ihr Blues Worte immer wieder durch den Kopf.

Seine Patienten vertrauten darauf, dass er ihnen nicht schadete. Max konnte mit Blue anstellen, was er wollte, sie war ihm völlig ausgeliefert.

Er war ihr Ehemann, und sie liebte ihn.

Als es vorbei war, ließen Stella und Peter Blue los. Sie schob sich hoch in den Schneidersitz und streckte den Arm aus. Sie starrte den Blutstropfen an, der sich in der Armbeuge gebildet hatte, und die dicken Bandagen um ihre Hände. Sie wackelte mit ihren geschundenen Fingern. »Ich will zu meiner Mama«, sagte sie.

Stella streckte den Arm aus und rieb Blues Schulter. Blue hatte keine Ahnung, was sie vor sich hatte. Mit ihrer Krankengeschichte und ihrem Verhalten während der letzten paar Stunden würde sie ziemlich lange nicht mehr nach Hause kommen. Wenn überhaupt jemals wieder. Kein Zuständiger würde sie nach dem, was sie preisgegeben hatte, wieder der Obhut ihrer Mutter überlassen. Sie tat Stella unendlich leid. Was für ein Leben.

»Braves Mädchen«, sagte Max. »Wir warten ein paar Minuten, bis die Spritze wirkt, dann fahren wir.«

Blue legte sich auf den Boden, hielt sich den Arm. Sie schloss die Augen.

»Sie scheint halb bewusstlos zu sein«, sagte Peter. »Hatten Sie nicht gesagt, das sei ein Muskelrelaxans?«

»Es geht ihr gut«, sagte Max. Er fing an, Anweisungen zu erteilen, und sah Blue kaum dabei an. »Kannst du ihr etwas Trockenes und Warmes zum Anziehen bringen? Und könntest du das kaputte Fenster irgendwie abkleben? Vielleicht erreichst du ja einen Notreparaturservice. Wir müssen das Haus absichern.«

Stella stand auf, um zu erledigen, was Max ihr aufgetragen hatte, aber sie fühlte sich nicht wohl dabei. Sie hatte sich mittlerweile daran gewöhnt, auf das Mädchen aufzupassen. Es kam ihr nicht richtig vor, ihr von der Seite zu weichen.

Max war Blues Arzt; bei ihm war sie sicher.

Stella schaute von Blue zu Max. Sie ließ sich nicht von den abenteuerlichen und schrecklichen Anschuldigungen des Mädchens beeinflussen. Sie musste ihrem Mann vertrauen und tun, worum er sie bat. Er war alles, was sie hatte.

Grove Road Clinic, Mai 2009

Stella und Peter warteten in qualvollem Schweigen auf das Eintreffen von Max. Stella überlegte, wie sie ihm wohl erklären sollte, was sie getan hatte und was für ein Risiko sie eingegangen war. Der Skandal könnte den Ruin für die Klinik bedeuten. An der Praxis würde für immer etwas hängenbleiben, sie war ein Ort, an dem jemand vergewaltigt worden war oder, schlimmer noch, wo eine Psychologin mit einem Patienten geschlafen hatte. Während der Ermittlung würde die Klinik zweifellos geschlossen werden, solange die Spurensicherung die Sprechzimmer durchkämmte und die Mitarbeiter befragte.

Sie hatte keinen Widerstand geleistet, sie hatte nicht einmal einen blauen Fleck. Lawrence Simpson konnte behaupten, was er wollte. Er konnte wahrheitsgemäß erzählen, dass sie mit ihm allein sein wollte, er konnte betonen, dass er unbewaffnet war. Er war kein unattraktiver Mann, und sie war jung.

Sie fragte sich, wie Max die Situation wohl betrachten würde. So oder so, sie hatte Grenzen überschritten und den Preis dafür bezahlt.

Sie sollte sich keine Vorwürfe machen. Sie hatte Max gegenüber ihre Bedenken hinsichtlich Simpson geäußert. Sie hoffte, er würde Vertrauen in sie haben, würde sich ihr gegenüber loyal zeigen und ihre Geschichte glauben.

Peter saß nahe bei ihr, aber zwischen ihnen hatte sich ein Graben gebildet. Sie spürte, dass er noch einmal mit ihr über die Anzeige reden wollte, und sie wusste, dass er sie am liebsten sofort auf eine Polizeiwache gebracht hätte, aber er hielt sich zurück.

Wieder hörte sie das Knirschen von Reifen auf Kies, als Max in seinem Mercedes kam. Stella saß auf dem Chesterfieldsofa und lauschte, wie sich sein Schlüssel im Schloss drehte und die Tür aufging. Sie hatte sein wertvolles Wochenende gestört, und er würde über diesen Eingriff nicht gerade erfreut sein. Hoffentlich war er nicht verärgert. Sie hätte seine Praxis im Alleingang lahmlegen können.

Verwirrt betrachtete Max die beiden, die mitten in der Nacht in seinem Empfangsbereich auf dem Sofa saßen.

»Peter ist ein Freund von mir«, sagte Stella. »Und er ist bei der Polizei. Deshalb habe ich ihn angerufen.«

»Was ist passiert?«, fragte Max. Nicht verärgert, sondern besorgt.

Stella war dankbar, dass er gekommen war, und erleichtert. Sie brauchte seinen Rat – er musste ihr genau sagen, was sie tun sollte. Wenn sie Glück hatte, würde er ihr helfen können, das durchzustehen, ohne dass ihre geistige Gesundheit und ihre Karriere Schaden nahmen.

Beim Sprechen blickte sie auf ihre sauber geschrubbten Fingernägel hinab. Sie achtete darauf, langsam zu sprechen, denn sie wollte sich nicht mitten auf den cremefarbenen Klinikteppich übergeben. Sie wollte die ganze Tortur nicht noch einmal durchmachen, sondern sich durch einen langen, dunklen Tunnel zurückziehen, an einen fernen und friedlichen Ort, aber sie zwang sich zurück.

»Ich habe mit Lawrence Simpson einen Termin außerhalb der Sprechzeiten ausgemacht. Wir waren allein im Haus. Er hat mich vergewaltigt und außerdem Nacktaufnahmen von mir gemacht und gedroht, sie ins Internet zu stellen. Fotos, auf denen ich aussehe, als hätte ich Spaß. Er hat gesagt, wenn ich den Vorfall anzeige, würde er abstreiten, dass es eine Vergewaltigung war, er würde behaupten, es sei einvernehmlich gewesen. Er weiß, dass er den Kampf um das Sorgerecht verlieren wird. Ich war seine letzte Szene vor dem Abgang.«

»Sind Sie verletzt?«, fragte Max.

Sie nickte. Sie wollte nicht weinen.

»Wir müssen Sie zu einem Arzt bringen«, sagte Max.

»Ein paar Stunden in der Notaufnahme stehe ich nicht durch.«

»Ich kenne eine praktische Ärztin. Ich kann sie anrufen, damit sie herkommt.«

»Ja, bitte.« Sie war sehr dankbar, dass er sich um sie kümmerte.

Sie sah, wie Peter die Lippen bewegte, während er mit Max sprach, aber sie hörte nur Rauschen, seine Worte gingen unter. Sie hatte Angst, dass die beiden sie allein lassen würden. Das hielte sie nicht aus. Max ging, aber Peter blieb. Er ließ sich wieder nieder, am anderen Ende des Sofas, und sah Stella an, die steif und aufrecht und verschlossen dasaß. Max kehrte mit einem weißen Kliniklaken zurück, wie sie es in den Sprechzimmern benutzten. Er hüllte sie darin ein und hielt ihr zwei Tabletten hin. »Eine ist gegen die Schmerzen, die andere ist ein Tranquilizer«, sagte er.

Sie nahm sie. Es war ihr egal, was das war, sie würde alles schlucken, um zu entkommen. Max reichte ihr ein Glas Wasser und sah zu, wie sie die Tabletten hinunterwürgte. Sie legte den Kopf auf die Armlehne des Sofas und blieb still liegen, damit die Pillen nicht wieder hochkamen. Vielleicht würde sie ein paar Tage ein Bett im Krankenhaus bekommen. Sie konnte sich nicht vorstellen, jemals wieder allein in ihrem Bett zu schlafen, in ihrer leeren Wohnung.

Mit den beiden Männern hier im Raum fühlte sie sich wieder sicher. Aber ihr war auch klar, dass dieses trügerische Gefühl der Sicherheit bald ein Ende haben würde. Wie sollte sie wieder zur Arbeit gehen, wenn Simpson oder seinesgleichen auf der Lauer lagen? Sie wurde schon paranoid. Aber war das Paranoia? War es unlogisch, den Schluss zu ziehen, dass es nirgendwo sicher war?

Galle kam ihr hoch; sie konzentrierte sich voll auf ihre Atmung, bemühte sich, die Tabletten bei sich zu behalten.

Max sagte, sie stehe unter Schock, man solle sie nicht unter Druck setzen. Peter meinte, die Vergewaltigung müsse angezeigt werden, eine kurze Aussage wäre wichtig. Eine vollständige Aussage könne sie später nachliefern. Peter sagte, die Klinik sei ein Tatort, man dürfe nichts anfassen, bevor die Spurensicherung da sei. Max schaute verärgert. Die beiden Männer kamen nicht gut miteinander aus.

»Sie braucht einen Arzt, der sie untersucht und Spuren sichert«, sagte Peter. »Es könnte sehr gut sein, dass sie eine Anzeige machen will, sobald der Schock nachlässt. Die Beweismittel sollten nicht verloren gehen.«

Sie wollte keine Entscheidungen treffen und nichts unternehmen.

»Ich hole jemanden, der sie untersucht«, sagte Max. »Aber sie muss selbst entscheiden, ob sie den Vorfall anzeigen will.«

»Was haben Sie ihr gegeben? Sie ist nicht in dem Zustand, irgendetwas anzuzeigen.«

»Sie steht unter Schock. Ich musste etwas unternehmen. Sie hat sich etwas Linderung verdient.«

»Sie verschleiern ein Verbrechen.«

Peter wiederholte immer wieder ihren Namen: *Stella, Stella, Stella, Stella.* Er wollte sie damit wachrütteln. Aber es war zu spät. Sie trieb dahin, weg von sich selbst und weg von dem Raum. Ihre Augenlider waren unglaublich schwer. Sie wusste, sie sollte zuhören, aber das schaffte sie nicht mehr. Die Tabletten zogen sie hinab an einen Ort, an dem alles leise und gedämpft war und wo sie keine Angst haben und sich nicht schämen musste.

Als sie aufwachte, war sie allein und lag in einem fremden Bett.

Sie fühlte sich abgestumpft, leer.

Die Ärztin, die Max gerufen hatte, war eine attraktive Frau Ende vierzig gewesen, sehr blond mit Minirock und kniehohen Stiefeln. Sie hatte Stella beruhigt: Der angerichtete Schaden war nicht allzu groß und auf keinen Fall bleibend. Sie hatte Quetschungen und ein paar Risse, aber es musste nichts genäht werden. Die Ärztin hatte ihr ein Antibiotikum verschrieben, das Stella nur kurze Zeit nehmen musste. Zu Stellas Erleichterung war die Untersuchung schnell vorüber. Sie hatte noch gehört, wie die Frau im Gang leise mit Max sprach, bevor sie ging.

Das große Bett hatte blau gestreifte Bettwäsche und ein einfarbiges eckiges Kopfbrett, das mit marineblauem Stoff überzogen war. Das Zimmer hatte eine angenehme Größe, mit hohen Decken und Sprossenfenstern. Die beigefarbenen Rollos waren heruntergelassen, aber es schimmerte Sonnenlicht durch. Der nackte Dielenboden war sehr ansprechend. Ein Einbauschrank, eine Kommode, kein Schnickschnack.

Max stand in der Tür. Sie hatte ihn noch nie in legerer Kleidung gesehen, er trug sonst immer Anzug und Krawatte. Jetzt stand er in Jeans und einem schwarzen T-Shirt vor ihr.

»Ich habe Ihren Partner davon überzeugt, dass ich mich ein bisschen um Sie kümmern darf, solange Sie noch unter Schock stehen«, sagte er.

»Er ist nicht mein Partner.«

Sie versuchte, sich zum Sitzen hochzuschieben, aber als sie sich bewegte, spürte sie sofort wieder den schneidenden Schmerz. Sie gab auf und legte sich wieder hin. Als sie an sich hinunterblickte, stellte sie fest, dass sie dieselbe Kleidung wie am Abend zuvor trug.

»Wahrscheinlich haben Sie den gestrigen Abend nur lückenhaft in Erinnerung, wegen des Schocks und der Tranquilizer. Ich habe Sie zu mir in die Wohnung gebracht. Ich dachte, es ist besser, wenn Sie hier schlafen. Ihr Freund war sehr erpicht darauf,

Sie gestern Nacht noch zur Polizei zu bringen, aber ich war der Meinung, dass Ihnen das in dem Zustand nicht zuzumuten war.«

»Danke«, sagte sie.

»Soll ich jemanden für Sie anrufen?«

»Nein«, sagte sie. »Ich will nicht, dass es jemand erfährt. Sie dürfen es niemandem ohne meine Erlaubnis erzählen.«

Während sie so in Max' Bett lag, den Oberkörper hochgelagert, bemüht, keine abrupten Bewegungen zu machen, dachte sie, wenn es niemand wüsste, dann wäre es vielleicht beinahe so, als wäre es nie passiert. Womöglich sogar in ihrer eigenen Vorstellung. Sie wollte nicht darüber reden, sie wollte es nicht anzeigen, und sie wollte nicht zu noch einem Arzt, der nur daran interessiert war, Abstriche zu nehmen. Ihr Körper würde heilen. Sie wollte daran arbeiten, alles aus ihrem Kopf auszuradieren.

»Natürlich erzähle ich das keinem Menschen ohne Ihre Erlaubnis«, sagte Max.

»Gut.«

»Peter scheint sehr davon überzeugt zu sein, dass Sie Anzeige erstatten sollten.«

»Was meinen Sie?«, fragte sie ihn.

Max ging auf das Bett zu. »Darf ich mich setzen?«

»Das ist Ihr Bett«, sagte sie. Das war alles furchtbar paradox. Sie hatte sich so lange gewünscht, in Max' Wohnung zu sein.

»Eigentlich ist das mein Gästezimmer.« Max setzte sich auf die Bettkante, achtete darauf, ihr nicht zu nahe zu kommen. Er wirkte unbehaglich, als müsse er ihr schlechte Nachrichten überbringen.

»Sie wissen doch, wie diese Vergewaltigungsprozesse laufen«, sagte er. »Letztlich wird Ihr Wort gegen seines stehen. Es gibt keine Zeugen, keine eindeutigen Beweise. Er wird behaupten, Sie mögen heftigen Sex. Ich hoffe, Sie verstehen, dass ich das nicht sage, um Sie zu beunruhigen, aber ich weiß, dass diese Verhandlungen mehr traumatisieren können als die Vergewaltigung selbst. Und die Strafe – nun ja –, am Ende lohnt es womöglich den Aufwand gar nicht. Ich finde jedenfalls, Sie sollten wissen, worauf Sie sich einlassen, wenn Sie zur Polizei gehen.«

»Ich hatte mir dasselbe gedacht.«

»Ich möchte es Ihnen nicht ausreden, Anzeige zu erstatten. Aber Sie sollten das realistisch sehen.«

»Ich möchte die Polizei nicht mit einbinden. Das erscheint mir nicht sinnvoll. Ich habe solchen Mist gebaut, Max. Es war unglaublich naiv von mir, ihn außerhalb der Öffnungszeiten zu empfangen, ohne es jemandem zu sagen. Und er ist ja auch noch Arzt – ich habe es einfach nicht vorausgesehen.«

»Sie sind nicht verantwortlich dafür«, sagte er. »Ich war ihr Betreuer bei diesem Fall. Ich hätte Ihre Bedenken ernster nehmen sollen. Stellen Sie sich nicht selbst infrage – da spielen Sie ihm nur in die Hände. Genau das will er doch.«

»Sagen Sie ehrlich – sind Sie mir böse?«

Er rückte ein wenig näher und lehnte sich gegen das Kopfbrett. Er streckte den Arm aus: Es war eine Einladung. Stella ließ sich fallen, sie schmiegte sich an ihn. Er legte ihr den Arm um die Schultern.

»Ich hatte einmal eine Klientin«, begann er, »noch während meiner Ausbildung zum Facharzt. Die Behandlung war Teil meines Psychotherapiemoduls, auf einer Station. Ich empfing sie in meinem Sprechzimmer, einen Monat lang zweimal die Woche. Diese Patientin legte sich auf die Liege, blickte angstvoll zur Decke hoch und sagte kein Wort, Woche für Woche. Schließlich hielt ich es nicht mehr aus, wie steif und kalt das alles war. Ich ärgerte mich darüber, dass wir unserer Behandlung irgendwie Herz und Seele genommen hatten. Vielleicht wegen unserer eigenen Ängste, anderen Menschen zu nahe zu kommen, um uns zu schützen. In einer Sitzung habe ich also vorgeschlagen, einen

Spaziergang zu machen. In der Nähe war ein Park, mit einem kleinen See. Es hat geholfen, draußen zu sein.«

Seine Stimme war wohltuend.

»Und?«

»Sie hat angefangen zu reden. Und als sie weinte, habe ich den Arm um sie gelegt. Das stand alles in keinem Lehrbuch. Aber sie hat reagiert. Und wenn Sie Freud oder Jung lesen, dann stellen Sie fest, dass die beiden einige Grenzen zwischen Arzt und Patient verletzt haben, was wir heute anstößig finden würden. Weshalb ich hier abschweife: Ich hatte Glück – meine Behandlung hat funktioniert. Der Patientin ging es besser. Sie haben etwas abseits des Lehrbuchs gemacht, und es ging total daneben. Das macht Sie nicht zu einer schlechten Psychologin oder zu einem schlechten Menschen.«

Sie fragte sich, ob er das wirklich ernst meinte, was er sagte, oder ob er nur versuchte, ihr die Schuldgefühle zu nehmen.

»Ich arbeite seit Jahren mit diesen Leuten«, sagte sie, »schätze Risiken ein. Ich weiß, es hört sich dumm an, aber mir ist nie in den Sinn gekommen, dass so etwas jemals mir selbst zustoßen könnte. Es war, als hätte ich mir vorgemacht, ich lebte in einem Universum, das völlig abgetrennt von dem meiner Klienten ist. Aber jetzt weiß ich, dass es nicht so ist. Und ich kann nicht allein nach Hause gehen.«

»Sie müssen nicht nach Hause«, sagte er. »Sie bleiben hier. So lange Sie wollen.«

»So habe ich das nicht gemeint. Ich würde Ihnen das nicht zumuten. Ich muss nur einen Ort finden, der sicher ist. Vielleicht auch einen Mitbewohner. Der nie ausgeht. Am liebsten einen Rottweiler. Ich wollte fragen, ob ich vielleicht einen Vorschuss auf mein Gehalt haben kann, damit ich eine Zeitlang in einem guten Hotel wohnen kann. In dem die Rezeption rund um die Uhr besetzt ist. Oder fällt Ihnen eine bessere Lösung ein?«

»Stella«, sagte er. »Sie haben mir erzählt, dass Sie sich Sorgen wegen Lawrence Simpson machen, und ich habe das nicht ernst genug genommen. Also lassen Sie mich bitte helfen, lassen Sie es mich wiedergutmachen. Sie sind im Moment nicht in der Lage, Entscheidungen zu treffen. Überlassen Sie mir doch eine Weile die praktischen Dinge.«

Sie nickte dankbar. Max schien ihr wirklich nicht vorzuwerfen, dass sie unprofessionell gehandelt oder eine Katastrophe für seine Klinik geradezu herausgefordert hatte.

Sie sah sich um, betrachtete die gestreifte Zudecke, das Leinenkopfbrett, den Dielenboden und die hohe Decke. Sie wollte das Angebot, hier zu bleiben, gern annehmen. Sie war überwältigt von Erleichterung und Sehnsucht, dass er neben ihr bleiben, sie weiter im Arm halten würde.

»Ich hole Ihnen noch eine Tablette«, sagte er. Er ging weg. »Sie müssen hier niemandem Ihre Tapferkeit beweisen – es ist nicht nötig, noch mehr zu leiden als sowieso schon.«

Sie wünschte sich, er würde ihr stattdessen mehr Fragen über ihr Leiden stellen. Aber sie nickte, sie würde nehmen, was er ihr anbot. Die Tablette würde den Schmerz lindern, würde sie in den Arm nehmen, und sie könnte ihre Gedanken und ihre schmerzende Seele darin vergraben.

Als sie aufwachte, war es dunkel. Sie war allein und fröstelte. Ihr taten alle Gelenke weh, und ihr Kopf pochte vor Schmerz. Tagelang würgte sie in die Toilettenschüssel, ihr Magen zog sich zusammen und schlug Kapriolen. Sie hatte Fieber, gleichzeitig war ihr eiskalt. Sie hatte innerlich und äußerlich so starke Schmerzen, dass sie sich den Tod als Erleichterung vorstellte.

Immer wenn sie glaubte, es nicht länger ertragen zu können, tauchte Max in der Tür auf. In einer Hand hielt er ein Glas Wasser, in der anderen ihre Tabletten.

Stella und Max

Stella kniete sich vor Max, der sich auf einen Küchenstuhl gesetzt hatte. Sie löste seine Krawatte und knöpfte ihm das Hemd am Kragen auf, dann tupfte sie ihm die Kratzer an der Kehle mit einem antiseptischen Tuch ab. Die Verletzungen waren nur oberflächlich.

Er schaute hoch zur Decke.

»Es tut mir leid«, sagte Stella. »Ich habe unterschätzt, wie gestört sie ist. Sie hätte dich umbringen können. Ich fühle mich …«

Er schob ihre Hand weg, als würde er eine Fliege verscheuchen. »Was hast du dir bloß dabei gedacht, als du sie hereingelassen hast?«

Sie wandte sich ab und warf das Tuch in den Abfalleimer. Sie hatte einen langen und ereignisreichen Abend hinter sich, vielleicht bildete sie sich seinen verächtlichen Tonfall nur ein. Er musste gedacht haben, ihm würde gleich die Kehle durchgeschnitten. Er hatte das Recht, auf jemanden wütend zu sein, und auf einen geistig labilen, verletzlichen Teenager konnte er kaum wütend sein.

Vielleicht war er aber auch schon lange Zeit wütend auf sie, wütend, weil sie zu einer solchen Last geworden war. Vielleicht war es ihm selbst nicht bewusst gewesen, bis jetzt.

Stella spürte, wie die Risse in ihrer sorgfältig konstruierten Version der Realität langsam aufbrachen.

»Ich konnte sie ja kaum auf der Türschwelle erfrieren lassen, oder?«

»Ich mache dir doch keine Vorwürfe – ich wundere mich nur,

dass du eine Fremde ins Haus lässt, während du ganz allein hier bist.« Er sah sie über den Rand seiner Brille hinweg an. »Nach allem.«

Er bedachte sie mit dem liebevollen, beschützerischen Gesichtsausdruck, den sie so liebte. Oder sie bildete sich den Ausdruck, den sie sehen wollte, nur ein.

»Ich weiß«, sagte sie. »Aber andererseits – ich wusste ja nicht, dass es Simpsons Tochter war. Ich verstehe das nicht, Max. Wie konntest du dich auf eine Familienangehörige von Simpson einlassen? Warum hast du nicht zuerst mit mir darüber gesprochen?«

Er fuhr sich mit der Hand über den Kopf, eine Geste, die sie sehr mochte. Sein Blick wanderte zur Küchentür, hinter der Peter bei der schlafenden Blue wachte.

»Könntest du mich ansehen, wenn ich mit dir rede«, sagte sie. »Bitte.«

»Es ist schwierig geworden, mit dir vernünftig über irgendetwas zu sprechen, Stella.« Er schaute immer wieder nach unten und sah sie nicht an. »Ich habe ihrer Mutter zuliebe ein paar Sitzungen mit ihr gemacht. Seit der Verhandlung war alles extrem schwierig für sie. Ich hielt es nicht für eine gute Idee, es dir zu erzählen. Ich war der Meinung, du würdest nicht damit zurechtkommen.«

»Aber du hieltest es für eine gute Idee, sowohl Mutter als auch Tochter in einem Fall zu behandeln, der bereits mit einer Menge Komplikationen behaftet war?« Sie stand auf, sodass sie auf ihn hinabblickte. Er war entschlossen, lieber den Boden anzusehen als seine Frau.

»Lass mich das noch einmal anders formulieren«, sagte sie. »In einem Fall, der bereits gründlich versaut war und in dem das Gerichtsgutachten, das von *deiner* Klinik erstellt wurde, entscheidende Informationen zurückhielt.«

Er gab ihr keine Antwort.

»Was zum Teufel hast du dir dabei gedacht, sie als Klienten anzunehmen?« Sie verdiente eine Antwort. Sie verdiente seine Aufmerksamkeit. Sie musste gegen den Drang ankämpfen zusammenzubrechen, aufzugeben. »Wie konntest du dich auf dieses Mädchen und die Mutter einlassen, ohne es mir zu sagen? Was, wenn sie dem Vater unsere Privatadresse genannt hat? Was, wenn er ihr hierher gefolgt wäre?«

»Was hast du heute Nacht genommen?«, fragte Max.

»Antworte mir. *Was zum Teufel hast du dir dabei gedacht?*«

»Ich habe dich gefragt, wie viele Tabletten du genommen hast.«

Seine kühle, kontrollierte Stimme brachte sie in Wut. Er war so distanziert, so gleichgültig. Sie wollte ihn anschreien, ihn schütteln, bis er ihr antwortete, aber sie wusste, sie musste vernünftig bleiben, um überhaupt eine Chance zu haben, zu ihm durchzudringen. Sie wollte nicht, dass er einfach abtat, was sie sagte, weil sie angeblich in Panik geraten war, die Kontrolle verloren hatte oder irrational argumentierte.

Sie holte tief Luft und setzte sich auf den Stuhl neben ihm. »Diazepam – ein paar mehr als sonst. Und ich habe ein bisschen von deinem restlichen Wein getrunken. Und mein Antidepressivum habe ich genommen.«

Es war nicht leicht, die Fassung zu bewahren, aber es gelang ihr. »Ich will immer noch wissen, warum du Lawrence Simpsons Frau und Tochter therapiert hast, ohne es mir zu sagen.«

»Du benimmst dich seit achtzehn Monaten wie ein Pflegefall, und dann erwartest du auf einmal von mir, dass ich dich wie eine mündige Erwachsene behandle?« Diesmal war die Verachtung in seiner Stimme unverkennbar, und das tat weh.

»Stella, manchmal frage ich mich – schließt du dich in diesem Haus ein, weil du Angst vor Lawrence Simpson hast, oder schließt du dich hier drinnen ein, weil es die beste Möglichkeit ist, mich zu kontrollieren? Hast du eine Ahnung, wie es für mich ist, so zu leben? Ich weiß nicht, wie lange ich das noch durchhalte.«

Sie hatte in ihrer Ehe nur das gesehen, was sie ertragen konnte.

Sie würde nicht zusammenbrechen. Sie würde nicht weinen oder betteln oder ihn anflehen. Sie blieb steif sitzen.

Vielleicht war er ungerecht – vielleicht auch nicht. Sie hatte irgendwann die Entscheidung getroffen, hilflos zu bleiben und von ihm abhängig zu sein.

»Ich bin froh, dass ich jetzt weiß, was wirklich in deinem Kopf vorgeht.«

»Nein«, sagte Max. »Es tut mir leid. Das war völlig daneben.«

Er langte nach ihrer Hand, drückte sie leicht und lächelte sie versöhnlich an. »Ach komm, Stella.« Seine Miene wurde weicher, und er war wieder der alte Max: freundlich und charmant.

Aber sie hatte etwas anderes gesehen. Er war auch nur ein Mensch. Er war fehlbar.

Stella setzte beide Füße auf den Boden, um sich zu stützen, und legte die Hände auf die Knie. Als sie schließlich sprach, zitterte ihre Stimme leicht. Sie versuchte, dagegen anzukämpfen. »Max, ich finde es wirklich seltsam, dass du ein therapeutisches Verhältnis mit Simpsons Exfrau und dann seiner Tochter eingehst, statt sie einfach an jemand anderen zu überweisen. Es sieht so aus – es scheint, als hättest du irgendwelche Absichten dabei gehabt, als hättest du versucht, die Situation zu kontrollieren …«

Sie hielt inne und wartete auf eine Reaktion. Eine Diskussion. Aber Max sah einfach nur müde aus, als empfinde er gar nichts. Sie sprach weiter, in der Hoffnung, die Mauer zwischen ihnen zu durchbrechen. »Vielleicht hat dich das alles auch mitgenommen – emotional meine ich –, und zwar mehr, als dir klar ist. Vielleicht waren deine Entscheidungen nicht völlig rational.

Ich bin seither völlig abhängig von dir, lebe hier draußen vollkommen isoliert, während du dich um sämtliche Konsequenzen kümmern und die Klinik am Laufen halten musstest.«

»Du weißt, dass ich niemals dich oder jemand anders in eine kompromittierende Lage bringen würde.« Seine Stimme klang freundlich, aber er war herablassend, er sprach mit ihr wie mit einem Kind oder einer Patientin.

»Aber du hast uns doch alle in Gefahr gebracht«, sagte sie. »Das musst du doch einsehen. Simpsons Tochter hat herausgefunden, wo wir wohnen. Sie ist von zu Hause weggelaufen, um mit dir in Kontakt zu treten. Sie ist besessen von dir, sie hat Fantasien über dich. Sie ist hierhergekommen, weil sie sich geärgert hat, dass du sie abgewiesen hast, weil du dich geweigert hast, sie zu empfangen oder mit ihr zu sprechen. Und die Medikamente, die sie nimmt ...«

Er stand abrupt auf. »Ich glaube, wir können sie jetzt guten Gewissens ins Auto setzen«, sagte er.

Stella versperrte ihm den Weg. »Hör mir zu, Max. Das Mädchen hat Anschuldigungen vorgebracht und wird sie sehr wahrscheinlich wiederholen. Du hast sie gehört: Sie behauptet, ihr hättet eine sexuelle Beziehung. Sprich mit mir darüber, Max. Erzähl mir genau, was zwischen dir und Blue vorgefallen ist – wie war euer Verhältnis in der Therapie? Gab es irgendeine Art von erotisierter Übertragung?«

»Stella, sie hat wahnhafte Störungen. Sie fantasiert. Wenn du ihre Version der Geschehnisse glaubst, dann gibt es wirklich keine Hoffnung für uns.«

Stella merkte, wie sie bei seinen warnenden Worten zusammenschrumpfte. »Nicht«, sagte sie. Sie würde nicht überleben ohne ihn. Sie konnte sich das nicht mehr vorstellen.

»Sie muss in eine geschlossene Abteilung.«

»In eine geschlossene Abteilung? Glaubst du wirklich ...« Ihr

Mund war wieder ausgedörrt; die Worte, die langsam aus ihr herausgeflossen waren, waren eingetrocknet.

Sie hielt es für einen Fehler von Max, eine geschlossene Abteilung zu empfehlen. Wenn Blue mit Erwachsenen zusammengebracht wurde, die ernsthafte Probleme hatten, würde das lediglich die antisozialen oder kriminellen Neigungen, die sie bereits entwickelt hatte, verstärken.

»Was brauchst du denn noch, um überzeugt zu werden?«, fragte Max sie. »Willst du, dass sie jemanden umbringt, sich selbst vielleicht, bevor ich etwas unternehme?«

Stella sagte nichts. Max war der behandelnde Psychiater, und Blue hatte keine gute Prognose für eine Genesung, wenn sie nicht die Hilfe bekam, die sie brauchte.

Sie sehnte sich nach der Umarmung ihres Mannes. Sie wünschte sich so sehr, dass er sie liebte. Er streckte die Arme aus und hielt sie, ganz fest. Ihr Mund drückte gegen seine Schulter. Sie schloss die Augen. Er ließ sie viel zu früh los.

»Bist du so weit?«, fragte Max, obwohl Blue eindeutig nicht in einem Zustand war, in dem sie antworten konnte.

Blue rührte sich nicht und reagierte nicht. Sie lag in Embryonalstellung auf dem Boden. Peter hatte die Decke über sie gelegt. Stella war sich nicht ganz sicher, ob sie schlief oder nur so tat.

»Ich bin nicht dafür, dass ausgerechnet Sie Blue ins Krankenhaus bringen sollten«, sagte Peter. »Sie sind im Moment schließlich nicht der behandelnde Arzt.«

Er und Max standen einander gegenüber, die Hände hingen seitlich herab, die Schultern waren leicht angespannt, die Füße ein Stück auseinander, als würden sie gleich ein Boxtraining beginnen.

»Als Psychiater«, sagte Max, »habe ich eine moralische Verantwortung gegenüber einer ehemaligen Patientin mit ernsthaften psychischen Problemen.«

»Genau wie die Met Police.«

»Und wo ist die?«, fragte Max, nicht ganz ungerechtfertigt.

Peter gab keine Antwort.

»Nun, in dem Fall werde ich das Mädchen in ein Krankenhaus fahren, denn ich bin hier und kann Blue die Hilfe geben, die sie braucht. Blue muss ihre Verletzungen anständig versorgen lassen, und sie muss ihre Medikamente so bald wie möglich wieder nehmen – es ist gefährlich für sie, sie auf einmal abzusetzen.«

Peter rührte sich nicht und änderte auch seine Haltung nicht.

»Ist in den Sitzungen mit ihr irgendetwas vorgefallen?«, fragte Peter. »Irgendeine Kleinigkeit, etwas, das vielleicht ihrer Fantasie Vorschub geleistet haben könnte, dass Sie in sie verliebt sind? Jeder kann mal einen Fehler machen. Sie ist ein attraktives Mädchen. Fast schon erwachsen.«

Stella dachte, Max würde nun endgültig die Geduld verlieren und außer sich geraten, aber er beherrschte sich.

»Bitte«, sagte Max. »Es reicht.« Seine Stimme klang flach, niedergeschlagen. »Ich habe ihr zugehört. Ich habe ihr meine volle Aufmerksamkeit gewidmet. Das ist alles. Und jetzt bringe ich sie in ein Krankenhaus, damit sie die Behandlung bekommt, die sie braucht.« Er zog sich den Mantel an und klopfte die Taschen nach dem Autoschlüssel ab.

»Danke, dass Sie heute Nacht hier herausgefahren sind, um Stella beizustehen«, sagte Max zu Peter. »Ich weiß das zu schätzen.«

Max streckte ihm die Hand entgegen; Peter nahm sie nicht.

Peter hatte sich unwohl gefühlt, seit Max das Haus betreten hatte. Stella fragte sich, inwieweit seine Gefühle für sie die gerechte Beurteilung des Charakters ihres Mannes beeinträchtigt hatten.

»In welches Krankenhaus bringst du sie?« Stella hockte sich neben Blue, die die Augen nicht geöffnet hatte.

»St. Agnes hat eine Notaufnahme, glaube ich. Ich bringe sie zuerst einmal dahin.«

Stella wusste, dass es sehr wahrscheinlich war, dass Blue diesmal endgültig in einer Pflegeeinrichtung landen würde. Ihre Medikamente würden vielleicht noch einmal höher dosiert werden.

»Braves Mädchen«, sagte Max, während er sich vorbeugte, die Hände unter Blues Arme schob und sie auf die Füße hievte. Blue hatte die Augen auf und wirkte friedlich, entspannt und glücklich, als sie sich an Max lehnte.

Peter stand mit verschränkten Armen da.

»Könnten Sie mir dabei helfen, sie ins Auto zu setzen?«, fragte ihn Max.

Peter schien nicht gewillt, ihm zu helfen. Er blieb, wo er war. Max konnte sich kaum bewegen, weil das Mädchen sich an seinem Hals festhielt.

»Kommen Sie«, sagte Max, »nun helfen Sie schon.«

Peter trat mit versteinerter Miene vor. Er nahm den einen Arm und Max den anderen, dann hievten die beiden Männer Blue zusammen hoch und gingen mit ihr zur Haustür. Ihre Turnschuhe schleiften über die Marmorfliesen.

Die Eingangshalle war so kalt wie ein Fleischkühlraum. Der Kronleuchter glänzte hell, und Lichtstrahlen brachen sich auf den Wänden. Stella öffnete die Haustür in den unter einer makellosen Schneedecke liegenden, stockdunklen Morgen hinaus. Die Kälte kroch ihr unter die Kleidung und bahnte sich einen Weg in ihre Schuhe. Sie umklammerte immer noch die Decke, unter der Blue auf dem Boden im Arbeitszimmer gelegen hatte.

Stella stand im Türrahmen und sah zu, wie das Licht in Max' Mercedes anging und Blue auf den Beifahrersitz sackte. Max beugte sich über sie und schnallte sie an.

Stella überschritt unwillkürlich die Schwelle von Hilltop und ging auf das Auto zu. Die schneidende Luft machte ihren Kopf klar. Sie legte die Decke über Blue und steckte ihre Hände darunter, damit sie auf der Fahrt nicht zu kalt wurden. Ihre Augenlider flatterten, sie hatten blaue Äderchen und waren beinahe durchsichtig.

»Willst du, dass ich mitkomme?«, fragte Stella Max. »Ich schaffe das.«

Sie war sich nicht sicher, ob Max sie gehört hatte. Er war bereits auf der anderen Seite des Autos, auf dem Fahrersitz, und schlug die Tür zu. Der Motor sprang an, und das Auto fuhr ruckartig los, bevor Stella Blues Tür ganz schließen konnte. Die Scheinwerfer leuchteten grell. Die Reifen rutschten über den Schnee, zerstörten ihn, hinterließen hässliche schwarze Spuren.

Stella wandte sich um und sah das Haus an. Hilltop war erleuchtet, erhob sich hell wie ein weißer Leuchtturm, eine Fortsetzung des Schnees auf dem Boden. Ihr Palast: ramponiert, beschädigt und den Elementen ausgesetzt. Peter wartete auf sie, gleich dort drinnen. Sie zog die schwere Stahltür hinter sich zu. Eigentlich hätte sie erleichtert sein sollen, doch stattdessen war sie aufgewühlt und unruhig.

Hampstead, Juni 2009

Stella wollte Lawrence Simpson aus ihrer Erinnerung löschen und weitermachen. Doch nun stand sie vor dem Problem, dass sie, sobald sie Max' Wohnung verließ – beziehungsweise sobald sie versuchte, sie zu verlassen –, in Panik geriet. Die Symptome waren klassisch, und als Psychologin rief sie sich immer wieder ins Bewusstsein, dass sie nicht sterben würde. Aber es fühlte sich trotzdem so an. Ihre Brust zog sich zusammen, die Kehle schnürte sich zu, das Herz hämmerte in rasendem Tempo. Innerhalb weniger Sekunden war sie schweißnass, im Nacken, unter den Armen, im Kreuz, in den Kniekehlen.

Die Tür zur Straße hinaus war cremefarben gestrichen, durch ein kleines Milchglasfenster fiel ein wenig Licht herein. Der Boden war mit braunen und cremefarbenen Rauten gemustert. Stella stand wie versteinert da, eine Hand noch auf dem Türgriff von Max' Wohnung, und blickte durch den Hausflur, der hinaus auf die Straße führte. Sie schaffte es ganze zwanzig Sekunden, dann setzte die Panik ein. Sie wich zurück, schloss die Tür, sperrte zweimal ab und legte die Kette vor. Dann lehnte sie sich mit dem Rücken gegen die Wand, bis sie ihren Atem unter Kontrolle gebracht hatte und ihr Herz wieder in einem normalen Rhythmus schlug. Danach legte sie sich wieder ins Bett.

Auf diese Weise vergingen Wochen. Max ging jeden Morgen um sieben zur Arbeit. Sie wachte vor ihm auf und kochte eine Kanne Kaffee, der viel besser war als das Zeug, das Anne in der Klinik zubereitete. Bevor er aufbrach, setzte sich Stella ein paar Minuten mit ihm an den kleinen runden Tisch in der Küche.

Er rief sie dreimal täglich an, um zu fragen, wie es ihr ging. Sie schaute Frühstücksfernsehen. Sie schlief mehr als nötig. Sie suchte Rezepte im Internet heraus und mailte Max die Liste der Zutaten, die sie für das Abendessen brauchte. Er kaufte dann im Waitrose in der Nähe der Klinik ein und brachte ihr die gewünschten Lebensmittel mit. Sie war eine gute Köchin. Beim Essen unterhielten sie sich kaum – sie wussten nicht, was sie in ihrer unvermittelten Intimität zueinander sagen sollten.

Max bat sie nicht zu gehen. Und er fragte sie nie, ob sie es sich wegen der Anzeige bei der Polizei anders überlegt hatte.

Peter rief an, aber sie ging nicht ans Telefon. Sein Name leuchtete auf der Anzeige auf. Wenn sie den roten Knopf zu früh drückte, um den Anruf abzulehnen, würde er wissen, dass sie ihn nicht sprechen wollte, deshalb ließ sie es immer eine Weile klingeln. Vielleicht dachte er dann, dass sie auf der Arbeit zu tun hatte, dass sie ihr altes Leben wieder aufgenommen hatte. Irgendwann verstummte das Klingeln, und ein Zeichen leuchtete auf, dass eine Nachricht hinterlassen worden war. Sie hörte ihre Mailbox nicht ab. Sie fragte sich, ob Peter sie in ihrer Wohnung gesucht oder in der Klinik nach ihr gefragt hatte. Wenn ja, dann erzählte Max es nicht. Nach einer Woche rief er nur noch seltener an und hinterließ keine Nachrichten mehr. Nach zwei Wochen hörten die Anrufe auf. Stella war vielleicht ein bisschen enttäuscht, aber es ließ sich kaum mit Sicherheit sagen unter dem Nebel der Benzodiazepine, die ihre Gefühle so wirksam unterdrückten, wie ein Federbett über dem Kopf Licht und Geräusche ausblendete.

Sie fragte sich, ob es für die Anzeige einer Vergewaltigung so etwas wie eine zeitliche Befristung gab. Sie hatte keine Schmerzen mehr, und die Quetschungen und Risse waren verheilt. Sie stellte fest, dass sie ganz gut verdrängen konnte; sie erinnerte sich nicht mehr genau an die Einzelheiten der Tortur.

Max erzählte ihr, dass Simpson seinen Antrag auf alleiniges

Sorgerecht zurückgenommen hatte. Sie wollte glauben, dass er sich im Nachklang würdevoll zurückziehen und seine Tochter und deren Mutter in Frieden lassen würde, nachdem er seinem Sadismus und seinem Machtspiel gefrönt hatte.

Sie wollte sich selbst täuschen, wollte sich vormachen, dass ihre Tortur vielleicht irgendeinen Sinn gehabt hatte. Sie war gedemütigt. *Dr. Davies.* Welch ein Schwindel. Simpson hatte in ihr genau die Witzfigur gesehen, die sie darstellte.

Während Max bei der Arbeit war, durchsuchte sie die Wohnung nach Hinweisen darauf, was für ein Mensch er war. Er hatte eine Sammlung von Arthouse-Filmen, und sie hatte sich während seiner Abwesenheit einige angesehen: Er mochte Woody Allen, Almodóvar. Das diente ihr nicht nur zur Unterhaltung, sie versuchte gleichzeitig, ihn zu verstehen. Seine Bücherregale enthielten eine Mischung aus Literatur und Krimis: Milan Kundera bis Robert Harris. Sie wollte mehr über seinen Geschmack erfahren, indem sie alle Bücher las, aber die Tranquilizer machten sie müde und störten ihre Konzentration. Passives Fernsehen war in Ordnung, aber sich auf einen anspruchsvollen Text einzulassen war etwas anderes. Doch es war nun einmal so, dass er den idealen Mann für sie darstellte, genau wie sie es sich immer vorgestellt hatte: gebildet und intellektuell. Vielleicht ein bisschen geheimnisvoll. Sie verspürte einen gewissen Kitzel. Zum ersten Mal war sie in seinen persönlichen Raum eingedrungen.

Stella öffnete die Tür nur einen Spalt. Die Kette war noch vorgehängt.

»Wie geht es dir?«, fragte Peter.

»Gut.«

»Lässt du mich rein?«

Sie wusste, die Angst, die sie empfand, als sie die Kette aus dem

Schlitz schob, war irrational. Sie standen in der kleinen Diele, und sie bat ihn nicht weiter herein.

»Es tut mir leid, dass ich nie zurückgerufen habe. Ich dachte, du hättest mich aufgegeben. Ich mache dir keine Vorwürfe.« Sie zog ihren Morgenmantel enger um sich und knotete den Gürtel zu. Seit sie bei Max eingezogen war, machte sie sich nicht mehr die Mühe, sich morgens anzuziehen. Aber wenn Max abends nach Hause kam, war sie immer vorzeigbar.

»Du siehst gut aus«, sagte sie. Peter trug einen locker sitzenden schwarzen Anzug und ein weißes Hemd. Der oberste Knopf war offen. Seine Haare waren kürzer geschnitten als sonst. In der Tasche seines Jacketts steckte eine Krawatte. »Hast du deine Prüfung bestanden?«

Er nickte.

»Ich bin froh, dass ich sie dir nicht versaut habe.«

»Natürlich nicht.«

Sie hatte einen Kloß im Hals. Sie standen steif da, unterhielten sich verlegen, und es schien, als hätten sie etwas verloren; als wären sie nicht seit Jahren befreundet. Sie konnte sich kaum erinnern, worüber sie immer gelacht hatten, wenn sie zusammen waren. Grobe, dumme, unangemessene Späße.

»Das war aber mal ein zweites Date«, sagte sie.

Er lachte nicht.

»Wann immer du bereit bist, ich komme und hole dich«, sagte er.

»Bereit wofür?«

»Für eine Anzeige bei der Polizei. Nach Hause zu gehen.«

»Ich werde nicht anzeigen, was passiert ist. Und ich bleibe erst einmal hier.«

»Das kann doch nicht dein Ernst sein«, sagte er.

»Ich meine das todernst. Einen Kampf halte ich nicht durch. Ich bin müde und habe es satt, ständig herumgeschubst zu werden, und ich mag nicht befragt werden. Und du weißt doch am allerbesten, dass es sehr gut sein kann, dass der Fall nicht einmal vor Gericht kommt.«

»Es gibt eine Spezialeinheit für Vergewaltigungsopfer. Sie helfen dir. Langfristig geht es dir dadurch vielleicht besser – auch wenn der Fall nicht vor Gericht kommt.«

»Bitte zitiere hier keine Polizeipropaganda.«

»Ich versuche, dir zu helfen.« Er hielt ihr die Hand hin, die Handfläche nach oben. Sie legte ihre Handfläche auf seine.

»Warum ist dir das so wichtig?«, fragte sie.

»Hör auf, so dumm zu sein«, sagte er. »Und so stur.« Er umschloss ihre Hand.

Peter konnte schrecklich überzeugend sein.

»Ich wollte nicht mit dir streiten oder dich einschüchtern. Aber denk doch einmal nach, Stella: Er läuft frei herum und kann tun und lassen, was er will. Es kann sein, dass er immer noch um das Sorgerecht für seine Tochter kämpft, es kann sein, dass er jemand anders verletzt.«

»Willst du mir Angst machen?«

Er griff nach ihrer anderen Hand. »Ich versuche, dich zu schützen. Ich finde, er gehört hinter Gitter.«

»Dazu wird es nie kommen«, sagte sie.

»Das kann man nie wissen. Und das hier ist nicht das richtige Leben – dich in dieser Wohnung zu verstecken. Die Wirklichkeit bedeutet, zurück in deine eigene Wohnung zu gehen und dich sicher zu fühlen. Wenn du anzeigst, was passiert ist, ist das ein Anfang.«

»Ich bin glücklich hier.«

»Das kann ich kaum glauben. Du hast so hart dafür gearbeitet, um dahin zu kommen, wo du jetzt stehst.«

»Du täuschst dich über mich.«

Stella war in Max' Apartment in Hampstead Village nicht unglücklich. Peter erwartete von ihr, dass sie handelte wie eine Erwachsene, dass sie die volle Verantwortung übernahm, auch wenn sie diejenige war, der Schaden zugefügt worden war. Aber sie hatte sich für Max entschieden. Max setzte sie nicht unter Druck. Und Stella hatte keine Lust mehr zu kämpfen.

»Ich will, dass sich jemand um mich kümmert. Max tut das einstweilen gern.«

»Du lässt dich von ihm beeinflussen.«

»Na und?«

»Das wird dir langfristig nicht guttun. Ich habe mit Opfern gearbeitet. Genau wie du.«

Ihre Hände, die er noch umschlossen hielt, wurden langsam feucht. Sie zog sie weg, befreite sich. Sie steckte sie wieder in die Taschen. Sie wusste, dass es unhöflich und unfreundlich war, ihn in der düsteren Diele stehen zu lassen.

»Max zwingt mich nicht, irgendetwas zu tun. Ich treffe meine eigenen Entscheidungen. Das ist alles nicht seine Schuld. Im Gegenteil, er hilft mir in einer schlimmen Situation, für die ich selbst verantwortlich bin.«

»Du gibst dir selbst die Schuld?«

»Zum Teil. Ich habe außerhalb der Sprechzeiten einen Termin mit einem Klienten ausgemacht und es niemandem mitgeteilt. Ich habe die Sicherheitsbestimmungen der Klinik verletzt.«

»Hast du dir denn schon einmal überlegt, dass Max eine Menge Einfluss auf dich hat und dass er den benutzt, um seinen eigenen erbärmlichen Arsch zu retten? Dass er womöglich dich für seine Klinik opfert?«

»Das ist lächerlich. Du irrst dich. Ich kenne ihn.«

Peter meinte es gut. Er verstand sie nur nicht.

»Im Gegenteil«, sagte sie, »Max trägt die ganze Last, weil er mich hier wohnen lässt. Ihm muss man keinen Vorwurf machen. Simpson ist der Psychopath.«

»Du kannst nicht in diesem merkwürdigen Schwebezustand mit deinem Chef gefangen bleiben. Du musst dich dem stellen, was passiert ist, Ellie.« Er war der einzige Mensch, der diesen Spitznamen kannte.

»Nicht.« Sie wollte nicht an ihre Mutter denken.

»Du weißt, dass ich das selbst zur Anzeige bringen könnte.«

»Das würdest du mir nicht antun.« Sie musste ihn dazu bringen, dass er das verstand.

Stur stand er vor ihr. Er war wütend darüber, was Simpson getan hatte; sein Urteil wurde von seinen Gefühlen für sie beeinflusst. Er wollte Rache, vielleicht mehr noch als sie selbst.

»Hör mir zu, Peter. Es gibt Dinge, die du nicht weißt. Über meine Vergangenheit. Ich habe guten Grund zu glauben, dass ich nicht die geringste Aussicht darauf habe, eine Gerichtsverhandlung zu gewinnen.«

Er wartete. Sie schob sich ihre widerspenstigen Haare hinter die Ohren und blickte auf ihre bloßen Füße. Sie sah aus wie ein Pflegefall.

»Ich war in einer Nervenheilanstalt«, sagte sie. Sie räusperte sich. »Als Teenager. Ich wurde ein ganzes Jahr stationär behandelt. Ich habe eine Diagnose, es steht in meiner Krankenakte – die sie natürlich verlangen werden. Es wird alles herauskommen. Meine Mutter war schizophren, und ich war von Geburt an immer wieder in Pflegefamilien. Sie wurde mehrfach eingewiesen, nach dem Gesetz für psychisch Kranke. Man zwang sie, ins Krankenhaus zu gehen, zwang sie, ihre Medikamente zu nehmen. Dann ging es ihr wieder besser, die Symptome ließen nach, ein paar Monate lang, manchmal sogar ein paar Jahre. Und sie durfte nach Hause. Aber sobald es ihr besser ging, dachte sie, sie bräuchte keine Medikamente mehr, und setzte sie ab. Ich mache ihr keine Vorwürfe, die Nebenwirkungen sind scheußlich. Das Ganze ging von vorne los. Jeder psychotische

Schub war schlimmer als der letzte. Sie verlor langsam den Verstand und wusste es. Die Medikamente, die sie ihr gaben, waren fast so schlimm wie die Krankheit selbst; am Ende konnte man kaum sagen, was schlimmer war, die Krankheit oder die Kur. Gegen Schizophrenie gibt es kein Mittel, es geht stetig bergab. Die Medikamente bringen dich anders um: Sie machen dich stumpf, blockieren dein Denken, verlangsamen deine Bewegungen, du bekommst seltsame Zuckungen. Es war, als würde meine Mutter über mehrere Jahre hinweg verschwinden. Als ich vierzehn war, brachte sie sich schließlich um. Ich habe sie gefunden. Ich hatte eine Art Zusammenbruch und wurde in eine geschlossene Jugendabteilung eingewiesen. Ich hatte Wahnvorstellungen. Ich habe alle möglichen Behauptungen aufgestellt, dass mein Lehrer mich vergewaltigt hätte, und ich dachte, die Ärzte in der Abteilung würden versuchen, mich zu vergiften. Sie glaubten, ich wäre in einem Prodromalstadium – ich hätte einen psychotischen Schub und würde selbst schizophren werden. Offenbar war dem nicht so, denn ich wurde gesund. Aber in meiner Akte steht die Diagnose immer noch: Wahnvorstellungen, Psychose.«

Peter hatte eine gute Art zu schweigen. Sie sah, dass er das auf sich wirken ließ, dass er nachdachte, was er sagen sollte. Wahrscheinlich musste er nicht jeden Tag feststellen, dass er mit einer Verrückten geschlafen hatte. Er streckte wieder den Arm nach ihr aus und strich ihr mit dem Daumen über das Handgelenk.

»Das ist lange her«, sagte er. »Du warst ein Kind. Es war nur der eine Schub.«

»Das ist egal. Ich habe keine Chance. Ich habe schon einmal eine solche Behauptung aufgestellt, und sie war falsch. Ich habe beinahe das Leben eines Menschen zerstört – meines armen Englischlehrers, der mir helfen wollte. Du siehst also: Ich bin nicht glaubwürdig. Seine Anwälte werden das alles hervorzerren und es gegen mich verwenden. Ich weiß das, und er weiß es auch.«

»Es geht dir seit Jahren gut. Du hast dich hervorragend in deinem Beruf gemacht.«

»Ich habe alles noch einmal durchdacht. Vielleicht war meine Berufswahl ein gewaltiger Fehler. Ich bin geblieben, wo ich war, stecke in der Hölle meiner Kindheit fest, arbeite mit Missbrauchstätern und missbrauchten Kindern. Vielleicht macht mich das kaputt.«

Er schaute skeptisch. »Du liebst deine Arbeit«, sagte er.

Sie war froh über den Druck seines Daumens auf ihrem Handgelenk.

»Es ist doch so: Es wird Aussage gegen Aussage stehen, denn mehr gibt es nicht. Sie werden meine Krankengeschichte verlangen. Sie werden ein psychologisches Gutachten wollen. Das mache ich nicht alles durch. Das ist es nicht wert. Und am Ende wird er im allerbesten Fall ein oder zwei Jahre ins Gefängnis gehen. Ich habe mit solchen Fällen gearbeitet, ich kenne das.«

Sie hielt sein Gesicht, zwang ihn, sie anzusehen. »Versprich mir, dass du keine Anzeige machst. Versprich mir, dass du das *niemandem* ohne meine Erlaubnis sagst. Versprich es mir. Ich will das von dir hören. Sofort.«

Er brauchte ein paar Sekunden, aber er sprach es aus: »Ich verspreche es.«

Er wirkte nicht glücklich damit, aber sie glaubte ihm.

Sie löste die Hände von seinem Gesicht. Sie war verlegen, in ihrem Morgenmantel, barfuß, die Haare verstrubbelt. »Ich glaube, du gehst jetzt lieber«, sagte sie. »Ich bin müde.«

Er drückte sie fest. Sie wünschte sich, er würde sie einfach hochheben und sie mitnehmen. Sie könnte wieder nach draußen gehen und sich der Welt stellen, wie eine erwachsene Frau. Aber das war nur ein kurzer Funke, der schnell vorüberging. Sie ließ ihn ziehen und hängte hinter ihm wieder die Kette vor. Sie kehrte in die leere Wohnung zurück, spürte, wie sich die vertraute Einsamkeit niedersenkte.

Max hatte ihr drei Tablettenbehälter gegeben. Einer enthielt sehr starke Schmerzmittel, die sie nicht mehr brauchte. In der zweiten Dose waren Tranquilizer, in der dritten Schlaftabletten. Max behauptete, sie könne die Beruhigungsmittel gefahrlos dreimal täglich nehmen. Vor dem Zubettgehen gestattete sich Stella eine Schlaftablette. Sie brauchte sie. Die Pille musste ihre Gedanken auslöschen und ihr aufgewühltes Bewusstsein betäuben. Dann schloss sie die Augen, legte den Kopf auf das Kissen und schlief, ohne zu träumen.

Der Vorrat an Tranquilizern und Schlaftabletten reichte genau einen Monat. Stella war davon ausgegangen, wenn die Tabletten zu Ende gingen, sei ihre Zeit abgelaufen, und Max würde von ihr erwarten, dass sie wieder nach Hause zurückkehrte. Vielleicht erwartete er auch von ihr, dass sie wieder zur Arbeit ging. Stella hatte keine Ahnung, ob sie irgendetwas davon schaffen würde, denn es war ihr immer noch nicht gelungen, auch nur einen einzigen Schritt vor die Tür seiner Wohnung in Hampstead zu setzen. Sie beschloss, nicht über ihre Zukunftsperspektive nachzudenken. Jeden Tag hoffte sie aufs Neue, dass die Panikattacke ausbleiben würde. Sie probierte es um genau acht Uhr morgens aus, nachdem Max zur Arbeit gefahren war. Jeden Tag stellten sich die gleichen Symptome wieder ein. Am zwanzigsten Tag gab sie die Hoffnung auf.

Am Abend nach Peters Besuch experimentierte sie mit einer halben Schlaftablette statt einer ganzen. Das Einschlafen war gar nicht so schwer. Es war nicht das übliche Absinken in seliges Vergessen, aber die Dosis war stark genug, dass sie sich entspannte. Und nachdem sie mit geschlossenen Augen dagelegen und sich gezwungen hatte, nicht weiter zu grübeln – wie sie jemals wieder alleine leben sollte, wie Nacktaufnahmen von ihr im Internet auftauchten, über ihre Arbeit –, schlief sie langsam ein.

Um zwei Uhr morgens spürte sie etwas. Da war etwas, es bewegte sich, direkt neben ihr. Sie kroch aus dem Bett, kauerte sich neben die Kommode und schloss die Augen, wie ein Kind, in der Hoffnung, es wäre unsichtbar. Als sie die Augen aufschlug, war es stockdunkel im Raum. Verdunkelungsrollos hielten alles Licht von der Straßenbeleuchtung ab, und sie sah nichts. Sie hielt den Atem an und verharrte ganz still. Er war im Raum und bewegte sich auf sie zu. Sie spürte, wie er an ihr vorbeihuschte, seine Haut, kalt und schuppig wie bei einem Reptil, er streifte sie an der Schulter. Sie hatte entsetzliche Angst.

Als sich ihre Augen an die Dunkelheit gewöhnten, traten harmlose Konturen von Möbeln hervor. Sie wusste, dass der Eindringling ein Albtraum gewesen war, aber das Herzrasen und die Angst blieben, während sie mit dem Kopf in den Händen dahockte und darauf wartete, dass etwas Schreckliches passierte. Es gelang ihr aufzustehen. Sie ging ins Bad und spritzte sich Wasser ins Gesicht. Sie fühlte sich besser, aber sie konnte einfach nicht allein sein. Leise öffnete sie die Tür zu Max' Zimmer. Sie tastete sich zu seinem Doppelbett vor und schlüpfte vorsichtig unter die Decke. Er hatte ihr den Rücken zugewandt, und sie schmiegte sich von hinten an ihn. Er regte sich ein wenig, dann nahm er ihre Hand und zog sie zu sich an die Brust.

Hilltop, 03:30 Uhr

Stella bezweifelte, dass sie einen Fensterreparaturdienst finden würde, der gewillt wäre, in absehbarer Zeit nach Hilltop hinauszukommen. Als sie die Wandschränke nach Malerkrepp und Müllsäcken durchsuchte, um das Fenster notdürftig abzudichten, stieß sie erwartungsgemäß auf ihre Tabletten.

Sie hielt es keine weitere Minute aus. Sie nahm die Dose mit den Benzodiazepinen. Eine davon würde ihre Ruhelosigkeit etwas eindämmen, würde sie von der Felskante zurückholen, würde ihre Paranoia lindern.

Sie schluckte. Es war ihr egal, dass Peter zusah.

Im Wohnzimmer stülpte er sich ein Kissen über die Hand und schlug die Reste der Fensterscheibe aus dem Rahmen heraus. Stella schnitt ein paar Müllsäcke auf, sie hielten sie vor die Öffnung und klebten sie an den Rändern fest. Es war ein ziemlich hoffnungsloses Unterfangen: Der Wind blähte die dünne Plastikhaut, und es war offensichtlich, dass das Provisorium nicht lange halten würde.

Peter war immer noch voll mit Blues Blut. Seine Ärmel waren fleckig, genau wie die Vorderseite seines Hemds. »Du siehst fürchterlich aus«, sagte sie. Sie brachte ein leichtes Lächeln zustande.

»Danke. Ich habe jemanden bei der Met erreicht«, sagte er. »Simpsons Exfrau hat ihnen noch ein bisschen genauer geschildert, was los war.«

Er schien nicht so wütend oder enttäuscht zu sein, wie sie befürchtet hatte. Vielleicht war Peter trotz seiner Abneigung gegen ihren Ehemann doch froh, dass Max die Verantwortung für das geplagte Mädchen übernommen hatte.

Stella langte hoch und hielt die Ecke des Plastiksacks fest, während Peter noch eine Schicht Malerkrepp aufklebte. Sobald sie die Hand wegnahm, begann der Wind an ihrem Werk zu zerren.

»Nachdem Simpson dich … angegriffen hat«, sagte Peter, »hat die Beziehung mit der neuen Freundin offenbar nicht mehr lange gehalten. Anscheinend ist er wieder ganz der Alte – er stalkt seine Exfrau mit Mails und Anrufen, manchmal folgt er ihr, wenn sie das Haus verlässt. Sie behauptet, er hätte sie alle gequält, hätte sie erneut zum Trinken gebracht, nachdem sie ihr Leben wieder in den Griff bekommen hatte. Sie machte sich nicht die Mühe, ihn anzuzeigen. Sie hat nicht allzu viel Vertrauen in die Polizei.«

»Das hat Blue mir gestern Abend versucht zu erzählen. Nur hat sie mir nicht den Namen des Mannes gesagt, den sie beschrieben hat, und auch nicht, dass er ihr Vater ist.«

Auch mithilfe der Tranquilizer wusste sie nicht, wie viel mehr von diesem Gespräch sie noch ertragen konnte. »Warum erzählst du mir das alles? Glaubst du nicht, ich habe schon genügend Schuldgefühle? Ja. Du hattest recht. Ich hätte ihn anzeigen sollen.«

Die Rolle Malerkrepp war aufgebraucht, und Peter ließ sie auf den Boden fallen.

»So meine ich das nicht«, sagte er. »Ich will darauf hinaus, dass Max Blue behandelt hat, genau wie ihre Mutter. Er wusste es wahrscheinlich. Und trotzdem hat er dir gegenüber nicht erwähnt, dass Simpson immer noch sein Unwesen treibt. Findest du es nicht seltsam, dass Max die ganze Zeit über Kontakt zu der Familie hatte, ohne es dir zu sagen?«

Ja, sie fand das seltsam. Mehr als seltsam. Max hatte Grenzen überschritten, indem er sowohl Mutter und Tochter behandelt hatte – während er mit einem weiteren von Simpsons Opfern verheiratet war. Stella konnte gar nicht ermessen, was das alles implizierte, es gab so viele mögliche Fallgruben. Und ja, Peter hatte recht: Max' Entscheidungen waren fragwürdig. Andererseits hatte sie kaum ein Recht, darüber zu urteilen, denn sie hatte sich völlig passiv verhalten. Sie selbst hatte nicht die geringsten Anstalten gemacht, etwas zu klären. Max hatte zumindest versucht, Mutter und Tochter irgendwie zu helfen.

Die Plastikfolie flatterte wild, als der Wind versuchte, die dünne Grenze zwischen der inneren und der äußeren Welt zu durchbrechen. Sie würde nicht mehr lange halten.

»Ich sage das nicht, um dir Angst zu machen«, sagte Peter. »Denn ich glaube wirklich nicht, dass Lawrence Simpson seine Tochter hierhergeschickt hat. Das ergibt keinen Sinn. Aber ich glaube, dass da etwas anderes abläuft. Willst du meine Theorie hören?«

»Nein«, sagte sie.

»Ich glaube, dass Max sich bereiterklärt hat, Blue und ihre Mutter zu behandeln, damit er herausfinden konnte, wie viel sie über Simpsons Angriff auf dich wussten. Ich glaube, Max hatte Angst, dass Simpson – egal aus welchem Grund – seiner Frau erzählen könnte, was er getan hatte. Vielleicht hätte Simpson Blues Mutter Angst machen wollen, sodass sie seiner Forderung nach dem Sorgerecht zustimmte. Und wenn Simpson zeigen konnte, dass er dich unter Kontrolle hatte, welche Chance hätte dann seine Frau? Außerdem ist er ein Sadist – daher konnte er vielleicht nicht widerstehen, mit seinem Sieg zu prahlen. Vielleicht war er versucht, diese Aufnahmen jemandem zu zeigen.«

Er warf ihr einen kurzen reuevollen Blick zu. Er bedauerte seine Bemerkung über die Fotos. »Es tut mir leid«, sagte er. »Das liegt am Schlafmangel. Ich bin noch taktloser als sonst.«

»Schon gut«, sagte sie. »So labil bin ich nun auch wieder nicht.

Ich bin schon von allein darauf gekommen, dass Max vielleicht seine eigenen Gründe dafür hatte, Blue und ihre Mutter zu behandeln. Und ich habe ihn auch schon danach gefragt.«

Sein überraschter Blick gefiel ihr.

»Und?«

»Er hat abgestritten, dass es ein höheres Motiv gibt.«

»Das ist ja eine große Überraschung. Findest du es denn gar nicht erstaunlich, dass seine Klinik während der ganzen Zeit ohne Makel geblieben ist?«

Die Plastikfolie löste sich an einer Ecke. Sie machten beide keine Anstalten, sie wieder anzubringen. Stella fragte sich, warum sie so böse auf Peter war.

»Du täuschst dich bestimmt. Ich glaube, dass Max es gut gemeint hat, ich glaube, er wollte Blue und ihrer Mutter wirklich helfen. Er hat gern alles unter Kontrolle, aber das ist kein Verbrechen. Mir geht es genauso. Und dir auch, übrigens. Er stand unter gewaltigem Stress – er hatte die Last meines psychischen Zustands zu tragen und musste dafür sorgen, dass seine Klinik überlebt –, deshalb hat er sich zu viel aufgeladen. Ja, er überschätzt sich manchmal, und ja, er denkt, er muss die Verantwortung für Menschen übernehmen, die ihm wichtig sind – ich glaube, er wollte Blue und ihrer Mutter helfen und gleichzeitig ein Auge auf sie haben. Aber irgendwie ging das nach hinten los, und das Mädchen hat sich auf ihn fixiert.«

»So lautet also diesmal deine Ausrede für ihn?«

»Das ist keine Ausrede.«

»Er ist dein Schwachpunkt.«

»Er ist ein Mann, der das starke Bedürfnis hat, das Heft in der Hand zu haben. Manchmal ist das seine Schwäche.«

»Er ist ein Kontrollfreak, der gerne Gott spielt.«

»Er ist mein Ehemann.«

»Ellie, bitte. Kannst du nicht ein Mal logisch und objektiv darüber nachdenken – von einer professionellen Perspektive aus? Max muss befürchtet haben, dass Blues Mutter von Simpson selbst erfährt, dass du und Max Informationen in eurem Gutachten zurückgehalten habt, durch Auslassung. Falls ihr ihre Lage irgendwann völlig aussichtslos erschienen wäre, hätte es sein können, dass sie zur Polizei ging. Ich glaube, Max wusste genau, was er tat. Er wollte unbedingt unterbinden, dass das, was dir zugestoßen ist, nach außen dringt, damit seine Klinik und sein guter Ruf unangetastet bleiben.«

»Ich weiß, dass du nur helfen möchtest. Ich weiß, dass ich dir wichtig bin.« Stella hörte ihre Stimme. Sie klang herablassend wie Max, wenn er sich von seiner schlechtesten Seite zeigte. Das wollte sie nicht. »Ich bin sehr froh einzusehen, dass Lawrence Simpson nicht hinter allem steckt, aber was den Rest betrifft, ist mir das zu viel Spekulation.«

»Seltsam, dass wir beide zu demselben Schluss gekommen sind. Auch wenn es nur eine Theorie ist. Findest du nicht?«

Stella entfernte sich von ihm. Sie sammelte die Kissen vom Sofa auf und versuchte, sie auf dem Fensterbrett vor dem kaputten Fenster zu stapeln, aber sie fielen alle sofort wieder auf den Boden. Sie gab auf.

»Es gibt keinen Beweis«, sagte sie. »Wir könnten uns auch täuschen.«

»Ich kann mir keine unschuldige Erklärung dafür denken, weshalb sich Max auf diese Familie einlassen sollte.«

»Wäre es nicht eher angebracht zu sagen, dass du Max noch nie mochtest und dass das nichts mit Blue oder ihrem Vater zu tun hat? Es geht um mich.«

Nachdem sie die Reparatur des Fensters aufgegeben hatten, standen sie nun vor dem Kamin und starrten auf die verkohlten Scheite darin, als hofften sie, es würde sich auf wundersame Weise ein Feuer entzünden.

»Max hat deine Gefühle für ihn ausgenutzt«, sagte er. »Damit du stillhältst.«

»Das stimmt nicht. Ich wurde abhängig von ihm, weil ich mich meinem Trauma nicht stellen wollte.«

»Er hat dich dazu gebracht, etwas Schreckliches zu tun.« Er wurde immer wütender und sprach lauter. »Er hat dich ermutigt, ein Verbrechen zu verschleiern. Und das hatte Konsequenzen – nicht nur für dich, sondern auch für Blue und ihre Mutter. Max geht es um seine eigenen Interessen – und nur um seine eigenen Interessen. Er steht an erster Stelle, immer.«

Sie legte ihm beide Hände auf die Schultern. »Beruhige dich. Lass mich etwas klarstellen. Zum letzten Mal – Max hat mich zu nichts überredet.« Sie ließ die Hände sinken. »Es tut mir leid. Ich war schon immer verliebt in Max.«

»Das Problem ist, Max benimmt sich nicht wie ein Mann, der in dich verliebt ist.«

Das Mitleid in seinen Augen verstärkte ihren Schmerz noch. »Manchmal braucht er eine Pause – von mir und meiner Agoraphobie, meinem posttraumatischen Stress und meinen Tranquilizern.«

»Wie lange hast du denn noch vor, Opfer zu bleiben?«

»Du bist Polizist, Peter, ein Retter. Ich dachte, du magst Opfer. Ich dachte, du brichst hin und wieder gern auf, um mich zu retten.«

»Ich dachte, du wärst zäh. Ich dachte, du wärst eine Überlebende.«

»Du kannst nicht verstehen, wie es ist, vergewaltigt zu werden.«

Trotz der Tabletten war sie aufgewühlt; ihre Stimme war zu laut. Sie war wütend. Sie wollte allein gelassen werden. Sie wollte nicht allein sein. Sie war einsam.

»Ich habe versucht, dich dazu zu bringen anzuzeigen, was passiert ist. Ich dachte, das wäre der erste Schritt dazu, dein Leben zurückzubekommen.«

»Das hast du dir gedacht. Aber es war nicht das, was ich wollte.«

»Und in dieser Monstrosität aus Beton zu wohnen, das willst du?«

»Verdammt, das ist eine Ikone der modernen Architektur!«

Er versuchte, ihr die Hand auf den Arm zu legen, aber sie schüttelte ihn ab. Er wusste, wie man überzeugende Argumente vorbrachte. Das gehörte zu seinem Beruf. Seine Worte trafen sie, verwirrten sie.

»Bist du denn wirklich ganz sicher, dass an Blues Worten nichts Wahres ist?«

Stella wollte nicht mehr zuhören. Sie wollte weg. Sie wusste nicht ganz genau, wohin; dann wurde ihr bewusst, dass sie ins Bett wollte.

»Es ist so kalt hier drinnen. Ich gehe hoch. Ich muss mich hinlegen«, sagte sie.

»Stella«, sagte Peter, »dein Leben ist deine Angelegenheit, aber du musst wenigstens einsehen, dass Max das Mädchen ohne eine zweite Meinung nicht weiter behandeln dürfen sollte.«

Sie ging durch die eisige Eingangshalle und hielt sich an dem Stahlgeländer fest. Es stach an den Fingern, als hätte sie ein Stück Eis in der Hand. Sie drehte sich nicht um. Je höher sie stieg, desto mächtiger wurde die Taubheit.

»Ich bleibe hier, bis der Reparaturdienst da ist«, rief Peter ihr nach. »Sie können das Fenster bestimmt mit Brettern vernageln. Dann ist das Haus gesichert.«

Sie drehte sich immer noch nicht um. Sie wollte ihn nicht sehen. Sie stieg weiter hoch, setzte einen Fuß vor den anderen.

Verdammter Mist. Ihr Schlafzimmer.

Sie hatte vergessen, was für ein Chaos Blue hinterlassen hatte.

Stella bahnte sich einen Weg durch die Unordnung und den Unrat auf dem Boden. Sie hob ihre Zudecke auf, schüttelte sie aus und legte sie auf das Bett. Ein Kissen lag noch da, wo es hingehörte, aber das andere fehlte. Gleich darauf entdeckte sie es, es war in den Kamin gestopft worden.

Das Mädchen war ein Ungeheuer.

Ein Kissen musste genügen. Sie wollte einfach nur ins Bett. Sie schüttelte es, klopfte es aus und entfernte zwei lange blonde Haare. Sie brauchte keine Erinnerungen. Sie legte sich auf den Rücken und schloss die Augen.

Etwa Hartes grub sich ihr in eine Pobacke. Sie langte unter die Decke und tastete, aber dort war nichts. Doch in der Gesäßtasche ihrer Jeans steckte etwas. Blues Handy.

Hampstead, Juli 2009

Fünf Wochen nachdem Stella in seiner Wohnung in Hampstead eingezogen war, kam Max zum ersten Mal später nach Hause. Ihr Hühnchen in Limetten-Kokos-Curry stand kalt und unberührt auf dem Aga-Herd. Am liebsten hätte sie es in den Müll gekippt, aber sie konnte nichts wegwerfen, woran sie so verdammt hart gearbeitet hatte. So stand es da und gelierte. Stella schäumte. Sie schaltete ziellos durch die Fernsehprogramme. Er war bei einer Frau. Wahrscheinlich schaffte er es nicht länger, einen zölibatären Lebensstil mit einer unerwünschten, viel jüngeren Kollegin durchzuhalten, die ihr Lager in seiner Wohnung aufgeschlagen hatte.

Er konnte doch keine Freundin haben. Stella war davon ausgegangen, dass er zumindest gelegentlich ein, zwei Notfälle haben würde – einen Selbstmord, eine Überdosis – und dass er deshalb länger wegbleiben musste. Aber offenbar hatte er Notfälle an einen Kollegen weitergegeben, denn er kam stets pünktlich nach Hause. Er hatte das Simpson-Gutachten selbst fertiggestellt und gemeinsam mit Anne dafür gesorgt, dass alle anderen Verpflichtungen Stellas abgesagt wurden. Jeden Abend kam er zur selben Zeit zu ihr nach Hause: um acht Uhr. Er schloss auf und kam, um nach ihr zu sehen. Stets stand sie in der Küche am Herd. Er kam zu ihr und gab ihr ein freundliches Küsschen auf die Wange. Manchmal drückte er ihre Schulter, wenn sie mit dem Rücken zu ihm stand. So einen schönen Herd wie diesen hatte sie noch nie benutzt. Seinem makellosen Zustand nach zu urteilen, hatte er ihn selbst nie benutzt.

Ihre Nächte verbrachte sie in Max' Bett. Sie legte sich als Erste hin, schluckte ihre Tablette und dämmerte weg, allein. Er kam erst viel später nach. Es war hoffnungslos. Sie schaffte es verdammt noch mal nicht, bei ihm auszuziehen und ihr Leben weiterzuleben. Sie konnte nicht weg. Sie wollte das auch nicht mehr. Sie hatte eine Kostprobe davon bekommen, wie es war, wenn er jeden Abend zu ihr nach Hause kam. Und es war gut. Jedes Mal, wenn sie seinen Schlüssel in der Tür hörte, fühlte sie sich glücklich; so hörte sich für sie Hoffnung an. Wenn er bei ihr war, fühlte sie sich beinahe ruhig, beinahe glücklich. Die Wände seiner Wohnung vermittelten ihr tagsüber Sicherheit, seine Anwesenheit an den Abenden Geborgenheit.

Max tat nichts, was darauf hindeutete, dass er sie begehrte. Er verspürte ihr gegenüber ein Pflichtgefühl. Er betrachtete sie als Opfer. Er war für sie verantwortlich, nicht mehr. Sie hatte den Verdacht, dass er seine Schuld verarbeitete, indem er sie in der Nähe hatte und sich um sie kümmerte. Wäre sie pessimistischer, hätte sie sich gefragt, ob es auch eine Möglichkeit war, keine Haftung übernehmen zu müssen; rechtlich, finanziell oder beruflich. Aber sie war nicht durch und durch zynisch.

Um neun Uhr dreißig war Stella nervös. Sie ging in jedes Zimmer, überprüfte, ob die Fenster geschlossen und die Vorhänge zugezogen waren.

Um zehn nach zehn kam er. Stella blickte missmutig von seinem Sofa auf, sie hatte die Arme verschränkt und die Beine untergeschlagen. Er war in keiner Weise an sie gebunden, er konnte die ganze gottverdammte Nacht wegbleiben, wenn er das wollte, und darüber hinaus hatte er jedes Recht, andere Frauen mit nach Hause zu bringen. Wahrscheinlich war er furchtbar frustriert und konnte es kaum erwarten, sie loszuwerden. Für ihn war sie wohl beschädigte Ware.

»Es tut mir leid, dass ich so spät komme«, sagte er. Seine Krawatte hing ihm lose um den Hals. Das Jackett war untypisch zerknittert. Er zog es aus und warf es über den Sessel. Stella wollte am liebsten überprüfen, ob es nach Parfüm roch.

»Warst du mit jemandem zusammen?«, fragte sie. Sie schloss die Arme enger um sich.

»Es ist wirklich komisch«, sagte er. »Die Situation, in der wir sind.«

»Eine Frau?«

Er fuhr sich mit der Hand über den Kopf. Sie war sich nie ganz sicher, ob er sich darauf freute oder ob er sich davor scheute, zu ihr nach Hause zu kommen. Sie wusste so wenig über ihn.

Er seufzte.

»Gibt es etwas zum Abendessen?«, fragte er. Er war höflich, wie immer.

»Ja«, sagte sie. »Aber es ist kalt.«

Zum ersten Mal hatte sie das Gefühl, sie könnte aufgeben, auf der Stelle hinausgehen, wieder in ihr altes Leben zurückfinden.

Der Tisch sah schön aus. Hinten in einem Küchenschrank hatte sie zwei schwere silberne Kerzenständer gefunden. Die standen jetzt in der Mitte des Tisches, mit flackernden Kerzen. Sie hatte Lavendelzweige von dem Topf neben der Eingangstür abgeschnitten und in eine Vase gestellt.

»Anne heiratet«, sagte Max, als er sich setzte. »Deshalb komme ich so spät. Wir haben darauf angestoßen – im Lamb and Eagle.«

»Anne – aus der Klinik?«

»Ja.«

»Wer ist der Glückliche?«, fragte Stella. Als sie ihm einen Teller kaltes Hühnchen in Limetten-Kokos-Curry hinstellte, musste sie beinahe lachen. Alles schien so absurd: das kalte Essen, die Kerzen, der Lavendel.

»Köstlich«, sagte er, obwohl er noch keinen Bissen im Mund hatte. »Hast du Chris Marshall einmal getroffen? Seine Frau war

Patientin in der Klinik. Ich habe sie wegen Depressionen behandelt, sie hatte Brustkrebs im Endstadium. Da haben sich Anne und er kennengelernt.«

»Wie romantisch. Mit sterbender Frau und allem.«

»Anne hat auch einiges durchgemacht, weißt du.«

»Nein, das wusste ich nicht.«

Er schwieg. Max sah in letzter Zeit häufiger müde aus. Er wirkte älter und weniger optimistisch als das Bild von ihm, das sie im Kopf hatte. Er lächelte weniger häufig. Seine Begeisterung für das Leben, seine Leidenschaft, das schien verflogen zu sein. Wenn sie zuvor für ihn geschwärmt hatte, so liebte sie jetzt sein wahres Ich.

»Und wieso hat Anne einiges durchgemacht?«, fragte sie.

»Ihr Mann ist vor vier Jahren an Bauchspeicheldrüsenkrebs gestorben. Als es bei ihm diagnostiziert wurde, hatte er noch sechs Monate. Sie war am Boden zerstört. Etwa um diese Zeit haben wir die Klinik eröffnet, und ich glaube, nur ihre Arbeit hat sie gerettet und sie aufrecht gehalten.«

»Ich hatte keine Ahnung. Sie hat nicht viel mit mir gesprochen. Ich glaube nicht, dass sie mich mochte.«

Sie freute sich, dass er das Hühnchen aß.

»Wohnst du schon lange in dieser Wohnung?«, fragte sie.

»Seit zwölf Jahren. Ich bin hier in der Gegend aufgewachsen – meine Mutter lebt immer noch in einem Altenheim in der Finchley Road.«

Sie hatte es noch nie zuvor gewagt, ihm persönliche Fragen zu stellen.

Max öffnete die Flasche Chardonnay, die sie zwischen die Kerzenhalter gestellt hatte. Sie fragte sich, ob er trank, um mit ihrer ständigen Anwesenheit klarzukommen. Während er sich an dem Korken zu schaffen machte, sagte sie: »Ich brauche ein neues Rezept.« Sie sagte das ganz ruhig, dann hielt sie den Atem an.

»Natürlich«, sagte er. »Ich lasse es dir morgen früh ausstellen.«

Er schenkte sein Glas voll, dann ihres.

Stella kannte die Grundlagen der Verhaltenstheorie. Sie wusste, dass sie sich auf einem schmalen Grat am Rande der Agoraphobie bewegte und sich nicht fallenlassen durfte, sonst wäre es extrem schwierig, sich wieder einen Weg in ein normales Leben zu bahnen. Stella vermutete, dass ein Teil des Problems darin lag, dass sie ihr normales Leben gar nicht zurückhaben wollte. Sie hatte das normale Leben satt. Sie war glücklich, so eingeschlossen in Max' Wohnung. Hier drinnen würde ihr nichts Schlechtes widerfahren. Sie wusste, dass sie verrückt wurde.

Da gab es noch eine Frage, die sie ihm stellen wollte; etwas, worüber sie immer wieder nachgedacht hatte.

»Max, was glaubst du, warum er mich ausgewählt hat? So viele andere Leute hatten mit dem Fall zu tun – die Sozialarbeiterin, die Erziehungsberater, sein Anwalt. Warum ich?«

»Zunächst mal bist du eine attraktive junge Frau. Er fühlte sich von dem gesamten juristischen System verfolgt und hat seine ganze Wut auf dich fixiert. Das ist alles.«

»Ich muss irgendetwas getan haben, dass er mich ausgewählt hat.«

»Er will, dass du das denkst. Du warst das leichteste Ziel und das befriedigendste für einen sexuellen Sadisten. Er ist der Kriminelle. Er ist verantwortlich. Nicht du.«

Sie wollte aufstehen und zu ihm gehen; sie wollte sich zu ihm auf den Schoß setzen und sich halten lassen, wie ein Kind.

»Ich will nicht, dass das herauskommt«, sagte sie. »Ich will nicht, dass meine Kollegen davon erfahren, und ich will nicht, dass die Klinik kompromittiert wird. Und wenn ich ehrlich bin – ich will kein Risiko eingehen, dass meine Zulassung auf irgendeine Weise gefährdet wird –, falls Simpson eine Gegenbeschuldigung erhebt.«

»Niemand muss davon erfahren, außer, du willst es. Was die Mitarbeiter in der Klinik betrifft, so hast du Sonderurlaub aus familiären Gründen, auf unbestimmte Zeit. Ich habe einen Partner gefunden, er ist gerade erst aus der Uni raus – aber er ist bereit, zu den niedrigeren Honoraren zu arbeiten, die sie uns anbieten.«

»Ich bin so froh. Ich habe dir solche Probleme bereitet. Wenn ich nicht arbeite, erwarte ich natürlich nicht, dass du mich weiter bezahlst, aber ich habe keine Ahnung, wie ich dann meine Miete aufbringen soll …«

»Schsch«, sagte er. Er hob ihr Weinglas und reichte es ihr. »Ich möchte, dass du hierbleibst, solange es notwendig ist. Wenn du glücklich damit bist, bei mir zu leben.«

Sie nahm einen langen, kalten Schluck. Sie war in Max' Wohnung, saß ihm gegenüber, war allein mit ihm. Sie freute sich, sogar unter den schlimmstmöglichen Umständen. Freute sich irrsinnig, dass sie ihn endlich für sich hatte. Pervers. Aber wahr.

»Ich bin verliebt in dich«, sagte sie.

Sie fühlte sich gut. Sie hatte sich offenbart und die Wahrheit gesagt. Ihre Position war klar. Er konnte sie jederzeit bitten zu gehen.

»So«, sagte er. Er wirkte nicht überrascht. »Ich fühle mich geschmeichelt. Aber ich werde das nicht ausnutzen. Nicht jetzt.«

»Schade.« Sie schenkte ihm nach.

Das Gleichgewicht in der Wohnung in Hampstead verschob sich. Stella fühlte sich dort zu Hause. Max verließ sich darauf, dass sie dort war; auch wenn sie sich nicht ganz sicher war, wofür. Seine Mutter starb zwei Monate nach ihrem Einzug. Sein Vater war gestorben, als er acht war. Wie sie hatte er keine Geschwister, und er war allein. Sie beschloss, die Tranquilizer tagsüber zu reduzieren; zu versuchen, zu dem Zustand zurückzufinden, in dem sie vorher war. Gleichzeitig war sie da, wo sie jetzt war, glücklich. Max sagte nichts darüber, dass sie ausziehen sollte. Sie malte sich aus, wie es wäre, als seine Geliebte in der Wohnung zu leben.

Annes Hochzeit fand in Hampstead statt, in einem Haus aus dem 18. Jahrhundert. Burgh House, am New End Square, lag glücklicherweise ganz nah an Max' Wohnung, und sie brauchten gerade einmal fünf Minuten zu Fuß dorthin.

In den Tagen vor der Zeremonie wurde Stella zunehmend paranoid. Absurde Gedanken quälten sie. Sie fragte sich, warum Anne einen Ort gewählt hatte, der so nahe an Max' Wohnung lag. Hatte sie sich irgendwann länger dort aufgehalten? Hatten Anne und Max einmal zusammengelebt? Hatte sie auf diese Weise Burgh House entdeckt, das so abgeschieden am New End Square lag? Ihr Misstrauen wurde übermächtig. Sie sagte sich immer wieder, dass sie eine Angstreaktion durchmachte, weil sie zum ersten Mal seit Monaten das Haus verlassen musste. Es würde vorbeigehen.

»Ich weiß, es ist hoffnungslos mit mir, aber könntest du bitte die ganze Zeit bei mir bleiben, während wir auf der Hochzeit sind?«, bat sie Max.

»Natürlich. Es wird mir eine Freude sein.« Er lachte sie an, und sie erhaschte einen wertvollen, flüchtigen kurzen Blick auf den alten Max.

Sie hatte Visionen. Alle hatten die Fotos gesehen, auf denen sie mit ausgestreckten Armen und Beinen dalag, erniedrigt. Max hatte sie bereits gesehen und es ihr nicht gesagt, um ihr den Schmerz zu ersparen. Sie sah Simpson, wie er auf sie wartete: Er lehnte an der Mauer vor dem Wohnhaus, saß gegenüber im Pub, stand vor dem Tor des Burgh House, saß zwischen den Gästen. Überall.

Solange sie Max an ihrer Seite hatte, war sie sicher. Das redete sie sich immer wieder ein.

»Glaubst du, es ist in Ordnung, wenn ich die Diazepamdosis verdopple? Nur heute?«

»Auf jeden Fall«, sagte Max. »Allerdings wirst du die Hochzeit dann nicht sonderlich gut in Erinnerung haben.«

Die Hochzeit in Erinnerung zu haben war die geringste ihrer Sorgen.

Anne trug ein klassisches Spitzenkleid mit Satinunterrock. Sie sah schön aus, als sie in dem holzgetäfelten Musikzimmer durch den Mittelgang schritt. Ein Streichquartett spielte. Stella trieb mit der Musik dahin, auf einer sanften Welle nach der anderen.

Eine der Brautjungfern war ein hübscher Teenager. Ihre roten Haare fielen ihr bis zur Taille, und sie hatte eine kleine Stupsnase. Sie trug ein eng anliegendes Minikleid aus Satin. Auch mit der doppelten Dosis Diazepam stellte sich Stella vor, dass Max das Mädchen anstarrte.

Sie würde weder den Empfang noch die Plauderei unter den Gästen bewältigen, auf keinen Fall. Max hatte Verständnis, und es schien ihm nicht leidzutun, gehen zu müssen. Vielleicht waren Hochzeiten auch nicht so seine Sache. Er hatte den Arm um sie gelegt, stützte sie, und sie lehnte den Kopf an seine Schulter, als sie die kurze Strecke nach Hause liefen. Sie nahm nichts wahr, sah die Leute nicht an, die an ihnen vorbeigingen. Sie tat so, als würden sie nicht existieren.

»Ich habe darüber nachgedacht, was ich machen soll«, sagte sie. »Ich will dir nicht für alle Zeiten auf der Tasche liegen. Seit ich bei dir wohne, habe ich mit keinem einzigen meiner Freunde gesprochen, denn ich weiß, was die alle sagen werden, und ich will es nicht hören. Aber ich habe ein paar Mal mit Peter geredet. Gestern hat er mir eine Nachricht geschickt. Hannahs Mitbewohnerin ist ausgezogen, und sie sucht jemanden, der bei ihr einzieht. Sie ist meine älteste Freundin, und ich vertraue ihr. Peter findet, ich soll bei ihr einziehen; er will, dass ich ihr erzähle, was passiert ist. Sie könnte mich unterstützen, während ich mir irgendeinen Therapieplan zurechtlege.«

Sie gingen im Schneckentempo weiter, nah beieinander, Arm in Arm. Max zog seine Krawatte hin und her, löste sie und ließ sie lose um den Hals hängen.

»Ich glaube, das ist keine schlechte Idee«, sagte Stella. »Es wäre der erste Schritt in – du weißt schon. Hannah ist Psychologin, sie wird Verständnis dafür haben, dass ich mich eine Weile etwas merkwürdig benehme. Ich würde damit klarkommen müssen, dass sie und Peter mich drängen, Anzeige zu erstatten. Aber ich bin mir sicher, ich kann sie abwehren.« Ihr gelang ein Lächeln.

Max war still geworden. Er war stehen geblieben und starrte auf den Gehsteig.

»Und? Was hältst du davon?«, fragte sie ihn.

»Findest du mich merkwürdig?«, fragte er. »Weil ich mit dreiundvierzig immer noch unverheiratet und kinderlos bin?«

»Nein«, log sie.

Ja, sie hatte sich Fragen über ihn gestellt: unverheiratet, kinderlos und, soweit sie wusste, keine längeren Beziehungen.

»Was ist mit dir?«, fragte Max. »Hast du jemals ans Heiraten gedacht?«

»Klar«, sagte sie. »Wenn ich es je schaffe, aus deiner Wohnung auszuziehen. Und es würde davon abhängen, wer mich fragt.«

Sie lehnte sich an ihn, er hatte den Arm locker um ihre Taille gelegt, und sie befand sich in einem angenehmen Nebel, war enthemmt; es war ihr egal, was sie zu ihm sagen, was sie offenbaren könnte. »Warum führen wir dieses Gespräch?«, fragte sie.

»Es gefällt mir, wenn du bei mir lebst.«

»Wirklich?«

»Ich will dich nicht ausnutzen. Ich wollte warten. Aber ich will nicht, dass du ausziehst, ohne es zu wissen.«

»Was zu wissen?«

»Dass ich übers Heiraten nachdenke«, sagte er.

»Du willst heiraten – ganz allgemein? Oder denkst du darüber nach, mich zu heiraten?«

Durch die Tabletten wurde sie kühn.

»Ich will nicht, dass du gehst«, sagte er.

»Du musst mich nicht heiraten, damit ich bleibe.«

»Ich weiß.«

»Aber wenn du mich fragen würdest, ob ich dich heirate, dann würde ich ja sagen«, sagte sie.

Er küsste sie auf den Kopf.

Im Rückblick war der Heiratsantrag eher skurril als romantisch.

Hilltop, 04:10 Uhr

Peter lag auf dem Sofa, auf dem Rücken, die Augen geschlossen. Es war eiskalt im Wohnzimmer, die schwarze Plastikfolie flatterte nutzlos in dem kaputten Fenster herum.

Stella war außer Atem, sie war die Treppe heruntergerannt. »Bist du wach?«, fragte sie, als sie auf ihn hinabblickte.

Blinzelnd setzte er sich auf. Seine Haare waren verwuschelt, ein paar Strähnen standen ab. Wangen und Kinn waren von Stoppeln überzogen.

»Was ist denn jetzt wieder?«, fragte er.

»Wir müssen ihnen nach.«

»Warum?«

Sie versuchte, so gut es ging mit den Fingern seine Haare zu glätten. Er sollte wach und autoritär aussehen.

»Ich habe dir das nicht erzählt«, sagte sie, »aber als ich alleine mit Blue war, kurz bevor sie das Fenster eingeworfen hat, hat sie mir alles geschildert – nun ja, es war ungefähr das Gleiche, was sie auch zu Max gesagt hat –, aber viel anschaulicher und mit mehr Einzelheiten. Sie behauptet, sie hätten Sex gehabt. Während ihrer Therapiesitzungen. Ich wurde wütend und habe ihr an den Kopf geworfen, dass sie lügt und dass man sie wegsperren würde. Ich habe alle möglichen fürchterlichen Dummheiten gesagt. Und deshalb ist sie davongelaufen.«

»Und?«

»Ich habe darüber nachgedacht, was du gesagt hast. Und deshalb habe ich mir ihr Mobiltelefon genauer angesehen. Ich habe etwas gefunden. Und jetzt muss ich zum Krankenhaus. Könntest du einfach … keine Fragen stellen? Bring mich nur ins Krankenhaus, ich muss da sein, bevor er sie einliefert.«

Stella wartete nicht auf seine Antwort. Sie lief rasch zur Haustür, zog ihren Mantel an und warf ihm seine Jacke zu. Er fing sie auf. Sie war froh; er war hellwach, und seine Reflexe funktionierten einwandfrei.

»Du verlässt das Haus?«, fragte er.

»Ich habe ein paar mehr von den Tranquilizern genommen.«

»Ist das nicht gefährlich? Du schluckst diese Dinger wie Smarties.«

Sie zuckte die Achseln. »Lass uns losfahren, bevor ich es mir anders überlege. Oder ohnmächtig werde.«

Sie blieb wie angewurzelt auf dem kalten Marmorboden stehen.

Peter ging an ihr vorbei. Er öffnete die Tür, kehrte zurück und streckte ihr die Hand entgegen.

Stella sah sich noch ein letztes Mal um. Sie trat ein paar Schritte nach vorne, betätigte den Lichtschalter, sodass der Kronleuchter ausging. Sie dachte bei sich, wie viel einfacher es doch wäre, im Haus und in ihrer Ehe zu bleiben. Nichts musste sich ändern.

Aber sie konnte nicht weiter mit geschlossenen Augen durch den Rest ihres Lebens treiben, ihre Neugier von Chemikalien unterdrücken lassen.

Ihre Beine waren steif. Sie konnte sich nicht bewegen – auf Peter, auf die offene Tür zu. Die Temperatur fiel noch mehr.

»Es tut mir leid«, sagte sie. »Fahr du. Du musst ihr helfen.«

Peter sah sauer aus. Von Passivität hielt er nicht gerade viel. Ihr war das früher auch so gegangen.

»Ich gebe auf«, sagte er.

Sie machte ihm keinen Vorwurf. Sie hatte schon lange zuvor aufgegeben.

Der Fensternotdienst würde kommen, das Fenster würde repariert werden, und das Haus würde wieder sicher sein. Bis es so weit war, würde sie wohlbehalten in ihrem Schlafzimmer eingeschlossen sein.

»Ja, das war es jetzt«, sagte Peter. »Es reicht mir. Du brauchst genauso dringend Hilfe wie sie.«

Er ging zur Tür. Sie schloss die Augen. Sie wollte nicht sehen, wie er ging.

Sie spürte, wie er zurückkam und ihre Hand nahm. Sie wehrte sich, versuchte, ihn wegzuschieben. Sie schlug um sich, wollte ihn dazu bringen loszulassen; aber er packte entschlossen zu. Sie hatte das Gefühl, sie würde gleich auseinanderfliegen. Mit der freien Hand schlug sie ihm ins Gesicht. Fest.

Dann wich sie zurück – er sah aus, als würde er gleich zurückschlagen. Doch er rieb sich nur das Kinn, bewegte es ein paar Mal hin und her.

Sie atmete tief. Ihr Brustkorb war frei und offen. Sie spürte noch die Kraft in ihren Armen. Sie wollte ihn noch einmal schlagen, nur um zu spüren, wie sie stärker wurde.

»Ich kann nicht weg.«

»Doch, das kannst du. Du musst lediglich einen Fuß vor den anderen setzen. Denk nicht darüber nach. Geh einfach.«

Die Tür des Jeep war schwergängig, sie musste mit aller Kraft daran ziehen, um sie zuzuschlagen. Im Auto roch es schwach nach Zigaretten, und auf dem Boden lagen leere Pappbecher.

Peter fuhr langsam über die vereiste Zufahrt und bog ruckweise auf die Straße ein. Die Fahrbahn und die Gehsteige waren verschwunden, lagen unter einer weißen Schicht verborgen. Stella hielt sich am Türgriff fest.

»Es tut mir leid, dass ich dich geschlagen habe«, sagte sie. »Das galt Max. Ich würde ihn am liebsten umbringen.«

»Kein Problem«, sagte er. »Versuche nur, keine Dummheiten zu machen, während ich fahre.«

Langsam bewegten sie sich den Hügel hinunter, die Reifen fanden kaum Halt auf der vereisten Straße. Das Auto geriet ins Rutschen, ruckelte, blieb stehen. Wenn die Räder nicht griffen, würden sie auf die Hauptstraße unter ihnen schleudern.

»Typisch«, sagte Peter. »Du wohnst in der allersteilsten Straße der ganzen Gegend.«

Als sie die Ecke Victoria Avenue erreichten, merkte Stella, dass sie freier atmen konnte.

»Wie fahren wir am besten?«, fragte Peter.

»Hier links.«

Sie bogen in die Chenies Road ein, wo der Verkehr den Schnee geschmolzen hatte, sodass die Straße als offener schwarzer Streifen vor ihnen lag.

»Am Kreisverkehr rechts«, sagte Stella. »Kannst du schneller fahren?«

»Hast du irgendeinen Plan, was du tun willst, wenn wir am Krankenhaus sind?«, fragte er und warf einen kurzen Blick zu ihr hinüber.

»Sieh nicht mich an. Schau auf die Straße. Halte direkt vor der Notaufnahme«, sagte sie.

Bei dem klotzigen Tesco-Supermarkt bog er rechts ab, dann fuhren sie auf die Straße, die sie zur Autobahn bringen würde. Es waren keine anderen Autos unterwegs, und der Tachometer kletterte auf sechzig Meilen die Stunde. Der Jeep schnitt die Kurven, Peters Hände lagen fest und ruhig auf dem Steuer. Die Straßenbeleuchtung tauchte den Schnee auf den Feldern in helles Gelb. Das Licht der Scheinwerfer fiel auf überfahrene Tiere: ein Perlhuhn und dann die Überreste eines Kaninchens. Wahrscheinlich Max, dachte sie, er ließ kleine tote Tiere hinter sich zurück.

Es schneite leise, die Flocken trieben über ihr Gesichtsfeld. Sie rasten an weißen Bäumen vorbei; Himmel und Erde schienen ineinander überzugehen. Stella stellte sich eine kleine Gestalt vor, die zusammengesackt an der Tür des Beifahrersitzes lehnte, helle Haare, ans Fenster gedrückt.

Sie ließen Hilltop immer weiter hinter sich, aber sie löste sich trotzdem nicht auf. Noch nicht. Auch wenn ihre Arme und Beine merkwürdig schwer wurden. Vielleicht hatte sie es mit den Tabletten übertrieben. Sie musste an ihrer Wut festhalten. Sie musste sich auf die Untreue ihres Ehemanns konzentrieren, um sich weiter voranzutreiben. Sie konnte es vor sich sehen, ein Bild nach dem anderen.

Max und Blue

Sie flogen. Das Auto roch teuer. Es roch sexy. Es roch nach ihm, nach Leder und scharfem Aftershave.

Blue fühlte sich viel besser. Sie konnte sich kaum erinnern, warum sie gestern in Panik geraten war, warum sie abgehauen war, um zu diesem Haus zu fahren, warum sie so verzweifelt gewesen war. Sie begriff, dass sie geduldiger sein musste. Immerhin war er verheiratet, und er war immer noch ihr Arzt. Er musste vorsichtig sein. Sie verstand jetzt, warum es ihm so wichtig gewesen war, es geheim zu halten. Es tat ihr leid, dass sie es weitererzählt hatte. Sie nagte an der Haut um ihren Daumennagel. Die Ehefrau glaubte ihr sowieso nicht.

Sie betrachtete sein Profil. Er hatte die Stirn gerunzelt, konzentrierte sich aufs Fahren. Er musste nun einsehen, warum auch er besser achtgeben musste. Jetzt wusste er, was sie tun könnte, wenn er sich weigerte, sie zu sehen. Sie hatte keine Lust, sich einfach von ihm schikanieren zu lassen.

Das Auto wurde langsamer. Er fuhr von der Hauptstraße ab und bog in eine kleine Seitenstraße ein, bis sie hinter einer Reihe schneebedeckter Bäume versteckt waren. Es war merkwürdig hier, ganz still. Andere Autos waren nicht da.

Er schaltete den Motor aus, hielt das Lenkrad aber noch in den Händen. Er starrte einfach durch die Windschutzscheibe hinaus.

Blue wurde nervös.

»Warum halten Sie an?«, fragte sie.

Langsam bekam sie ein schlechtes Gefühl. »Was tun Sie?«, fragte sie. »Antworten Sie mir.«

Aber er wollte nicht mit ihr sprechen. Er war wütend, weil sie es seiner Frau gesagt hatte. Er würde sie bestrafen.

Sie löste den Sicherheitsgurt und versuchte die Tür zu öffnen, sie war nicht verriegelt. Sie stieg aus dem Auto und schlug die Tür zu. Sollte sie wegrennen?

Die Scheinwerfer gingen aus, und sie stand in der Kälte und Dunkelheit.

Sie war in einen Schneehaufen getreten, ihre Turnschuhe waren völlig eingesunken. Die Decke, in die Stella sie gehüllt hatte, lag im Auto, und ihr war jetzt eiskalt. Sie schlang sich die Arme fest um die Brust. Es hatte keinen Sinn zu versuchen, vor ihm wegzulaufen. Sie würde wieder ins Auto steigen und sich entschuldigen.

Als sie nach dem Türgriff langte, hörte sie, wie die Verriegelung klickte. Sie packte die Tür und zerrte daran.

Mit den Fäusten schlug sie gegen die Scheibe. »Aufmachen! Bitte! Mir ist so kalt. Bitte!«

Der Motor sprang an, und das Auto rollte los.

Er wollte sie hierlassen.

»Nicht! Bitte!« Sie rannte hinter dem Auto her, schrie und bettelte, obwohl er sie nicht hörte. Sie war zu weit gegangen, er würde ihr jetzt wehtun, würde sie bezahlen lassen für das, was sie getan hatte. Sie rutschte auf dem Eis aus, schlug mit den Knien auf. Sie ging in die Hocke, schaukelte vor und zurück, während sie zusah, wie er davonfuhr. Tränen liefen ihr nass und warm über die Wangen.

Aber das Auto hielt an.

Sie schoss hoch und rannte los, zog am Türgriff, aber die Tür war immer noch versperrt. Ihre Knie pochten vor Schmerz.

Sie stand da und presste die Hände gegen die Scheibe, in der Kälte. Sie zitterte. Fror. Sie hatten ihre Jacke, ihre Tasche, ihr Handy. Sie hatte gar nichts.

Er sah sie an. Ihre Finger brannten auf dem Glas, aber sie rührte sich nicht. Er wartete lange, sah zu, wie sie weinte. Dann beugte er sich vor, schob die Tür auf, und sie kletterte wieder hinein. Ihre Hände waren knallrot, ihre Ohren schmerzten. Sie zitterte vor Kälte, obwohl sie jetzt wieder die Decke um die Schultern hatte. Bald würde sie einen dicken blauen Fleck am Knie haben.

»Habe ich jemals etwas anderes gemacht, als dir zu helfen?«, fragte er. »Habe ich dir nicht gegeben, was du wolltest?« Seine Augen waren rot gerändert. Er jagte ihr Angst ein.

Sie nickte. Draußen war alles so seltsam. Der Himmel war silbern, selbst die Bäume leuchteten. Jetzt begriff sie. Er konnte mit ihr tun, was er wollte.

»Warum bist du heute Nacht zu meinem Haus gefahren, Blue?«

»Ich weiß es nicht«, sagte sie.

»Doch, du weißt es.«

»Ich habe in der Praxis angerufen, und die wollten mich nicht mit Ihnen sprechen lassen. Ich war wütend. Und einsam. Ich wollte mit Ihnen zusammen sein; ich wollte sehen, wo Sie wohnen. Ich wollte Ihre Frau sehen. Ich dachte, wenn ich ihr erzähle, was passiert ist – vielleicht würde sie Sie dann verlassen. Vielleicht – ich weiß es nicht. Ich wollte Sie bestrafen. Ich wollte, dass Sie wissen, wie sich das anfühlt.«

»Und? Bist du jetzt zufrieden?«

»Nein. Ihre Frau glaubt mir nicht. Sie liebt Sie wirklich. Und sie vertraut Ihnen.« Sie veränderte ihre Position. Die Fenster waren beschlagen, und sie sah nicht mehr nach draußen. »Lieben Sie sie?«

»Ja, natürlich.«

Sie glaubte ihm nicht.

»Lieben Sie mich?« Sie atmete tief ein, wollte seinen Geruch für immer in sich bewahren. »Ich will nicht mehr leben, wenn ich Sie nicht mehr sehen darf. Bitte. Ich tue alles.«

Er legte den Kopf zurück und lachte. »Du bist ein ganz schönes Stück Arbeit, Blue.«

Er löste seine weißen Knöchel vom Steuer und strich ihr über die eisigen Wangen. Sie öffnete die Lippen und küsste die Spitze seines Daumens, nahm sie zwischen die Zähne. Sie zitterte immer noch.

»Ich werde Sie niemals nicht lieben«, sagte sie. »Ich gebe nicht auf. Ich höre nie auf. Bitte seien Sie nicht böse. Ich hätte sie dazu bringen können, mir zu glauben, wenn ich gewollt hätte. Aber ich habe es nicht gemacht. Ich sage allen, dass es gelogen war – was ich über uns gesagt habe. Im Krankenhaus.«

»Das würde das Leben allerdings einfacher machen.«

»Ich sage ihnen, dass Sie einfach nur versucht haben, mir zu helfen. Dass nie etwas passiert ist. Ich tue alles, was Sie mir sagen.«

»Kleines«, sagte er. »Bist du noch müde?«

Sie war schläfrig, und die Kälte steckte ihr in den Knochen, aber langsam fühlte sie sich wieder glücklich.

»Ich will nicht ins Krankenhaus. Meine Hände sind nicht so schlimm.«

»Du musst aber.«

»Lassen Sie mich bei Ihnen bleiben.«

»Du bist von zu Hause weggelaufen und hast mit meiner Frau gesprochen. Die Polizei wurde auf den Plan gerufen. Ich habe keine Wahl. Ich muss dich ins Krankenhaus bringen.«

Sie biss auf seinen Daumen. Er lehnte den Kopf zurück.

»Ich gebe Sie nicht frei«, sagte sie. »Ich gehöre jetzt Ihnen. Sie können mir so viele Spritzen geben, wie Sie wollen. Sie lassen mit der Zeit nach.«

Sie saugte an seinem Daumen.

»Lass uns klarstellen, was passiert, wenn wir im Krankenhaus ankommen«, sagte er. »Wenn du noch mehr Geschichten erzählst, weißt du, was geschieht. Selbst wenn dir jemand glaubt – du wirst auf jeden Fall in eine Pflegeeinrichtung gesteckt.«

Sie nickte.

»Kann ich dir vertrauen?«

»Ja. Versprochen.«

»Du musst mir nur einfach zustimmen. Erzähl ihnen, wie leid es dir tut, dass du dir diese Lügen ausgedacht hast.«

Sie nickte. Saugte seinen Daumen tiefer ein.

»Wir können das herunterspielen«, sagte er. »Der ganze Ärger wird rasch verrauchen – ich sage ihnen, dass du mich offenbar heute Nacht hier draußen aufsuchen wolltest, weil du Hilfe wolltest. Du hast natürlich einen Fehler begangen – indem du zu mir nach Hause gekommen bist –, aber irgendwie war das auch eine gesunde Entscheidung: Du wolltest zu deinem Arzt, statt dich wieder zu ritzen. Ich betrachte das als Fortschritt. Was für ein braves Mädchen.«

»Und dann?«, fragte sie ihn.

»Und dann wird nicht mehr weggelaufen. Keine Dramen mehr. Ich tue mein Bestes, um sie davon zu überzeugen, dich wieder deiner Mutter zu überlassen.«

»Wann sehe ich Sie wieder?«

»Wir müssen vorsichtig sein. Wenn du noch einmal darüber sprichst, was zwischen uns passiert ist, dann steht es nicht mehr in meiner Macht, dir zu helfen. Verstehst du?«

Sie nickte. »Ich verspreche es.«

Er legte die Hand auf ihre. Er drückte sie. Er löste den Verband und bedeckte ihre blutende Handfläche mit Küssen. Er wusste, dass er ihr wehtat. Und selbst wenn er ihr wehtat, erregte er sie. Sie fühlte sich vollkommen glücklich. Sie konnte ihn dazu bringen, dass er sie begehrte. Sie konnte ihn zurückhaben. Sie waren beide gleich, sie und er. Sie gehörten zusammen.

Seine Frau tat ihr leid, ganz ehrlich.

September 2009

Hilltop stand oben auf einem Hügel, an einer Straße mit Namen Victoria Avenue. Es war ein stolzes, eigenwilliges Haus, zweistöckig, erstaunlich weiß und kompromisslos in seiner modernistischen Pracht. Die schwarz gerahmten Fenster schienen verächtlich auf die Nachbarn herabzublicken: mausgraue Reihenhäuser aus den Sechzigerjahren.

Stella fühlte sich sofort zu dem seltsamen Haus hingezogen, das so fehl am Platze wirkte.

Max fuhr an der niedrigen bogenförmigen Außenmauer entlang und die gekurvte Zufahrt hinauf. Sie freute sich, als der Kies unter den Reifen des Mercedes knirschte; wenn sie hier wohnte, würden sie immer Schritte oder Reifen hören, wenn jemand kam.

Sandra, die Maklerin, parkte ganz oben an der Zufahrt und erwartete sie bereits. Ihrem sportlichen Cabrio mit Metalliclackierung nach zu urteilen, war der Immobilienmarkt in dieser Gegend von der Rezession nicht allzu sehr in Mitleidenschaft gezogen worden. Sandra war eine zierliche Frau in den Fünfzigern. Sie trug ein maßgeschneidertes Kostüm und kühnen roten Lippenstift. Stella reichte ihr höflich die Hand und kam sich vor wie eine jugendliche Hochstaplerin, die so tat, als würde sie sich eine Villa leisten können. Max konnte das offenbar, nachdem er eine beträchtliche Summe von seiner Mutter geerbt hatte.

Gleich hinter der stählernen Haustür beugte sich Sandra herab und zog ihre Stilettos aus. Stella tat es ihr nach und schlüpfte aus ihren Pumps. Sie schwebte, hing wieder einmal in der Luft über sich selbst: Mehrere Tabletten und eine Menge gutes Zureden von Max waren nötig gewesen, um sie aus der Wohnung in Hampstead zu locken. Jetzt, an der Seite ihres Ehemanns und auf der Schwelle eines neuen Lebens, fühlte sie sich beinahe wohl.

»Sie sind also frisch verheiratet!«, sagte Sandra.

Stella lächelte. Max zog sich die Schuhe nicht aus.

»Gratuliere«, sagte Sandra.

Die Trauung im Standesamt von Marylebone war kurz und ohne Firlefanz vollzogen worden. Stella erinnerte sich, dass sie einen Cocktail von Tabletten geschluckt und nichts Passendes zum Anziehen gefunden hatte. Am Ende hatte sie ein schlichtes Etuikleid aus Leinen gewählt. In ihren dunkleren, unsichereren Momenten war ihr nicht ganz klar, warum Max ihren impulsiven Heiratsantrag angenommen hatte. Aber er hatte Ja gesagt. Und jetzt ging er wenige Schritte vor ihr durch die Eingangshalle. Er drehte sich nicht um, um zu sehen, ob sie ihm folgte. Stella fragte sich, ob Sandra aufgefallen war, dass sie keine Zeichen der Begeisterung oder Zuneigung zeigten, wie es von Flitterwöchnern zu erwarten gewesen wäre.

Ihr frischgebackener Ehemann blickte zu dem spektakulären Kronleuchter hoch, der in der Mitte der Wendeltreppe aus Beton hinabhing. Sie wollte seine warme Hand auf ihrem Rücken spüren, als sie einen Rundgang durch das Haus machten. Sie ging näher zu ihm, bis sie nebeneinander standen. »Wollen wir dieses Haus wirklich kaufen?«, fragte sie.

Er konnte den Blick nicht von dem Kronleuchter abwenden.

Sandra reichte Stella eine Hochglanzbroschüre. Sie zeigte Hilltop an einem Tag mit strahlendem Sonnenschein.

Stella wunderte sich über Max' Entscheidung, sie in diesem Haus leben zu lassen, das so nüchtern war, so streng, ganz ohne weiche Kurven. *Du brauchst eine völlige Veränderung. Posttraumatische Belastungsstörung. Agoraphobie.* Ihre Gedanken schweiften ab, sie war oft lethargisch, nur halb wach. Dann bin ich wie Rapunzel im Turm, dachte sie. Sie würde froh sein, die Stadt zu verlassen, sie könnte von Neuem anfangen. Sie stellte sich vor, dass sie einen sehr schönen Käfig betreten hatte.

Innerhalb von acht Wochen waren die Verträge unterschrieben.

Nachdem sie sechs Monate in ihrem neuen Haus gewohnt hatten, zog Max in das Gästeschlafzimmer. Angeblich wollte er sie nicht wecken, wenn er jeden Morgen in aller Frühe aufbrach, um in die Klinik an der Grove Road zu fahren. Stella fiel es schwer zu schlafen, ohne ihn neben sich zu haben. Sie blieb bis in die frühen Morgenstunden wach und sah fern. Jeden Morgen, nachdem Max zur Arbeit gefahren war, war Stella in ihrer täglichen Tretmühle gefangen. Ihr graute vor seiner Abfahrt, und sie hasste es, allein gelassen zu werden. Der Endorphinschub half ihr, die Einsamkeit zu ertragen.

Ein Alarmsystem wurde installiert. Das Wichtigste daran war, dass der Sensor ein lautes, nebelhornartiges Signal auslöste, wenn jemand unerlaubt das Grundstück betrat. Die meiste Zeit über fühlte sich Stella sicher, im Innern von Hilltop, oben auf dem Hügel, mit Blick auf die grünen Baumkronen.

Notaufnahme

Peter hielt direkt vor dem Eingang zur Notaufnahme, hinter einem Krankenwagen. Stella machte sich an ihrem Sicherheitsgurt zu schaffen. Sie sprang aus dem Auto, ohne sich weitere Überlegungen zu gestatten, und eilte durch die automatischen Glastüren in das gedrungene graue Gebäude.

Im Wartezimmer saßen Menschen auf Plastikstühlen, in unterschiedlich ausgeprägten Stadien von Krankheit, Trunkenheit oder körperlicher Versehrtheit, aber von Blue war nichts zu sehen. Max musste seinen Einfluss geltend gemacht haben, um sich an der Schlange vorbeizumogeln.

Außer, er hatte Blue ganz woanders hingebracht. Ihr Magen krampfte sich noch mehr zusammen.

Stella ging auf die müde aussehende Schwester hinter dem Glasfenster zu. »Ich suche meinen Mann«, sagte sie. »Er ist mit einer Jugendlichen gekommen, es ist vielleicht fünfzehn, zwanzig Minuten her.«

»Der Name?«

»Fisher«, sagte sie. »Dr. Max Fisher.«

»Sie warten gerade auf die Triage-Schwester. Sie können durchgehen.« Die Schwester zeigte auf eine Tür zur Rechten. Vielleicht ging sie davon aus, dass Stella Blues Mutter war. Stella lief weiter, in der Hoffnung, das Diazepam würde sie stabilisieren und sie nicht im Stich lassen. Sie brauchte mehr Zeit. Peter parkte das Auto wer weiß, wie weit weg, und sie konnte sich keinen Aufschub leisten. Sie näherte sich einer blauen Tür, klopfte und platzte einfach herein, ohne eine Aufforderung abzuwarten.

Blue saß gekrümmt auf einem Stuhl, starrte auf den Boden und ließ die Beine baumeln. Ihre misstrauischen blauen Augen starrten Stella an. Sie wirkte nicht sonderlich erfreut, sie zu sehen.

»Bin ich froh, dass ich dich gefunden habe«, sagte Stella. Eine gewaltige warme Welle der Erleichterung überkam sie. Blue war wach und unversehrt, sie war in Sicherheit.

Max saß aufrecht in dem Stuhl neben Blue, distanziert hinter seinem schwarzen Brillengestell und seinem Bart. Auch er schien nicht gerade überglücklich über ihr plötzliches Erscheinen. Stella glaubte, einen Anflug von Verärgerung in seiner Miene zu entdecken, aber er verbarg seine Reaktion rasch wieder.

»Kann ich Ihnen helfen?« Die Triage-Schwester in dem knitterfreien Kittel war jung, sie konnte nicht älter als fünfundzwanzig sein. Sie hatte sich die Haare nach hinten gebunden und zu einem ordentlichen Zopf geflochten. Max hatte sie bestimmt augenblicklich um den kleinen Finger gewickelt.

»Sind Sie die Mama?«, fragte die Schwester.

Über das Drahtgestell ihrer Brille hinweg blickte sie Stella an, der bewusst wurde, wie ungepflegt sie war.

»Nein«, sagte Stella. »Ich bin Psychologin.« Etwas anderes fiel ihr nicht ein, um ihr unvermitteltes Auftauchen zu erklären.

»Ich bin gerade bei der Beurteilung der Patientin«, sagte die Schwester. »Könnten Sie sich so lange ins Wartezimmer setzen?« Von Peter war immer noch nichts zu sehen. Stella zögerte, sie war sich nicht sicher, wie sie weiter vorgehen sollte. Sie blieb in der Tür stehen und versuchte, nicht zu zittern oder zu schwanken. An der Wand über dem Telefon hing eine Liste mit Notfallnummern. Bestimmt war die Nummer der Kinder- und Jugendhilfe dabei.

»Sie müssen unbedingt sofort das Jugendamt benachrichtigen«, sagte sie zu der Krankenschwester.

»Stella …«, sagte Max.

»Ein Polizeibeamter ist unterwegs, er ist in ein paar Minuten hier«, sagte Stella. »Bitte kontaktieren Sie sofort die Kinder- und Jugendhilfe. Dieses Mädchen ist dort bekannt. Die zuständige Sozialpädagogin muss so schnell wie möglich kommen.«

Die Krankenschwester schien unsicher zu sein. Sie warf Max einen kurzen Blick zu, als wolle sie einen Hinweis darauf, wie sie sich verhalten sollte. Stella wiederholte sich, laut. »Sie müssen sofort das Jugendamt anrufen. Das Kind hat von häuslicher Gewalt und emotionalem Missbrauch berichtet. Ich würde vorschlagen, Sie sehen sich Ihre Vorschriften noch einmal an und befolgen sie – und zwar schnell.«

Die Schwester blickte noch einmal zu Max hinüber. »Vom Jugendamt ist schon jemand unterwegs«, sagte sie. »Dr. Fisher hat uns bereits über die notwendigen Maßnahmen informiert.«

Max wahrte die Fassung. Er blieb entspannt auf seinem Stuhl sitzen.

Stella war verstört. Sie wollte Max von Blue trennen. Er konnte alles behaupten; es würde alles in ihrer Krankenakte stehen.

»Ich muss mit dir reden – allein«, sagte sie zu Max. Jedes Wort bedeutete eine Anstrengung.

Max stand auf. »Schon gut«, sagte er zu Blue. »Bleib einfach bei der Schwester hier.« Er legte ihr beruhigend die Hand auf die Schulter.

Max' schwere Hand auf Blues kleinem Körper sah grotesk aus. Der Anblick machte sie wütend. Am liebsten hätte sie sich auf ihn gestürzt, aber sie beherrschte sich.

Blue nickte und lächelte zu Max hoch. Sie wirkte gelassen, relativ unbeeindruckt. Stella fragte sich, was Max im Auto wohl zu ihr gesagt hatte: was er womöglich versprochen, womit er gedroht hatte.

Stella zog sich in den Korridor zurück. Max folgte ihr nach draußen und zog die Tür hinter sich zu. Lächelnd nickte er einer Schwester zu, die gerade vorüberging.

»Was machst du hier?« Er sprach leise, kontrolliert.

»Ich weiß, was du ihr angetan hast«, sagte sie.

Sie sah ihm in die Augen, versuchte, durch sie hindurchzublicken, in seine Seele. Er sah nicht aus wie ein Ungeheuer. Er war ihr Mann. Ihr Chef. Ihr Mentor. Sie hatte ihn so lange geliebt. Sie wollte so gern zurück nach Hilltop, so tun, als ob. Aber sie hatte gesehen, was auf Blues Telefon gespeichert war.

»Wie bist du hierhergekommen?«, fragte er sie.

Sie lehnte mit dem Rücken an der Wand, sie spürte die harte Fläche an der Wirbelsäule. Sie schluckte. Sie konzentrierte sich auf ihre Stimme, achtete darauf, laut und deutlich zu sprechen.

»Du musst mir die Wahrheit sagen«, sagte sie. »Ich bin deine Frau, ganz egal, was du getan hast. Du bist bei mir geblieben, als es mir ganz schlecht ging – während ich mich versteckt habe und von dir und von den Tabletten abhängig war. Vielleicht kann ich dir helfen. Aber du musst mich hereinlassen.«

Er sah sie ausdruckslos an.

»Das ist deine letzte Chance, mir zu sagen, was du dem Mädchen angetan hast.«

»Wie viele Tabletten hast du denn noch genommen?« In seiner Stimme und in seinen Augen lag Verachtung; er machte sich nicht mehr die Mühe zu verbergen, was er von ihr hielt.

Sie war froh um die Krankenhauswand mit ihren zersprungenen, alten Kacheln, die sie noch fest und kühl am Rücken spürte.

»Ich habe noch eine Frage«, sagte sie. »Ist Blue die erste Patientin, mit der du geschlafen hast?« Sie machte sich gar nicht erst die Mühe, leise zu sprechen.

Er blickte ungeduldig zu der geschlossenen Tür. »Stella – dort drinnen ist eine verstörte, geplagte junge Frau, um die ich mich kümmern muss. Können wir das auf später verschieben?«

Sie stellte sich aufrechter hin. »Haben dich heranwachsende Mädchen schon immer angemacht, Max?«

Er blinzelte nur ein wenig. Ansonsten zeigte er keine Reaktion auf ihre Worte.

»Gab es denn andere Mädchen? Waren das alles Patientinnen? War es immer in deiner Praxis?«

Er wandte sich langsam ab von ihr. Er wollte wieder hinein, zu Blue.

»Warte.« Sie packte ihn am Jackett. »Ich kann mich nicht ganz entscheiden. Hast du mich geheiratet, damit ich stillhalte und deine wertvolle Klinik geschützt ist oder damit dich unsere Ehe normal aussehen lässt? Oder beides?« Sie redete weiter, hielt ihn am Revers fest. »Vielleicht hast du mich geheiratet, weil ich deine Versicherungspolice war. Solange wir verheiratet blieben, standen die Chancen gering, dass ich etwas tun würde, um deiner Klinik Schaden zuzufügen. Wie zum Beispiel Simpson anzuzeigen. Oder zu gestehen, dass wir dem Gericht ein Gutachten vorgelegt haben, das alles andere als umfassend war.«

Wo zum Teufel steckte Peter? Sie war nicht kräftig genug, um Max daran zu hindern, wieder in diesen Raum zu gehen. Er versuchte, sich loszumachen. Sie klammerte sich fester an ihn. Ihre Stimme klang unerwartet laut, unerwartet klar. »Hast du mich hinaus nach Hilltop verfrachtet, damit ich von meinen Freunden isoliert bin? Du hast nie versucht, mir zu helfen – du hast gesehen, dass mein Vermeidungsverhalten immer ausgeprägter wurde, mein Leben immer eingeschränkter. Warum hast du mir weiter diese Tabletten verschrieben?«

Ein älterer Arzt kam vorbei, seine Kappe auf dem Kopf und das Stethoskop um den Hals. Er warf ihnen einen besorgten Blick zu. Max lächelte ihn an, lässig und ganz Herr der Lage.

»Deine psychischen Probleme sind also meine Schuld?«, sagte er.

Zumindest ließ er sich nun auf sie ein.

»Nein …«

»Ich kann das nicht mehr, Stella. Deine Eifersucht, deine Paranoia – das ist ein Krebsgeschwür, das uns zerstört. Du kannst mir deine Abhängigkeiten nicht vorwerfen, genauso wenig wie deine Phobien oder dein eingeschränktes Leben.«

Er schüttelte den Kopf und sah ehrlich bekümmert aus.

Im Korridor stank es nach Desinfektionsmittel und nach Moder. Stella klammerte sich an seiner Jacke fest, als hinge ihr Leben davon ab, aber ihre Handflächen waren nass und sie hatte keine Kraft in den Händen, sodass es schwer war, nicht abzurutschen. Schweiß rann ihr von den Kniekehlen hinab.

»Ich bin mit dir nach Hilltop gezogen, weil ich dachte, du hast die besten Chancen, wieder gesund zu werden, wenn du aus London weggehst, weg von allem, was dich an den Übergriff erinnert. Du hast dich geweigert, zu einem Psychiater zu gehen, deshalb war ich ganz allein verantwortlich für dich. Ich habe mein Bestes getan. Vielleicht war es die falsche Entscheidung, aus London wegzuziehen.«

Sie hatte nicht gewusst, wie leicht es ihm fiel zu lügen.

»Aber ein für alle Mal, Stella, es geht hier nicht um dich. Lass mich dem Mädchen die Hilfe geben, die es braucht. Kannst du dich vielleicht einfach einmal zusammenreißen und ausnahmsweise an jemand anderen denken?«

Sie konnte sich nicht mehr an ihm festhalten. Sie ließ los und wischte sich die nassen Handflächen an ihrer Jeans ab. Es war furchtbar heiß in dem Korridor. Sie kämpfte sich aus ihrem langen Wollmantel und ließ ihn zu Boden fallen. Sie hatte das Gefühl, ihre Beine würden gleich nachgeben. Sie schwankte nach hinten, lehnte sich wieder an die Wand.

Er trat einen Schritt vor und langte nach dem Türgriff.

»Ich weiß, dass Blue die Wahrheit gesagt hat«, sagte sie. »Ich weiß, dass du sie missbraucht hast. Ich habe den Beweis.«

Max zögerte. Er sah lediglich eine Spur weniger selbstsicher aus.

Stella schob seine Hand von der Tür weg. Er leistete keinen Widerstand. Sie rückte näher. Sie langte hoch und legte ihm die Arme um den Hals, sodass sie mit dem Mund sein Ohr streifte.

»Sie hat dich gefilmt, mit ihrem Handy«, flüsterte sie. »Ich habe es gesehen. Ihr beide, in deinem Sprechzimmer.«

Sie hielt sich an ihm fest, blickte über seine Schulter in den leeren Korridor. Sie zwang sich, aufrecht stehen zu bleiben. Sie wünschte sich, dass Peter kam oder zumindest die Schwester. Sie konnte ihn nicht loslassen, sie konnte ihn nicht zurück in diesen Raum lassen. Sie wusste nicht, was er tun würde, wenn er richtig verzweifelt war.

Sie wusste überhaupt nicht, was für ein Mensch er war.

Er versuchte, seinen Hals aus ihrem Griff zu befreien, aber sie hielt sich nur noch fester, lehnte sich gegen ihn, sank zusammen. Schweiß lief ihr in die Augen, sie sah nur noch verschwommen. Sie atmete zu schnell, aber sie konnte sich nicht beruhigen.

Sie schloss die Augen. »Der Film ist körnig, denn es war düster, aber man kann dich erkennen – euch beide, in deiner Praxis. Du sitzt in deinem Sessel, Max. In dem schönen großen Lehnsessel in deinem Sprechzimmer.«

Sie drückte sich gegen ihn. Er war jetzt ganz still.

»Sie geht auf dich zu. Sie kniet sich vor dich, zwischen deine Beine. Sie macht dir die Hose auf. Ich konnte hören, wie du stöhnst. Ich konnte hören, wie du sie genannt hast. Du nanntest sie *Baby Blue*. Und dann hast du sie zu dir auf den Schoß gezogen …«

Sie atmete ihn ein letztes Mal ein. Dann löste sie die Arme von seinem Hals.

»Ich habe gesehen, wie du Sex mit einer Jugendlichen hattest. Unzucht mit Minderjährigen lautet der Straftatbestand. Du kommst vor den General Medical Council. Und ich hoffe bei Gott, dass du ins Gefängnis wanderst.«

Sie ließ ihn los. Sie brach zusammen, sackte auf den gummiartigen Boden. Sie fühlte sich schwach, ihr war übel.

Als Max ihren Arm packte, seine Finger in die weiche Haut über ihrem Ellbogen grub, leistete sie keinen Widerstand. Er zog sie auf die Füße, zerrte sie weg von dem Behandlungszimmer, ein Stückchen weiter durch den Korridor. Bald musste jemand vorbeikommen. Peter würde sie finden. Es war ganz egal, was Max ihr antun würde, Hauptsache, Blue war in Sicherheit vor ihm.

»Wo ist ihr Handy?« Er packte ihren Arm fester. Er tat ihr weh. Ihre Kleider waren klamm und kalt, klebten ihr an der Haut. Sie hatte keine Angst, sie war furchtbar unglücklich.

Er blickte hinunter auf seine Finger, die sich ihr in den Arm bohrten. Er lockerte den Griff, hinterließ leuchtend rote Abdrücke.

»Du hast sie missbraucht. Du hast ein Verbrechen begangen.«

Sie merkte, dass er in sich zusammenfiel, kleiner wurde, weniger energisch. »Bitte«, sagte er. »Mach das nicht. Es tut mir so leid.«

Sie hatte so lange von ihm fantasiert, von einem Mann fantasiert, der nicht existierte.

»Jetzt tut es dir leid«, sagte sie. »Jetzt, da ich einen Beweis habe. Aber bevor ich das Video erwähnte, hast du behauptet, ich wäre verrückt. Es tat dir überhaupt nicht leid. Es tut dir leid, dass du erwischt wurdest, Max. Das ist alles. Du lügst, wie andere Menschen atmen.«

Mit der einen Hand stützte er sich neben ihrem Kopf an der Wand ab, mit der anderen umklammerte er ihren Arm und hielt sie aufrecht. Er hatte sich gefasst und redete eindringlich auf sie ein.

»Blue hatte schon lange, bevor sie mich überhaupt kennenlernte, Schwierigkeiten. Ihre Persönlichkeitsprobleme sind der Grund, warum sie sich so sehr bemüht hat, mich zu verführen. Ich verspreche dir, dass ich dafür sorge, dass sie alles hat, was sie braucht. Ich zahle ihr eine Privatschule, eine, in der ihre Schwierigkeiten maßgeschneidert behandelt werden können.«

Ein Teil von ihr liebte ihn immer noch. Sie erlaubte sich nicht, ihm in die Augen zu sehen.

»Wenn ich ins Gefängnis gehe, wird Blue davon auch nicht glücklich, und sie wird davon auch nicht gesund. Ich bitte dich nur, ein paar Tage darüber nachzudenken – wenigstens ein paar Stunden –, bevor du eine Entscheidung triffst. Du sollst wissen, dass sie diejenige war, die das wollte. Ich habe ihr nicht wehgetan oder sie verführt oder ihr Gewalt angetan.«

Wie grotesk seine Gedankengänge doch waren. Er musste seine Frau für eine Idiotin halten.

»Du bist ihr Arzt. Ihr Psychiater. Du solltest am besten wissen, wie verletzlich sie ist. Du weißt, warum sie sich so benimmt.«

»Stella, sie hat damit angefangen. Sie hat es betrieben, bis ich nachgegeben habe. Du hast doch gesehen, wie sie aussieht – in ein paar Monaten wird sie sechzehn, aber sie sieht aus wie zwanzig. Natürlich habe ich eine Dummheit begangen. Aber mit dir war alles so lange so belastet. Ich war frustriert. Ich habe versucht, geduldig zu sein, aber es ist schwer – mit jemandem zusammenzuleben, der so abhängig ist, der suchtkrank ist.«

»Es ist also meine Schuld, dass du eine Jugendliche gevögelt hast?« Hätte sie die Kraft gehabt und würden ihre Hände nicht zittern, hätte sie ihm einen Schlag verpasst, mitten auf den Mund.

»Ich bitte dich doch nur, noch einmal nachzudenken, bevor du übereilt und impulsiv reagierst, weil du Rache willst. Wenn du mich anzeigst, hat Blue überhaupt nichts davon. Sie ist jetzt in Sicherheit. Du musst dem Jugendamt lediglich sagen, dass sie mit angesehen hat, wie Simpson ihre Mutter missbrauchte. Dann werden sie jeglichen Kontakt mit ihm unterbinden. Wahrscheinlich kommt sie langfristig in eine Pflegeeinrichtung, und Simpson kann sie nicht aufspüren. Tu das nicht, weil du wütend auf mich bist. Blue muss nicht das Trauma durchmachen, in einem Vergewaltigungsprozess auszusagen. Wir können das selbst aufarbeiten.«

Er stand direkt vor ihr, und sie empfand nur noch Ekel.

»Du bist ein Ungeheuer, Max. Du hast ein krankes Kind ausgenutzt. Du hättest ihr mehr Schaden zufügen können als sonst irgendjemand. Du wusstest, wie ihr Vater war, und du hast eine weitere Traumaschicht hinzugefügt zu dem, was dieser verdrehte Psychopath ihr bereits angetan hat. Du bist ein Erwachsener, sie ist ein verletzliches Kind. Das ist alles. Und du kannst mich nicht mehr manipulieren.«

Sie war wütend auf sich selbst. Sie war Psychologin, sie hätte die Zeichen erkennen müssen. Sie hätte Zweifel haben sollen. Sie hätte sich niemals mit den Krümeln zufriedengeben dürfen, die er ihr hinwarf.

»Bitte«, sagte er. Er langte nach ihrer Hand, hielt sie zärtlich. »Tu jetzt nichts Impulsives, das wir beide bedauern werden. Denk darüber nach. Wenn mir die Zulassung entzogen wird, wenn ich ins Gefängnis gehe, wem nützt das? Blue? Oder dir? Die Klinik wird eingehen, und ich werde finanziell alles verlieren. Wir werden Hilltop verlieren. Wir werden einander verlieren.«

Max zog einen Stuhl für sie herbei. Er half ihr, sich hinzusetzen, seine Hand ruhte sanft an ihrem Ellbogen. Er hob ihren Mantel auf und legte ihn ihr um die Schultern.

Dann kniete er sich vor sie und legte die Hände auf ihre.

»Fass mich nicht an«, sagte sie. Selbst jetzt noch fiel es ihr schwer, das auszusprechen. Wenn sie wollte, konnte sie ihn dazu bringen, dass er blieb. Er gehörte ihr. Die Wirkung der

Benzodiazepine ließ nach. Sie hatte Angst. Sie könnte sich ganz leicht verlocken lassen, sich wieder in seinen Einfluss zu begeben.

»Wo ist Blues Handy?«, fragte er sie.

Über seine Schulter hinweg sah sie Peter auf sie zukommen. Sie war unglaublich froh darüber; sie atmete leichter, hatte Luft in der Lunge und Platz im Kopf.

»Ich habe das Handy Peter gegeben«, sagte sie.

Und als er schließlich zurückwich, erhaschte sie einen Blick auf den wahren Max: herzlos und verzweifelt und völlig ichbezogen. Seine Kinnmuskulatur zuckte, als er sich mit der Hand durch die Haare fuhr. Er stand auf, wandte ihr den Rücken zu, steckte die Hände in die Taschen und lief lässig durch den Korridor in Richtung Ausgang.

Stella ging zum Wasserspender, um sich kaltes Wasser ins Gesicht zu spritzen. Sie musste gefasst bleiben. Sie musste in den kleinen, fensterlosen Behandlungsraum zurück.

Als sie ihn betrat, sah Blue sie nicht an.

»Es tut mir leid, dass ich dir vorhin nicht zugehört habe«, sagte Stella. »Ich glaube dir. Ich glaube alles, was du gesagt hast. Darüber, was mit Dr. Fisher passiert ist.«

»Ich weiß nicht, wovon Sie reden«, sagte Blue.

Stella versuchte nicht, ihr näher zu kommen, versuchte nicht, sie zu berühren. Das Mädchen vertraute ihr noch nicht. »Du sollst wissen, dass ich das bei der Polizei anzeigen werde, und ich werde ihnen alles erzählen, was du mir erzählt hast. Auch, dass dein Vater deine Mutter missbraucht. Sie werden dich nicht mehr zwingen, weiterhin Kontakt mit ihm zu haben, das verspreche ich dir. Manches kann ich bewirken. Ich muss der Polizei ein paar Dinge erzählen.«

»Wo ist Dr. Fisher?«, fragte Blue. Sie hielt den Blick auf die Tür gerichtet.

Stella konnte nicht sagen, wer von ihnen beiden verblendeter gewesen war: sie selbst oder Blue. Sie trat vor, wagte sich ein wenig näher. Blue protestierte nicht. Stella kniete sich neben den Stuhl des Mädchens, sodass sie Blue direkt in ihre schönen Augen blickte.

»Bitte hör mir zu, Blue. Was er dir angetan hat, war ein Verbrechen. Der Sex – das war Kindesmissbrauch. Wenn du es bei der Polizei anzeigen willst, helfe ich dir.«

Blue hielt die Arme starr an den Seiten, mit ihren einbandagierten Händen hielt sie sich an der Sitzfläche des Stuhls fest. Stella wollte am liebsten die Arme um sie legen, aber das wagte sie nicht. Blue schien es nicht zu beeindrucken, was sie gesagt hatte.

»Blue«, fragte Stella, »möchtest du Max bei der Polizei anzeigen? Es ist eine Straftat, dass er dich angefasst hat, als du seine Patientin warst. Er gehört ins Gefängnis.«

Blue schüttelte den Kopf. »Sie sind verrückt«, sagte sie. »Er ist der einzige Arzt, der sich wirklich um mich gekümmert hat. Er hat versucht, mir zu helfen. Er ist der Einzige, dem ich vertraue. Er würde mir niemals wehtun.«

Sie brauchten Blues Aussage nicht; sie hatten den Beweis. Ihre Wünsche spielten keine Rolle.

»Sie sollen nicht mehr mit mir reden«, sagte Blue.

»Okay, wir müssen nicht reden.«

Stella erzählte Blue nicht, dass sie das Video gesehen hatte, dass sie das Handy in ihrer Tasche Peter geben würde, dass er das Video an die Polizei weiterreichen würde. Max hatte recht, es würde Blue nur noch mehr wehtun, wenn sie wüsste, was als Nächstes kam.

»Ich wollte nur, dass du weißt, wie leid es mir tut, dass ich dir vorhin nicht geglaubt habe.«

»Es ist mir egal, was Sie glauben«, sagte Blue.

»Na gut«, sagte Stella. Sie stand auf und versuchte, Blue anzulächeln, ihr etwas Trost zu spenden, aber ihre Mundwinkel waren angespannt und zitterten.

Die Krankenschwester wirkte völlig überfordert. Sie schien erleichtert zu sein, als eine kleine, grauhaarige Frau mit einem Schild um den Hals an der Tür stand.

»Hallo Lauren«, sagte die Sozialpädagogin. »Wir unterhalten uns kurz, dann möchte deine Mama dich sehen.«

Die Krankenschwester und die Sozialpädagogin stellten sich rechts und links von Blue hin.

»Ich würde gern eine Aussage machen«, sagte Stella.

»Natürlich«, sagte die Sozialpädagogin. »Ich kann mich mit Ihnen in Verbindung setzen, sobald Blue versorgt ist.«

Blues Arme hingen immer noch starr wie Schürhaken an der Seite herunter, die Schultern hatte sie bis zu den Ohren hochgezogen. Jetzt war sie wieder allein, bei Fremden. Sie hatte bestimmt Angst. Stella legte den Arm um sie und drückte sie fest, ganz kurz. Blue ließ eine Sekunde lang den Kopf an Stellas Wange ruhen. Stella hielt das Gesicht an das schöne blonde, nach Lavendel duftende Haar, bevor Blue sich versteifte und sie wegschob.

Peter wartete auf sie, gleich draußen im Korridor.

»Warum zum Teufel hast du so lange gebraucht?«, fragte sie.

»Ich habe keinen Parkplatz gefunden.«

Sie wusste, dass er log. Sie verstand es.

Sie langte in ihre Manteltasche und holte Blues Handy heraus. Sie reichte es ihm. Sie hörte sich seufzen. Es war vorbei. Ihr Leben auf Hilltop.

Der Warteraum hatte sich geleert. Nur ein großer, ungepflegt aussehender Mann lag schnarchend auf zwei Stühlen. Offenbar hatte die Schicht gewechselt, an der Rezeption saß jemand anders: ein junger Mann mit erstaunlich hellen blonden Haaren und tätowierten Armen. Er starrte auf den Computerbildschirm und ignorierte sie, als sie an seinem Guckfenster vorbeigingen.

Die automatischen Glastüren vor Stella öffneten sich. Dann schlossen sie sich sanft wieder. Sie hatte sich nicht bewegt. Peter hatte ihr die Hand auf den Rücken gelegt, und sie versuchte, ein wenig von seinem Mut aufzunehmen.

Sie war noch nicht bereit, nach draußen zu gehen.

Sie blieb vor dem Ausgang stehen, in der Sicherheit der vorübergehenden Ruhe des gut beleuchteten Warteraums. »Ich kann nirgendwo hin«, sagte sie.

»Du könntest mit zu mir«, sagte Peter. »Ich habe ein Ausziehsofa – du kannst es haben, solange du es brauchst.«

Sie schüttelte den Kopf. Sie würde auf keinen Fall irgendwo bei einem Mann schlafen, außer sie war sich absolut sicher, dass er neben ihr im Bett liegen wollte.

»Ich kann dich auch zu Hannah bringen«, sagte er.

»Noch nicht. Ich habe seit dem Abend damals nicht mit ihr gesprochen. Ich weiß nicht einmal, wo sie wohnt.«

Stella schob sich die Haare aus dem Gesicht. Sie brauchte eine Dusche und etwas Frisches zum Anziehen. Sie war sehr, sehr müde.

»Ich will zurück nach Hilltop«, sagte sie.

Peter nickte, aber seine Lippen bildeten einen schmalen, missbilligenden Strich.

»Ich muss packen«, erklärte sie. »Und dann gehe ich. Für immer. Ich brauche nur noch ein paar Stunden deiner Zeit – versprochen.«

»Kein Problem.« Sie sah Erleichterung in seiner Miene und Hoffnung.

Er ging einen Schritt auf die Türen zu. Zischend gingen sie

auf. Er trat hindurch. Dann blieb er stehen und wartete auf sie. Sie rannte los. Sie bedeckte sein kratziges Gesicht mit Küssen.

Er musste lächeln. Endlich.

Sommer

»Soll ich mit reinkommen?«, fragte Hannah.

Stella schüttelte den Kopf.

»Ich warte hier draußen.« Hannah öffnete die Autotür und streckte die Beine aus. Hinter ihrer Sonnenbrille lächelte sie Stella aufmunternd an.

Stella war nicht gerade begeistert, sich aus dem abgenutzten Beifahrersitz des Autos ihrer Freundin zu erheben, aber sie tat es trotzdem. Es gelang ihr immer besser: nicht zu viel nachdenken, sich zur Bewegung zwingen. Sie ging geradeaus weiter, in ihren hohen Schuhen ein wenig wackelig auf dem Kies, die Sonne wärmte ihr die Schultern.

Vor dem kleinen, weiß gestrichenen Holzschild blieb sie stehen. HILLTOP. Sie warf einen Blick dahinter. Der Sensor befand sich noch dort, er ragte aus dem wuchernden Gras.

Oben an der Zufahrt parkte ein offenes Cabrio. Das Auto glänzte außen, der Innenraum war tipptopp gepflegt.

Stella ging weiter, setzte einen Fuß vor den anderen.

Sie sah ihre Spiegelung in dem gewellten Stahl der Haustür: die Haare nach hinten gebunden, Sonnenbrille, Weste, Röhrenhosen. Sie war nicht unzufrieden.

Sie klingelte an der Tür und wartete.

Sandra sah genauso aus, wie Stella sie in Erinnerung hatte, mit lebendigen Augen und leuchtend rotem Lippenstift. Sie begrüßte Stella mit einem einladenden Lächeln und war offenbar hocherfreut, innerhalb so weniger Jahre zweimal Provision für das Haus zu bekommen.

Stella war viel größer als die Maklerin, die sich bereits die Schuhe ausgezogen hatte. Sie setzte die Sonnenbrille ab, beschloss aber, ihre hohen Schuhe anzulassen. Sie reichten sich die Hand.

»Mrs Fisher«, sagte Sandra.

»Sagen Sie doch bitte Stella.«

Sandra wich zur Seite, und Stella betrat ihr Haus.

»Sie haben sich also entschlossen zu verkaufen?«, sagte Sandra. Ihre Worte hallten in der düsteren, kahlen Eingangshalle wider. Nur wenige Glühbirnen funktionierten noch, und der Kronleuchter hatte seine überwältigende Wirkung verloren.

Stella nickte.

Im Innern des Hauses war es viel kühler als draußen, und es war schattig. Stella wünschte, sie hätte etwas Wärmeres angezogen.

»Ich habe den Kaufvertrag dabei«, sagte Sandra. »Kommt Dr. Fisher auch?«

»Dr. Fisher ist im Moment verhindert«, sagte Stella. »Ich habe eine Vollmacht von ihm.«

Es zog sie ins Wohnzimmer, zum Fenster. Der Garten war in helles Sonnenlicht getaucht. Das Gras wucherte, es war ein fröhliches, kräftiges Grün, und die Bäume waren voller Blätter. Stella drehte sich um, um das Wohnzimmer zu betrachten, den leeren Raum vor dem Kamin. Sie sah ein graues Sofa, einen Wasserfall von glänzenden blonden Haaren und ein kantiges, faszinierendes Gesicht mit großen blauen Augen. Sie sah Peter am Fenster, der mit der schwarzen Plastikfolie und einer Rolle Malerkrepp kämpfte.

»Haben Sie und Ihr Mann etwas anderes gekauft?«, fragte Sandra. »Oder suchen Sie noch?«

»Wir sind nicht mehr zusammen.«

Als sie sich das letzte Mal gesehen hatten, war Stella frisch verheiratet gewesen.

»Oh«, machte Sandra, die einen Augenblick brauchte, um diese schlechte Neuigkeit zu verdauen. »Wohnen Sie noch in der Gegend?«, fragte sie.

»Nein. Ich war die letzten Monate in einer Klinik. Auf Entziehungskur.«

»Das ist gut für Sie«, sagte Sandra ermunternd.

Stella entdeckte draußen etwas: etwas Rundliches, das unter dem Fenster hervorlugte. Der Schlüssel hatte sich im Schloss der Terrassentür festgefressen, sie musste ein bisschen herumprobieren, bis er sich drehte. Sie schob die Türen weit auf, dann zögerte sie; ihr Magen zog sich zusammen wie früher, ihr Mund wurde aus Gewohnheit trocken. Sie ignorierte die Anzeichen. Sie trat nach draußen. Der Jadebuddha lag umgekippt auf der Veranda.

»Gehört der Ihnen?«, fragte Sandra.

»Er gehörte Dr. Fisher«, sagte Stella.

»Wir haben die Umzugsfirma gebeten, alles einzupacken, die Figur müssen sie übersehen haben.«

»Ich hatte ein einziges Mal Besuch, in der ganzen Zeit, in der ich hier lebte«, sagte Stella. »Sie hat diesen Buddha durch das Fenster geworfen.«

»Oh«, sagte Sandra.

»Sie war wahnsinnig verliebt in meinen Mann«, sagte Stella, die der Versuchung nicht widerstehen konnte, Sandras höfliche Zurückhaltung noch ein wenig auf die Probe zu stellen. Der Maklerin gelang es hervorragend, nicht schockiert zu gucken.

»Ich würde ihn gern mitnehmen«, sagte Stella.

»Natürlich.« Sandra schaute Stella skeptisch zu, wie sie versuchte, die schwere Skulptur aufzuheben, und dabei auf den Absätzen schwankte.

Der Buddha war kein Leichtgewicht. Blue musste in Rage gewesen sein, dass sie ihn hochheben und durch die Fensterscheibe hatte werfen können. Stella wünschte, sie selbst hätte nur halb so viel Temperament.

»Möchten Sie sich noch ein letztes Mal umsehen?«, fragte Sandra. »Vielleicht wurde ja noch etwas liegengelassen?«

Stella schüttelte den Kopf.

»Wirklich nicht?«, sagte Sandra. »Aber Sie sind doch bis hier rausgefahren.«

Stella ging durch in die Küche. Sie öffnete den Wandschrank über der Spüle, um der alten Zeiten willen und weil sie sich immer noch nach dem bitteren Geschmack des Diazepams auf der Zunge sehnte. Er war leer. Sie wollte hinauf in ihr Schlafzimmer. Das Schlafzimmer von ihnen beiden. Sich ins Bett legen und kleine Leuchtsterne an der Decke sehen und darauf warten, dass Max zu ihr kam.

Stella stellte den Buddha auf die Arbeitsplatte. Sie langte in ihre Tasche und kramte zwei Schlüsselbünde heraus, die sie Sandra übergab.

»Ich weiß noch«, sagte Sandra, »dass ich damals bei unserer ersten Begegnung dachte, wie unglücklich Sie aussahen. Ich fand das merkwürdig für jemanden, der gerade geheiratet hat und so ein außergewöhnliches Haus kauft. Die Paare, die ich treffe, fangen normalerweise frühestens nach den ersten fünf Jahren oder so an, so trübselig auszusehen.«

Stella lächelte sie an.

Nachdem der Vertrag unterschrieben war, quälte sich Stella nach draußen und ging mit dem Buddha in den Armen die Zufahrt hinunter. Hannah würde bestimmt nichts dagegen haben, wenn der fröhliche, dicke grüne Mann eine Weile bei ihr einzog. Sie setzte ihn zu sich auf den Schoß und schnallte sich an.

Sie lehnte sich zurück, ließ den Kopf an der Kopfstütze ruhen und schloss die Augen, während Hannah vorsichtig die steilen Kurven von Hilltop hinunterfuhr. Sie freute sich an der glatten

Jade unter den Fingerspitzen, an der Sonne, die ihr auf Stirn, Nase, Wangen und Mund schien. Innerhalb einer Stunde würden sie wieder in London sein.

Danksagung

An erster Stelle gilt mein Dank meiner hervorragenden Agentin Madeleine Milburn. Ich hatte das Privileg, von Harriet Burton, einer begnadeten Lektorin, angeleitet zu werden. Allen Mitarbeitern von Transworld danke ich für das Engagement, das sie in dieses Buch gesteckt haben, und Sophie Wilson für ihren frühen Einblick und ihre Begeisterung.

Ich hatte mehrere Lehrer, die mich inspiriert haben, und ich möchte ihnen allen danken, insbesondere Tricia Wastvedt und Scott Bradfield. Emma-Jane Barton, dir danke ich für deine Unterstützung und Ermunterung.

Mein Dank geht außerdem an Detective Inspector Nick Mervin, der mir großzügig seine Zeit und sein Fachwissen zur Verfügung gestellt hat, sowie an die Psychiater Eduardo Szaniecki und Pamela Ashurst, die mich bezüglich der Medikation und zu jugendpsychiatrischen Fragen beraten haben. Fehler sind allein mir zuzuschreiben.

Zu guter Letzt danke ich meiner Familie, weil sie alles möglich gemacht hat.